Laurell K. Hamilton est née en 1963 dans une petite ville de l'Arkansas. Après des études d'anglais et de biologie, elle se tourne vers l'écriture. C'est en 1993 qu'elle crée le personnage d'Anita Blake, auquel elle consacrera un roman chaque année, parallèlement à des novélisations pour séries (*Star Trek*). Portées par le bouche-à-oreille, les aventures de sa tueuse de vampire sont devenues aujourd'hui d'énormes best-sellers.

www.milady.fr

Laurell K. Hamilton

Lunatic Café

Anita Blake – 4

Traduit de l'anglais (États-Unis) par Isabelle Troin

Milady

Milady est un label des éditions Bragelonne

Titre original : *The Lunatic Cafe*
Copyright © Laurell K. Hamilton, 1996.

© Bragelonne 2009, pour la présente traduction.

Illustration de couverture :
Photographie : Claire Arnaud – Montage : Anne-Claire Payet

ISBN : 978-2-8112-0108-1

Bragelonne – Milady
35, rue de la Bienfaisance - 75008 Paris

E-mail : info@milady.fr
Site Internet : http://www.milady.fr

À Trinity Dianne Hamilton,
qui a le plus beau sourire au monde,
même à 3 heures du matin !

Remerciements

À Gary, mon mari adoré, sans qui je n'aurais pas pu traverser ces dernières années. Au docteur Keith Nunnelee, qui aida à mettre Trinity au monde. Un sacré boulot, ça! À Sarah Sumner, pour les petits repas, le réconfort et les visites en urgence chez le médecin. À Mark Sumner, pour la même chose. À John Sumner, pour s'être inquiété. Personne au monde n'a de meilleurs voisins, ni de plus fidèles amis. À Deborah Millitello, qui a pris du temps sur son propre planning d'écriture pour s'occuper du bébé, afin que je finisse ce livre. À Marella Sands, et bravo d'avoir vendu ta propre série! Je te revaudrai tes généreuses interventions de baby-sitter.

Et à tous les autres Historiens alternatifs: Tom Drennan, N.L. Drew et Rett McPherson, qui ont assuré la cohérence de ce roman. De nouveaux amis, de nouveaux écrivains, que demander de plus?

Chapitre premier

C' était deux semaines avant Noël. Une période plutôt
calme pour relever les morts.

J'affrontais mon dernier client de la soirée. Sur mon
carnet de rendez-vous, il n'y avait que son nom, sans précision sur ce qu'il attendait de moi : animer un zombie, buter
un vampire ? Ça signifiait probablement qu'il voulait quelque
chose que je ne pourrais ou ne voudrais pas faire. Les fêtes
de fin d'année, c'est vraiment mort dans notre secteur. Sans
jeu de mots. Du coup, mon patron, Bert, accepte un peu
n'importe quoi.

George Smitz était grand – plus d'un mètre quatre-
vingts –, avec des épaules larges et musclées. Pas le genre de
muscles qu'on obtient en soulevant des poids dans une salle
de gym : plutôt ceux des travailleurs manuels. J'aurais juré
que M. Smitz était maçon ou fermier. De ses grosses mains
aux ongles sales, il triturait nerveusement le bonnet posé sur
ses genoux.

Il n'avait pas touché au café que je lui avais offert, et
qui refroidissait sur le bord de mon bureau. Je buvais le
mien dans la chope de Noël que j'avais apportée, car Bert
exigeait que tous ses employés en fournissent une. Selon
lui, ça ajoutait « une note personnalisée à l'environnement
de travail ». Sur ma chope, un renne en pantoufles et robe
de chambre, une guirlande lumineuse entortillée dans les
andouillers, brandissait une coupe de champagne en disant :
« Noyeux Joël. » Bert ne l'aimait pas beaucoup, mais il n'avait

rien dit, craignant sans doute que j'en dégotte une encore plus affreuse.

En revanche, ce soir-là, il avait eu l'air satisfait par ma tenue : un chemisier rouge qui m'avait forcée à me maquiller pour ne pas paraître trop livide, et un tailleur vert foncé. Ce n'était pas pour Bert que je m'étais habillée ainsi, mais pour mon rendez-vous avec Richard. Une broche en argent représentant un ange était épinglée au revers de ma veste. Bref, je ressemblais vaguement à un sapin de Noël.

Seul mon Browning Hi-Power 9 mm jurait un peu avec le reste mais, comme il était dissimulé sous ma veste, ça n'avait pas d'importance. De plus, M. Smitz semblait assez inquiet pour ne pas s'en soucier, tant que je ne le braquais pas sur lui.

—En quoi puis-je vous être utile ? demandai-je.

Mon client avait la tête baissée. Il leva les yeux vers moi comme un petit garçon hésitant – un sacré contraste avec son physique robuste.

—J'ai besoin d'aide, et je ne savais pas à qui d'autre m'adresser.

—De quel genre d'aide exactement, monsieur Smitz ?

—C'est ma femme…

J'attendis qu'il continue, mais il s'obstinait à fixer ses mains et son bonnet, qui n'était plus qu'une boule informe.

—Vous voulez que nous la ranimions ? demandai-je.

M. Smitz sursauta et écarquilla les yeux.

—Non. Elle n'est pas morte, j'en suis sûr.

—Dans ce cas, que puis-je pour vous ? Je suis une réanimatrice de zombies et une exécutrice de vampires. Bref, je ne fais pas dans les vivants.

—M. Vaughn m'a dit que vous vous y connaissiez en lycanthropie, déclara-t-il comme si ça expliquait tout.

Ce qui n'était pas le cas.

—Mon patron a une fâcheuse tendance à s'avancer. Quel rapport avec votre femme ?

C'était déjà la deuxième fois que je l'interrogeais à ce sujet. J'avais l'impression de m'exprimer normalement, mais peut-être m'étais-je mise à parler swahili sans m'en apercevoir. À moins que quelque chose de trop affreux soit arrivé à Mme Smitz et qu'il ne puisse pas me le raconter. Ça arrive souvent dans mon boulot.

Mon client se pencha vers moi, me fixant d'un regard intense. Je ne pus m'empêcher de l'imiter.

— Peggy, ma femme… C'est une lycanthrope.

Je clignai des yeux.

— Et… ?

— Si ça venait à se savoir, elle perdrait son travail.

Je ne le contredis pas. Il est illégal de faire de la discrimination vis-à-vis des lycanthropes. Pourtant, ça arrive souvent.

— Quel genre de métier exerce-t-elle ?

— Elle est bouchère.

Une lycanthrope bouchère. Ça ressemblait à une plaisanterie. Mais je comprenais l'inquiétude de M. Smitz. Manipuler de la nourriture alors qu'on est atteint d'une maladie pareille… Les services d'hygiène savent aussi bien que moi que la lycanthropie est uniquement transmise par l'attaque d'un métamorphe sous sa forme animale. Mais la plupart des gens n'y croient pas. Je ne peux pas les blâmer. Moi non plus, je n'ai pas envie que mon système pileux se développe outre mesure. L'esthéticienne une fois par mois, ça coûte déjà assez cher.

— Elle a hérité une boutique de son père. Les affaires marchent bien…

— Un lycanthrope ?

M. Smitz secoua la tête.

— Non. Peggy a été attaquée il y a quelques années. Elle a survécu, mais… (Il haussa les épaules.) Vous voyez ce que je veux dire.

Je comprenais parfaitement.

— Donc, votre femme est une lycanthrope, et elle risquerait de perdre sa clientèle si ça venait à se savoir. Je saisis ! Mais ça ne m'explique pas en quoi je peux vous être utile.

Je luttai contre l'envie de consulter ma montre. Richard ne pourrait pas entrer sans moi, vu que j'avais les billets.

— Peggy a disparu.

— Je ne suis pas détective privé, monsieur Smitz. Je ne m'occupe pas de ce genre d'affaires.

— Mais je ne peux pas aller voir la police ! Les flics découvriraient le pot aux roses !

— Quand a-t-elle disparu ?

— Il y a deux jours.

— Je vous conseille d'aller quand même voir la police.

Il secoua la tête, obstiné.

— Non.

— Je ne suis pas payée pour faire des enquêtes : seulement pour relever les morts et tuer les vampires. C'est tout.

— M. Vaughn a dit que vous pourriez m'aider.

— Vous lui avez expliqué votre problème ?

Il hocha la tête.

Et merde. Il faudrait que j'aie une longue conversation avec Bert. Une de plus…

— Les flics connaissent leur boulot, monsieur Smitz. Contentez-vous de leur dire que votre femme a disparu. Ne mentionnez pas son petit secret, et attendez de voir ce qu'ils trouveront.

Je n'aimais pas lui conseiller de dissimuler des informations à la police, mais si c'était le seul moyen pour qu'il s'adresse à elle…

— Mademoiselle Blake, je vous en prie. Je suis très inquiet, nous avons deux enfants.

J'ouvris la bouche pour énumérer toutes mes raisons de

ne pas accepter ce boulot, puis me ravisai. Je venais d'avoir une idée.

—Réanimateurs Inc. travaille souvent avec une détective privée, Veronica Sims. Elle a déjà été impliquée dans beaucoup d'affaires liées au surnaturel. Elle pourra peut-être vous aider.

—C'est une personne de confiance ?

—Absolument.

M. Smitz me dévisagea longuement.

—D'accord. Comment puis-je la contacter ?

—Je vais lui passer un coup de fil pour voir si elle peut vous recevoir.

—Ce serait très gentil. Merci beaucoup.

—Je compatis, croyez-moi. Mais retrouver les épouses disparues n'est pas mon boulot, me justifiai-je en composant le numéro de Ronnie.

Je le connais par cœur, parce que nous faisons de la gym ensemble au moins deux fois par semaine. Il nous arrive même d'aller au resto ou au ciné. La plupart des femmes ne renoncent jamais au concept de meilleure amie. Demandez à un homme qui est son meilleur ami et il devra réfléchir. Les femmes ont généralement une réponse toute prête. Je ne sais vraiment pas pourquoi…

Le répondeur de Ronnie s'activa.

—Ronnie, si tu es là, décroche. C'est Anita.

Il y eut un cliquetis.

—Salut, Anita ! lança Ronnie. Je croyais que tu avais rendez-vous avec Richard ce soir. Quelque chose ne va pas ?

—Je ne suis pas encore partie. Pour le moment, je zone au bureau avec un client dont le problème semble plus de ton ressort que du mien.

—Raconte !

J'obtempérai.

—Tu lui as dit d'aller voir la police ?

13

—Ouais.

—Et il ne veut pas ?

—Non.

—J'ai déjà recherché des personnes disparues, mais après enquête de la police. Les flics ont accès à des informations dont je ne dispose pas.

—J'en suis consciente.

—Il refuse d'entendre raison ?

—Oui.

—Donc, c'est moi ou… ?

—Je suppose que si tu refuses, Bert refilera le bébé à Jamison.

—Sorti de la réanimation des morts, Jamison est incapable de faire la différence entre son trou du cul et un puits ! lança Ronnie.

—Oui, mais il est toujours prêt à élargir son répertoire.

—Demande à ton client s'il peut passer à mon bureau…

Elle s'interrompit le temps de feuilleter son agenda. Les affaires devaient bien marcher.

—… À 9 heures demain matin.

—Ce que tu peux te lever tôt !

—C'est un de mes rares défauts.

Je demandai à George Smitz si 9 heures, le lendemain matin, lui convenait.

—Elle ne pourrait pas me recevoir ce soir ?

—Il préférerait ce soir.

Ronnie réfléchit quelques instants.

—Pourquoi pas ? Je n'ai pas de rencard, contrairement à certaines personnes que je ne citerai pas. D'accord, envoie-le-moi. Un vendredi soir avec un client, c'est toujours mieux qu'un vendredi soir toute seule, je suppose.

—C'est la sécheresse dans ta vie amoureuse ?

—Contrairement à la tienne, qui serait plutôt du genre humide.

—Ah ah ! Très drôle.

Ronnie éclata de rire.

—J'attends ton M. Smitz. Amuse-toi bien.

—Je vais essayer… On se voit demain pour courir.

—Tu es sûre de vouloir que je passe si tôt ? Je risquerais de te déranger en charmante compagnie.

—Allons, tu me connais mieux que ça.

—C'est vrai. À demain, alors.

Nous raccrochâmes. Je donnai à M. Smitz la carte de Ronnie, lui expliquai comment aller à son bureau et pris congé. C'était le mieux que je pouvais faire. Ça m'ennuyait qu'il ne veuille pas aller voir la police, mais c'était sa femme, pas la mienne.

Craig, notre secrétaire de nuit, avait déjà pris son poste. Ça signifiait qu'il était plus de 18 heures, et que j'étais à la bourre. Je n'avais pas vraiment le temps de parler à Bert au sujet de M. Smitz, mais…

Je regardai le bureau de mon patron. La lumière était éteinte.

—Bert est rentré chez lui ?

Craig leva les yeux de son ordinateur. Il est petit – moins que moi, évidemment –, avec des cheveux châtains fins comme ceux d'un bébé, et des lunettes aussi rondes que son visage. Il doit avoir à peu près mon âge, mais il est déjà marié – avec deux gosses.

—M. Vaughn est parti il y a une demi-heure.

—Évidemment.

—Quelque chose ne va pas ?

Je secouai la tête.

—Prends-moi un rendez-vous avec lui pour demain.

—Je ne sais pas si ça va être possible. Il est déjà très occupé.

—Trouve un créneau, ou je déboulerai à n'importe quel moment.

— Tu es folle.

— C'est maintenant que tu t'en aperçois ? S'il te fait des reproches, tu lui diras que je t'ai menacé avec mon flingue.

— Anita !

Je le laissai se débrouiller avec ses problèmes d'emploi du temps. Mais je ne plaisantais pas : je tenais absolument à parler à Bert.

Le mois de décembre est le plus calme dans notre boulot. Les gens ont l'air de croire qu'on ne peut pas relever des zombies à l'approche de Noël, comme si c'était de la magie noire ou un truc dans ce genre. Donc, Bert accepte d'autres engagements pour remplir les caisses. Je commençais à en avoir ma claque des clients à problèmes. Si Smitz n'était pas le premier ce mois-ci, j'étais déterminée à ce qu'il soit le dernier.

Sur cette pensée réjouissante, j'enfilai mon manteau et sortis. Richard m'attendait. Si la circulation se montrait coopérative, j'arriverais juste avant le lever de rideau. Mais on était vendredi soir, alors il ne fallait pas trop rêver.

CHAPITRE 2

Ma Nova 1978 avait récemment connu une fin tra-
gique. Du coup, je m'étais acheté une Jeep Cherokee
Country d'un vert si sombre qu'il semblait noir la nuit, avec
assez de place à l'arrière pour transporter des chèvres. La
plupart du temps, les poulets me suffisent pour ranimer
les morts mais, parfois, j'ai besoin de quelque chose de plus
gros. Et faire entrer une chèvre dans une Nova n'était pas
de la tarte.

Je me garai sur la dernière place libre du parking de Grant
Avenue. Le vent gonflait mon long manteau noir. J'avais
seulement attaché les deux boutons du bas pour pouvoir
accéder à mon flingue en cas de besoin. Glacée, je plongeai
les mains dans mes poches. Je ne mets jamais de gants, parce
que ça me gêne pour tirer. Mon flingue fait partie de ma
main. Je ne veux pas que du tissu s'interpose entre nous.

Je traversai la rue en courant, attentive à ne pas glisser sur
la chaussée verglacée avec mes escarpins à talons hauts. Le
bitume était craquelé, et il en manquait de gros morceaux,
comme si quelqu'un avait tapé dessus à coups de masse. Les
bâtiments condamnés étaient tout aussi décrépits.

Légèrement en retard, j'avais échappé à la foule massée
devant le théâtre et la rue m'appartenait. Des morceaux de
verre jonchaient le sol, et je devais bien regarder où je mettais
les pieds. En passant devant une ruelle qui ressemblait
à l'habitat naturel du *Brigandus americanus*, je sondai les
ténèbres. Rien ne bougea. Je ne craignais pas grand-chose

avec mon Browning, mais tout de même… Pas la peine d'être un as de la gâchette pour tirer dans le dos de quelqu'un.

Le vent glacial me coupait le souffle. Je porte souvent de gros pulls en hiver. Ce soir, j'avais choisi une tenue plus classe et je me gelais les miches. Pourvu que Richard apprécie mon chemisier rouge ! Sinon, mes efforts vestimentaires n'auraient servi à rien.

Malgré les feux tricolores, un flic régulait la circulation au carrefour. On n'en voit pas beaucoup dans ce quartier de Saint Louis, sauf les soirs de spectacle, quand des tas de gens riches débarquent avec leurs fourrures, leurs diamants et leurs Rolex. Ça la foutrait mal qu'une huile du conseil municipal se fasse agresser pendant ses heures de loisir.

Le jour où Topol était venu reprendre son rôle dans *Un violon sur le toit*, la crème de la crème avait assisté à la représentation, et les rues grouillaient de flics. Ce soir, c'était le train-train habituel. Quelques plantons surveillaient les spectateurs pour s'assurer qu'ils ne s'aventurent pas trop loin de la lumière des lampadaires.

Je franchis la double porte vitrée et entrai dans le long hall étroit. Beaucoup de gens faisaient encore la queue devant le guichet. Je n'étais pas aussi en retard que je le pensais. À moins que tout le monde le soit autant que moi.

J'aperçus Richard debout dans le fond. Avec son mètre quatre-vingt-deux, il est plus facile à repérer que moi, qui culmine à un petit mètre cinquante-huit. Il était immobile, mais son regard vif suivait tous les mouvements de la foule. Il ne semblait pas s'ennuyer ni s'impatienter ; on aurait même dit qu'il prenait plaisir à observer les gens.

Il suivit des yeux un couple âgé qui avançait vers les portes vitrées intérieures. La femme marchait lentement, appuyée sur une canne. Richard cherchait-il des victimes ? Des proies faciles ? Après tout, c'était un loup-garou. Il avait reçu un sérum contaminé, une mésaventure qui avait renforcé mes convictions antivaccins. Je voulais bien attraper la grippe pour avoir souhaité m'en protéger, mais me transformer en prédateur à fourrure une fois par mois... Non, merci.

Avait-il conscience qu'il ressemblait à un lion devant un troupeau de gazelles ? À moins que ces personnes âgées lui aient rappelé ses grands-parents.

Je lui prêtais peut-être des intentions qui n'existaient que dans ma petite tête soupçonneuse. En tout cas, je l'espérais.

Les cheveux bruns bouclés de Richard prennent des reflets cuivrés au soleil. Je sais qu'ils sont presque aussi longs que les miens mais, ce soir-là, il avait dû les attacher : de loin, ils donnaient l'illusion d'être coupés ras. Pas un mince exploit, avec des ondulations pareilles.

Richard portait un costume d'un vert vibrant qui aurait fait ressembler n'importe quel autre mec à Peter Pan. Mais ça lui allait bien. En m'approchant, je vis que sa chemise était d'un beige presque doré, et sa cravate – d'un vert légèrement plus foncé que son costume –, brodée de petits sapins rouges. J'aurais pu m'en moquer mais, avec ma tenue, je jugeai préférable de me taire.

Richard m'aperçut et sourit, dévoilant des dents d'une blancheur étincelante qui contrastaient avec son teint perpétuellement bronzé. Son nom de famille, Zeeman, est d'origine hollandaise, mais tous ses ancêtres ne devaient pas être européens. Rien de blond, de pâle ou de froid chez Richard. Ses yeux sont du même brun chaud que le chocolat. On en mangerait.

Il me saisit les mains et m'attira vers lui. Ses lèvres douces se posèrent sur les miennes en un baiser rapide, presque chaste.

Je reculai en prenant une inspiration. Il conserva une de mes mains, et je ne cherchai pas à me dégager. Sa peau était brûlante contre la mienne, glacée par le vent.

Je faillis lui demander s'il avait pensé à manger les deux personnes âgées, mais je me retins. Une telle accusation aurait risqué de gâcher la soirée. Et la plupart des lycanthropes n'ont pas conscience de leur comportement inhumain. Quand on leur met le nez dessus, ça semble toujours les blesser. Or, je ne voulais pas blesser Richard.

Pendant que nous entrions dans le foyer du théâtre, je demandai :

— Où est ton manteau ?

— Dans la voiture. Je n'avais pas envie de me le coltiner, alors j'ai couru.

Du Richard tout craché ! À moins que les lycanthropes soient immunisés contre le froid. (Tu vois, Bert, je ne sais pas tout sur eux !)

Je le regardai en biais. Il avait tressé ses cheveux, la pointe balayant son col. Je ne compris pas comment il s'y était pris. En général, je me contente de mettre un peu de gel dans les miens quand je sors de la douche, et je les laisse sécher naturellement. Je ne suis pas branchée brushing, et encore moins coiffures compliquées. Mais il pourrait peut-être m'apprendre dans l'intimité, après le spectacle. Il ne serait pas dit qu'Anita Blake aurait refusé d'acquérir de nouvelles compétences.

Le foyer du *Fox* ressemble à un croisement entre un restaurant vietnamien huppé et un temple hindou, avec quelques accessoires Arts déco pour relever le tout. Les couleurs sont éblouissantes comme si le peintre avait utilisé des fragments de verre teinté où aurait été emprisonnée de la lumière.

Deux lions chinois gros comme des pit-bulls, aux yeux rouges et brillants, montent la garde de part et d'autre de l'escalier qui conduit au balcon. Il est réservé aux membres du *Fox Club*, qui crachent mille cinq cents dollars par an pour le privilège d'avoir une loge privée où ils peuvent déguster de succulents repas. Pendant ce temps, le commun des mortels s'entasse en bas avec du pop-corn, des bretzels, du Pepsi et des hot-dogs.

Le *Fox* se situe sur la frontière très étroite qui sépare le criard du merveilleux. J'ai eu le coup de foudre pour ce théâtre la première fois que j'y ai mis les pieds. À chaque visite, je remarque quelque chose de nouveau : une frise, un tableau ou une statue. Quand on pense que c'était jadis un cinéma, on mesure mieux à quel point les choses ont changé. De nos jours, les complexes cinématographiques ont à peu près autant d'âme qu'une paire de chaussettes sales.

Je dus lâcher la main de Richard pour déboutonner mon manteau. Pas grave : je saurais où la trouver quand je voudrais la reprendre. Je me tenais tout près de lui dans la foule, pas assez pour le toucher, mais suffisamment pour sentir sa chaleur.

— On va ressembler aux jumeaux Bobsey quand j'aurai enlevé mon manteau, déclarai-je.

Richard haussa les sourcils, l'air interrogateur. J'entrouvris les pans de mon manteau, comme un exhibitionniste, et il éclata d'un rire aussi chaud et épais que du pudding de Noël.

— Une tenue de saison, approuva-t-il.

Il passa un bras autour de mes épaules et me serra contre lui. Comme nous nous fréquentions depuis peu, chaque contact était à la fois inattendu et excitant. Nous ne cessions pas de chercher des prétextes pour nous toucher en affectant une nonchalance à laquelle aucun de nous deux ne croyait vraiment. Quelle importance ?

Je glissai mon bras droit autour de sa taille et me laissai aller contre lui. Si quelqu'un nous attaquait à cet instant, je ne parviendrais pas à dégainer. Pendant une bonne minute, je réussis à me persuader que ça en valait le coup. Puis je le contournai et lui offris ma main gauche.

J'ignore si Richard aperçut mon Browning ou s'il le sentit, mais ses yeux s'écarquillèrent. Il se pencha vers moi et chuchota :

—Tu as un flingue ? Tu crois qu'on va te laisser entrer avec ?

Je haussai les épaules.

—Je n'ai jamais eu de problème.

Une expression étrange passa sur son visage.

—Tu te balades toujours armée ?

—Après la tombée de la nuit, oui.

Il n'avait pas l'air de comprendre, mais il laissa tomber le sujet.

L'année précédente, il m'arrivait de sortir sans quincaillerie. Mais depuis, beaucoup de gens avaient essayé de me tuer.

Je suis toute petite, même pour une femme. D'accord, je fais du jogging, de la muscu et je suis ceinture noire de judo. Malheureusement, c'est aussi le cas de la plupart des méchants professionnels, et ils pèsent souvent une bonne cinquantaine de kilos de plus que moi. Si je ne peux pas les battre au bras de fer, je peux toujours leur tirer dessus.

Outre les méchants professionnels, j'avais affronté une myriade de vampires et d'autres créatures surnaturelles capables de soulever un camion d'une seule main. Les balles en argent ne les tuaient peut-être pas, mais elles les ralentissaient suffisamment pour que je puisse prendre mes jambes à mon cou et leur échapper.

Richard sait comment je gagne ma vie. Il a même assisté à certaines scènes assez impressionnantes. Mais je m'attends quand même à ce qu'il gâche tout. Qu'il se mette en tête de jouer les mâles protecteurs, ou une connerie dans le genre. J'ai un nœud dans l'estomac en permanence, tellement je redoute qu'il dise ce qu'il ne faut pas. Enfin, jusqu'ici, tout marche comme sur des roulettes.

La foule gagna l'escalier et se sépara en deux pour s'engager dans les couloirs qui conduisaient à la salle proprement dite. Nous piétinâmes avec les autres, en nous tenant la main pour ne pas être séparés.

Mon œil!

Les spectateurs s'engagèrent dans les allées comme un torrent qui cherche le chemin le plus rapide vers la mer. En l'occurrence, le chemin le plus rapide était encore trop lent à mon goût.

Je sortis les billets de la poche de ma veste. Ce soir, je n'avais pas pris de sac. Une petite brosse à cheveux, un rouge à lèvres, ma carte d'identité et mes clés de voiture étaient enfouis dans les poches de mon manteau, et mon bipeur accroché à la ceinture de ma jupe, sur le côté pour faire plus discret. Quand je ne suis pas de sortie, je porte tout ça dans une banane.

L'ouvreuse, une femme âgée aux lunettes épaisses, braqua une minuscule lampe de poche sur nos billets. Elle nous guida jusqu'à nos sièges et remonta l'allée pour aller aider les autres spectateurs. Nous étions bien placés, à peu près au milieu et assez près de la scène.

Sans que j'aie besoin de le lui demander, Richard s'était faufilé devant moi pour s'asseoir à ma gauche. Il pige vite ; c'est en partie pour ça que nous sortons toujours ensemble. Et parce que son corps me fait saliver comme une malade…

Je posai mon manteau sur mes genoux. Richard passa un bras autour de mes épaules, et je réprimai une furieuse envie d'appuyer ma tête contre la sienne. Ça aurait eu l'air vraiment trop neuneu. Oh, et puis merde ! Qu'est-ce que ça peut faire ? Je fourrai mon nez dans son cou et respirai l'odeur de sa peau mêlée à celle de son après-rasage.

Soudain, je me redressai. Richard me jeta un regard interrogateur.

—Quelque chose ne va pas ?

— Non, non, balbutiai-je.

Je n'allais quand même pas lui avouer que j'avais failli lui mordiller le cou. Ç'aurait été trop embarrassant.

Les lumières s'éteignirent et la musique commença.

J'avais seulement vu *Blanches colombes et vilains messieurs* au cinéma. La version avec Marlon Brando et Jean Simmons.

Pour Richard, le rencard idéal, c'est une expédition de spéléo ou une petite randonnée de cinquante kilomètres. Le genre de trucs qui nécessite des vêtements confortables et une bonne paire de chaussures. Je n'y trouve rien à redire. Moi aussi, j'aime la nature.

Pour une fois, j'avais envie de quelque chose de plus habillé. Je voulais voir Richard en costume et lui montrer de quoi j'avais l'air toute pomponnée. Après tout, que ça me plaise ou non, je suis une femme.

Mais pas question de recourir au classique resto-ciné. J'avais donc appelé le *Fox* pour savoir ce qui passait, puis demandé à Richard s'il aimait les comédies musicales. Il aimait. Un autre bon point pour lui. Comme c'était mon idée, j'avais acheté les billets. Il n'avait pas protesté ni proposé de me rembourser le sien. Il y avait sans doute pensé, mais il s'était abstenu. Brave type. S'il continuait comme ça, on pourrait aller loin.

Le rideau se leva sur une rue aux couleurs vives, stylisée, joyeuse et parfaite. Juste ce qu'il me fallait. La *Fugue pour cors en fer-blanc* retentit dans l'obscurité. De la bonne musique, des danseurs, le corps de Richard près du mien et un flingue sous mon aisselle.

Qu'est-ce qu'une femme peut désirer de plus ?

CHAPITRE 3

Pour éviter la cohue, quelques spectateurs s'étaient éclipsés avant la fin. Moi, je reste toujours jusqu'au bout. Je trouve injuste de partir avant d'avoir pu applaudir les artistes. Et je déteste avoir l'impression de manquer quelque chose : il me semble que ce sera forcément le meilleur morceau.

Nous nous levâmes pour faire un triomphe à la troupe. Je ne connais aucune ville où le public est aussi enthousiaste qu'à Saint Louis. Ce soir, c'était entièrement justifié. Mais il m'est arrivé d'entendre des tonnerres d'applaudissements non mérités. Moi, je me lève seulement quand le spectacle en vaut la peine.

Richard se rassit au moment où les lumières se rallumaient.

— Je préférerais laisser passer la foule, si ça ne t'ennuie pas.

Ça ne m'ennuyait pas. Nous étions venus au *Fox* chacun avec notre voiture. À l'instant où nous en sortirions, la soirée serait terminée. Et aucun de nous deux n'en avait vraiment envie.

Je me tournai et posai les fesses sur le dossier de mon fauteuil. Richard leva vers moi des yeux brillant de désir… à défaut d'amour. Malgré moi, je souris. Je ne pouvais pas m'en empêcher.

— Tu sais que cette comédie musicale est vachement sexiste ? lança Richard.

Je réfléchis quelques secondes, puis hochai la tête.

—Et tu l'aimes quand même ?

—Oui.

Il plissa les yeux.

—Je pensais que ça t'offenserait.

—J'ai des préoccupations plus importantes que de savoir si *Blanches colombes et vilains messieurs* fait dans la discrimination sexuelle.

Richard éclata de rire.

—Tant mieux. Un instant, j'ai cru qu'il me faudrait supprimer les Rodgers et Hammerstein de ma collection de CD.

Je le dévisageai, cherchant à savoir s'il plaisantait. Visiblement, non.

—Tu collectionnes les bandes originales de comédies musicales ?

Il approuva, les yeux pétillant de bonne humeur.

—Seulement celles de Rodgers et Hammerstein ?

—Non, toutes. Pourquoi ?

—Tu es un romantique, en fin de compte…

—Tu dis ça comme si c'était un défaut.

—Les *happy end*s, ça passe bien sur scène, mais ça n'a rien à voir avec la réalité.

Ce fut son tour de me dévisager. Il ne dut pas aimer mon regard, car il se rembrunit.

—Venir voir ce spectacle était ton idée.

—Oui, je voulais t'emmener dans un endroit chic, mais qui sorte de l'ordinaire, et j'adore les comédies musicales. Cela dit, je ne pense pas qu'elles reflètent la vraie vie.

—Tu n'es pas aussi cynique que tu le prétends.

—Tu te trompes.

—Ça m'étonnerait. À mon avis, tu aimes les *happy end*s autant que moi. Tu as juste peur d'y croire.

—Je n'ai pas peur : je suis méfiante. Nuance.

—Parce que tu as été trop souvent déçue ?

—Peut-être.

Je croisai les bras sur mon ventre. Un psychologue en aurait déduit que je me fermais à la communication. Qu'il aille se faire foutre !

—À quoi penses-tu ? insista Richard.

Je haussai les épaules sans répondre.

—Dis-le-moi, s'il te plaît.

Je scrutai ses yeux bruns sincères. Je n'avais qu'une envie : rentrer chez moi. Toute seule.

—Depuis mes huit ans, je tiens les *happy end*s pour un mensonge.

—À cause de la mort de ta mère.

Cette fois, ce n'était pas une question.

Je me contentai de le fixer en silence. À vingt-quatre ans, ma plaie était toujours à vif. Je n'avais pas surmonté le chagrin de cette première perte, la plus importante de toutes. Je faisais avec et je la supportais, mais je ne pouvais pas lui échapper.

Je ne voulais plus croire que les choses finiraient bien. Plus question d'imaginer qu'aucune catastrophe ne surgirait à l'improviste pour m'enlever ce que j'avais de plus cher au monde. J'aurais préféré affronter une dizaine de vampires plutôt qu'un accident dénué de sens.

Richard me prit la main.

—Je te promets de ne pas mourir, Anita.

Quelqu'un gloussa tout bas et mes poils se hérissèrent. Une seule personne a ce rire presque palpable, comme une caresse sur la peau.

Jean-Claude.

Je me retournai. Il était là, planté au milieu de l'allée. Je ne l'avais pas entendu venir. Aucun mouvement perceptible. Il était apparu comme par magie.

—Ne fais pas de promesses que tu seras incapable de tenir, Richard, susurra-t-il.

CHAPITRE 4

J e me redressai et m'avançai pour laisser Richard se lever.
Je le sentais dans mon dos, et j'aurais trouvé sa présence
réconfortante si je n'avais pas été plus inquiète pour sa
sécurité que pour la mienne.

Jean-Claude portait un smoking noir avec une queue-de-
pie. Un gilet blanc à points noirs se détachait sur la blancheur
éclatante de sa chemise au col amidonné. Il arborait une
lavallière de soie noire, les extrémités coincées dans son gilet,
comme si on n'avait jamais inventé la cravate. Une épingle
d'argent et d'onyx ornait le revers de sa veste. Ses chaussures étaient couvertes de demi-guêtres, comme celles de
Fred Astaire, même si j'étais persuadée que sa tenue était
beaucoup plus ancienne que ça.

Des boucles noires tombaient dans son cou. Je savais
qu'il avait des yeux bleus magnifiques, mais je les évitais. La
règle numéro un quand on traite avec les vampires.

Brusquement, je pris conscience que le théâtre était vide.
Nous voulions éviter la foule, et nous avions réussi à nous
retrouver seuls avec le maître de la ville, enveloppés d'un
silence que le murmure des spectateurs qui s'attardaient dans
le foyer troublait à peine.

Je fixai mon regard sur les boutons de nacre du gilet de
Jean-Claude. Difficile de faire la mariolle quand on n'ose
pas regarder quelqu'un dans les yeux ! Mais j'essayais.

—Ça vous arrive de porter autre chose que du noir et
du blanc ?

— Tu n'aimes pas ?

Jean-Claude pirouetta gracieusement pour que je puisse mieux juger de l'effet. Il était l'élégance personnifiée. Tout ce qu'il portait semblait parfait, comme lui.

— Je ne pensais pas que *Blanches colombes et vilains messieurs* serait votre tasse de thé, dis-je.

— J'en ai autant à ton service, ma petite.

Sa voix était onctueuse comme de la crème et pleine d'une chaleur que seules deux choses peuvent susciter : la colère ou le désir. J'étais prête à parier que ça n'était pas du désir.

J'avais mon flingue, et les balles en argent le ralentiraient, elles ne le tueraient pas. Mais Jean-Claude ne nous sauterait pas dessus en public ; il était beaucoup trop civilisé pour ça. C'est un homme d'affaires – ou, plutôt, un vampire d'affaires. Morts ou vivants, les entrepreneurs n'aiment pas être vus en train de massacrer des gens. Ça leur fait une mauvaise publicité.

— Tu ne dis rien, Richard, lança Jean-Claude en regardant par-dessus mon épaule. C'est assez inhabituel de ta part.

Je ne pris pas la peine de me retourner pour voir comment réagissait Richard. Il ne faut jamais se laisser distraire par le vampire qui se tient devant soi, ni par le loup-garou qui est derrière. Un problème à la fois.

— Anita est capable de se débrouiller seule, répliqua Richard.

Jean-Claude me regarda.

— C'est vrai. J'étais juste venu m'assurer que vous aviez apprécié le spectacle.

— C'est ça. Et les poules ont des dents ! raillai-je.

— Tu ne me crois pas ?

— Pas vraiment, non.

— Alors, Richard, la soirée t'a plu ?

Le ton badin de Jean-Claude cachait une formidable colère. Et il n'est pas prudent d'être à côté d'un maître vampire furieux.

—Beaucoup, jusqu'à ce que vous arriviez, répondit Richard d'une voix frémissante.

La moutarde lui montait au nez. Je ne l'avais jamais vu s'énerver.

—En quoi ma simple présence pourrait-elle gâcher votre… rendez-vous ?

Jean-Claude avait littéralement craché le dernier mot.

—Pourquoi êtes-vous en rogne ? demandai-je.

—En rogne ? Ce n'est pas mon genre, ma petite.

—Des clous !

—Il est jaloux de moi, dit Richard.

—Je ne suis pas jaloux.

—Vous passez votre temps à dire à Anita que vous sentez le désir qu'elle a pour vous. Moi, je sens le désir que vous avez pour elle. Vous la voulez tellement que vous avez déjà son goût dans la bouche.

—Parce que tu ne la désires pas, peut-être ? lança Jean-Claude.

—Cessez de parler de moi comme si je n'étais pas là ! criai-je.

—Anita m'a proposé de sortir avec elle, expliqua Richard. J'ai accepté, c'est tout.

—C'est vrai, ma petite ? demanda Jean-Claude d'une voix dangereusement calme.

Je voulais nier, mais il se serait aperçu que je mentais.

—Oui. Et alors ?

Silence. Il était tellement immobile… Si je n'avais pas eu les yeux rivés sur lui, je ne me serais pas aperçue qu'il était là. Les morts ne font aucun bruit.

Mon bipeur sonna. Richard et moi sursautâmes comme si on nous avait tiré dessus. Jean-Claude ne broncha pas.

J'appuyai sur le bouton, et le numéro qui s'afficha sur l'écran m'arracha un grognement.

— Qu'est-ce que c'est ? demanda Richard en posant une main sur mon épaule.

— La police. Il faut que je trouve un téléphone.

Je me laissai aller contre sa poitrine et il me pressa l'épaule, rassurant. Je regardai Jean-Claude. Lui ferait-il du mal après mon départ ? Je n'en étais pas sûre.

— Tu as une croix sur toi ?

Je n'avais pas pris la peine de baisser la voix. Jean-Claude m'aurait entendue de toute façon.

— Non.

Je me tournai à demi vers mon flirt.

— Tu te balades en pleine nuit sans croix ? m'exclamai-je, incrédule.

Richard haussa les épaules.

— Anita, je suis un métamorphe. Je peux me défendre.

Je secouai la tête.

— Te faire arracher la gorge une fois ne t'a pas suffi ?

— Je suis toujours vivant.

— Je sais que tu as des facultés de récupération exceptionnelles mais, pour l'amour de Dieu, tu devrais quand même être prudent. (Je fis mine d'ôter le crucifix pendu autour de mon cou.) Tiens, je te prête la mienne.

— C'est de l'argent ?

— Oui.

— Je ne peux pas la prendre. Souviens-toi, je suis allergique à ce métal.

Tu parles d'une experte en surnaturel ! Offrir de l'argent à un loup-garou ! Penaude, je glissai de nouveau le crucifix dans l'échancrure de mon chemisier.

— Il n'est pas plus humain que moi, ma petite, persifla Jean-Claude.

— Au moins, je ne suis pas mort, répliqua Richard.

—Je peux y remédier très facilement.

—Arrêtez, tous les deux!

—Tu as vu sa chambre à coucher, Richard? Sa collection de pingouins en peluche?

Je pris une profonde inspiration et la relâchai lentement. Pas question d'expliquer dans quelles circonstances Jean-Claude avait vu ma chambre. Était-il vraiment nécessaire que je me justifie? Richard devait se douter que je ne couchais pas avec des vampires.

—Vous essayez de me rendre jaloux. Ça ne marchera pas.

—Mais le doute est en toi, dit Jean-Claude. Je le sais. Souviens-toi que je contrôle les loups. Tu es ma créature. Tu ne peux rien me cacher.

—J'ai confiance en Anita.

Je sentis dans la voix de Richard une hésitation qui ne me plut pas du tout.

—Je ne vous appartiens pas, reprit-il. Je serai le prochain chef de ma meute. Je vais et viens comme il me chante. Le mâle alpha est revenu sur ses ordres quand vous avez manqué de me faire tuer. Je ne suis plus censé vous obéir.

—Il semblait très contrarié que tu aies survécu, fit Jean-Claude.

—Pourquoi son chef de meute souhaiterait-il la mort de Richard? demandai-je.

Jean-Claude fixa mon compagnon.

—Tu ne lui as pas dit que tu livrais une guerre de succession?

—Je ne me battrai pas contre Marcus.

—Dans ce cas, tu mourras.

À entendre Jean-Claude, c'était une évidence.

Mon bipeur sonna de nouveau, le même numéro.

—J'arrive, Dolph, marmonnai-je.

Je regardai Richard. Ses yeux brillaient de colère et il

avait les poings serrés. J'étais assez près de lui pour sentir la tension qui émanait de son corps.

—Que se passe-t-il, Richard?

Il secoua la tête.

—C'est mon problème, pas le tien.

—Si quelqu'un te menace, ça le devient.

—Non. Tu n'es pas l'une d'entre nous. Je refuse de t'impliquer dans nos histoires.

—Je suis une grande fille, Richard.

De nouveau, il fit un signe de dénégation.

—Marcus voudrait bien t'impliquer, lui, dit Jean-Claude. Mais Richard refuse. Tu es… la pomme… de discorde entre eux. Une de trop.

—Comment se fait-il que vous sachiez tout ça?

—Les dirigeants de la communauté surnaturelle doivent avoir des rapports suivis. Pour le bien de tous.

Richard dévisageait Jean-Claude. Pour la première fois, je remarquai qu'il le regardait dans les yeux et qu'il ne semblait pas affecté pour autant.

—Tu le regardes en face? m'étonnai-je.

Richard baissa brièvement les yeux vers moi, puis les releva vers Jean-Claude.

—Oui. Je suis un monstre, comme lui. Il ne peut pas m'hypnotiser.

—Il doit y avoir autre chose, dis-je. Irving est aussi un loup-garou, et ça ne l'immunise pas contre les pouvoirs de Jean-Claude.

—Si je suis un maître vampire, notre séduisant ami, M. Zeeman, est un maître métamorphe, expliqua Jean-Claude. Mais ils ne s'appellent pas ainsi entre eux. Ils disent «mâle alpha».

—Je préfère «chef de meute», dit Richard.

—Ça ne m'étonne pas de toi! fis-je.

Le visage de mon petit ami se décomposa.

—Tu m'en veux, constata-t-il. Pourquoi ?

—Parce qu'il se passe quelque chose d'important dans ta meute et que tu ne m'en as rien dit. Jean-Claude prétend que ton chef actuel veut ta mort. C'est vrai ?

—Marcus ne me tuera pas.

Jean-Claude éclata d'un rire amer.

—Tu es un imbécile, Richard !

Mon bipeur sonna pour la troisième fois. Je consultai le numéro et l'éteignis. Ça ne ressemblait pas à Dolph d'insister ainsi. Il se passait quelque chose d'important. Je devais y aller.

—Je n'ai pas le temps de te faire cracher toute l'histoire, dis-je en enfonçant mon index dans le sternum de Richard.

Je sais : je tournais le dos à Jean-Claude. Mais il avait déjà fait tout le mal qu'il comptait m'infliger ce soir-là.

—On en reparlera, et je te jure que tu me raconteras tout, même les plus petits détails.

—Je ne…

—Inutile de faire cette tête. Ou tu me racontes, ou je ne sors plus avec toi.

Richard eut l'air troublé.

—Pourquoi ?

—De deux choses l'une : ou tu fais des mystères pour me protéger – et je déteste ça. Ou tu as une autre raison, et il vaudrait mieux pour toi qu'elle ne concerne pas ton ego masculin.

Jean-Claude éclata d'un rire qui me rappela une couverture de flanelle, chaude et douce sur la peau nue. Je secouai la tête. Ce bruit était une violation de mon intimité. Quand je me tournai vers lui, ma fureur dut se lire dans mes yeux, car il s'arrêta net.

—Quant à vous, vous pouvez ficher le camp. Vous vous êtes assez amusé pour ce soir.

— Que veux-tu dire, ma petite ?

Le visage parfait de Jean-Claude était dépourvu d'expression, comme un masque. Je secouai la tête et fis un pas en avant. Dolph m'attendait. Mais Richard posa sa main sur mon épaule.

— Laisse-moi partir. Pour le moment, je suis en colère contre toi, dis-je sans le regarder.

Je ne voulais pas voir son visage. S'il avait l'air blessé, j'étais capable de tout lui pardonner.

— Tu l'as entendue, Richard. Elle n'a pas envie que tu la touches.

Jean-Claude se rapprocha d'un pas léger.

— Vous, personne ne vous a rien demandé ! criai-je.

— Elle ne veut pas de vous, Jean-Claude, ajouta Richard d'une voix frémissante, comme s'il tentait de s'en convaincre lui-même.

Je me dégageai. Bon, je n'en avais pas vraiment envie, mais il m'avait caché des choses dangereuses, et ça n'était pas autorisé. Pire encore, dans un coin sombre de son âme, il pensait que j'avais cédé aux avances de Jean-Claude.

— Allez vous faire foutre tous les deux !

— Ainsi, tu n'as pas encore eu ce plaisir ? demanda Jean-Claude à Richard.

— C'est à Anita de répondre à cette question…

— Je le saurais si c'était le cas.

— Menteur ! fulminai-je.

— Non, ma petite. Je le sentirais sur ta peau.

Je mourais d'envie de lui en coller une. Le désir de le frapper contracta mes épaules et les muscles de mes bras. Mais je n'étais pas assez inconsciente pour passer à l'acte. Les gens qui agressent un maître vampire ont une espérance de vie très réduite.

Je me plantai devant Jean-Claude, si près que nos corps se touchaient presque et le regardai droit dans… le nez. Ça gâcha un peu l'effet, mais ça m'évita de me perdre dans les lacs jumeaux de ses yeux.

—Je vous déteste, dis-je, en faisant un gros effort pour ne pas hurler.

À cet instant, je le pensais. Et je savais que Jean-Claude le sentirait. Je voulais qu'il le sente.

—Ma petite…

—Non. Vous avez assez parlé. C'est mon tour. Si vous faites du mal à Richard, je vous tuerai.

—Il compte tant que ça pour toi ?

Jean-Claude avait l'air surpris. Tant mieux.

—Non : c'est vous qui ne signifiez rien.

Je fis un pas en arrière et le contournai. Puis je m'éloignai, lui exposant mon dos.

CHAPITRE 5

L e numéro affiché sur mon bipeur était celui du téléphone de voiture de l'inspecteur divisionnaire Rudolf
Storr : un cadeau de Noël de sa femme, l'année dernière. Je
lui avais envoyé un mot pour la remercier. Les radios de la
police sont tellement nazes que tout ce qu'on y raconte est
incompréhensible.

Dolph décrocha à la cinquième sonnerie. Je savais qu'il
finirait par le faire.

— Salut, Anita…

— Et si ça avait été Lucille ?

— Elle sait que je travaille.

Je laissai tomber. Très peu de femmes apprécient que leur
mari réponde au téléphone en lançant le nom d'une autre.
Lucille était peut-être différente.

— Que se passe-t-il, Dolph ? Normalement, c'est ma nuit
de repos.

— Désolé que le meurtrier n'en ait pas été prévenu. Mais
si tu es trop occupée, on se débrouillera sans toi.

— Qu'est-ce qui t'a fichu de si mauvaise humeur ?

— Ce n'est pas ta faute. Nous sommes du côté de Six
Flags, sur la 44.

— Où exactement ?

— Près de la réserve naturelle Audubon. Quand peux-tu
être là ?

— Le problème, c'est que je ne vois pas du tout où est
cette réserve.

— En face du monastère Saint Ambroise.

— Que je ne connais pas non plus.

— C'est un peu au milieu de nulle part, reconnut Dolph. Il n'y a pas beaucoup d'autres points de repère.

— Dis-moi comment venir. Je me débrouillerai.

Ses indications étaient longues et compliquées, et je n'avais rien pour écrire.

— Attends, il faut que je trouve un truc pour noter.

Je posai le combiné, pris un napperon sur une des tables de la buvette et empruntai un stylo à un couple d'âge mûr. L'homme portait un pardessus en cachemire et la femme un collier de véritables diamants. Le stylo paraissait être en or massif. Ils ne me firent pas promettre de le leur rapporter. Des gens très confiants, ou au-dessus de préoccupations aussi triviales.

— Je suis là, Dolph. Je t'écoute.

Il ne me demanda pas pourquoi j'avais mis si longtemps. Dolph n'est pas très porté sur les futilités. Il me répéta ses indications. Je les notai et les lui relus pour m'assurer que j'avais bien compris. C'était le cas.

— Dolph, il me faudra au moins trois quarts d'heure pour vous rejoindre.

En général, je suis le dernier expert appelé sur les lieux, après que la victime a été photographiée, filmée et examinée sous toutes les coutures. Les autres sont obligés d'attendre mon départ avant de tout remballer.

Ils n'apprécieraient pas de rester plantés en pleine cambrousse en m'attendant…

— Je t'ai appelée dès que nous avons eu la certitude que le coupable n'était pas un humain. De toute façon, c'est le temps qu'il nous faudra pour boucler l'investigation.

Comme d'habitude, il avait tout prévu.

— D'accord, j'arrive aussi vite que possible.

Il raccrocha sans un mot. Dolph ne dit jamais au revoir.

Je rendis le stylo à l'homme qui me l'avait prêté. Il le prit gracieusement, comme s'il n'avait jamais douté de son retour. C'est ça, la bonne éducation.

Je me dirigeai vers la porte. Jean-Claude et Richard n'étaient pas encore sortis de la salle. Je ne pensais pas qu'ils se battraient en public. Ils échangeraient des paroles désagréables, mais ça s'arrêterait là. Donc, je pouvais les laisser seuls. J'interdisais à Richard de s'inquiéter pour moi quand nous n'étions pas ensemble. Lui retourner la faveur semblait normal.

Je doutais que Jean-Claude veuille me pousser à bout. Si nous finissions par nous affronter, l'un de nous mourrait. Et je commençais à croire que ça ne serait pas forcément moi.

CHAPITRE 6

L e froid m'enveloppa dès que je sortis. Je rentrai la tête dans les épaules et enfouis le menton dans le col de mon manteau.

Deux couples marchaient quelques mètres devant moi, pelotonnés les uns contre les autres. Les talons hauts des femmes claquaient sur la chaussée. Leur rire était trop aigu. La sortie à quatre se passait bien jusque-là… Ou peut-être qu'ils étaient tous très amoureux, et que je me sentais d'humeur misanthrope.

Peut-être.

Les deux couples s'écartèrent comme de l'eau autour d'un rocher, révélant une femme. Ils se rejoignirent en riant comme s'ils ne l'avaient pas vue. Ce qui était sans doute le cas.

À présent, je sentais dans l'air une légère agitation qui n'avait rien à voir avec le vent. Jusqu'à ce que les deux couples dévoilent sa présence… en ne la remarquant pas, je n'avais pas repéré la femme non plus. Ce qui signifiait qu'elle était très bonne.

Elle s'était postée sous le dernier lampadaire. Ses cheveux ondulés avaient la couleur du beurre. Plus longs que les miens, ils lui tombaient jusqu'à la taille. Son manteau entièrement boutonné était noir : une couleur trop dure qui lui délavait le teint malgré son maquillage.

Elle était plantée en plein milieu du trottoir, dans une posture arrogante. Pourtant, elle n'était ni plus grande ni plus imposante que moi. Alors pourquoi se comportait-elle comme si rien au monde ne pouvait l'atteindre ? Trois choses seulement confèrent ce genre d'assurance : une mitraillette, la stupidité ou être un vampire. Je ne voyais pas de mitraillette, et elle ne paraissait pas stupide. Mais maintenant que je savais à quoi j'avais affaire, elle ressemblait à une vampire. Son maquillage lui donnait presque l'air vivant.

Presque.

Elle me surprit à l'observer et tenta de planter son regard dans le mien, mais je ne suis pas née de la dernière pluie. Si fixer les yeux sur quelqu'un sans croiser son regard est assez difficile au début, j'ai de l'entraînement. Elle fronça les sourcils, dépitée que le coup des yeux ne marche pas sur moi.

J'étais à environ deux mètres d'elle. Les pieds écartés, bien en équilibre malgré mes escarpins. J'avais déjà sorti les mains de mes poches, prête à dégainer mon flingue si nécessaire.

Son pouvoir rampait sur ma peau comme des doigts qui auraient essayé de déceler une faiblesse. Elle était bonne, mais elle ne devait pas avoir plus d'un siècle. Pas suffisant pour embrumer mon esprit. Face aux vampires, tous les réanimateurs bénéficient d'une immunité naturelle partielle. La mienne semble plus élevée que la moyenne.

La concentration privait son joli visage de toute expression. Ainsi, elle ressemblait à une poupée de porcelaine. Elle tendit une main vers moi comme pour me jeter quelque chose. Je frémis quand son pouvoir me frappa de plein fouet telle une vague invisible, me faisant tituber.

Je dégainai mon flingue. Au lieu de me bondir dessus, elle tentait de m'en dissuader. Elle avait au moins deux siècles. J'avais sous-estimé son âge, et il est très rare que je commette ce genre d'erreur.

Son pouvoir me martelait la peau comme de minuscules massues, mais il ne parvenait pas à toucher mon esprit.

J'ignore qui de nous deux fut la plus surprise que je réussisse à braquer mon flingue sur elle. Ça avait été trop facile.

— Hé! lança une voix derrière nous. Lâchez ça immédiatement!

Un flic. Juste au moment où il m'en fallait un. Je baissai mon Browning.

— Posez-le à terre, ordonna-t-il.

Je n'eus pas besoin de me retourner pour savoir qu'il avait dégainé le sien.

Les flics prennent les armes à feu très au sérieux. Je levai la main gauche et m'accroupis doucement pour poser mon Browning sur le trottoir avec la droite.

— Je n'avais pas besoin de cette interruption, grogna la vampire.

Je levai les yeux vers elle et me redressai en croisant les mains au-dessus de ma tête. Je connaissais la chanson, et j'entendais être coopérative. Par-dessus mon épaule, la vampire fixait le flic d'un regard qui n'avait rien d'amical.

— Ne lui faites pas de mal, dis-je.

Elle se tourna vers moi.

— Nous ne sommes pas autorisés à attaquer les policiers, lâcha-t-elle, méprisante. Je connais les règles.

«Quelles règles?» eus-je envie de demander. Mais je m'abstins, parce que c'en était une qui permettrait au flic de survivre. Évidemment, je ne faisais pas partie de la police, et j'étais prête à parier que les règles ne s'appliquaient pas à moi.

Le flic entra dans mon champ de vision. Braquant son flingue sur moi, il flanqua un coup de pied dans le mien pour l'expédier au loin. Je vis le Browning buter contre le mur d'un bâtiment. Puis une main me poussa entre les omoplates.

— Vous n'avez pas besoin de savoir où il est.

Ce type avait raison… pour le moment. Il me fouilla de sa main libre. Je le trouvais assez imprudent et me demandais où était son partenaire.

—Assez! cria la vampire.

Je sentis le flic reculer derrière moi.

—Que se passe-t-il ici?

Le pouvoir de la vampire me frôla, telle une bête gigantesque tapie dans le noir. J'entendis le flic hoqueter.

—Il ne se passe rien du tout, dit la femme avec un léger accent allemand ou autrichien.

—Il ne se passe rien du tout, répéta le flic d'une voix atone.

—Maintenant, allez vous occuper de la circulation.

Je me retournai lentement, les mains toujours sur la tête. Le flic était immobile, le regard vide et le flingue pendant mollement au bout de son bras.

—Allez-vous-en, ordonna la vampire.

L'agent avait une épingle de cravate en forme de croix, comme le règlement l'exigeait. Mais ça ne lui servait pas à grand-chose.

Je reculai lentement pour m'éloigner d'eux. Si la vampire se désintéressait soudain du flic, je voulais être armée. Je baissai les bras sans le quitter des yeux. Mais si elle relâchait brusquement son contrôle, et que je n'étais pas là où il m'avait vue pour la dernière fois, il risquait de me tirer dessus. Surtout si j'avais de nouveau mon flingue à la main.

—Je suppose qu'il est inutile de te demander de lui enlever sa croix pour que je puisse le manipuler?

Je regardai la vampire. Le flic s'agita comme un dormeur aux prises avec un cauchemar. Elle le foudroya du regard et il cessa de se débattre.

—En effet.

Je m'agenouillai en m'efforçant de les surveiller tous les deux. Mes doigts gourds se refermèrent sur la crosse du Browning. J'avais les mains gelées à cause du froid, et ça risquait de me gêner pour tirer. Finalement, des gants n'auraient peut-être pas été superflus. Je pourrais en acheter une paire avec le bout des doigts coupés. Comment ça s'appelle, déjà ? Des mitaines.

Je fourrai le Browning dans la poche de mon manteau sans le lâcher. Comme ça, ma main se réchaufferait, et je pourrais tirer à travers le tissu si nécessaire.

—Sans sa croix, je pourrais le forcer à s'en aller. Et toi, pourquoi ne puis-je pas te contrôler ?

—Parce que je suis une petite veinarde ! lançai-je.

La vampire me regarda, et le flic s'agita de nouveau. Elle était obligée de le fixer pendant qu'elle me parlait. Je trouvais intéressant de voir quelle concentration ça lui demandait. Elle était puissante, mais elle avait des limites.

—Tu es l'Exécutrice.

—Et alors ?

—Je ne croyais pas tout ce qu'on racontait sur toi. Maintenant, j'ai en partie changé d'avis.

—Tant mieux pour vous. Que voulez-vous ?

Un sourire retroussa les coins de sa bouche.

—Que tu fiches la paix à Jean-Claude !

Je clignai des yeux, sûre d'avoir mal entendu.

—Que voulez-vous dire par «ficher la paix à Jean-Claude» ?

—Ne sors pas avec lui. Ne flirte pas avec lui. Ne lui parle pas. Laisse-le tranquille.

—J'en serai ravie.

Elle sursauta et se tourna vers moi. On n'a pas tous les jours l'occasion de désarçonner un vampire de deux siècles. Son visage paraissait très humain avec ses yeux écarquillés et ses lèvres arrondies par la surprise.

Le flic grogna et regarda autour de lui, paniqué.

—Que… ?

Son regard se posa sur nous. Deux femmes menues et bien habillées. Puis il avisa son flingue et prit un air embarrassé. Il ne se rappelait pas pourquoi il avait dégainé.

Du coup, il le rangea dans son holster en marmonnant des excuses et en reculant.

La vampire le laissa s'en aller.

—Tu es prête à renoncer si facilement?

—Et comment!

Elle secoua la tête.

—Je ne te crois pas.

—Écoutez, je me moque de ce que vous croyez. Si vous avez le béguin pour Jean-Claude, tant mieux pour vous. Ça fait des années que j'essaie de me débarrasser de lui.

De nouveau, elle secoua la tête, et ses cheveux blonds dansèrent autour de son visage. Un geste presque enfantin, que j'aurais trouvé très mignon s'il n'était pas venu d'un cadavre.

—Tu mens. Tu le désires, comme toutes les femmes.

Je ne pouvais pas nier ça.

—Vous avez un nom?

—Je m'appelle Gretchen.

—Eh bien, Gretchen, je vous abandonne le maître de tout cœur. Si vous avez besoin d'aide pour lui plonger vos crocs dans le cou, passez-moi un coup de fil. J'adorerais qu'il se case avec une charmante petite vampire.

—Tu te moques de moi.

Je haussai les épaules.

—Un peu, mais c'est une habitude et ça n'a rien de personnel. Je pense tout ce que j'ai dit. Je ne veux pas de Jean-Claude.

—Tu ne le trouves pas magnifique? s'étonna-t-elle.

—Si, mais les tigres le sont aussi, et je n'ai pas envie de coucher avec eux pour autant.

—Aucune mortelle ne peut résister à Jean-Claude.

—Moi, si.

—Tiens-toi à l'écart de lui, ou je te tuerai.

Gretchen ne m'écoutait pas vraiment. Elle entendait les

mots que je prononçais, mais elle ne voulait pas en tenir compte. Elle me faisait penser à Jean-Claude.

— C'est lui qui me poursuit de ses assiduités. J'aimerais me tenir à l'écart de lui s'il m'en laissait la possibilité. Mais je n'admettrai pas que vous me menaciez.

— Il est à moi, Anita Blake. Si tu essaies de me le prendre, tu le regretteras.

Ce fut à mon tour de secouer la tête. Elle ne voyait sûrement pas que j'avais un flingue pointé sur elle. Et qu'il contenait des balles en argent. Après deux siècles d'existence, elle avait sans doute fini par se croire invulnérable.

— Je n'ai pas de temps à perdre avec vous! Jean-Claude vous appartient: génial! Je suis ravie de l'apprendre. Faites en sorte qu'il cesse de me harceler et je serai la plus heureuse des femmes, vivante ou morte.

Je ne voulais pas lui tourner le dos, mais je devais partir. Dolph m'attendait sur les lieux d'un crime.

— Gretchen, de quoi parles-tu avec Anita?

Jean-Claude approchait de nous. Il portait une cape noire de style victorien, le col relevé, et un haut-de-forme entouré d'une bande de soie blanche. Je jure que je ne plaisante pas.

Gretchen le dévorait des yeux. Il n'y avait pas d'autre mot. L'adoration qui se lisait sur son visage était presque écœurante… et très humaine.

— Je voulais rencontrer ma rivale.

Je n'étais pas sa rivale. Ça faisait une éternité que je me tuais à le lui expliquer. Visiblement, elle n'avait pas envie de me croire.

— Je t'ai dit de m'attendre dehors pour que tu ne la croises pas. Tu le savais! cracha Jean-Claude.

Gretchen frémit.

— Je ne lui voulais pas de mal.

C'était presque un mensonge, mais je laissai tomber. J'aurais pu dire à Jean-Claude qu'elle m'avait menacée.

Hélas, je n'aime pas moucharder. Elle s'était donné beaucoup de mal pour me parler en tête à tête. Tout ça pour m'écarter de lui. Elle semblait l'aimer tellement ! Je ne voulais pas le mettre en colère contre elle. Quitte à être traitée de nunuche sentimentale. Et puis, je n'aime pas devoir de faveur à Jean-Claude.

— Je vais vous laisser seuls, les tourtereaux.

— Quel mensonge lui as-tu raconté à notre sujet ?

Les paroles de Jean-Claude étaient brûlantes et sa rage me faisait presque suffoquer. Doux Jésus !

Gretchen tomba à genoux et leva des mains suppliantes vers lui. Pas pour se protéger d'un coup, mais pour l'implorer.

— Je voulais seulement la rencontrer, gémit-elle. Voir de mes yeux la mortelle qui te détourne de moi.

Je n'avais pas envie d'assister à cette scène, mais elle exerçait sur moi le même attrait morbide qu'un accident de la route. Je n'arrivais pas à m'en arracher.

— Elle ne me détourne de personne, dit Jean-Claude. Je ne t'ai jamais aimée.

Une atroce douleur s'inscrivit sur le visage de Gretchen. Sous son maquillage, ses joues se creusèrent, comme si sa peau était en train de se ratatiner.

Jean-Claude la prit par le bras et la força à se relever. Ses doigts gantés de blanc s'enfoncèrent dans la chair de Gretchen. Si elle avait été humaine, elle aurait eu des bleus le lendemain.

— Ressaisis-toi, lui ordonna-t-il. Tu es en train de perdre ton contrôle.

Les lèvres minces de la vampire se retroussèrent sur ses crocs. Elle se dégagea de son étreinte en sifflant, et se couvrit le visage avec des mains qui étaient presque des serres. J'ai déjà vu des vampires sous leur véritable forme, mais jamais par accident et dans un endroit où n'importe qui aurait pu les surprendre.

— Je t'aime, gémit-elle d'une voix étouffée, pathétique et presque humaine.

— Fiche le camp avant de nous faire honte à tous.

Gretchen leva vers nous un visage qui n'avait plus rien d'humain. Sa peau pâle brillait d'une lumière intérieure sur laquelle son maquillage semblait flotter, comme si sa chair ne pouvait plus l'absorber. Quand elle tourna la tête, je distinguai les os de ses mâchoires, pareils à des ombres.

— Je n'en ai pas fini avec toi, Anita Blake, cracha-t-elle.

— Laisse-nous! cria Jean-Claude.

Gretchen se propulsa dans les airs, et les ténèbres l'engloutirent dans une rafale de vent.

— Doux Jésus, soufflai-je.

— Je suis désolé, ma petite. Je lui avais demandé de m'attendre dehors pour éviter ça.

Il s'approcha de moi, la cape flottant autour de ses chevilles. À cause d'un coup de vent soudain, il dut retenir son chapeau pour qu'il ne s'envole pas. Je fus ravie de constater que ses vêtements, au moins, n'obéissaient pas à ses caprices.

— Je dois y aller, Jean-Claude. La police m'attend.

— Je ne voulais pas que cela se produise.

— Comme d'habitude. Et les choses se produisent quand même.

Je levai une main pour l'empêcher de répondre, car je n'avais pas envie d'en entendre davantage.

— Je dois y aller, répétai-je.

Je me détournai et me dirigeai vers ma Jeep. Dès que je fus de l'autre côté de la rue verglacée, je remis mon flingue dans son holster.

— Je suis désolé, ma petite.

Je me retournai pour lui dire d'aller se faire foutre. Mais il n'était pas là. La lumière des lampadaires éclairait la chaussée déserte. Je suppose que Gretchen et lui n'avaient pas besoin de voiture…

CHAPITRE 7

Juste avant de s'engager sur l'autoroute 44, sur la droite, on aperçoit des manoirs assez anciens derrière leur portail en fer forgé. À l'époque de leur construction, ils représentaient le summum de l'élégance architecturale, et ce quartier était le plus chic de la ville. À présent, ils forment comme un îlot face à une marée de lotissements et de gamins aux yeux morts prêts à se flinguer pour une paire de baskets.

À Fenton, l'usine Chrysler est toujours le plus gros employeur. La nationale longe les fast-foods et les boutiques, mais l'autoroute file vers l'horizon sans regarder derrière elle. La passerelle couverte du Maritz, qui l'enjambe, semble assez large pour abriter des bureaux. Son aspect agressif attire l'attention : la preuve, je connais son nom, alors que j'ignore celui de tous les autres bâtiments le long de la 44. Comme quoi, l'agressivité a parfois du bon.

Les monts Ozark se dressent de chaque côté de l'autoroute, ronds et polis comme des cailloux géants. En automne, quand le soleil éclaire les arbres flamboyants, ils sont d'une beauté à couper le souffle. Mais par cette froide nuit de décembre, avec la seule lumière de mes phares pour me tenir compagnie, ils ressemblaient à des géants endormis, la silhouette vaguement oppressante. Il y avait juste assez de neige pour qu'on distingue un scintillement blanc entre l'ombre perpétuelle des sapins et le flanc nu d'une carrière.

Des maisons se pelotonnent au pied des montagnes : petites fermes bien propres ou bicoques de planches à la peinture écaillée et au toit de tôle rouillée, séparées les unes des autres par d'immenses champs.

Un cheval solitaire cherchait quelque chose à brouter. En vain. Beaucoup de gens laissent leurs chevaux passer la nuit dehors aux environs d'Eureka : les personnes qui ne peuvent pas vivre à Ladue ou à Chesterfield. Les maisons y coûtent plus d'un demi-million de dollars, mais elles ont une grange et un corral. Ici, il n'y a pas d'enclos, et les propriétaires doivent faire des kilomètres en voiture pour rendre visite à leur cheval. Au moins, ils en ont un. Même si je n'en comprends pas l'intérêt.

Mes phares éclairèrent un panneau de signalisation. Je ralentis. Une voiture avait dû percuter le poteau, parce qu'il était carrément plié en deux. Difficile de lire ce qui était écrit, à un angle de soixante degrés. C'était sans doute pour ça que Dolph m'avait dit de chercher le panneau brisé et pas la rue correspondante.

Je tournai à droite. À Saint Louis, il n'y avait qu'une dizaine de centimètres de neige ; ici, c'était plutôt le double. Et les rues n'avaient pas été déblayées. Celle que je suivais montait vers les collines et des traces de pneus aussi larges que les roues d'une charrette avaient tracé deux sillons parallèles dans la neige. Si des voitures de police avaient réussi à passer, ma Jeep le pouvait aussi.

Une fois encore, je me réjouis de ne plus avoir ma vieille Nova. J'aurais dû finir le chemin à pied, pataugeant dans la neige avec mes escarpins. D'accord, j'avais toujours une paire de Nike à l'arrière, mais ça n'aurait pas été beaucoup mieux. Je devrais peut-être penser à investir dans des bottes en caoutchouc. Mais il est très rare qu'il neige autant à Saint Louis, donc ça ne m'avait pas semblé nécessaire.

Les arbres se penchaient au-dessus de la chaussée. En été, cette rue devait ressembler à un tunnel de verdure. En hiver, les branches nues évoquaient des ossements noirs et lugubres se détachant sur la blancheur de la neige.

Au sommet de la colline, un mur de pierre de trois mètres de haut dissimulait le côté gauche de la route. Il s'agissait sans doute du monastère dont avait parlé Dolph. Une centaine de mètres plus loin, une plaque vissée dans le mur, près d'un portail hérissé de pointes, indiquait que je ne m'étais pas trompée.

De l'autre côté, j'aperçus une allée qui serpentait et disparaissait derrière un talus. Juste en face de cette entrée, le chemin de gravier était presque impossible à distinguer sous la neige. Si le monastère n'avait pas été là pour servir de repère, je l'aurais sans doute manqué. La plupart des traces de pneus continuaient sur la route, où les ténèbres les engloutissaient. Celles qui partaient vers la droite devinrent visibles au moment où je m'engageais dans le chemin.

Je me demandai vaguement ce qui justifiait une telle circulation dans un endroit aussi paumé. Mais ce n'était pas mon problème.

Des broussailles éraflèrent les flancs de ma Jeep. La belle peinture vert foncé de ma carrosserie allait en prendre un coup. Génial. C'était la première fois que j'avais une voiture neuve. Parti comme ça, elle ne le resterait pas longtemps.

Le paysage s'ouvrit des deux côtés. Une prairie avec des herbes hautes brunies, courbées sous le poids de la neige. Les lumières bleues et rouges des gyrophares déchiraient l'obscurité. Une ferme blanche, avec un porche couvert, se dressait au bout du chemin. Des voitures étaient éparpillées autour comme les jouets d'un enfant. J'espérais que le chemin formait une boucle sous la neige. Sinon, elles étaient garées dans l'herbe. Grand-maman Blake détestait que les voitures se garent dans l'herbe.

La plupart des véhicules, y compris l'ambulance, avaient leur moteur allumé. Assis dedans, des types attendaient. Mais quoi ? En général, le temps que j'arrive sur les lieux d'un crime, tout le boulot est déjà fait. Quelqu'un reste pour emporter le corps après que je l'ai examiné, mais les autres se dépêchent de rentrer chez eux. Autrement dit, quelque chose clochait.

Je me garai près de la voiture du shérif du comté de Saint Gerard. Un flic était adossé à la portière, un coude sur le toit. Il observait les gens massés devant la ferme, mais il se retourna en m'entendant approcher.

Il n'eut pas l'air très heureux de me voir. Son chapeau lui protégeait le visage, mais il découvrait ses oreilles et l'arrière de son crâne. Pâle et couvert de taches de rousseur, il mesurait au moins un mètre quatre-vingt-cinq. Ses épaules semblaient très larges sous son manteau sombre. Il n'avait rien de chétif, et pensait sans doute que ça faisait de lui un dur. Ses cheveux, d'une couleur claire qui absorbait la lumière des gyrophares, paraissaient alternativement bleus ou rouges.

Je sortis prudemment de ma Jeep. La neige se referma autour de mon pied, trempant mon collant et remplissant mon escarpin. Elle était froide et humide.

Je m'accrochai à la poignée de la portière. Les talons hauts et la neige ne font pas bon ménage. Et je n'avais aucune envie de me casser la figure devant tout le département de police du comté de Saint Gerard.

J'aurais dû prendre mes Nike à l'arrière et les enfiler dans la voiture. Mais il était trop tard.

L'adjoint du shérif avança vers moi. Il avait des bottes aux pieds, donc aucun problème pour marcher.

Il se planta devant moi. D'habitude, je ne laisse pas les étrangers approcher autant. Mais pour reculer, il aurait fallu que je lâche la poignée. Et je n'étais pas censée avoir peur de la police, pas vrai ?

— C'est une enquête criminelle, madame. Je dois vous demander de partir.

— Je suis Anita Blake. Je travaille avec le divisionnaire Storr.

— Vous n'êtes pas flic.

Il semblait très sûr de lui et son ton ne me plaisait pas beaucoup.

— Non, en effet.

— Dans ce cas, vous devez partir.

— Pouvez-vous dire au divisionnaire Storr que je suis là… s'il vous plaît ?

Un peu de politesse ne pouvait pas nuire.

— Je vous ai gentiment demandé de partir. Ne m'obligez pas à me répéter.

Il n'avait qu'à tendre la main pour me prendre par le bras et me pousser dans la Jeep. Pas question de dégainer mon flingue pour menacer un flic alors qu'il y en avait un régiment dans les environs. Je n'avais pas envie de me faire tirer dessus.

Que pouvais-je faire ? Je fermai la portière et m'y appuyai. Si j'étais prudente et que je ne remuais pas trop, je ne tomberais pas. Et si je tombais, je pourrais peut-être invoquer les brutalités policières dont j'avais été victime.

— Qu'est-ce qui vous prend ? demanda l'adjoint du shérif.

J'essayai de faire appel à son bon cœur.

— J'ai planté mon petit ami en plein rencard et fait trois quarts d'heure de route pour venir ici. Laissez-moi parler au divisionnaire Storr et, s'il ne veut pas que je reste, je m'en irai.

— Même si vous aviez débarqué en hélicoptère de l'autre bout du pays, ça ne changerait rien. Je vous ordonne de partir. Immédiatement !

Il n'avait pas bon cœur.

Il fit mine de m'empoigner, et je reculai pour me mettre hors de sa portée. Mon pied gauche glissa sur une plaque de verglas et j'atterris sur les fesses.

L'adjoint du shérif eut l'air étonné. Sans réfléchir, il me tendit la main. Je me relevai en m'appuyant sur le pare-chocs de ma Jeep, tout en m'écartant de lui le plus possible. Les plis de son front se creusèrent.

Mon manteau était couvert de neige qui glissa le long de mes jambes en fondant. Je commençais à en avoir marre.

L'adjoint du shérif marcha sur moi. Je pédalai en arrière en me retenant à la voiture.

— On peut tourner autour de cette Jeep pendant des heures si ça vous chante, mais je ne partirai pas avant d'avoir parlé à Dolph.

— Ce n'est pas lui le chef, ici.

— Dans ce cas, trouvez le type qui commande.

— C'est parfaitement inutile !

Il fit trois pas rapides vers moi. Je reculai un peu plus vite. Nous n'allions pas tarder à ressembler aux personnages d'un film des Marx Brothers.

— Vous essayez de m'échapper !

— Avec ces chaussures ? Vous rigolez !

Par-dessus le grésillement des radios de la police, je distinguai des voix coléreuses. L'une d'elles appartenait à Dolph. Je n'étais pas la seule à avoir des problèmes avec les flics du coin. En revanche, j'étais la seule qui se faisait poursuivre autour d'une bagnole.

— Arrêtez-vous tout de suite !

— Et si je refuse ? lançai-je sur un ton de défi.

Il défit le bouton de son holster et posa la main sur la crosse de son flingue. Ça se passait de commentaire.

J'étais tombée sur un cinglé.

J'arriverais peut-être à dégainer avant lui, mais ce type était un flic censé appartenir au camp des gentils. En règle générale, j'essaie de ne pas tirer sur les gentils. Et puis, comment expliquer à des flics pourquoi on a descendu un de leurs collègues ? Ça a tendance à les rendre nerveux…

Je ne pouvais pas dégainer ni le battre à la course. Un bras de fer semblait hors de question. Alors, je fis la seule chose qui me vint à l'esprit.

— Dolph, Zerbrowski ! Ramenez vos fesses ! hurlai-je.

Le silence tomba brusquement sur nous, comme si quelqu'un venait d'actionner un interrupteur. On n'entendait plus que le grésillement des radios.

Je regardai les investigateurs. Dolph tourna la tête dans ma direction. Mesurant près de deux mètres, il dépassait largement tous les autres. Je lui fis un signe de la main : rien de frénétique, mais je voulais être sûre qu'il m'avait repérée.

L'adjoint du shérif dégaina. Il me fallut un gros effort de volonté pour ne pas l'imiter. Ce crétin cherchait un prétexte pour me tirer dessus, et je ne pouvais pas lui offrir une si belle occasion. Du coup, s'il me canardait quand même, j'allais salement m'en vouloir.

Son flingue était un .357 Magnum, idéal pour la chasse à la baleine, mais un peu excessif pour n'importe quel bipède. Un humain, par exemple. Et je me sentais très humaine face à la gueule béante de ce canon.

Je levai les yeux vers le type. Il ne fronçait plus les sourcils : il semblait déterminé et très sûr de lui, comme s'il ne risquait pas le moindre ennui en appuyant sur la détente.

Je voulus appeler Dolph une deuxième fois, mais je me retins. Ce cinglé risquait de tirer. À cette distance et face à ce genre d'arme, je n'avais pas la moindre chance. Il me fallait rester plantée dans la neige, les pieds engourdis et les mains crispées sur le toit de ma voiture. Au moins, il ne m'avait pas demandé de les lever. Je suppose qu'il ne voulait pas me voir tomber une nouvelle fois avant d'avoir répandu ma cervelle sur la carrosserie flambant neuve de ma Jeep.

L'inspecteur Clive Perry vint à ma rescousse. Son visage sombre comme de l'ébène reflétait la lumière des gyrophares. Il était un peu plus petit que le foutu adjoint. Sa silhouette élancée était enveloppée par un manteau en poil de chameau et un chapeau assorti lui protégeait le crâne.

Comme la plupart des beaux chapeaux, il était impossible de le descendre assez bas pour se couvrir les oreilles. Pour ça, il aurait fallu un bonnet en laine. Je reconnais que c'est moins classe. Quant à moi, je ne portais aucun couvre-chef pour ne pas ravager ma coiffure.

Dolph s'était remis à engueuler quelqu'un. Je ne voyais pas la couleur de l'uniforme du type en question : j'apercevais un bras qui s'agitait frénétiquement et la foule me dissimulait le reste de son corps. Je n'avais jamais vu personne agiter un poing sous le nez de Dolph. Sa carrure a habituellement tendance à faire hésiter les gens.

— Mademoiselle Blake, nous ne sommes pas tout à fait prêts pour votre intervention, dit Perry.

Il appelle toujours les gens par leur nom de famille. Un des hommes les plus courtois que j'aie jamais rencontrés. Si on ajoute à ça qu'il bosse dur, on a du mal à comprendre comment il a atterri à la Brigade d'Investigations surnaturelles.

Quand les autorités ont créé la BIS, elle était considérée comme une voie de garage où l'on expédiait les importuns. Personne ne s'attendait vraiment à ce qu'elle résolve les crimes qui sortaient de l'ordinaire. Aujourd'hui, elle affiche un tel taux de réussite que Dolph a été invité à donner des conférences à Quantico, le centre de formation des agents du FBI. Pas mal, non ?

Je n'avais pas quitté des yeux l'adjoint du shérif et son .357 Magnum. Je ne pensais pas qu'il me tirerait dessus, mais quelque chose dans son expression me disait qu'il en mourait d'envie. Dès qu'on donne un flingue à quelqu'un, il se transforme aussitôt en cow-boy.

—Bonsoir, inspecteur Perry. Je crois que nous avons un problème.

—Adjoint Aikensen, pourquoi avez-vous sorti votre arme ?

La voix de Perry était douce et calme, le genre de ton qui persuade les suicidaires de ne pas sauter d'un pont et les illuminés de relâcher leurs otages. Aikensen tourna la tête vers lui.

—Aucun civil n'est autorisé à entrer sur les lieux d'un crime. Ordre du shérif.

—Je doute que le shérif Titus veuille qu'on tire sur les gens, dit Perry.

Aikensen se rembrunit.

—Vous vous foutez de ma gueule, c'est ça ?

J'aurais eu le temps de sortir mon flingue et de le lui enfoncer entre les côtes, mais je me contrôlai. Je n'avais pas l'intention de descendre ce fils de pute. Dès qu'on dégaine un flingue, il y a un risque que quelqu'un meure. Quand on n'a pas l'intention de tuer, mieux vaut s'abstenir. Ne pas broncher me faisait mal, mais je survivrais aux meurtrissures de mon ego. Et l'adjoint Aikensen aussi.

Il me regarda.

—Le shérif a dit que je ne devais laisser personne entrer dans le périmètre, à l'exception de la police, s'entêta-t-il.

« Périmètre » était un mot bien savant pour un esprit aussi limité que le sien. Évidemment, il s'agissait d'un terme militaire. Ça devait faire des années qu'il essayait de le caser dans une conversation.

—Adjoint Aikensen, cette dame est notre experte en surnaturel, Anita Blake.

Aikensen secoua la tête.

—Pas de civils sur les lieux, sauf autorisation personnelle du shérif.

Perry regarda Dolph et l'homme que je supposai être le shérif.

—Il ne veut même pas nous laisser approcher du corps. À votre avis, quelles sont les chances qu'il autorise une civile à le faire ?

Aikensen eut une grimace triomphante.

—Inexistantes !

Il braquait toujours son flingue sur ma poitrine et il avait l'air d'y prendre beaucoup de plaisir.

—Rengainez votre arme, et Mlle Blake partira, dit Perry.

J'ouvris la bouche pour protester, mais il secoua discrètement la tête. Je gardai le silence. Il avait un plan.

—Je ne reçois pas d'ordres d'un Noir ! cracha Aikensen.

—Vous êtes jaloux, ricanai-je.

—Ah ouais ? Pourquoi ça ?

—Parce que c'est un inspecteur de la ville, pas un minable adjoint de campagne comme vous.

—Tu vas la fermer, salope ?

—Mademoiselle Blake, je vous en prie, laissez-moi gérer la situation. Adjoint Aikensen, votre shérif et vous, vous vous êtes montrés aussi grossiers et peu coopératifs que possible. Vous pouvez me traiter de tous les noms si ça vous chante, mais je ne vous laisserai pas braquer une arme sur une de nos collaboratrices.

Une lueur passa dans le regard d'Aikensen. Je pouvais presque lire dans ses pensées. Perry était flic, lui aussi. Donc, il avait forcément un flingue, et cet abruti lui tournait le dos.

Aikensen se tourna rapidement vers Perry. Je portai une main à mon holster.

Perry avait les mains vides, assez écartées de son corps pour montrer qu'il n'était pas armé. Soufflant comme un bœuf, Aikensen lui pointa son .357 Magnum sur la tête.

Puis quelqu'un nous vit et s'exclama :

—Putain, qu'est-ce qui se passe encore ?

Je braquai le canon de mon Browning sur le dos d'Aikensen.

—Si vous remuez, je vous fais sauter la cervelle, menaçai-je.

—Vous n'êtes pas armée.

Je fis cliqueter le chien. Sur ce genre de flingue, ce n'est pas nécessaire avant de tirer, mais j'aime bien l'effet que ça produit. Très dramatique.

—Vous ne m'avez pas fouillée, connard!

Des gens accouraient en beuglant. Mais ils n'arriveraient pas à temps. Ça se jouerait entre nous trois.

—Posez votre flingue, Aikensen. Tout de suite.

—Non.

—Posez-le, ou je vous descends.

—Anita, ne tirez pas. Il ne va pas me faire de mal, dit Perry.

La première fois qu'il utilisait mon prénom…

—Je n'ai pas besoin qu'un Noir me protège.

Les épaules d'Aikensen se contractèrent. Je ne voyais pas assez bien ses mains pour en être sûre, mais j'aurais parié qu'il appuierait sur la détente. Du moins, s'il y arrivait avant moi.

—Aikensen, baisse ce putain de flingue! cria une voix masculine.

Le bras de l'adjoint retomba aussitôt. Aikensen n'était pas en train d'appuyer sur la détente: il était juste nerveux.

Je réprimai un gloussement à l'idée que j'avais failli le descendre pour ça. Mon index se décrispa. Savait-il à quel point c'était passé près? La seule chose qui l'avait sauvé, c'était que la détente du Browning est plutôt raide. Avec un tas d'autres flingues, le coup aurait déjà été parti.

Aikensen se tourna vers moi et vit que je le tenais toujours en joue. Il leva son .357 Magnum pour me rendre la politesse.

—Si ce canon monte encore de deux centimètres, je tire, menaçai-je.

—Aikensen, je t'ai déjà dit de baisser ce putain de flingue avant que quelqu'un se fasse tuer !

L'homme qui venait de parler devait mesurer dans les un mètre soixante-cinq et peser plus de cent kilos. Il ressemblait à une saucisse munie de bras et de jambes. Son manteau était tendu sur son gros ventre, et une barbe de trois jours ornait son double menton. Ses petits yeux se perdaient presque dans la masse mollassonne de son visage.

En revanche, un badge brillait au revers de son manteau. Il ne l'avait pas épinglé sur sa chemise, où les inspecteurs de la ville risquaient de ne pas le voir. Un geste aussi grossier que d'ouvrir sa braguette devant des invités pour leur montrer que vous êtes bien monté.

—Ce Noir…

—Tu sais bien que nous n'approuvons pas ce genre de langage, Aikensen.

À en juger par l'expression de l'adjoint, on eût dit que son supérieur venait de lui révéler que le Père Noël n'existait pas. Titus devait avoir les mêmes convictions racistes que lui, mais il était assez intelligent pour les oublier en public.

—Baisse cette arme, mon garçon. C'est un ordre.

Son accent devenait de plus en plus prononcé, comme celui de beaucoup de gens quand ils stressent ou qu'ils veulent se faire remarquer. Ce n'était pas un accent du Missouri, mais d'un État plus au sud.

Aikensen baissa son flingue à contrecœur et rengaina. Mais il ne boutonna pas son holster.

Le shérif Titus fourra les mains dans les poches de son manteau et me dévisagea.

—Vous pouvez en faire autant, mademoiselle. Aikensen ne tirera sur personne.

Peut-être plus maintenant. Mais si j'avais appuyé sur la détente avant qu'il baisse son flingue, personne n'aurait jamais su s'il allait ou non descendre Perry. Et s'il avait été un criminel, aucun tribunal au monde n'aurait pu me reprocher de l'avoir fait.

Je me cassai le poignet pour pointer mon Browning vers le ciel. J'allais rengainer… jusqu'à ce qu'il me dise de le faire. Comme je n'aime pas beaucoup qu'on me donne des ordres, je me contentai de le défier du regard.

Titus conserva son expression amicale, mais ses yeux se durcirent. Il était en colère. Ce type n'aimait pas qu'on le défie. Tant mieux. J'en frétillais presque de joie.

Trois autres adjoints se rassemblèrent derrière lui. Tous l'air hostile et prêts à faire ce que leur shérif leur ordonnerait. Aikensen s'approcha d'eux, une main au-dessus de son holster. Un peu dur de la comprenette, apparemment.

—Anita, rengaine ce flingue! cria Dolph.

Je savais que sa fureur n'était pas dirigée contre moi. Il mourait d'envie de me dire de descendre ce fils de pute, mais il aurait du mal à expliquer ça à ses supérieurs.

Dolph n'est pas officiellement mon patron. Mais en général, je lui obéis. Parce qu'il le mérite. Je rengainai mon Browning.

On dirait que le visage de Dolph a été sculpté au couteau. Ses cheveux noirs coupés très court exposant ses oreilles à la morsure du froid, il avait les mains enfoncées dans les poches de son pardessus noir, qui semblait un peu léger pour la saison, mais qui était peut-être doublé. Encore que Dolph soit trop massif pour qu'il y ait de la place pour lui *et* une doublure dans le même manteau.

Il nous fit signe d'approcher, à Perry et à moi.

—Racontez-moi ce qui s'est passé, demanda-t-il à voix basse.

J'obtempérai sans me faire prier.

—Vous avez vraiment cru qu'il allait vous tirer dessus?

Perry baissa les yeux vers la neige piétinée, puis les releva.

—Je n'en suis pas certain, avoua-t-il.

Dolph se tourna vers moi.

—Anita ?

—Oui ?

—Tu n'as pas l'air très sûre de toi non plus…

—La seule chose dont je suis sûre, c'est que je l'aurais descendu. J'étais en train d'appuyer sur la détente, Dolph. Que diable se passe-t-il ?

—Je ne pensais pas que quelqu'un serait assez stupide pour sortir une arme.

Je fronçai les sourcils.

—Ne regarde pas, mais l'adjoint Aikensen a toujours une main sur son holster. Il meurt d'envie de dégainer.

Dolph prit une profonde inspiration par le nez et souffla par la bouche. Un nuage de vapeur blanche se forma devant son visage.

—Allons parler au shérif Titus.

—Ça fait déjà plus d'une heure que nous essayons, dit Perry, et il ne nous écoute pas.

—Je sais, inspecteur. Je sais…

Dolph s'approcha pourtant de lui et nous lui emboîtâmes le pas. Que pouvions-nous faire d'autre ? Et je voulais savoir pourquoi toute une unité de flics se tournait les pouces sur le lieu d'un meurtre.

Perry et moi nous postâmes de part et d'autre de Dolph, comme des sentinelles. Sans réfléchir, nous étions restés un pas derrière lui : n'était-il pas notre chef ? Cet automatisme m'irrita et me donna envie de me mettre à sa hauteur. Je savais pourtant ne pas être son égale sur les lieux d'un crime. Même si je me tapais plus que ma part de boulot, je n'étais pas flic. Et ça faisait toute la différence.

Aikensen agrippait carrément la crosse de son flingue, à présent. Serait-il capable de dégainer sous notre nez à tous les trois ? Il ne pouvait pas être aussi stupide. Mais comme je ne voyais rien d'autre que de la colère dans son regard, je m'autorisai un léger doute.

—Titus, dites à votre adjoint de laisser ce flingue tranquille, ordonna Dolph.

—Aikensen, éloigne ta putain de main de ton putain de flingue!

—Cette gonzesse est une civile. Elle m'a menacé.

—Tu as eu de la chance qu'elle ne te plombe pas le cul, grogna Titus. Maintenant, boutonne ce holster et baisse d'un ton, si tu veux pas que je te renvoie chez toi.

Aikensen se rembrunit, mais obéit et fourra les mains dans ses poches. S'il n'avait pas de Derringer dans son manteau, nous étions en sécurité. Bien entendu, c'était le genre de cow-boy à porter une arme de secours. Ce qui m'arrive aussi, mais seulement dans les cas extrêmes. Quand je suis dans la merde jusqu'au cou au lieu d'y être jusqu'aux genoux.

Des pas crissèrent dans la neige derrière nous. Je me tournai à demi pour découvrir les nouveaux venus sans quitter Aikensen des yeux.

Trois personnes en uniforme bleu marine s'arrêtèrent à notre hauteur. À leur tête, un homme de haute taille dont le chapeau portait un insigne de commissaire. Son premier adjoint était immense, si maigre qu'il semblait émacié, et encore trop jeune pour se raser. Son second adjoint était une femme. Surprise, surprise. D'habitude, je suis la seule nana sur les lieux de l'investigation.

Elle était à peine plus grande que moi et toute frêle, avec des cheveux courts aussi clairs que ses yeux et son teint. Mignonne dans le genre petite chose, même si je doutais qu'elle apprécie qu'on la qualifie ainsi. Elle avait les pieds bien écartés et les pouces coincés dans son ceinturon. Son flingue paraissait trop gros pour ses mains. De deux choses l'une: c'était une chieuse dans le genre d'Aikensen… ou ma jumelle spirituelle.

Le commissaire avait au moins vingt ans de plus que ses adjoints, une moustache grisonnante et un charme bourru. Il appartenait à cette sorte de mecs pas forcément séduisants quand ils sont jeunes, mais qui s'améliorent avec l'âge en gagnant du caractère et de la profondeur. Comme Sean Connery qui me faisait plus d'effet à soixante ans qu'à vingt.

— Titus, vous devriez laisser ces gens bosser, dit-il. Nous sommes tous gelés et fatigués, et nous avons envie de rentrer chez nous.

Une lueur de colère passa dans les petits yeux porcins du shérif.

— Cette affaire concerne le comté, Garroway. Vos petits copains et vous êtes hors de votre juridiction.

— Holmes et Lind venaient de prendre leur service quand nous avons reçu un appel radio nous informant que quelqu'un avait découvert un cadavre. Votre adjoint a dit qu'il était occupé et qu'il ne pourrait pas s'en charger avant une bonne heure. Holmes a proposé de venir pour s'assurer que personne ne bousille les lieux du crime. Mes hommes n'ont touché à rien. Ils se sont contentés d'attendre les vôtres. Où est le problème ?

— Le crime a eu lieu sur notre territoire ! s'entêta Titus. C'est à nous de nous en occuper. Nous n'avons pas besoin d'aide. Et vous n'aviez pas le droit d'appeler la BIS sans me demander mon avis.

Le commissaire Garroway haussa les épaules, l'air de dire qu'il n'y était pour rien.

— Holmes a vu le cadavre et elle a pensé que la victime n'avait pas pu être tuée par un humain. Dans ces cas-là, le protocole veut que nous contactions la BIS, et c'est ce qu'elle a fait.

— Aikensen et Troy ne sont pas de son avis. Votre petite dame s'est laissé impressionner parce qu'un ours a bouffé un chasseur, c'est tout.

Holmes ouvrit la bouche pour protester, mais Garroway leva la main.

—Laissez-moi faire!

Holmes referma la bouche, mais je vis bien que ça ne lui plaisait pas.

—Pourquoi ne demanderions-nous pas au divisionnaire Storr ce qu'il en pense? proposa Garroway.

J'étais assez près de Dolph pour l'entendre soupirer.

—Elle n'avait pas le droit de laisser des gens approcher du corps sans notre présence, insista Titus.

—Messieurs, il y a un cadavre dans les bois, intervint Dolph. Chaque minute perdue à nous disputer est une minute où des indices précieux risquent de disparaître.

—Une attaque d'ours n'est pas un crime qui mérite une investigation.

—Mlle Blake est notre experte. Si elle juge que c'est l'œuvre d'un ours, nous plierons bagage. Si elle affirme que le meurtrier est une créature surnaturelle, vous nous laisserez faire notre boulot. Entendu?

—Mlle Blake? Mlle Anita Blake?

Dolph hocha la tête. Titus me fixa en plissant les yeux.

—L'Exécutrice?

—C'est ainsi que m'appellent certaines personnes.

—Ce petit bout de femme a déjà tué une douzaine de vampires? demanda-t-il, incrédule.

Je haussai les épaules. En réalité, j'en avais tué beaucoup plus que ça. Mais comme ça n'avait pas toujours été très légal, j'aimais autant ne pas le mentionner devant la police. Les vampires ont des droits; les buter sans mandat équivaut à un meurtre.

—Je suis l'exécutrice de vampires légalement désignée pour cette région. Ça vous pose un problème?

—Anita, intervint Dolph.

Je le regardai, puis me concentrai sur le shérif. Je jure que je n'aurais rien ajouté si Titus n'avait pas insisté lourdement.

—Je n'arrive pas à croire qu'une minette dans votre genre ait fait toutes les choses que j'ai entendues.

—Les gars, il est tard et on se pèle! Montrez-moi le corps pour que je puisse bosser. Je n'ai pas envie de traîner dans le coin plus que nécessaire.

—Une civile n'a pas d'ordres à me donner!

J'allais lancer une repartie cinglante lorsque nous fûmes interrompus par un homme qui portait un plateau chargé de chopes de café fumantes.

Une mèche de cheveux blonds lui tombait sur l'œil droit. Il portait de petites lunettes rondes à monture métallique qui lui donnaient l'air encore plus jeune que nature. Un bonnet était enfoncé sur ses oreilles. Des gants épais, une parka multicolore, un jean et des chaussures de randonnée complétaient sa tenue. Pas très mode, mais adapté au climat. Moi, je ne sentais même plus mes pieds.

Je pris une chope de café avec reconnaissance. Son odeur couvrit celle de la neige.

—Merci.

L'homme me sourit.

—De rien.

Les autres en avaient pris une, mais ils ne l'avaient pas tous remercié. Personne ne leur avait enseigné la politesse?

—J'étais déjà shérif de ce comté avant votre naissance, mademoiselle Blake. C'est mon territoire. Je n'ai pas besoin de gens comme vous.

Titus sirota son café. Évidemment, il faisait partie des malotrus.

—Les gens comme moi? Vous pouvez préciser le fond de votre pensée?

—Laisse tomber, Anita.

Je levai les yeux vers Dolph. Je n'avais pas envie d'abandonner. Seule l'odeur du café parvint à me détendre légèrement. Je fixai Titus et souris.

— Qu'est-ce qu'il y a de drôle? demanda-t-il.

J'ouvris la bouche pour répondre «vous», mais l'homme au café me prit de vitesse.

— Je suis Samuel Williams, annonça-t-il. Le gardien. Je vis dans la petite maison, derrière la réserve naturelle. C'est moi qui ai découvert le corps.

Le plateau désormais vide pendait au bout de son bras ballant.

— Je suis l'inspecteur divisionnaire Storr, se présenta Dolph. Voilà l'inspecteur Perry, et notre experte en sur-naturel, Mlle Blake.

Williams nous salua de la tête.

— Tu nous connais déjà tous, Sam, lança Titus.

— En effet, répondit Williams, l'air peu enthousiaste.

Il se tourna vers le commissaire Garroway.

— J'ai déjà dit à votre adjointe que, selon moi, ce n'était pas un animal. Mais s'il s'agit bien d'un ours, et qu'il a massacré la victime, il recommencera. (Il baissa brièvement les yeux.) Il a mangé des morceaux de cet homme. Il l'a pourchassé et traité comme une proie. Bon sang, il faut l'arrêter avant qu'il tue quelqu'un d'autre!

— Sam a une licence de biologie, dit Titus.

— Moi aussi, fis-je.

Bon, d'accord: option créatures surnaturelles et légen-daires. Mais je n'étais pas obligée de le préciser.

— Une maîtrise, en fait, corrigea Williams. Et je prépare mon doctorat.

— Ouais, en remuant de la merde de hibou! ricana Aikensen.

C'était difficile à dire dans l'obscurité, mais il me sembla que Williams avait rougi.

— J'étudie le comportement alimentaire de la chouette rayée.

Je savais ce que ça signifiait: il ramassait les pelotes

que ces bestioles régurgitaient pour les disséquer. Donc, Aikensen avait raison, en quelque sorte.

—Vous préparez un doctorat d'ornithologie ou de strigiologie? m'enquis-je, toute fière de m'être souvenue du nom latin des hiboux et des chouettes.

—D'ornithologie, répondit Williams avec une chaleur toute fraternelle.

Titus eut l'air d'avoir avalé un ver de terre.

—Je n'ai pas besoin d'un diplôme universitaire pour reconnaître une attaque d'ours quand j'en vois une.

—On n'a pas vu d'ours dans le comté de Saint Gerard depuis 1941, rappela Williams. Et aucun habitant de la région ne s'est jamais fait agresser par un plantigrade.

Il ne formula pas la question sous-jacente, mais elle s'imposa à chacun de nous: dans ce cas, comment Titus pouvait-il reconnaître une attaque d'ours?

Le shérif renversa son café dans la neige.

—Écoute-moi bien, l'étudiant…

—C'est peut-être un ours, coupa Dolph.

Nous le regardâmes tous, surpris.

—C'est ce que je me tue à vous dire, grogna Titus.

—Dans ce cas, vous feriez bien de réclamer un hélicoptère et de faire appeler des chiens.

—De quoi parlez-vous?

—Un animal capable d'éventrer un homme et de le manger risque de s'introduire dans des maisons. Qui sait combien de gens il pourrait tuer?

Dolph était impassible, l'air aussi sérieux que s'il croyait vraiment ce qu'il venait de raconter.

—Non, pas de chiens, dit Titus. Je ne voudrais pas déclencher une panique générale. Vous vous souvenez de ce couguar qui s'est échappé de chez ses propriétaires, il y a cinq ans? Les gens étaient devenus fous. Ils tiraient sur tout ce qui bougeait.

Dolph le toisa. Nous le toisâmes tous. S'il pensait vraiment que c'était un ours, il devait réagir en conséquence. Et s'il ne le pensait pas…

Mal à l'aise, Titus se dandina dans la neige.

—Mlle Blake devrait peut-être aller voir, concéda-t-il. (Il frotta le bout de son nez rougi.) J'aimerais pas déclencher une panique générale pour rien.

Il ne voulait pas que les gens croient à l'existence d'un ours tueur, mais ça ne le dérangeait pas qu'ils croient à celle d'un monstre tueur. Bizarre.

Bref, nous nous mîmes enfin en route pour les lieux du crime. Du *crime éventuel*.

J'obligeai les autres à m'attendre pendant que j'enfilais mes Nike et la combinaison de garagiste réservée aux cas semblables. Je déteste avoir des taches de sang sur mes vêtements. Et ça me tiendrait plus chaud aux jambes que mes collants.

Titus ordonna à Aikensen d'attendre près des voitures.

J'espérais qu'il ne tirerait sur personne en notre absence.

CHAPITRE 8

Je ne vis pas immédiatement le cadavre, juste la neige qui s'était entassée dans une de ces dépressions naturelles que l'on trouve dans les bois. Au printemps, elles se remplissent de pluie et de boue. En automne, les feuilles s'y amassent. Et en hiver, c'est le tour de la neige. Le clair de lune découpait chaque empreinte comme au scalpel, l'emplissant d'ombres bleues.

Debout à la lisière des arbres, j'observais les traces. Celles du meurtrier s'y trouvaient sans doute, mais sauf si c'était vraiment un animal, je ne voyais pas comment les distinguer des autres. Toutes conduisaient à la même chose : le cadavre.

Selon Dolph, l'homme avait été déchiqueté et à moitié dévoré. Je ne tenais pas tellement à le voir. D'accord, j'avais passé un bon moment avec Richard, mais la soirée ne cessait de dégénérer et je trouvais injuste qu'elle s'achève ainsi. Et ce n'était pas la victime qui me contredirait.

J'aspirai une longue goulée d'air glacial. Un nuage de vapeur se forma devant ma bouche quand j'expirai. Je ne sentais pas l'odeur du cadavre. En été, il aurait déjà pué. Moralité, le froid n'a pas que des mauvais côtés.

— Vous comptez examiner le corps d'ici ? demanda Titus.

— Non.

— On dirait que votre experte manque de couilles, Storr.

Je me retournai vers le shérif, qui arborait une insupportable expression de triomphe. Je n'avais pas envie de voir ce cadavre, mais je ne pouvais pas le laisser dire que je manquais de couilles, malgré l'évidence physiologique.

— J'espère pour vous que ce n'était pas un crime, shérif. Vos hommes ont tellement piétiné cette clairière que je doute de pouvoir y trouver le moindre indice.

— Anita… Nous disputer n'arrangera rien.

Dolph avait raison, mais ça m'était égal.

— Vous avez des suggestions pour préserver ce qui reste, ou dois-je me contenter de vaquer à mes affaires sans me soucier de rien, comme cinquante milliards de personnes avant moi ?

— Il n'y avait que quatre séries d'empreintes quand on m'a ordonné de quitter les lieux, intervint Holmes.

Titus fronça les sourcils.

— Une fois que j'ai eu déterminé qu'il s'agissait d'une attaque d'ours, je n'ai pas vu l'utilité de prendre des précautions particulières.

— Ben voyons. (Je me tournai vers Dolph.) Et toi, tu as des suggestions ?

— Vas-y. Ne te préoccupe de rien. Je doute que ce soit encore la peine.

— Vous critiquez mes hommes ? s'écria Titus.

— Non. C'est vous que je critique.

Je me détournai pour que le shérif ne me voie pas sourire. Dolph a une tolérance très limitée envers les abrutis. Il les supporte un poil plus longtemps que moi, mais une fois qu'ils ont atteint son seuil critique, ils ont intérêt à courir se planquer. Mon « chef » n'épargne personne.

Je m'approchai de la dépression. Dolph n'avait pas besoin de mon aide pour arracher la tête de Titus et la lui rendre sur un plateau. La neige s'effrita au bord du trou, et mes pieds glissèrent sur les feuilles mortes qu'elle dissimulait. Je me retrouvai sur le cul pour la deuxième fois de la soirée. Comme le sol était en pente, je ne m'immobilisai qu'à côté du cadavre.

Des rires éclatèrent derrière moi.

Assise dans la neige dont l'humidité traversait déjà mes vêtements, je fixai mon regard sur le mort. Les autres pouvaient bien rire autant qu'ils voulaient. Ma chute était drôle. La vision du corps ne l'était pas.

Il gisait sur le dos, illuminé par le reflet du clair de lune sur la neige. Je n'eus pas besoin de sortir la lampe que je gardais dans une poche de ma combinaison. Ou peut-être n'en avais-je pas envie. Ce que je pouvais voir ainsi me suffisait amplement.

De profondes entailles pareilles à des sillons couraient sur le côté droit de son visage. Une griffe lui avait crevé l'œil, et des morceaux de globe oculaire gélatineux maculaient sa joue. Sa mâchoire inférieure pulvérisée comme par un étau lui donnait un air… inachevé. Ça avait dû lui faire un mal de chien, mais ça ne l'avait pas tué. Ce qui était regrettable.

Sa gorge avait été arrachée. Ça, en revanche, ça avait dû le tuer. Sa chair avait tout simplement disparu, révélant sa colonne vertébrale. On eût dit qu'il avait avalé un fantôme. Son treillis était lacéré au niveau de l'estomac, mais je ne voyais pas ce qu'il y avait sous le tissu.

Je préfère examiner des cadavres la nuit : l'obscurité a tendance à tout délaver et les choses semblent moins réelles. Dès qu'on les éclaire, les couleurs explosent : le sang est écarlate, les os étincellent, les fluides corporels ne sont plus uniformément sombres mais verts, jaunes ou bruns. La lumière permet de voir des détails d'une douteuse utilité.

J'enfilai une paire de gants chirurgicaux pareils à une seconde peau froide et lisse. Puis j'allumai ma lampe stylo. Son rayon était dilué dans le clair de lune, mais il découpait les ombres avec l'acuité d'un scalpel.

Les vêtements de l'homme avaient été pelés comme les couches d'un oignon : treillis, pantalon, chemise et maillot de corps. Sa chair était déchirée, son sang déjà gelé, et la plupart de ses organes manquaient à l'appel. Je balayai la neige autour de lui, mais il n'y avait rien à trouver.

Un fluide noir suintant des intestins avait envahi la cavité. Même penchée par-dessus, je ne décelai pas la moindre odeur. Vive le froid!

Les bords de la plaie étaient déchiquetés. Aucun couteau de ma connaissance n'aurait pu faire ça, mais c'était au légiste de le confirmer. Une de ses côtes était cassée, et dirigée vers le haut comme un point d'exclamation. Je l'examinai de plus près. J'aurais juré que c'étaient des dents qui l'avaient brisée. Pas des mains ni des griffes : des dents.

Une pellicule de glace couvrait son œil restant et des cristaux rougeâtres s'étaient solidifiés sur son visage. Il y avait d'autres traces de dents de chaque côté de sa gorge, sous la croûte de neige durcie. Sa mâchoire écrabouillée portait les mêmes. Je n'étais sûre que d'une chose : il ne s'agissait pas de dents humaines. On pouvait donc écarter les goules, les vampires et les zombies de la liste des suspects.

Je dus soulever mon manteau pour prendre mon mètre dans la poche de ma combinaison. Il aurait été plus facile de le déboutonner, mais je me gelais les miches.

Les sillons, sur son visage, ne pouvaient pas avoir été tracés par les griffes d'un ours ou d'un autre animal : ils étaient beaucoup trop larges pour ça. Monstrueusement larges. Je distinguai une empreinte de crocs bien nette de chaque côté de la mâchoire, comme si la créature avait mordu assez fort pour l'écraser, mais sans chercher à l'arracher. Comme si elle avait voulu… faire taire sa victime, par exemple. Difficile de hurler au secours quand il vous manque la moitié du visage. Il y avait quelque chose de très calculé dans cette morsure.

La gorge était arrachée. Là encore, les dégâts auraient pu être pires. Juste le nécessaire pour tuer. En atteignant l'estomac, la créature avait perdu son contrôle. L'homme était mort avant, j'en aurais mis ma main à couper. Et pourtant, son meurtrier avait pris le temps de dévorer ses entrailles. De se nourrir. Pourquoi ?

Il y avait des tas d'empreintes là où les flics s'étaient agenouillés pour examiner le corps, mais le faisceau de ma lampe me révéla une grosse tache de sang incrustée dans la neige, à l'endroit où elle était légèrement tassée. L'homme avait donc passé un moment allongé sur le ventre.

Tous les alentours avaient été négligemment piétinés, à l'exception de cette zone. S'ils ont le choix, la plupart des gens préfèrent ne pas marcher dans du sang. Même s'il n'y en avait pas autant qu'on aurait pu le supposer, vu le carnage. Une gorge tranchée, ça dégouline. Sauf qu'elle n'avait pas été tranchée, plutôt arrachée. Le sang de ce pauvre type n'était pas tombé par terre, mais dans la gueule de son meurtrier.

J'avisai une tache sombre un peu plus large, à environ un mètre du cadavre, tout près de l'endroit où la neige était tassée. C'était sans doute là que l'homme avait été jeté à terre par son agresseur, et qu'il avait commencé à se vider de son sang.

Puis la créature l'avait retourné sur le ventre, où il était resté assez longtemps pour que sa peau gèle au contact de la neige et qu'un peu plus de sang se répande sous lui. À présent, il gisait de nouveau sur le dos, dans une neige immaculée. J'en déduisis que la dernière manipulation avait eu lieu longtemps après sa mort, quand son sang s'était déjà figé.

— Qui a retourné le corps ? lançai-je à la cantonade.

— Il était comme ça quand je suis arrivé ici, dit Titus.

— Holmes ? demanda le commissaire Garroway.

— Pareil.

— Savez-vous si Williams y a touché ?

— Je ne lui ai pas posé la question.

Génial.

— Quelqu'un l'a déplacé. J'aimerais savoir si c'était Williams.

— Je vais aller lui demander, proposa Holmes.

— Patterson, tu l'accompagnes, ordonna Titus.

— Je n'ai pas besoin de…

— Holmes, coupa Garroway en lui jetant un regard appuyé.

Les deux adjoints s'éloignèrent.

Je me concentrai sur le cadavre. Il fallait le considérer comme un objet, pas comme une personne. Sinon, je commencerais à me demander s'il avait une femme et des enfants, des détails que je préférais ignorer. C'était juste un morceau de viande.

Tu parles !

Je balayai la neige piétinée avec le faisceau de ma lampe. Si la créature avait surgi derrière l'homme, il aurait dû y avoir des empreintes de pattes griffues. Or, je distinguais seulement des traces de chaussures. J'espérai que les techniciens auraient plus de chance que moi.

Et s'il n'y avait pas d'empreintes à trouver ? Si la créature était arrivée en volant ? Une gargouille, peut-être ? Le seul grand prédateur ailé susceptible d'attaquer des humains. À l'exception des dragons, mais il n'y en a pas aux États-Unis, et ils font beaucoup plus de dégâts que ça, en général. Ou beaucoup moins, quand ils se contentent de gober leur proie.

Il arrive que les gargouilles tuent des gens, mais c'est assez rare. La meute la plus proche niche à Kelly, dans le Kentucky. Elle se compose de créatures de petite taille, assez peureuses, qui me font penser à des charognards. En France, il existe trois espèces de gargouilles assez grosses pour dévorer un homme. Mais on ne trouve rien de tel en Amérique, pour le moment.

De quoi d'autre pouvait-il s'agir ? Quelques trolls orientaux mineurs se baladent dans les monts Ozark, mais ils ne s'aventurent jamais aussi près de Saint Louis. Et puis, j'ai vu des photos de victimes de trolls, et elles ne ressemblaient pas du tout à ça. Les griffes étaient trop longues, trop recourbées. L'estomac semblait avoir été fouillé par un museau. Or, les trolls ont une ressemblance effrayante avec les humains. Rien d'étonnant puisque ce sont des primates…

Un troll mineur n'attaquerait un humain que s'il y était forcé. Un troll majeur aurait pu le faire, mais cette espèce est éteinte depuis plus de vingt ans. Et elle avait tendance à assommer ses victimes à coups de tronc d'arbre avant de les dévorer.

Je ne penchais pas pour quelque chose d'aussi exotique qu'un troll ou une gargouille. L'absence d'empreintes me forçait à rejeter la possibilité qu'un lycanthrope ait fait le coup. Les trolls portent parfois des vêtements et des chaussures ; une gargouille aurait pu arriver en volant. Un lycanthrope, lui, aurait forcément laissé des traces. Alors, comment…

Je faillis me frapper le front en m'écriant : « Bon sang, mais c'est bien sûr ! » Mais j'évite de le faire sur les lieux d'un crime, parce que je n'aime pas avoir du sang dans les cheveux.

Je levai les yeux. Les humains ne le font presque jamais. Des millions d'années d'évolution nous ont conditionnés à ignorer le ciel, parce qu'il n'abrite aucune créature assez grosse pour être une menace. En revanche, il existe des tas de bestioles capables de se laisser tomber du haut d'un arbre.

Justement, une branche pendait au-dessus de la dépression. Ma lampe éclaira des traces blanches toutes fraîches sur l'écorce noire. Un métamorphe s'était tapi là, attendant que sa victime passe sous lui. Embuscade, préméditation, meurtre.

— Dolph, tu pourrais venir une minute ?

Il descendit prudemment la pente glissante. Je suppose qu'il ne voulait pas la dévaler sur le cul, comme moi.

— Tu sais ce que c'est ?

— Un métamorphe.

— Explique-toi.

Il avait déjà sorti son fidèle calepin et pris son stylo. Je lui exposai mes trouvailles et lui dévoilai mon raisonnement.

— Nous n'avons pas entendu parler de lycanthrope renégat depuis la création de la brigade. Tu es sûre de toi ?

— Je suis sûre que c'est un métamorphe. Je n'ai pas parlé de lycanthrope.

— Quelle est la différence ?

— Tous les lycanthropes sont des métamorphes par définition, mais tous les métamorphes ne sont pas des lycanthropes. Il en existe un tas d'autres genres. La lycanthropie est une maladie qu'on attrape après avoir survécu à une attaque ou suite à un vaccin avec du sérum contaminé.

Dolph me dévisagea.

— On peut choper ça avec un vaccin ?

— Ça arrive.

— Bon à savoir… Que peux-tu me dire sur les métamorphes autres que les loups-garous ?

— En général, ils ont hérité de leur condition. Il en naît un par génération, qui devient le gardien de sa famille. On les trouve surtout en Europe.

— Leur transformation est-elle liée aux phases de la lune, comme celle des lycanthropes ?

— Non, à quelques exceptions près. Un gardien se manifeste lorsque sa famille a besoin de lui. Quand il y a une guerre ou un danger physique.

— Autre chose ?

— Certaines personnes deviennent métamorphes suite à une malédiction, mais c'est très rare.

— Pourquoi ?

Je haussai les épaules.

—Seul un puissant sorcier peut réussir ce tour-là. J'ai lu les sorts qui permettent à une personne de se transformer volontairement en métamorphe. Les potions contiennent tellement de narcotiques qu'elles peuvent te faire croire que tu es un animal… ou l'usine Chrysler. Elles pourraient aussi bien te tuer. Les malédictions sont beaucoup plus complexes et requièrent un sacrifice humain. Elles n'ont pas grand-chose à voir avec les sorts.

Je cherchai une façon plus claire de m'expliquer. Dans ce domaine-là, c'était Dolph le civil. Il ne connaissait pas le jargon.

—Une malédiction est un acte de volonté ultime. Tu rassembles tout ton pouvoir et tu le focalises sur une seule cible. Tu le fais toujours en personne, pour que la victime sache ce qui va lui arriver. Selon certaines théories, une malédiction fonctionne uniquement si la victime y croit. Je crains de ne pas y adhérer.

—Les sorciers sont les seuls à pouvoir lancer une malédiction ?

—Il arrive parfois que des imprudents mettent des faëries en rogne. Les anciens sidhes Daoine, par exemple. Mais on n'en trouve qu'en Europe : en Angleterre, en Irlande et dans certaines régions de l'Écosse. Ici, aux États-Unis, ce serait forcément un sorcier.

—Donc, un métamorphe… Mais nous ignorons de quel genre, et comment il l'est devenu, résuma Dolph.

—Je n'ai pas assez d'indices.

—Si tu le rencontrais sous sa forme humaine, pourrais-tu dire en quel genre d'animal il se transforme ?

—Non.

—Pourrais-tu dire s'il a été maudit ou si c'est une affection génétique ?

—Non plus.

Dolph fronça les sourcils.

— D'habitude, tu es meilleure que ça.

— Je me spécialise dans les morts-vivants, lui rappelai-je. En le regardant, je peux deviner le numéro de sécurité sociale d'un vampire ou d'un zombie. C'est un don, mais qu'il faut développer par la pratique. Et je n'ai guère d'expérience des métamorphes.

— À quel genre de question peux-tu répondre ?

— Pose toujours, et tu verras.

— Tu crois qu'il s'agit de sa première métamorphose ?

— Non.

— Pourquoi ?

— Parce que la première arrive toujours une nuit de pleine lune. C'est une des exceptions que j'ai mentionnées tout à l'heure. Mais ça pourrait être la deuxième ou la troisième. D'un autre côté…

— D'un autre côté ? m'encouragea Dolph.

— S'il s'agissait d'un métamorphe encore incapable de se contrôler, donc qui tue sans discrimination, il devrait toujours être là à nous traquer.

Dolph fit passer son stylo dans la même main que son calepin et sonda les ténèbres, prêt à dégainer en cas de besoin. Un réflexe !

— Ne te bile pas, lui recommandai-je. S'il avait voulu tuer d'autres gens, il se serait jeté sur Williams ou sur les adjoints du shérif.

— Donc, tu penses qu'il peut se contrôler ?

— Oui.

— Alors, pourquoi a-t-il massacré ce pauvre homme ?

Je haussai les épaules.

— Pour l'une des raisons habituelles, je présume. La cupidité, la jalousie, la rage…

— De sorte qu'il aurait utilisé sa forme animale comme arme du crime.

—Oui… Sauf que je penche plutôt pour une forme intermédiaire, à mi-chemin entre l'humain et l'animal.

—Comme un homme-loup?

Je secouai la tête.

—Il pourrait s'agir de n'importe quel genre de mammifère.

—Un mammifère?

—Il existe des oiseaux-garous, mais ils n'auraient pas fait ce genre de dégâts.

Je m'accroupis près du corps et l'étudiai en essayant de le forcer à me livrer ses secrets. Dans trois nuits, quand son âme s'en serait enfin détachée, je pourrais tenter de le ranimer et lui demander qui avait fait ça. Hélas, il aurait du mal à me répondre, vu l'état de ses cordes vocales. Même les morts ne peuvent pas parler sans l'équipement idoine.

—Pourquoi Titus a-t-il pensé que c'était un ours? lançai-je.

Dolph réfléchit quelques instants.

—Je ne sais pas…

—Demandons-lui.

—Passe la première! fit-il.

Après des heures à me colleter avec le bon shérif du comté de Saint Gerard, j'aurais été beaucoup plus sarcastique que ça.

—De toute façon, on ne peut pas être plus dans le brouillard que maintenant.

—Si Titus a son mot à dire, il y a toujours un risque.

—Tu veux que je lui demande, ou non?

—Je t'en prie.

J'interpellai les hommes postés à la lisière des arbres.

—Shérif Titus.

Il baissa les yeux vers moi. Il avait sorti une cigarette et s'interrompit, briquet à mi-chemin de sa bouche.

—Que puis-je faire pour vous, mademoiselle Blake? demanda-t-il.

—Pourquoi pensez-vous que c'est l'œuvre d'un ours?

Titus referma son Zippo et, avec la même main, enleva de sa bouche la cigarette toujours éteinte.

—En quoi ça vous intéresse ?

J'eus envie de crier : « Contentez-vous de répondre à ma putain de question ! » mais je me retins. Un bon point pour moi.

—Je suis curieuse, c'est tout.

—Ce n'était pas un lion des montagnes. Il l'aurait taillé en pièces avec ses griffes.

—Pourquoi pas un loup ? proposai-je.

—Parce que les loups se déplacent en meute et qu'il y a eu un seul agresseur.

Jusque-là, je devais approuver son raisonnement.

—Je pense que vous nous cachez quelque chose, shérif. Vous semblez en savoir long sur des animaux qui ne sont pas natifs de cette région.

—Je suis chasseur, mademoiselle Blake. Il faut bien connaître les habitudes de sa proie pour espérer la prendre au piège.

—Donc, vous avez conclu à un ours… par élimination ?

—En quelque sorte.

Il remit la cigarette dans sa bouche. Une flamme éclaira brièvement son visage. Quand il referma son Zippo, les ténèbres semblèrent s'épaissir.

—Et vous, pour quel genre de créature penchez-vous, mademoiselle l'experte ?

—Un métamorphe.

Malgré l'obscurité, je sentis le poids de son regard. Il souffla une bouffée de fumée vers le ciel.

—Vous croyez ça ?

—Non : je le sais.

—Vous êtes toujours aussi sûre de vous ?

—Si vous voulez bien descendre, je vous montrerai ce que j'ai trouvé.

Il hésita, puis haussa les épaules.

—Pourquoi pas?

Il descendit la pente comme un bulldozer, laissant deux sillons de neige labourée derrière lui.

—Allez-y! Étonnez-moi.

—Vous êtes vraiment un trou du cul, Titus.

Dolph soupira. Mais le shérif eut l'air de trouver ça hilarant. Il se plia en deux et se tapa la cuisse.

—Et vous, vous êtes une petite marrante, mademoiselle Blake. Je vous écoute.

Je lui exposai mes déductions.

Il tira longuement sur sa cigarette, dont l'extrémité rougeoya dans le noir.

—Donc, ce n'était pas un ours, en fin de compte.

Il n'avait pas l'intention de me contredire. C'était toujours ça de gagné.

—Non, ce n'était pas un ours.

—Un couguar? demanda-t-il, plein d'espoir.

Je me relevai prudemment.

—Vous savez bien que non.

—Un métamorphe, hein?

—Oui.

—Il n'y a pas eu de métamorphe renégat dans ce comté depuis dix ans.

—Combien de personnes avaient tué le dernier?

Titus souffla lentement la fumée de sa clope.

—Cinq.

Je hochai la tête.

—Je n'ai pas entendu parler de cette affaire. Ça s'est passé avant que je sois dans le métier.

—Vous deviez encore être au collège, à l'époque.

—Oui.

Il jeta son mégot et l'écrasa du talon de sa botte.

—Je voulais vraiment que ce soit un ours.

—Moi aussi, avouai-je.

CHAPITRE 9

L a nuit était un océan de ténèbres dures et froides. Deux heures du matin… Pas un moment très joyeux, quelle que soit la saison. En décembre, c'est le cœur glacé d'une obscurité éternelle. Ou peut-être étais-je juste découragée.

L'ampoule de l'escalier qui conduit à mon appartement brillait comme une lune captive. Les lampadaires couverts de givre émettaient une lumière floue légèrement irréelle. Une brume diffuse planait dans l'air.

Titus m'avait demandé de rester un peu au cas où ses hommes trouveraient quelqu'un dans les bois. J'étais la mieux placée pour dire si un suspect éventuel était un lycanthrope ou un pauvre péquin innocent. Ça valait mieux que de lui couper une main pour voir s'il avait de la fourrure dans le corps. En cas d'erreur, que peut-on faire ensuite ? S'excuser auprès de l'amputé ?

Les flics avaient découvert des traces – non humaines – conduisant au lieu du crime. Ils avaient moulé des empreintes en plâtre et, sur mon conseil, avaient envoyé des copies au département de Biologie de l'université Washington. J'avais failli leur dire de les adresser au docteur Louie Fane qui enseignait là-bas, et qui était l'un des plus proches amis de Richard. Un rat-garou. Mais je ne voulais pas prendre le risque de dévoiler son secret. De toute façon, les empreintes finiraient par lui passer sous les yeux.

Cette suggestion avait été ma meilleure contribution à l'enquête. Les flics continuaient à fouiller les bois quand j'étais partie. J'avais rallumé mon bipeur. S'ils découvraient un humain nu dans la neige, ils pourraient toujours m'appeler. Mais j'espérais que ça ne serait pas le cas, parce que j'avais sérieusement besoin de sommeil.

Quand je claquai la portière de ma Jeep, j'entendis un écho. Celui d'une autre portière qui venait de se refermer. Malgré ma fatigue, mes réflexes prirent le dessus et je balayai le parking du regard.

Irving Griswold se tenait quatre voitures plus loin, emmitouflé dans une parka orange fluorescente et une immense écharpe rayée. Ses cheveux châtains formaient un halo frisé autour de sa calvitie naissante. De petites lunettes rondes étaient perchées sur son nez pareil à un bouton de bottine. Il semblait jovial et inoffensif et, pourtant, lui aussi était un loup-garou. Décidément, je n'en sortais pas.

Irving est journaliste au *Post Dispatch* de Saint Louis. Tous les articles qui parlent de moi ou de Réanimateurs Inc. portent sa signature. Il avança vers moi en souriant, tel un voisin débonnaire.

—Que veux-tu, Irving?

—C'est une façon de saluer quelqu'un qui vient de passer trois heures à t'attendre dans sa caisse?

—Que veux-tu, Irving?

Si je me contentais de répéter ma question, je finirais peut-être par obtenir une réponse.

Son sourire s'effaça, laissant place à une expression solennelle et inquiète.

—Il faut qu'on parle, Anita.

—Ça va être long?

Irving réfléchit quelques instants.

—C'est possible…

—Dans ce cas, monte avec moi. Je vais nous préparer du vrai café.

—Par opposition à du faux café?

Je me dirigeai vers l'escalier.

— Par opposition à du jus de chaussette. Mon café est capable de te faire pousser des poils sur la poitrine.

Irving éclata de rire.

Je n'avais pas eu l'intention de faire de l'humour. Je sais qu'il est métamorphe et je l'ai déjà vu sous sa forme de loup. Mais j'ai tendance à oublier. C'est mon ami, et il n'a pas le moins du monde l'air dangereux ou bizarre sous son apparence humaine.

Nous nous assîmes à ma petite table de cuisine pour siroter nos cafés crème aromatisés à la noisette. J'avais posé ma veste sur le dossier de ma chaise, révélant mon flingue dans son holster d'épaule.

— Je croyais que tu avais un rencard, ce soir.

— Oui, et alors ? On n'est jamais trop prudente dans mon boulot.

Irving souffla sur son café et le sirota délicatement. Ses yeux fureteurs sondaient la pièce, prenant note du moindre détail. Dans plusieurs jours, il serait encore capable d'en faire une description minutieuse, jusqu'aux Nike Air et aux chaussettes de jogging qui traînaient par terre.

— Que se passe-t-il, Irving ?

— Ton café est délicieux.

Il refusait de croiser mon regard. Un mauvais signe.

— Qu'est-ce qui ne va pas ?

— Richard t'a parlé de Marcus ?

— C'est votre chef de meute, pas vrai ?

Irving eut l'air surpris.

— Il t'en a parlé ?

— J'ai découvert ce soir que votre alpha s'appelle Marcus, et qu'une guerre de succession fait rage. Marcus souhaite la mort de Richard. Richard dit qu'il ne veut pas le combattre.

— Oh, mais il l'a déjà fait.

À mon tour d'être surprise.

— Dans ce cas, pourquoi n'est-il pas devenu chef de la meute à sa place ?

— Richard a eu des scrupules. Il le tenait, Anita. Il avait ses griffes autour de la gorge de Marcus. (Irving secoua la tête.) Il a pensé que son adversaire et lui pourraient discuter, une fois qu'il serait rétabli. Ton petit ami est un idéaliste.

Un idéaliste. C'était souvent synonyme d'imbécile. Pour une fois, Jean-Claude et Irving étaient d'accord.

— Explique-toi.

— Tu peux avancer dans la hiérarchie de la meute en combattant ceux qui sont au-dessus de toi. Si tu les vaincs, tu montes d'un cran. Sinon, tu restes où tu es. (Irving but une longue gorgée de café en fermant les yeux, comme pour absorber sa chaleur.) Jusqu'au moment où tu vises la place de chef.

— Laisse-moi deviner : c'est un combat à mort.

— Pas de cadavre, pas de nouveau chef, dit Irving.

Je secouai la tête. Je n'avais pas touché à mon café, qui refroidissait devant moi.

— Pourquoi me racontes-tu ça, Irving ? Et pourquoi maintenant ?

— Marcus veut te rencontrer.

— Pourquoi Richard ne me l'a-t-il pas dit lui-même ?

— Richard ne veut pas que tu sois impliquée là-dedans.

— Pourquoi ? répétai-je.

Irving répondait à mes questions, mais d'une manière qui ne m'avançait pas beaucoup. Il haussa les épaules.

— Richard ne veut pas céder devant Marcus. Chaque fois que Marcus dit noir, Richard dit blanc.

— Pourquoi Marcus veut-il me voir ?

— Je ne sais pas.

— Ouais, c'est ça !

— Je te jure que j'ignore ce qui se passe. Quelque chose d'important se prépare, et personne ne veut rien me dire.

—Pourquoi? Tu es un métamorphe.

—Je suis aussi journaliste. Il y a quelques années, j'ai publié l'interview d'un lycanthrope qui a nié ensuite m'avoir autorisé à publier ses propos. Il a perdu son boulot. Du coup, ses copains ont essayé de me faire virer du *Post Dispatch*. (Irving serra sa chope des deux mains; son regard se fit flou alors qu'il puisait dans ses souvenirs.) Mais Marcus a dit que je leur étais plus précieux là où j'étais. Depuis, personne ne me fait plus confiance.

—Les lycanthropes sont rancuniers…

Je portai ma chope à mes lèvres. Mon café était à peine tiède. J'avais intérêt à le boire vite.

—Ils n'oublient jamais, et ne pardonnent jamais, soupira Irving.

On pourrait considérer ça comme un défaut. Vu que je fonctionne de la même façon, je ne peux pas leur en tenir rigueur.

—Donc, Marcus t'a envoyé me porter un message. De quoi veut-il me parler?

—De business. C'est tout ce que je sais.

Je me levai et remplis de nouveau ma chope. Un peu moins de sucre cette fois. La frustration seule commençait déjà à me réveiller.

—Dis-lui d'appeler la secrétaire de la boîte pour prendre rendez-vous.

Irving secoua la tête.

—Il ne peut pas faire ça. Tu sais ce qui arriverait si on venait à savoir que Marcus est un lycanthrope?

Je comprenais. Dans certains corps de métier, ça pourrait passer. Mais la médecine n'en fait pas partie.

Quelques semaines plus tôt, j'avais lu dans les journaux qu'un dentiste du Texas était attaqué en justice par une patiente qui affirmait avoir été contaminée par lui. Absurde: on ne devient pas lycanthrope parce qu'un loup-garou sous sa forme humaine a fourré les mains dans votre bouche. Mais la plaignante n'avait pas été déboutée. Les gens n'apprécient pas qu'une boule de fourrure traite les dents cariées de leur précieuse progéniture.

— Dans ce cas, qu'il envoie quelqu'un d'autre me parler. Quelqu'un en qui il a confiance.

— Richard a interdit à quiconque de te contacter.

— Interdit ?

Irving hocha la tête.

— Tout membre de la meute moins haut placé que lui dans la hiérarchie enfreindra ses ordres à ses risques et périls.

Je faillis sourire, mais il avait l'air sérieux.

— Tu ne plaisantes pas, constatai-je.

Il leva trois doigts.

— Parole de scout.

— Alors, pourquoi es-tu venu ? Tu as l'intention de prendre sa place ?

Irving pâlit.

— Moi ? Combattre Richard ? Tu n'y penses pas !

— Qu'est-ce qui te fait croire qu'il ne t'en voudra pas ?

— Oh, il m'en voudra, c'est certain.

Je fronçai les sourcils.

— Marcus va-t-il te protéger ?

— Richard a donné un ordre spécifique. Marcus ne peut pas intervenir.

— Pourtant, il t'a demandé de venir me voir.

— Oui.

— Qu'est-ce qui empêchera Richard de te transformer en côtelettes pour te punir ?

— Je pensais que tu l'en dissuaderais…

J'éclatai de rire.

— Enfoiré !

— Je te connais, Anita. Tu dois détester que Richard t'ait caché des choses. Tu n'es pas du genre à accepter qu'il te protège malgré toi. Et je suis ton ami depuis des années. Je ne crois pas que tu le laisseras me faire du mal.

Irving me connaissait mieux que Richard. Ce n'était pas une idée plaisante. M'étais-je laissé prendre au piège d'un visage séduisant ? Étais-je complètement passée à côté du vrai Richard ? Se pouvait-il que je sois idiote à ce point ? J'espérais bien que non.

— Alors, je peux compter sur toi ?

Irving souriait toujours, mais je lus de la peur dans ses yeux.

— As-tu vraiment besoin de l'entendre de ma bouche pour que ce soit officiel ?

— Oui.

— C'est une règle dans la société lycanthrope ?

— Une des règles.

— Je t'accorde ma protection. En échange, j'exige des informations.

— Je t'ai déjà dit que je ne savais rien.

— Raconte-moi ce que ça fait d'être un lycanthrope, Irving. Richard n'a pas l'air de vouloir me mettre au parfum. Et je déteste ça.

Irving sourit.

— Je ne m'en serais jamais douté…

— Sois mon guide dans le monde des créatures à fourrure, et j'empêcherai Richard de s'en prendre à toi.

— Marché conclu !

— Quand Marcus veut-il me voir ?

— Ce soir.

Irving eut la décence de prendre un air embarrassé.

Je secouai la tête.

— Pas question. Je vais au lit. Je le rencontrerai demain.

Irving baissa les yeux sur son café.

— Il exige que ce soit ce soir. Pourquoi crois-tu que je t'attendais dans ma voiture ?

—Je ne suis pas obligée de me plier aux caprices de tous les monstres de cette ville. Je ne sais même pas ce qu'il me veut. (Je m'adossai à ma chaise et croisai les bras.) Je ne sortirai pas à une heure pareille pour faire plaisir à un métamorphe.

Irving s'agita nerveusement. De nouveau, il refusait de croiser mon regard.

—Qu'est-ce qui ne va pas ? m'impatientai-je.

—Marcus m'a dit d'arranger une rencontre avec toi si je ne voulais pas être… puni. Mais en venant ici, j'ai encouru la colère de Richard. Pris au piège entre deux mâles alpha, je ne suis pas de taille.

—Me demandes-tu de te protéger aussi de Marcus ?

Irving secoua la tête.

—Non. Tu es bonne, mais tu ne joues pas dans la même catégorie que lui.

—Ravie de l'apprendre.

—Acceptes-tu de le rencontrer ce soir ?

—Si je refuse, auras-tu des problèmes ?

—Si je te dis non, me croiras-tu ?

—Non…

Irving leva vers moi un regard résigné.

—Marcus sera fou de rage. Cela dit, je survivrai.

—Mais il te fera du mal.

Ce n'était pas une question.

—Oui, murmura Irving sur un ton hésitant qui ne lui ressemblait pas.

—J'accepte à une condition : que tu assistes à l'entretien.

Un grand sourire fendit son visage.

—Tu es une véritable amie, Anita !

Toute sa mélancolie s'était volatilisée à l'idée d'apprendre enfin ce qui se tramait. Même dans la merde jusqu'au cou, Irving restait un journaliste. Ça faisait partie de son identité davantage que sa lycanthropie.

Ce sourire valait bien une rencontre. Et j'avais envie de savoir si Richard était réellement en danger. M'entretenir avec l'homme qui le menaçait était le seul moyen de le découvrir. Sans compter que je n'aime pas beaucoup qu'on manipule mes amis.

Les balles en argent ralentissent les vampires, mais elles tuent les loups-garous. Marcus devait le savoir. Et s'il se montrait trop désagréable, je me ferais un plaisir de le lui rappeler.

Chapitre 10

I rving avait appelé Marcus de mon appartement. Là encore, il ne savait pas pourquoi, mais son chef de meute lui avait ordonné de le faire avant de se mettre en route.

Je passai dans ma chambre, mis mon tailleur sur un cintre et changeai de vêtements. Un jean noir, un polo rouge, des Nike noires avec une virgule bleue et de vraies chaussettes. En hiver, je mets celles de jogging seulement pour aller courir.

Je tendis la main vers le gros pull vert posé sur mon lit et hésitai. Pas parce qu'il y avait des sapins stylisés sur le devant, et que ça ne faisait pas très cool. Ça, je m'en moquais comme de l'an quarante. Je me demandais si je devais emporter un flingue de rechange : un accessoire plus cher à mon cœur que n'importe quel sac de grand couturier.

Aucun lycanthrope ne m'avait menacée. Gretchen, en revanche… Elle n'était pas encore un maître vampire, mais pas loin. Et le souvenir du flic qui m'avait délestée de mon Browning était tout frais dans mon esprit. J'avais trop d'ennemis surnaturels pour me balader sans armes. Je sortis mon holster de ceinture, celui que je peux porter sous un jean et qui est pratiquement invisible.

Mon deuxième flingue est un Firestar 9 mm : petit, léger et mignon, il ne m'empêche même pas de m'asseoir. Le pull vert me descendait sur les cuisses ; il le dissimulerait parfaitement à moins que quelqu'un me fouille. Je n'en aurais probablement pas besoin. Probablement.

Les lanières de mon holster d'épaule faisaient des plis sur mon pull. Mais je ne voulais pas le porter dessous, afin de ne pas perdre de précieuses secondes au cas où il faudrait que je dégaine. Je préfère avoir l'air d'une souillon vivante que d'une élégante morte.

Le pull vert étant trop long pour que je le porte avec ma veste en cuir, je ressortis le trench noir qui me donne des allures de Philip Marlowe. En plus petit et plus protubérant au niveau de la poitrine.

Je n'emportai pas de munitions supplémentaires. Vingt et une balles devraient suffire jusqu'à la fin de la nuit. Je laissai même mes couteaux à la maison. Au dernier moment, je faillis changer d'avis à propos du Firestar. D'habitude, je me balade avec deux flingues quand quelqu'un a essayé de me tuer. Je haussai les épaules. Pourquoi attendre que ça arrive ?

Irving était sagement assis sur le canapé. Il ressemblait à un petit garçon que sa maîtresse aurait envoyé au piquet.

—Qu'est-ce qui ne va pas ?

—Marcus voulait que je t'indique le lieu du rendez-vous. Il ne souhaite pas que j'assiste à l'entretien. J'ai dit que tu refusais de venir sans moi, que tu ne lui faisais pas confiance. Ça l'a un peu énervé.

—Mais tu as tenu bon ?

—Ouais…

—Alors, pourquoi fais-tu cette tête ?

Il haussa les épaules.

—Parce que ce n'est jamais une bonne idée de foutre Marcus en rogne.

—Je conduis. Tu m'indiqueras le chemin.

—Marcus m'a demandé de prendre ma voiture. Il a dit qu'il faudrait que je reste un peu après ton départ, pour que nous ayons une petite conversation.

—Pas question. Tu repartiras avec moi.

— J'apprécie ton offre, mais je t'en supplie, ne va pas énerver Marcus.

— Je te protège déjà contre Richard. Un lycanthrope de plus ou de moins…

Irving secoua la tête.

— Non. Je préfère que tu me suives. (Il leva une main pour couper court à mes protestations.) Ne discute pas, Anita. Je suis un loup-garou et je vis en communauté. Je ne peux pas me permettre de tenir tête à Marcus.

Je capitulai. Irving connaissait ses problèmes mieux que moi. S'il pensait que ça risquait d'aggraver sa situation, je voulais bien laisser tomber. Même si ça ne me plaisait pas.

Le *Lunatic Café* n'était pas loin de l'université. Son enseigne représentait un croissant de lune zébré par le nom de l'établissement, en lettres de néon bleues. À ce détail près, il ne se distinguait pas de tous les autres restaurants du quartier.

Un vendredi soir, impossible de trouver un endroit pour me garer. Je commençais à croire que Marcus devrait venir me parler dans ma voiture, quand une Impala lie-de-vin quitta les deux places qu'elle occupait à elle seule.

J'y glissai ma Jeep.

Irving m'attendait devant le *Lunatic Café*, les mains dans les poches. Le bout de sa ridicule écharpe traînait presque sur le sol. Il avait l'air distrait, et pas franchement heureux de vivre.

Je me dirigeai vers lui, les pans de mon trench flottant derrière moi comme une cape. Même ainsi, la plupart des gens ne remarqueraient pas mon flingue. Ils verraient un petit bout de femme avec des sapins sur son pull, parce qu'ils n'avaient pas envie de voir autre chose. Mais ceux à cause de qui j'étais armée s'en apercevraient, eux.

Irving poussa la porte sans un mot. Irving muet! Une grande première… Je n'aimais pas le sentir aussi abattu, comme un chien à qui son maître vient de flanquer un coup de pied. Ça me mettait dans de mauvaises dispositions à l'égard de Marcus, et nous n'avions même pas été présentés.

Le bruit nous assaillit dès que nous franchîmes le seuil du restaurant. Un brouhaha de voix si épais qu'il ressemblait au grondement de l'océan. Des couverts cliquetaient. Un éclat de rire aigu monta au-dessus du vacarme, retomba et fut de nouveau englouti.

Un comptoir de bois sombre amoureusement poli longeait un mur. Le reste de la salle était occupé par de petites tables rondes pour quatre personnes. Tous les sièges étaient pris. Je repérai trois portes : une à côté du comptoir, une sur ma droite et une dans le fond. Ces deux dernières donnaient sur des pièces plus petites, mais également encombrées de clients.

Au départ, le *Lunatic Café* était un appartement. Nous étions dans l'ancienne salle à manger. Un lieu à devenir claustrophobe. Les gens faisaient la queue au bar, attendant qu'une table se libère. Partout, ce n'étaient que visages souriants et joyeux bavardages.

Une serveuse s'approcha de nous en se frottant les mains sur un torchon glissé dans la ceinture de son tablier. Elle nous souhaita la bienvenue et nous tendit deux cartes.

J'ouvrais la bouche pour dire : « Nous ne voulons pas… » quand la main d'Irving agrippa mon bras. Mon bras droit. Je me retournai pour lui demander de me lâcher, mais son expression me coupa le sifflet. Il fixait la serveuse comme si une deuxième tête venait de lui pousser.

Alors, je la regardai pour de bon. Elle était grande et mince, avec de longs cheveux auburn qui luisaient doucement sous la lumière artificielle. Des yeux couleur d'ambre. Un visage triangulaire, au menton un chouia trop pointu. Mais, dans l'ensemble, elle était ravissante.

Puis elle sourit. Ses lèvres s'entrouvrirent, et je compris qui elle était. *Ce* qu'elle était. Une lycanthrope. Capable de se faire passer pour une humaine, comme Richard.

Je balayai la grande salle du regard et compris pourquoi l'atmosphère me paraissait étouffante. La plupart des clients étaient des métamorphes et leur énergie crépitait dans l'air comme l'électricité avant un orage.

Çà et là, des visages se tournèrent vers moi. Des yeux humains me jetèrent des regards qui ne l'étaient pas. On aurait dit qu'ils me jaugeaient. Étais-je une proie facile? Quel goût aurais-je? Ça me rappela la façon dont Richard avait étudié la foule au *Fox*, en début de soirée.

Me sentant comme un poulet lâché au milieu d'un rassemblement de coyotes, je me réjouis d'avoir emporté mon second flingue.

— Mademoiselle Blake, je suis Raina Wallis, la propriétaire de ce restaurant, se présenta la femme que j'avais prise pour une serveuse. Si vous voulez bien me suivre… On vous attend.

Ses yeux brillaient, et la main d'Irving serrait mon bras tellement fort qu'il me coupait la circulation. Je me penchai vers lui.

— C'est mon bras droit, lui chuchotai-je à l'oreille.

Il cligna des yeux sans comprendre. Son regard se posa sur le Browning, et il me lâcha en marmonnant:

— Désolé.

Quand Raina se rapprocha de lui, il frémit.

— Je ne vais pas te mordre, Irving, promit-elle. Enfin, pas encore.

Elle éclata d'un rire de gorge, le genre qu'on réserve habituellement à l'intimité de sa chambre à coucher. Soudain, elle parut beaucoup plus sensuelle que quelques secondes auparavant.

— Il ne faut pas faire attendre Marcus.

Elle se détourna et se faufila entre les tables.

Je regardai Irving.

— Tu as quelque chose à me dire ?

— Raina est notre femelle alpha. C'est elle qui dispense les punitions les plus terribles. Elle est beaucoup plus créative que Marcus.

Raina nous lorgna par-dessus son épaule. Elle vit que nous ne la suivions pas et s'arrêta pour nous attendre. Rembrunie, elle semblait beaucoup moins ravissante.

Je tapotai le dos d'Irving.

— Je ne la laisserai pas te faire du mal.

— Tu ne pourras pas l'en empêcher.

— Nous verrons bien.

Il n'avait pas l'air de me croire.

À notre tour, nous nous faufilâmes entre les tables. Une femme tendit la main vers Irving alors qu'il passait près d'elle et lui fit un sourire. Elle était petite et menue, de courts cheveux noirs et raides encadrant son visage comme de la dentelle. Irving lui pressa brièvement les doigts et poursuivit son chemin.

Alors, le regard de la femme croisa le mien. Ses grands yeux noirs ne trahissaient aucune émotion. Ils étaient neutres, comme ceux du loup que j'avais croisé un jour en Californie.

Au détour d'un chemin, je l'avais découvert derrière un arbre. Jusque-là, je n'avais pas compris ce que signifiait le mot « neutre ». Le loup attendait patiemment. Si je le menaçais, il m'attaquerait. Si je lui laissais une occasion de filer, il filerait. La décision m'appartenait. Le loup se moquait de la façon dont ça se terminerait.

Je continuai à marcher, mais mon dos me démangeait. Si je me retournais, j'étais sûre de découvrir tous les regards braqués sur moi… sur nous. Je sentais leur poids sur ma nuque.

J'avais envie de me retourner en criant : « Bouh ! » mais ça aurait été puéril. Et je ne voulais pas les voir me fixer avec cette expression inhumainement impassible.

Raina nous conduisit jusqu'à une porte fermée, au fond de la dernière grande salle. Elle l'ouvrit et, d'un geste théâtral, nous invita à entrer. Irving obtempéra. Moi aussi, mais sans la quitter des yeux. Je passai si près d'elle qu'elle aurait pu me toucher. Ou m'égorger en recourant à ses réflexes supérieurs.

Les lycanthropes sont plus rapides que les humains. Contrairement aux vampires, ils ne donnent pas dans les tours de passe-passe mental. Ils sont juste meilleurs que nous. À quel point, sous leur forme humaine ? Je l'ignorais, et je n'étais pas sûre de vouloir le découvrir.

Nous entrâmes dans un couloir étroit. Il y avait une porte de chaque côté. Celle de gauche était vitrée, et j'aperçus le ciel nocturne à travers.

Raina referma derrière nous, s'adossa au battant et parut s'affaisser sur elle-même. Sa tête tomba mollement sur sa poitrine et ses cheveux se déployèrent devant son visage.

— Vous allez bien ? fis-je.

Elle prit une inspiration tremblante et releva la tête vers moi.

Je ne pus réprimer un hoquet de surprise. Elle était magnifique. Des pommettes hautes, comme sculptées dans du marbre. Des yeux encore plus grands, des lèvres plus pleines. On aurait pu la prendre pour sa sœur, celle qui faisait une carrière de mannequin.

— Qu'avez-vous fait ?

De nouveau, elle éclata d'un rire de gorge.

— Je suis une alpha, mademoiselle Blake. Je réussis beaucoup de choses dont la plupart des métamorphes sont incapables.

Ça, je voulais bien le croire.

—Vous avez remodelé votre structure osseuse, soufflai-je, ébahie. Un genre d'autochirurgie esthétique.

—Très bien, mademoiselle Blake. Vraiment très bien. (Ses yeux d'ambre se posèrent sur Irving, et son sourire s'évanouit.) Vous insistez toujours pour qu'il assiste à la réunion ?

—Oui.

Elle fit la grimace, comme si elle avait avalé quelque chose d'amer.

—Marcus a exigé que vous confirmiez avant d'être conduite à lui.

Haussant les épaules, elle s'écarta de la porte. Elle avait grandi de sept ou huit centimètres. J'aurais dû faire plus attention à ses mains. Avaient-elles changé, elles aussi ?

—Pourquoi vous être transformée ?

—J'ai repris ma véritable apparence. L'autre est un déguisement.

—À quoi vous sert-il ?

—À protéger mon identité, au cas où je devrais faire quelque chose d'infamant.

« Infamant » ? Qui emploie encore ce genre de mot, de nos jours ?

Raina gagna la porte fermée. Elle avait une démarche athlétique et glissante, comme celle d'un gros félin. Ou d'un loup.

Elle frappa au battant. Je n'entendis pas de réponse. Pourtant, elle ouvrit. Puis elle croisa les bras et se tourna vers nous en souriant. Ça ne me disait rien qui vaille.

La pièce était une salle de banquet. Dedans, de grandes tables couvertes de nappes étaient disposées en fer à cheval. Une estrade munie d'un pupitre et de quatre chaises fermait l'extrémité de ce U.

Deux hommes étaient juchés dessus. Le premier mesurait un bon mètre quatre-vingts. Mince et musclé comme un joueur de basket, il avait de courts cheveux noirs, une fine moustache et un bouc assortis. Il se tenait les pieds écartés, sa main droite serrant son poignet gauche, au niveau de son bas-ventre. Une position de garde du corps. Il portait un jean noir hypermoulant et un pull de la même couleur. Une touffe de poils dépassait de l'encolure ronde. Des santiags noires et une grosse montre complétaient sa tenue de dur à cuire.

L'autre homme ne devait pas mesurer plus d'un mètre soixante-huit. Des cheveux courts moitié châtains, moitié blonds soigneusement coiffés... Un visage rasé de près, avec une mâchoire carrée, des lèvres minces et une fossette au menton... Curieusement, la fossette ne parvenait pas à adoucir son expression : celle de quelqu'un qui a l'habitude de se faire obéir.

Il portait une veste en lin bleu pâle sur un pantalon noir, un pull à col roulé de la même couleur que sa veste et des chaussures tellement bien cirées qu'elles étincelaient. Je lui donnai une quarantaine d'années. Ce devait être Marcus.

— Alfred, dit-il.

Un seul mot, mais c'était un ordre.

Le garde du corps sauta à terre d'un mouvement gracieux, comme enveloppé par l'aura de sa propre vitalité. Je crus presque la voir onduler autour de lui, telle la chaleur qui monte d'un trottoir brûlant en été.

Alfred avança vers moi, l'air déterminé. Je me plaquai dos au mur, de façon à conserver Raina et compagnie dans mon champ de vision. Irving recula en même temps que moi. Il était un peu en retrait, mais plus près de moi que des autres.

J'écartai mon trench pour révéler mon Browning.

— J'espère que vos intentions sont honorables.

— Alfred, répéta Marcus.

Le même mot, le même ton, mais cette fois, Alfred s'arrêta net. Ses yeux me fixaient, et ils n'étaient pas neutres mais hostiles. D'habitude, les gens ne me prennent pas en grippe au premier regard. Cela dit, ce n'était pas le coup de foudre pour moi non plus.

—Nous ne vous avons pas encore menacée, mademoiselle Blake, dit Marcus.

—Notre ami Alfie ici présent est la violence incarnée. Contenue pour le moment, mais incarnée. Je veux connaître ses intentions avant de le laisser approcher davantage.

Marcus me dévisagea comme si je venais de faire quelque chose d'intéressant.

—Une description très pertinente, mademoiselle Blake. J'en déduis que vous percevez notre aura.

—Si c'est ainsi que vous l'appelez.

—Les intentions d'Alfred ne sont pas hostiles. Il se contentera de vous fouiller et de vous délester de vos armes. C'est la procédure standard pour les non-métamorphes. Je vous assure que ça n'a rien de personnel.

Qu'ils ne veuillent pas me laisser mes armes me donnait encore plus envie de m'y accrocher. Esprit de contradiction, ou instinct de survie ?

—Je me laisserai peut-être fouiller si vous commencez par m'expliquer les raisons de ma présence ici.

J'essayais de gagner du temps histoire de décider quoi faire.

—Nous ne parlerons pas business devant la presse, mademoiselle Blake.

—Et moi, je ne vous parlerai pas sans Irving.

—Je ne nous mettrai pas tous en danger pour satisfaire sa navrante curiosité.

Marcus se tenait toujours sur l'estrade, tel un général passant ses troupes en revue.

—Je suis venue parce que Irving est mon ami. L'insulter ne vous mettra pas dans mes bonnes grâces.

—Je me moque de vos bonnes grâces, mademoiselle Blake. Tout ce que je veux, c'est votre aide.

—Quel genre d'aide? demandai-je, sans tenter de dissimuler ma surprise.

—Il doit partir.

—Non.

Raina se planta devant nous.

—Sa punition pourrait prendre effet maintenant, susurra-t-elle avec un étrange bruit de gorge.

—J'ignorais que les loups ronronnaient, lançai-je.

Elle éclata de rire.

—Les loups font beaucoup de choses, comme vous en avez sûrement conscience.

—Je ne vois pas de quoi vous parlez.

—Allons, pas de cachotteries entre femmes.

Elle s'appuya contre le mur, les bras croisés et l'expression toujours amicale. J'aurais parié qu'elle pourrait m'arracher le doigt d'un coup de dents sans cesser de sourire.

Elle se pencha vers moi, comme pour recueillir mes confidences.

—Richard est aussi bon qu'il en a l'air, pas vrai?

—Je ne raconte pas ma vie privée.

—Je vous parlerai de toutes mes histoires croustillantes si vous me confiez les vôtres.

—Raina, ça suffit!

Marcus s'était avancé jusqu'au bord de l'estrade. Il semblait mécontent.

Raina lui fit un sourire paresseux. Elle le provoquait davantage que moi, et elle en tirait plus de plaisir, aussi.

—Irving doit partir, et Alfred doit vous fouiller pour vous prendre vos armes. Ces deux points ne sont pas négociables.

—Je vais vous faire une proposition. Irving s'en va, il rentre chez lui et vous renoncez à le punir.

Marcus secoua la tête.

—J'ai décidé qu'il serait puni. Ma parole fait loi.

—Qui vous a laissé sa place de roi en mourant ?

—Simon, dit Raina à sa place.

Je clignai des yeux.

—Marcus a combattu et tué Simon. C'est comme ça qu'il est devenu le chef de la meute.

À question stupide…

—Si vous voulez mon aide, vous devez épargner Irving, m'entêtai-je.

—Ne fais pas ça, Anita, dit Irving. Tu réussiras seulement à aggraver la situation.

—Il a raison, approuva Raina. Pour l'instant, c'est moi qui suis chargée de sa punition. Mais si vous mettez Marcus en colère, il le donnera à Alfred. Je me contenterai de torturer son corps et son esprit. Alfred le brisera.

—Si Irving est autorisé à rentrer chez lui et que vous levez sa punition, je resterai et je laisserai Alfred me fouiller. Autrement, je m'en irai avec mon copain.

—Non. Vous êtes libre de partir, mademoiselle Blake, mais Irving m'appartient. Il restera et, avec ou sans vous, il recevra une bonne leçon.

—Qu'a-t-il fait de mal ?

—Ce sont nos affaires, pas les vôtres.

—Puisque vous le prenez comme ça, je refuse de vous aider.

—Dans ce cas, allez-vous-en ! (Marcus sauta gracieusement de son perchoir et avança vers nous.) Mais Irving reste. Vous êtes parmi nous pour une nuit. Lui, il doit vivre avec nous. Le courage est un luxe qu'il ne peut pas s'offrir.

Il s'immobilisa un peu en retrait d'Alfred. De près, je distinguai des rides autour de ses yeux et de sa bouche, ainsi que l'affaissement de la peau de son cou. J'ajoutai mentalement dix ans à l'âge que je lui avais donné tout à l'heure.

—Je ne peux pas partir sans Irving, sachant ce que vous comptez lui faire.

—Vous n'avez aucune idée de ce que nous comptons lui faire, ronronna Raina. Nos facultés de récupération sont si développées… (Elle s'écarta du mur et s'approcha lentement d'Irving.) Le plus faible d'entre nous peut subir des dommages incroyables sans mourir.

—Que réclamez-vous pour me garantir la sécurité d'Irving ?

Marcus me fixa avec une expression indéchiffrable.

—Promettez de nous aider et de laisser Alfred vous fouiller. C'est mon garde du corps. Il doit faire son travail.

—Je ne peux pas promettre de vous aider sans savoir de quoi il s'agit.

—Dans ce cas, Irving sera puni.

—Anita, ne t'inquiète pas pour moi. Je le supporterai. Ça ne sera pas la première fois.

—Tu m'as demandé de te protéger de Richard. Considère que je te fais un prix de gros.

—Tu lui as demandé sa protection ?

Visiblement surprise, Raina recula d'un pas.

—Juste contre Richard, précisa Irving.

Raina plissa les yeux.

—Pas bête. Mais ça implique un certain nombre de choses…

—Anita ne fait pas partie de la meute. Richard l'écoutera parce qu'ils sortent ensemble, c'est tout, dit très vite Irving, un peu inquiet.

—Quel genre de choses ? demandai-je.

Marcus répondit :

—Demander sa protection à un membre de la meute, c'est reconnaître qu'il a un rang plus élevé sans même l'avoir affronté. S'il accepte, on s'engage à l'aider dans ses propres combats. Quand quelqu'un le défie, on est tenu sur l'honneur de le soutenir.

Je regardai Irving. Il semblait au bord de la nausée.

— Elle n'est pas l'une d'entre nous, dit-il. Nos lois ne s'appliquent pas à elle.

— Quelles lois ?

— Celles de la meute, dit Marcus.

— Je renonce à sa protection, déclara Irving.

— Trop tard ! lança Raina.

— Vous nous placez face à un dilemme, mademoiselle Blake. Un membre de la meute vous a reconnu une supériorité sur lui. D'après nos lois, nous sommes obligés de l'accepter.

— Je ne veux pas faire partie de votre meute.

— Ça ne vous empêche pas d'être une femelle dominante.

Je savais ce que cet adjectif voulait dire chez les humains mais, à la façon dont Marcus l'employait, je devinai qu'il avait une autre signification pour lui.

— Qu'est-ce que ça implique ?

— Que vous êtes autorisée à défendre Irving contre tous ses adversaires.

— Non ! s'exclama Irving.

Il bouscula Raina et se campa devant Marcus. Se redressant de toute sa hauteur, il le fixa dans les yeux, une attitude qui n'avait rien de soumis.

— Je ne vous laisserai pas m'utiliser ainsi. C'était votre intention depuis le début. Vous saviez que je lui demanderais sa protection contre Richard. Vous comptiez là-dessus, espèce de salaud !

Un grondement sourd monta de la gorge de Marcus.

— À ta place, je surveillerais mes propos, jeune insolent.

— S'il vous a offensé, je peux le tailler en pièces.

Les premiers mots d'Alfred. Et ils n'avaient rien de réconfortant.

La situation dégénérait.

— Si j'ai bien compris vos lois, Irving est sous ma protection. Vous devrez me vaincre pour avoir le droit de le toucher, n'est-ce pas ?

Alfred tourna vers moi son regard froid et fit oui de la tête.

—Mais si vous me tuez, je ne pourrai pas aider Marcus.

Cette remarque le laissa perplexe. Semer la confusion chez l'ennemi : une tactique qui en valait une autre.

Marcus sourit.

—Vous avez découvert une faille dans ma logique, mademoiselle Blake. Si vous aviez vraiment l'intention de défendre Irving conformément à nos lois, vous mourriez. Aucun mortel ne peut vaincre l'un de nous. Même le plus faible vous massacrerait.

Je ne relevai pas. À quoi bon, puisque j'étais en train de gagner ?

—Puisque vous ne pouvez pas relever de défi et que vous refusez de nous laisser punir Irving, il n'a rien à craindre.

—Génial. Et maintenant ?

—Irving peut s'en aller. Il ne lui sera fait aucun mal. Vous resterez pour écouter notre requête. Que vous décidiez d'y accéder ou non, je vous garantis qu'Irving n'aura pas à en souffrir.

—C'est très généreux de votre part ! raillai-je.

—En effet, mademoiselle Blake. Ça l'est.

Marcus était sérieux. Raina aimait les petits jeux sadiques et Alfred avait du mal à contrôler sa violence. Mais pour Marcus, tout ça n'était que du boulot. J'avais affaire à un parrain de la Mafia, la fourrure en option.

—Laisse-nous, Irving.

—Je ne partirai pas sans elle.

Marcus se tourna vers lui.

—Ma patience a des limites ! grogna-t-il.

Irving se laissa tomber à genoux et inclina la tête. Ça, c'était une attitude soumise. Je lui pris le bras et le forçai à se relever.

— Debout, Irving. Ce gentil loup-garou ne va pas te faire de mal.

— Et pourquoi donc, mademoiselle Blake ?

— Parce que Irving est sous ma protection. Si Alfred ne peut pas me combattre, vous ne le pouvez pas non plus, je présume.

Marcus rejeta la tête en arrière et eut un bref éclat de rire, pareil à un aboiement.

— Vous êtes maligne et courageuse. Des qualités que nous admirons… (Son rire mourut.) Mais ne me défiez pas ouvertement, ou vous vous en repentirez.

Je scrutai son visage redevenu impassible. Il avait l'air d'un humain, il parlait comme un humain, mais il n'en était pas un. J'enfonçai mes doigts dans le rembourrage de la parka d'Irving.

— Vas-y. Tire-toi d'ici.

Il leva un regard humide vers moi.

— Je refuse de t'abandonner.

— Je n'ai rien à craindre ce soir. Toi, si. Rentre chez toi, s'il te plaît.

Je vis qu'il hésitait. Mais Marcus le foudroya du regard et il capitula.

La porte se referma derrière lui. J'étais seule avec trois loups-garous au lieu de quatre. Mais, si j'avais eu le choix, ce n'est pas celui-là que j'aurais renvoyé.

— Maintenant, Alfred va vous fouiller.

— D'accord, dis-je de mauvaise grâce.

Je restai immobile, n'écartai pas les bras et ne m'appuyai pas contre le mur. Je n'avais aucune intention de lui faciliter le travail.

Alfred me prit mon Browning. Il me tâta les bras, les jambes et même la nuque. Mais il ne s'aventura pas du côté de mon bas-ventre. Peut-être parce qu'il était trop galant pour ça, ou parce qu'il n'était pas assez minutieux.

Quoi qu'il en soit, le Firestar échappa à son attention. Il me restait huit balles en argent, et mes hôtes l'ignoraient. Je n'étais pas si mal barrée que ça, en fin de compte.

CHAPITRE 11

Marcus s'installa sur une des chaises de l'estrade. En bon garde du corps, Alfred se planta derrière lui.

—Approchez, mademoiselle Blake. La réunion risque d'être longue. Vous n'allez pas rester debout…

Comme je n'avais pas envie d'avoir Alfred dans le dos, je pris la chaise la plus éloignée de lui, laissant un siège vacant entre Marcus et moi. La politesse aurait voulu que je m'installe près de mon hôte, mais ma sécurité passe avant mes bonnes manières.

La posture de Marcus exprimait la rigidité qu'il semblait considérer comme sa marque de fabrique. Il se tenait parfaitement droit ; ma tante Mattie aurait apprécié.

Raina s'assit à sa droite et lui posa une main sur le genou. Je m'attendais à ce qu'il l'écarte, mais il posa la sienne dessus. Amour ou simple solidarité ? Ils n'avaient pas l'air vraiment compatibles.

Une femme entra dans la pièce. De courts cheveux blonds maintenus par du gel, un tailleur d'un rouge tirant sur le rose et un chemisier blanc orné d'une sorte de cravate sans doute destinée à le féminiser, mais que je trouvai presque aussi ridicule que les lavallières de Jean-Claude.

—Christine, très aimable à toi d'être venue, la salua Marcus.

La femme hocha la tête et s'installa à une extrémité du fer à cheval, près de l'estrade.

— Tu ne m'as pas laissé le choix. Tu ne l'as laissé à aucun d'entre nous…

— Nous devons présenter un front uni, Christine.

— Tant que c'est toi qui commandes, pas vrai ?

Marcus allait lui répondre, mais il fut interrompu par l'arrivée d'autres invités. Christine et lui pourraient continuer leur dispute plus tard, et j'aurais parié qu'ils ne s'en priveraient pas. Les griefs de cette femme ne semblaient pas nouveaux.

Parmi la douzaine de personnes qui s'installèrent autour de la table, je n'en reconnus qu'une. Rafael, le roi des rats. Il est grand, mat de peau, plutôt séduisant avec ses courts cheveux noirs, ses traits mexicains et son expression arrogante. Il aurait eu l'air aussi sévère que Marcus sans ses lèvres douces et sensuelles, qui gâchaient un peu l'effet d'ensemble.

Rafael m'adressa un signe de tête que je lui rendis. Deux rats-garous sous leur forme humaine l'accompagnaient, mais je ne les connaissais pas.

Quand tout le monde eut pris place, Marcus se leva et s'approcha du pupitre.

— Mes amis, je vous ai invités à venir ce soir pour rencontrer Anita Blake, que les vampires appellent l'Exécutrice. Je crois qu'elle peut nous aider.

— Que peut faire pour nous une chasseuse de vampires ? demanda une voix masculine.

Les deux chaises qui entouraient son propriétaire étaient restées vides. L'homme était grand avec des cheveux blancs coupés comme ceux de Mia Farrow dans les années soixante. Il portait une chemise blanche assez chic, une cravate rose pâle, une veste de sport blanche et un pantalon crème. Et je me posais la même question que lui.

— Nous n'avons pas besoin de l'aide d'une humaine.

Cette remarque venait d'un homme qui avait posé ses pieds sur la table – une attitude assez cavalière. Ses cheveux lui tombaient dans le cou, tellement bouclés qu'on aurait dit de la fourrure ou des poils pubiens. Il avait d'épais sourcils, des yeux sombres et des traits lourds d'une sensualité exagérée. Les lèvres de Rafael appelaient un baiser, mais cet homme-là semblait du genre à faire des trucs infâmes dans les coins sombres.

Ses vêtements ne démentaient pas cette impression. Les bottes posées sur la table étaient en cuir souple, son pantalon moulant en cuir noir et luisant. Un maillot de corps ne masquait pas grand-chose de son torse poilu. Son bras droit était couvert de bandelettes de cuir du coude jusqu'aux doigts, et des pointes métalliques saillaient sur les jointures de sa main. Un cache-poussière noir gisait sur la table près de lui.

La femme assise à sa droite frottait sa joue contre son épaule comme une chatte soucieuse de marquer son territoire. Ses longs cheveux noirs ondulaient dans son dos. Ce que je voyais de sa tenue semblait noir et minimaliste.

— Nous sommes humains ici, Gabriel, répliqua Marcus.

Gabriel ricana.

— Crois ce que tu veux, Marcus. Mais nous savons ce que nous sommes, et ce qu'elle n'est pas, dit-il en me désignant d'un geste qui n'avait rien d'amical.

Rafael se leva, coupant court à la controverse. Malgré ses vêtements anodins, il y avait en lui quelque chose qui imposait le respect mieux qu'une couronne, ou que des kilomètres de cuir noir. Marcus grogna. Il y avait trop de rois dans cette pièce.

— Marcus s'exprime-t-il au nom d'Anita Blake comme il s'exprime au nom des loups ?

— Oui.

Je me levai.

— J'ignore ce qui se passe, mais je peux m'exprimer en mon propre nom.

Marcus se tourna vers moi.

— Je suis le chef de la meute. Je suis la loi !

Alfred me fit face en fléchissant les doigts.

— Du calme, boule de poils. Vous n'êtes pas mon chef, et je ne suis pas membre de la meute.

Alfred s'avança vers moi. Je sautai de l'estrade. J'avais mon flingue, mais je ne voulais pas le sortir tout de suite, car je risquais d'en avoir besoin plus tard. Pas question de perdre l'avantage de la surprise, ni de prendre le risque qu'on me l'enlève.

Alfred bondit de l'estrade et s'éleva aussi haut que s'il avait été propulsé par un trampoline. Je me laissai tomber à terre, roulai sur moi-même et sentis le courant d'air provoqué par son déplacement, une fraction de seconde avant de heurter le pied de l'estrade.

Déjà, il était sur moi. Plus rapide qu'une balle. Plus rapide que quoi que ce fût de ma connaissance. Sa main se referma sur mon cou et serra. Ses lèvres se retroussèrent, et un grognement de rottweiller s'en échappa.

Instinctivement, je saisis mon Firestar. Mais il fallait encore que je le dégage, que je vise et que j'appuie sur la détente. Je n'aurais jamais le temps. Il m'aurait arraché la gorge avant.

Alfred me releva en se servant de mon cou comme d'une poignée. Ses doigts s'enfonçaient juste assez dans ma chair pour me faire sentir leur puissance. Il n'avait qu'à refermer la main, et le devant de ma gorge viendrait avec.

Je ne lâchai pas mon Firestar, résolue à m'y accrocher jusqu'à la mort.

— Ne me dis pas que c'est Alfred qui se bat à ta place, maintenant ? s'exclama Christine. Les chefs de meute doivent relever personnellement les défis lancés à leur autorité, ou renoncer à leur place. C'est une de tes propres lois, Marcus.

— Et je t'interdis de les retourner contre moi !

— C'est ta domination qu'elle a contestée, pas celle

d'Alfred, dit Christine. S'il la tue, deviendra-t-il le nouveau chef de la meute ?

—Alfred, lâche-la !

Les yeux d'Alfred se tournèrent brièvement vers Marcus. Ses doigts se contractèrent. Son bras se leva, me forçant à me dresser sur la pointe des pieds pour ne pas être étouffée.

—J'ai dit : lâche-la !

Il me laissa tomber. Je titubai en arrière, m'adossai à l'estrade et braquai le Firestar sur Alfie. S'il levait encore le petit doigt pour me faire mal, je le tuerais. Et j'adorerais ça.

—Je croyais que tu l'avais fouillée.

—Je l'ai fait.

Alfred recula en levant les mains comme pour éviter un coup.

Sans m'écarter de l'estrade, je me dirigeai à reculons jusqu'à un endroit d'où je pourrais surveiller Marcus. Je surpris le regard amusé de Raina, qui n'avait pas bougé.

Lorsque j'eus tout le monde dans mon champ de vision, je battis en retraite vers le mur du fond. Si Marcus était plus rapide qu'Alfred, mieux valait mettre le plus de distance possible entre nous. Idéalement, une centaine de kilomètres. Mais je me contenterais de ce que j'avais.

—Dis-lui de la désarmer, intervint Raina, souriante, les jambes croisées et les deux mains posées sur son genou. C'était son erreur. À lui de la réparer.

Marcus acquiesça. Alfred se tourna vers moi.

Je me plaquai contre le mur comme si je pouvais passer au travers en appuyant assez fort. Alfred s'approcha lentement – la démarche d'un psychopathe de cinéma. Je pointai le flingue vers sa poitrine.

—Je vais tirer.

—Vos balles ridicules ne peuvent pas me faire de mal.

—Ce sont des Glaser plaquées argent. Elles font des trous assez gros pour que je rentre mon poing dedans.

Alfred hésita.

— Toutes mes blessures guérissent, même celles provoquées par l'argent.

— À condition que je ne vous tue pas du premier coup. Si je touche le cœur, aucune faculté de régénération ne vous permettra de ressusciter.

Alfred regarda Marcus par-dessus son épaule. Le visage de son chef était contracté par la fureur.

— Tu l'as laissé introduire une arme à feu parmi nous !

— Si ce flingue te fait peur, Marcus, pourquoi ne pas le lui prendre toi-même ? lança Christine.

Cette fois, je n'étais pas certaine qu'elle m'ait aidée.

— Nous ne vous voulons aucun mal, mademoiselle Blake. Mais j'ai promis aux autres que vous n'introduiriez pas d'arme à feu ici. J'ai donné ma parole. Si vous voulez bien la remettre à Alfred, nous pourrons oublier ce fâcheux incident.

— Pas question.

— Vous me défiez, mademoiselle Blake. Je ne peux laisser personne contester mon autorité.

Il s'était approché du bord de l'estrade. Soudain il était plus près de moi qu'Alfred. Il ne me semblait pas que ce soit une amélioration.

— Si vous descendez de là, je vous bute, menaçai-je.

— Alfred.

De nouveau, ce simple mot. Mais cela suffit.

— Maître ?

— Prends-lui cette arme. Elle n'a pas le droit de nous défier.

— Vous allez réussir à le faire tuer, Marcus, insistai-je.

— Je ne crois pas...

Alfred avança encore d'un pas. Son regard était neutre, son expression indéchiffrable.

— C'est une raison vraiment stupide pour mourir.

— Il donne les ordres. J'obéis. Ainsi vont les choses.

— Ne faites pas ça.

Alfred m'ignora et continua à marcher vers moi. Je gardais tous les autres dans mon champ de vision périphérique, mais mon attention était concentrée sur lui. Je visai son cœur.

— Je ne bluffe pas.

Je le sentis se tendre et je sus qu'il allait le faire. Il croyait pouvoir se jeter sur moi avant que j'aie le temps d'appuyer sur la détente. Mais aucune créature au monde n'aurait pu être aussi rapide.

Alfred bondit très haut dans les airs, comme la première fois. Je me laissai tomber sur un genou en visant.

La balle l'atteignit en plein vol. Il tressaillit et retomba brutalement sur le sol.

La détonation se répercuta dans le silence de la pièce. Je me relevai en braquant toujours mon flingue sur lui et m'approchai prudemment. Il ne bougeait plus. Je lui enfonçai le canon du Firestar dans les reins. Il ne broncha toujours pas. Alors, je m'accroupis pour chercher son pouls.

Et ne trouvai rien.

De ma main libre, je récupérai le Browning qu'il avait glissé à sa ceinture. De l'autre, j'agitai le Firestar en direction des invités. Je ne tire pas aussi bien avec la main gauche, mais je ne voulais pas perdre de temps à jongler avec des flingues.

Marcus descendit de l'estrade.

— Non.

Il se pétrifia, comme s'il n'avait pas cru que je serais capable de lui donner un ordre.

Rafael approcha de moi.

— Puis-je l'examiner?

— Bien sûr.

Je reculai pour me mettre hors de sa portée. Il m'avait aidée une fois par le passé, mais on ne sait jamais.

Rafael retourna le corps d'Alfred. Une flaque de sang s'élargissait sur le plancher au niveau de sa poitrine. Un filet écarlate coulait au coin de ses lèvres et venait se perdre dans sa barbe.

Finalement, il n'était pas plus rapide qu'une balle.

Marcus me dévisagea par-dessus le cadavre. Je m'attendais à lire de la colère sur ses traits, mais je n'y vis que de la douleur. Et du remords. J'avais appuyé sur la détente, mais c'était lui qui avait poussé Alfred à m'agresser. Il le savait, je le savais, et ses invités le savaient aussi.

— Vous n'aviez pas besoin de le tuer, dit-il doucement.

— Vous ne m'avez pas laissé le choix…

Il baissa les yeux vers le cadavre d'Alfred, puis les releva vers moi.

— Non. Je suppose que non. Nous l'avons tué ensemble, vous et moi.

— À l'avenir, j'espère que vous vous le tiendrez pour dit, Marcus : je ne bluffe jamais.

— Vous m'aviez prévenu.

— Mais vous ne m'avez pas crue.

Il regarda le sang qui se répandait sur le sol.

— Maintenant, je vous crois.

CHAPITRE 12

N ous avions un cadavre sur les bras. La question classique se posait : que peut-on bien en foutre ?

Option numéro un, la plus traditionnelle :

— Je vais appeler les flics, dis-je.

— Non ! fit Marcus avec une fermeté qu'il n'avait pas manifestée depuis qu'Alfred avait touché le sol.

— Il est mort ! Si je lui avais tiré dessus avec une balle ordinaire, il guérirait, mais elle était en argent. Nous devons appeler les flics.

— Êtes-vous si impatiente d'aller en prison ? demanda Rafael.

— Je ne veux pas aller en prison, mais je l'ai tué.

— Je crois que vous avez eu un peu d'aide, sur ce coup-là.

Christine au tailleur rouge et aux confortables escarpins noirs s'approcha de nous. Elle baissa les yeux sur le cadavre. Un filet de sang coula vers ses chaussures. Elle n'avait pu manquer de le voir, et pourtant elle ne s'écarta pas.

Raina surgit derrière Marcus. Elle lui passa les bras autour du cou et appuya son visage dans le creux de son épaule, comme si elle voulait lui chuchoter quelque chose à l'oreille. Ses lèvres ne remuèrent pas, mais c'était sa remarque qui avait provoqué un désastre. Si elle n'était pas intervenue, nous n'en aurions peut-être pas été là.

Marcus lui caressa l'avant-bras et inclina la tête pour embrasser son poignet.

Je regardai autour de moi. Rafael était toujours agenouillé près du corps. Le bord de la flaque de sang se rapprochait de son pantalon. Il se releva rapidement, prenant appui sur le sol. Un peu de sang se déposa sur ses doigts. Il les porta à sa bouche. Je voulus lui dire de ne pas faire ça, mais je me retins pendant qu'il les léchait.

Ses yeux sombres captèrent mon regard. Il baissa la main comme s'il était embarrassé que je l'aie surpris dans l'exercice d'une fonction corporelle très intime. Ce qui était peut-être le cas.

Les deux métamorphes habillés de cuir contournèrent les tables comme pour me prendre à revers. Je reculai, tenant toujours mes deux flingues. Le mâle me fixa, et un sourire releva les coins de sa bouche. Il avait d'étranges yeux gris, d'une couleur presque liquide. Ses boucles noires lui tombaient sur le front, mais il n'esquissa pas un geste pour les écarter.

Il s'approcha du cadavre, donc de moi. Je levai le Browning et le Firestar. À cette distance, pas vraiment la peine de viser. Je ne me sentais pas plus en sécurité avec un flingue dans chaque main. En réalité, je me sentais surtout ridicule. Mais je ne voulais pas perdre le temps d'en rengainer un.

Pour le Firestar, il aurait fallu que je soulève mon pull. J'aurais sûrement pu le glisser dans son holster sans baisser les yeux, mais je n'en étais pas certaine. Un réflexe malheureux est vite arrivé. Comme en voiture, quand on ne s'aperçoit pas qu'on a tourné trop longtemps la tête vers son passager… jusqu'au moment où le semi-remorque surgit en face de vous. Si Gabriel était aussi rapide qu'Alfred, une fraction de seconde lui suffirait.

Son sourire s'élargit et le bout de sa langue caressa l'intérieur de ses lèvres pleines. Son regard était brûlant. Pas d'une chaleur magique : de la chaleur que n'importe quel homme peut mettre dans ses yeux quand il se demande à quoi vous ressemblez toute nue, et si vous taillez des pipes convenables. Direct et vulgaire. Ce n'était pas le regard de quelqu'un qui désire faire l'amour, mais de quelqu'un qui veut baiser. «Coucher» était une expression encore trop timorée.

Je luttai contre l'envie de me détourner, car je n'osais pas le quitter des yeux. Les poils de mes avant-bras se hérissèrent et je sentis mes joues s'empourprer. J'étais obligée de rougir. Ma putain d'éducation.

Gabriel fit un pas en avant. En tendant le bras, j'aurais presque pu le toucher. Le cadavre d'Alfred était encore tiède, et il avait l'indécence de jouer avec moi. Mes mains se crispèrent sur la crosse des deux flingues.

— On ne va pas recommencer…

— Gabriel, fiche-lui la paix! ordonna Christine.

Il la regarda et déclama :

— *Tigre! Tigre! Feu brillant / Dans la forêt de la nuit / Quelles mains ou quels yeux immortels / Peuvent embrasser ta terrifiante symétrie?*

— Arrête, Gabriel.

Christine avait rosi. Je n'arrivais pas à croire qu'une strophe de William Blake suffise à l'embarrasser à ce point. Pourquoi Gabriel lui jetait-il ce poème à la tête? Parce qu'elle était un tigre-garou, peut-être?

Gabriel se tourna vers moi. Je vis dans son regard une perversité qui le pousserait sans doute à faire le dernier pas.

— Insistez encore un peu, et vous irez rejoindre votre ami par terre.

Il rit à gorge déployée, sa bouche ouverte révélant des canines pointues. Ce n'étaient pas tout à fait des crocs, mais pas non plus des dents humaines. Elles ressemblaient plutôt à celles d'un gros chat.

— Mlle Blake est sous ma protection, dit Marcus. Je t'interdis de la toucher.

— Vous avez failli laisser Alfred m'égorger, puis vous l'avez incité à m'attaquer. Je n'ai pas confiance en vous, Marcus. Je préfère me débrouiller seule.

— Sans ces armes ridicules, vous ne feriez pas autant la mariolle.

C'était la compagne de Gabriel qui venait de parler. Elle me provoquait, mais je remarquai qu'elle se tenait à une distance prudente, abritée derrière les autres.

— Je ne vais certainement pas vous proposer un bras de fer. Sans un flingue, je sais que je n'ai aucune chance. Je ne suis pas idiote.

— Vous refusez ma protection ? lança Marcus.

— Oui.

— Vous êtes une imbécile, dit Raina.

— Peut-être, mais une imbécile armée.

Gabriel éclata de nouveau de rire.

— Elle ne croit pas que tu puisses la protéger, Marcus, et elle a bien raison.

— Tu contestes ma domination ?

Gabriel fit face à Marcus et me tourna le dos.

— Toujours.

Marcus fit un pas en avant, mais Raina resserra son étreinte sur lui.

— Nous avons déjà suffisamment déballé notre linge sale devant Mlle Blake pour cette nuit, tu ne crois pas ?

Marcus hésita. Gabriel le fixait sans ciller.

Enfin, Marcus hocha la tête.

Gabriel s'accroupit près du cadavre et trempa ses doigts dans le sang.

— Ça refroidit si vite, soupira-t-il.

Puis il plongea une main dans la plaie béante de la poitrine d'Alfred et la passa sur les bords comme s'il prélevait une boule de crème glacée. Quand il porta ses doigts à sa bouche, du sang dégoulina le long de son avant-bras. Sa langue darda entre ses lèvres et il se lécha la main, l'air gourmand.

—Arrête! cria Marcus.

La compagne de Gabriel s'agenouilla de l'autre côté du corps. Elle se pencha, les fesses en l'air, tel un lion en train de s'abreuver dans une mare. Avec de rapides mouvements de langue, elle lapa la flaque de sang sur le sol.

—Dieu du ciel, soufflai-je.

Une onde traversa la pièce comme une rafale balayant un champ de blé. Tous les autres invités se levèrent et fondirent sur nous.

Je reculai, me plaquai contre le mur et glissai vers la porte. Si la faim leur faisait péter les plombs, je ne voulais pas être la seule non-métamorphe dans la pièce. Quelque chose me disait que ça n'aurait pas été bon pour ma santé.

—Non! rugit Marcus.

Il s'approcha du cadavre à grands pas et repoussa les autres sans avoir besoin de faire un geste. Même Gabriel roula sur le flanc et se redressa, assis dans la flaque de sang. Sa compagne recula en rampant, mais lui resta à portée de Marcus. Quand il leva les yeux vers le maître loup-garou, aucune angoisse ne se lisait sur son visage.

—Nous ne sommes pas des animaux, pour dévorer nos morts, cria Marcus.

—Nous sommes des animaux, grogna Gabriel en levant sa main maculée de sang. Dis-moi que ça ne te fait pas envie.

Marcus sursauta et déglutit assez fort pour que je l'entende. Gabriel lui agita sa main sous le nez. Il l'écarta d'un geste sec, mais s'éloigna aussi du cadavre.

—Je sens l'odeur du sang, grogna-t-il. Mais je suis un être humain. Rien ne m'oblige à céder à mes pulsions.

Il tourna les talons et se fraya un chemin parmi ses invités, haletant comme s'il venait de piquer un cent mètres.

Vu qu'il ne restait pas beaucoup de place, il fut obligé de monter sur l'estrade. Même de là où j'étais, je voyais les gouttes de sueur qui perlaient sur son visage.

Je devais absolument foutre le camp !

L'homme aux cheveux blancs qui avait parlé le premier, demandant à quoi une exécutrice de vampires pourrait bien leur servir, se tenait un peu à l'écart des autres. Il s'était assis sur le bord d'une table, les bras croisés. Et il m'observait.

Je me rapprochai de la porte sans cesser de viser tout le monde avec mes deux flingues.

J'y étais presque. Il me faudrait avoir une main libre pour tourner la poignée, et j'avais déjà mis le maximum de distance possible entre les métamorphes et moi. Je rengainai mon Firestar et fis passer le Browning dans ma main droite. Puis je glissai la gauche le long du mur jusqu'à ce que mes doigts se referment sur la poignée.

Un dernier coup d'œil à la ronde pour m'assurer que personne ne bronchait. Alors, je tournai le dos à la pièce, ouvris la porte en grand…

Et m'immobilisai.

Le couloir était bondé de lycanthropes. Tous me fixèrent avec des yeux hagards. Je pressai le canon de mon Browning contre la poitrine du plus proche.

— Écartez-vous.

Il me dévisagea comme s'il ne comprenait pas ce que je venais de dire. Ses yeux noisette étaient parfaitement humains, mais ils me rappelaient ceux d'un chien qui tente de comprendre son maître sans y parvenir tout à fait.

Je perçus un mouvement derrière moi. D'un bond en arrière, je me plaquai contre la porte qui pivota sur ses gonds jusqu'à heurter le mur tandis que je balayais l'air devant moi avec mon flingue. Si tous les lycanthropes du couloir se jetaient sur moi en même temps, j'étais foutue. Je pourrais en descendre quelques-uns, mais pas tous.

L'homme aux cheveux blancs avançait vers moi. Il leva les mains pour montrer qu'il n'était pas armé. Ça ne me rassura pas. Mais je fus soulagée de voir qu'il n'y avait pas une goutte de sueur sur son visage. Il n'avait pas le regard vitreux, contrairement aux autres. Il semblait très… humain, faute d'un autre mot.

—Je m'appelle Kaspar Gunderson. Avez-vous besoin d'aide ?

Je regardai la horde massée dans le couloir, puis me tournai vers lui.

—On dirait.

Kaspar sourit.

—Vous accepteriez la mienne, alors que vous avez refusé celle de Marcus ?

Cette idée paraissait l'amuser.

—Marcus ne propose pas son aide : il donne des ordres, répliquai-je.

—Tout à fait exact.

Rafael nous rejoignit.

—Aucun d'entre nous n'obéit aux ordres de Marcus, même s'il aimerait bien.

Un son à mi-chemin entre un gémissement et un hurlement monta du couloir. Je reculai encore, le dos pressé contre la porte, en braquant la foule avec mon Browning. Il y avait trop de dangers potentiels. Je devais faire confiance à quelqu'un. Rafael et Kaspar semblaient le meilleur choix possible.

Un cri déchirant résonna de l'autre côté de la pièce. Je me retournai pour faire face. Que se passait-il encore ?

Je distinguai de l'agitation à travers le petit groupe de métamorphes qui se pressaient autour du cadavre. La compagne de Gabriel recommença à crier.

—Elle essaie de résister, commenta Kaspar.

—Oui, mais elle n'y arrivera pas à moins qu'un dominant n'intervienne pour l'aider, ajouta Rafael.

— Gabriel ne l'aidera pas.

— Non. Il se délecte du spectacle.

— Ce n'est pas encore la pleine lune. Que diable se passe-t-il? m'exclamai-je.

— C'est l'odeur du sang qui a tout déclenché. Et Gabriel a aggravé les choses. Avec Elizabeth. Si Marcus ne parvient pas à les contrôler, ils vont tous se transformer pour se nourrir.

— Ce n'est pas une bonne nouvelle, hein?

Rafael me dévisagea en silence. Il avait les bras croisés, et ses mains agrippaient ses biceps si fort que ses ongles s'enfoncèrent dans sa peau. De minuscules demi-cercles saignaient sous le bout de ses doigts. Il prit une profonde inspiration et secoua la tête. Puis il laissa retomber ses bras sans se soucier de ses coupures. Parfois, la douleur permet d'empêcher qu'un vampire contrôle un esprit. Que fait-elle pour les lycanthropes?

Quand il reprit la parole, son élocution était laborieuse, chaque mot prononcé avec grand soin, comme si cela lui réclamait un gros effort.

— Une des rares histoires de bonne femme véridiques, c'est qu'un lycanthrope a besoin de se nourrir après sa transformation.

Ses yeux étaient deux lacs sombres où on aurait pu se noyer. Le noir avait dévoré tout le blanc, et ils brillaient comme de l'ébène polie.

— Vous aussi, vous allez me faire le coup de la boule de poils?

Rafael fit un signe de dénégation.

— La bête ne me contrôle pas. C'est moi qui la contrôle.

Kaspar n'avait pas bronché.

— Pourquoi ne semblez-vous pas affecté? lui demandai-je.

— Je ne suis pas un prédateur. La vue du sang ne m'importe guère.

Un gémissement monta du couloir. Un jeune homme qui ne devait pas avoir plus de vingt ans s'était laissé tomber à quatre pattes et rampait. Il leva le nez pour humer l'air.

Brusquement, il tourna la tête vers moi. Ses yeux avaient la couleur et l'innocence d'un ciel d'avril. Mais il me regardait comme s'il se demandait quel goût je pouvais avoir. Comme s'il avait envie de moi. Pas dans le sens sexuel, à la manière d'un humain dans le sens alimentaire.

Il rampa vers moi et je pointai le flingue sur son front.

Il ne cilla pas. À mon avis, il ne l'avait pas remarqué.

Quand il me toucha la jambe, je ne lui tirai pas dessus. Il n'avait pas fait mine de m'agresser. Je ne comprenais pas ce qui se passait, mais je ne pouvais pas le descendre pour m'avoir touchée. Il devrait faire quelque chose de plus grave pour mériter une balle dans la tête. Même de ma part.

J'agitai le Browning devant ses yeux. Toujours pas de réaction. On aurait dit qu'il ne le voyait pas.

Il se dressa sur les genoux et me passa les bras autour de la taille. Sa tête m'arrivait sous la poitrine. Il leva vers moi ses yeux bleu clair, puis enfouit son visage dans mon pull et se frotta la joue contre mon ventre.

Je lui donnai un petit coup de crosse sur le crâne.

— On ne se connaît pas assez pour que je te laisse me peloter, mon gars. Relève-toi.

Il passa la tête sous mon pull, et me mordilla gentiment le flanc.

Soudain, il se raidit. Sa respiration s'accéléra.

Je commençais à avoir peur. Préliminaires ou hors-d'œuvre, comment le savoir ?

— Débarrassez-moi de lui avant que je lui fasse mal.

— Marcus ! rugit Rafael d'une voix assez forte pour couvrir le tumulte environnant.

Le silence se fit aussitôt. Des visages se tournèrent vers lui. Des visages maculés de sang.

Elizabeth, la compagne de Gabriel, n'était pas en vue. Marcus seul n'avait pas participé aux agapes. Il se tenait sur l'estrade, très raide mais vibrant comme une baguette de sourcier.

Il nous regarda avec les yeux d'un noyé.

— Jason a du mal à se contrôler, lança Rafael. C'est ton loup. Rappelle-le.

Gabriel se releva, le visage barbouillé de sang, et éclata de rire.

— Je suis surpris que Mlle Blake ne l'ait pas encore tué.

La tête de Raina apparut au-dessus des autres. Elle avait du sang sur le menton.

— Mlle Blake a refusé la protection de Marcus. C'est une dominante. Laisse-lui découvrir ce que ça signifie de refuser notre aide.

Jason était toujours pressé contre moi. Ses bras me serraient à m'étouffer, et je sentais son souffle brûlant à travers mon polo.

— C'est vous qui m'avez fait venir ici, Marcus. Votre hospitalité craint un max!

Il me foudroya du regard. Mais malgré la distance qui nous séparait – moi à un bout de la pièce, lui à l'autre –, je vis le tic nerveux qui faisait tressauter un côté de son visage, comme si quelque chose de vivant essayait de s'extirper de lui.

— Il est trop tard pour parler affaires ce soir, mademoiselle Blake. La situation a dégénéré.

— Sans blague? Dites-lui de me lâcher. Un mort, ça suffit.

Raina s'approcha de Marcus et leva une main ensanglantée vers lui.

— Force-la à reconnaître ta domination sur elle. À reconnaître qu'elle a besoin de ton aide.

— Admettez que je suis votre dominant, et je rappellerai Jason.

— S'il commence à se transformer, je le descends. Vous savez que je ne plaisante pas.

— Pour avoir droit à ma protection, vous devez admettre que je suis votre dominant, insista-t-il.

— Allez vous faire foutre, Marcus ! Je ne vous demande pas de me sauver : c'est lui que je vous demande de sauver. À moins que vous vous fichiez des membres de votre meute ?

— Rafael est un roi, intervint Raina en souriant. Il peut vous aider, lui aussi.

Jason resserra encore son étreinte et se releva, les bras toujours croisés dans mon dos. Il n'était pas beaucoup plus grand que moi. Du coup je me retrouvai presque nez à nez avec lui. Une faim dévorante brillait dans ses yeux. Il pencha la tête comme pour m'embrasser, frissonna de nouveau et enfouit son visage dans mes cheveux.

Je lui enfonçai le canon de mon Browning dans les côtes. S'il essayait de me mordre, il était mort. Mais alors qu'Alfred avait choisi de m'agresser, ce malheureux gamin semblait plutôt être le jouet d'une pulsion incontrôlable. Ce qui ne l'empêcherait pas de me tuer tout aussi efficacement. Pourtant, je répugnais à le descendre. D'autant plus que j'avais déjà mon compte de victimes pour la soirée.

Ses lèvres effleurèrent mon cou, et je sentis la pression de ses dents. Ma patience était à bout.

Un grognement monta de sa gorge. Mon pouls s'accéléra et mon index se crispa sur la détente du Browning. Je ne pouvais pas me permettre d'attendre qu'il se transforme ou qu'il m'arrache la gorge.

J'entendis Kaspar crier :

— Rafael, non !

Jason releva brusquement la tête, les yeux écarquillés. Rafael se tenait près de nous. Il lui agita son avant-bras sous le nez. Du sang coulait de profondes entailles.

— C'est pour toi, mon loup…

Jason me repoussa avec une telle violence que ma tête heurta le mur derrière moi. Sonnée, je tombai sur le sol. Seul mon instinct de survie m'empêcha de lâcher le Browning.

Bon sang, j'avais laissé Jason me mordiller le cou comme s'il avait été humain, alors qu'il aurait pu m'égorger d'un coup de dents! J'aurais peut-être eu le temps de lui tirer une balle dans la tête, mais je serais morte quand même.

Jason s'accroupit aux pieds de Rafael. Un frisson fit onduler son dos sous sa chemise, telle la surface d'un lac balayé par le vent. Il se ramassa sur lui-même.

Rafael le toisait, son sang dégoulinant sur le sol.

—J'espère que vous comprenez ce que je viens de faire pour vous.

J'avais récupéré assez d'air pour parler.

—Vous voulez que je le descende?

Une expression étrange passa sur le visage du roi des rats.

—Vous m'offrez votre protection?

—Rien à foutre de vos lois stupides! fulminai-je. Vous m'avez aidée, il est normal que je vous aide en retour.

—Merci, mais je me suis mis dans cette situation tout seul, et je dois m'en sortir tout seul. Vous feriez mieux de partir avant d'être à court de balles en argent.

Kaspar me tendit la main. Je la pris. Sa peau était un peu plus chaude que la normale, mais ça s'arrêtait là. Il ne semblait pas avoir spécialement envie de me renifler ou de me manger. Ça changeait un peu.

La foule entra dans la pièce. Certains métamorphes marchèrent vers le cadavre comme des somnambules. D'autres s'approchèrent de Rafael et de Jason, visiblement en train de se transformer. Mais Rafael avait dit qu'il pouvait se débrouiller seul…

Enfin, une demi-douzaine de métamorphes se tournèrent vers Kaspar et moi et nous dévisagèrent d'un regard affamé. Une fille se laissa tomber à genoux et se traîna vers moi.

—Vous pouvez faire quelque chose? demandai-je.

—Je suis un cygne, s'excusa Kaspar. Ils me considèrent comme de la nourriture.

Toute ma volonté me fut nécessaire pour cacher ma stupéfaction. Je n'avais vraiment pas envie de quitter la fille des yeux.

—Un cygne, marmonnai-je. Génial. Vous avez une suggestion à me faire?

—Blessez-en un. Ils respectent la douleur.

La fille tendit une main vers moi. Je me retins de lui tirer dans le bras. Les balles que j'utilisais auraient pu le lui arracher, et je n'étais pas certaine que ses facultés de régénération suffisent à lui en faire pousser un autre.

Par-dessus sa tête, je visai le grand mâle qui se tenait derrière elle et lui tirai dans le ventre. Il s'effondra en se tenant l'estomac. Du sang jaillit entre ses doigts. La fille se tourna vers lui et fit mine de le lécher. Il la repoussa de son bras libre, mais les autres se pressaient déjà autour de lui.

—Filons pendant qu'il est encore temps, dit Kaspar en désignant la porte d'un signe du menton.

Il n'eut pas besoin de le répéter.

Soudain, Marcus apparut à côté de nous. Je ne l'avais pas vu approcher, trop concentrée sur la menace immédiate que constituaient les lycanthropes. Il en empoigna deux, les arracha au blessé et les projeta au loin comme des jouets. Puis il sortit une chemise cartonnée de sa veste bleu pâle et me la tendit.

—Kaspar répondra à vos questions, grogna-t-il.

Alors qu'il se détournait pour protéger le mâle que j'avais blessé, Kaspar me poussa vers la porte. Je me laissai faire.

Au passage, je jetai un dernier coup d'œil à Jason. Une masse de fourrure hérissée avait pris sa place. Quant à Rafael, il était redevenu l'homme-rat que j'avais rencontré quelques mois plus tôt. Une brûlure en forme de couronne

– le symbole de la souveraineté chez les rats-garous – se détachait sur son biceps. Il ne saignait plus : la transformation l'avait guéri.

La porte claqua derrière nous. J'ignorais qui l'avait refermée.

Kaspar et moi étions seuls dans le couloir. Aucun bruit ne s'échappait de la grande salle. Le silence était si oppressant qu'il faisait bourdonner mes tympans.

— Pourquoi ne les entend-on pas ?

— La pièce est insonorisée.

Logique. Je baissai les yeux vers la chemise cartonnée. Il y avait dessus une empreinte humide. Je la pris par le bord et l'agitai en attendant que le sang sèche.

— Sommes-nous censés nous asseoir pour tenir une petite réunion ?

— Connaissant Marcus, les informations qu'il vous a remises doivent être exhaustives. C'est un excellent organisateur.

— Mais pas un très bon chef de meute.

Kaspar se tourna vers la porte.

— À votre place, je ne dirais pas ça ici.

Il avait sans doute raison.

Je le dévisageai. Ses cheveux blancs très fins ressemblaient bien à du duvet. Mais j'avais quand même du mal à y croire.

Kaspar fit la grimace.

— Allez-y, touchez-les.

Je passai la main sur ses cheveux. Ils étaient aussi doux que les plumes ventrales d'un oiseau. Une chaleur brûlante émanait de son cuir chevelu.

— Doux Jésus…

Quelque chose de lourd heurta la porte de l'autre côté. Sentant le plancher vibrer sous mes pieds, je reculai et hésitai à rengainer mon flingue.

J'optai pour un compromis et le fourrai dans la poche de mon trench. De tous mes vêtements, c'est le seul dont les poches soient assez grandes pour dissimuler un Browning.

Kaspar ouvrit la porte du restaurant. Une poignée de clients étaient encore attablés, finissant leur repas sans se douter du carnage qui était en train de se dérouler à quelques mètres d'eux. J'eus envie de leur hurler : « Fuyez, si vous tenez à la vie ! » Mais ils n'auraient pas compris. Le *Lunatic Café* existait depuis des années, et je n'avais jamais entendu parler d'un incident survenu entre ses murs.

Évidemment, je venais de tuer un homme. Mais je ne pensais pas qu'il reste de quoi alerter la police quand ses petits copains en auraient terminé avec lui. Quelques os rongés jusqu'à la moelle, tout au plus. Qui sait quelles catastrophes les métamorphes avaient déjà dissimulées ainsi ?

Kaspar me tendit une carte de visite en bristol blanc : « Kaspar Gunderson, Antiquités et œuvres d'Art ».

— Si vous avez des questions, j'essaierai d'y répondre.

— Même si ça concerne ce que vous êtes ?

— Oui…

Nous traversâmes la salle à manger du restaurant en longeant le bar. La sortie en vue, les réjouissances de la nuit étaient presque terminées. Dieu merci !

Mon sourire se figea sur mes lèvres. Je venais de reconnaître un des clients assis au comptoir.

Edward sirotait un jus de fruit. Il ne me prêtait aucune attention, mais je savais qu'il m'avait vue.

Kaspar inclina la tête.

— Quelque chose ne va pas ?

— Non, non.

J'avais répondu si précipitamment que personne ne m'aurait crue. Même pas moi.

— La soirée a été longue, c'est tout, mentis-je.

Kaspar ne fut pas dupe, mais je m'en fichais. Je n'ai jamais été douée pour l'improvisation.

Il laissa tomber et me tendit la main pour que je la serre. Alors qu'il avançait vers la porte, je vis qu'il balayait la salle du regard, cherchant la cause de mon inquiétude.

Edward a l'air d'un type ordinaire. Un mètre soixante-dix, mince avec de courts cheveux blonds. Ce soir-là, il portait une veste noire, un jean et des chaussures à semelles de crêpe. Il ressemble vaguement à Marcus et, à sa façon, il est aussi dangereux que lui.

Il m'ignorait, donc il ne voulait pas se faire remarquer. Je le dépassai, brûlant d'envie de lui demander ce qu'il fichait là, mais pas question de saboter sa couverture. Edward est un tueur spécialisé dans les vampires, les lycanthropes et les autres créatures surnaturelles. Il a commencé sa carrière en tuant des humains, mais c'était trop facile, et il a fini par s'ennuyer. Sans défi à relever, ce type s'étiole…

Debout sur le trottoir, je me demandai que faire. Je tenais la chemise ensanglantée dans une main, l'autre serrant toujours le Browning dans ma poche. Maintenant que l'adrénaline refluait, je commençais à avoir des crampes. Je coinçai la chemise sous mon aisselle et rangeai mon flingue dans son holster. Les métamorphes étaient occupés à se dévorer. Je parviendrais sans doute à regagner ma voiture sans me faire attaquer.

Edward ne sortit pas me rejoindre. Je m'attendais à demi à ce qu'il le fasse. Il chassait quelqu'un, mais qui ? Probablement un des lycanthropes. Après ce que je venais de voir, je n'étais pas sûre que ce soit une bonne idée.

De plus, Richard était du lot, et je ne voulais pas qu'on le chasse. Il faudrait que je demande à Edward ce qu'il mijotait. Mais pas ce soir. Richard n'était pas au *Lunatic Café*. Que les autres se débrouillent seuls. J'eus une brève pensée pour Rafael. Puis je me souvins qu'il connaissait Edward, à défaut de savoir comment il gagnait sa vie.

Je m'immobilisai sur le trottoir verglacé. Devais-je avertir Edward que Rafael risquait de mettre les autres en garde contre lui? Ma tête me faisait mal. Trop de loyautés conflictuelles pour des gens qui ne le méritaient probablement pas. Et si les vampires m'appellent l'Exécutrice, ils ont surnommé Edward «la Mort». Moi, je ne me suis jamais servie d'un lance-flammes contre eux. Edward, si. Donc, il était parfaitement capable de veiller sur lui-même. Il n'avait pas besoin de mon aide.

Je me remis à marcher.

J'ignorais toujours pourquoi Marcus avait fait appel à moi. Que pouvais-je faire pour lui et dont les membres de sa meute étaient incapables? En somme, j'étais partagée entre la curiosité et l'appréhension.

Je faillis jeter la chemise cartonnée dans une poubelle, mais je savais que cette histoire me travaillerait tant que je n'aurais pas appris la vérité. Je lirais donc ce qu'elle contenait. Comme dit le vieux proverbe, la curiosité tue le chat. Espérons qu'elle n'en fasse pas autant pour les réanimatrices.

CHAPITRE 13

À 5 heures et demie du matin, j'étais fourrée sous les couvertures avec la chemise cartonnée sur les genoux. Mon pingouin en peluche préféré, Sigmund, était assis près de moi. Il fut un temps où je dormais avec Sigmund seulement quand des gens avaient essayé de me tuer. Mais depuis quelques mois, il partage mon lit toutes les nuits. Ça a été une année difficile.

Mon Browning était dans sa résidence secondaire, un holster fixé à la tête du lit. Je pourrais à la rigueur me passer de Sigmund, mais pas de lui.

La chemise contenait des documents tapés à la machine. Le premier était une liste de huit noms, chacun accompagné d'une désignation animale. Le suivant était un rapport sur la disparition de ces gens. Aucun cadavre n'avait été retrouvé, leurs familles ne savaient rien et la communauté des métamorphes non plus.

Je relus les noms que j'avais parcourus rapidement la première fois. Margaret Smitz figurait en septième position, près de la mention «loup». La femme de George Smitz? Peggy est un diminutif de Margaret, même si j'ignore comment on passe de l'un à l'autre.

Le dernier document était une liste de suggestions émanant de Marcus : personnes à contacter, pistes à explorer, etc. L'enflure !

Au moins, il m'expliquait pourquoi il réclamait mon aide. Il pensait que les autres métamorphes se confieraient plus facilement à moi qu'à lui ou à un de ses loups. Sans déconner. J'étais une sorte de compromis. Ils ne faisaient pas confiance à la police. Et vers qui d'autre pouvaient se tourner les métamorphes ? La gentille réanimatrice de leur quartier, bien sûr !

Je ne voyais toujours pas l'intérêt de s'adresser à moi. Ce n'était pas par flemme que j'avais envoyé George Smitz à Ronnie. Je n'ai jamais mené d'enquête sur une disparition. Quand Ronnie viendrait me chercher pour aller courir le lendemain… Rectification : un peu plus tard le jour même… Je la mettrais au parfum.

Que la femme de George ait disparu était une chose. Elle aurait très bien pu le plaquer sans daigner l'en informer. Ça arrive plus souvent qu'on ne le pense. Mais huit lycanthropes en un aussi court laps de temps… Les autres auraient dû aller voir la police. Le problème, c'est qu'ils ne font aucune confiance aux lois humaines. On ne peut pas leur en vouloir : jusqu'à la fin des années soixante, on brûlait encore les garous au pilori.

Je glissai la chemise dans le tiroir de ma table de nuit et en sortis une carte de visite où ne figurait qu'un numéro de téléphone. Edward me l'avait donnée deux mois plus tôt. Avant, je n'avais aucun moyen de le contacter. Il se contentait de faire une apparition de temps à autre, généralement quand j'avais le moins besoin de lui.

Le numéro était celui d'une messagerie vocale.

— Laissez un message après le bip.

— Edward, c'est Anita. Je peux savoir ce que tu fichais au *Lunatic Café* ? Rappelle-moi au plus vite !

D'habitude, je ne suis pas aussi grossière au téléphone. Mais je sais à qui je parle. Edward me connaît et il n'aime pas perdre de temps en palabres inutiles.

Je réglai mon réveil, éteignis la lumière et me pelotonnai sous les couvertures, près de mon fidèle pingouin.

135

Je n'avais pas eu le temps de me réchauffer quand le téléphone sonna. J'attendis que le répondeur se déclenche. Au bout de la huitième sonnerie, je capitulai. J'avais oublié de le mettre en marche. Génial !

— Il vaudrait mieux que ce soit important, dis-je après avoir décroché.

— Tu m'as demandé de te rappeler le plus vite possible.

Je me renfonçai sous les couvertures, le combiné plaqué sur l'oreille.

— Salut, Edward.

— Salut.

— Que fais-tu en ville ? Et plus précisément au *Lunatic Café* ?

— Je te retourne la question.

— Il est presque 6 heures du matin, et je n'ai pas encore dormi. Alors, tes petits jeux…

— Qu'y avait-il dans cette chemise ? Et à qui appartenait le sang que j'ai vu dessus ?

Je soupirai, hésitant à lui en parler. Il aurait pu m'apporter une aide précieuse ou tuer ceux que j'étais censée aider.

— Je ne peux rien te dire avant de savoir si ça mettra des gens en danger.

— Je ne chasse jamais de *gens*, tu le sais.

— Donc, tu es en chasse.

— Oui.

— De quoi s'agit-il, cette fois ?

— De métamorphes.

— Évidemment.

— Lesquels ?

— Je n'ai pas encore de noms.

— Dans ce cas, comment sais-tu qui tu dois descendre ?

— J'ai une cassette vidéo.

— Une cassette vidéo ?

—Viens me voir à mon hôtel demain, et je te la montrerai. Je te raconterai tout ce que je sais.

—Tu n'es pas si obligeant, d'habitude. C'est quoi, l'arnaque ?

—Pas d'arnaque. Mais tu réussiras peut-être à les identifier.

—Je n'en connais pas beaucoup.

—Viens quand même, on ne sait jamais…

Il avait l'air si sûr de lui ! Mais ça n'était pas nouveau.

—D'accord. Quel hôtel ?

—L'*Adams Mark*. Tu veux l'adresse ?

—Non, je sais où c'est. À quelle heure ?

—Tu bosses demain ?

—Oui.

—Dans ce cas, à l'heure qui te conviendra.

Je le trouvais un peu trop poli pour être honnête.

—Combien de temps ça va prendre ?

—Deux heures. Peut-être moins.

Je secouai la tête, puis m'avisai qu'il ne pouvait pas me voir.

—Dans ce cas, il faudra que tu attendes la fin de mes réanimations de la nuit. Je n'ai pas de créneau libre dans la journée. Pas aussi long, en tout cas.

—Pas de problème.

—Je passerai entre… minuit et demie et 1 heure.

Rien que de le dire, j'étais déjà fatiguée. Une fois de plus, je ne pourrais pas récupérer le sommeil perdu.

—À demain.

—Tu ne m'as pas dit à quel nom était la chambre.

—C'est la 212. Tu n'auras qu'à monter directement.

—Tu as bien un nom de famille, je suppose ?

—Comme tout le monde. Bonne nuit, Anita.

Je raccrochai et allumai mon répondeur, en réglant le volume au minimum. Puis je rabattis les couvertures sur ma tête.

Edward ne partage jamais ses informations à moins d'y être forcé. Il était beaucoup trop accommodant. Il mijotait quelque chose et, le connaissant, ça risquait d'être déplaisant.

Huit lycanthropes avaient disparu sans laisser de trace. Le genre de jeu qu'Edward appréciait. Pourtant, je ne pensais pas que c'était lui. Il aime être crédité de ses éliminations, tant que la police n'a aucune preuve pour les lui coller sur le dos.

En revanche, il existait des chasseurs de primes spécialisés dans les lycanthropes renégats. Edward devait les connaître, et savoir lesquels n'hésiteraient pas à commettre des meurtres. Parce que c'était bien de ça qu'il s'agissait. La police n'avait pas délivré de mandat d'exécution contre eux… Du moins, pas à ma connaissance. Il aurait fallu vérifier, mais comment faire sans mettre la puce à l'oreille des flics ? Je pourrais peut-être m'adresser à Dolph.

Je sentais le sommeil grignoter les bords de ma conscience. Le visage de la victime s'imposa à mon esprit : la croûte de neige durcie sur ses plaies, son œil éclaté comme un grain de raisin. Sa mâchoire écrasée tenta de remuer. Un mot s'échappa en sifflant de sa bouche ravagée :

—Anita…

Je me réveillai suffisamment pour me retourner et le sommeil m'emporta sur ses grandes ailes noires. Si je rêvai de nouveau, je ne m'en souvins pas le lendemain.

CHAPITRE 14

C haque année, je me demande ce que je vais offrir à ma belle-mère pour Noël. On pourrait croire qu'au bout de quatorze ans j'ai une petite idée sur ses goûts. On pourrait aussi croire qu'elle en a une sur les miens.

Judith et moi, on finit toujours par s'observer de part et d'autre d'un gouffre d'incompréhension. Elle aimerait que je sois féminine et élégante. Moi, je voudrais qu'elle soit ma défunte mère. Comme je ne peux pas avoir ce que je veux, j'ai toujours fait en sorte qu'elle ne puisse pas l'avoir non plus. De toute façon, elle a déjà Andria. Un parangon de perfection par famille, c'est amplement suffisant.

Ronnie et moi faisions nos courses de Noël. Nous avions couru dans les rues verglacées à 9 heures du matin, après que j'eus dormi environ trois heures. Courir m'avait aidée à me réveiller, et le vent qui me giflait la figure avait fini le boulot. Du coup, j'étais à peu près consciente – à défaut de très fraîche – lorsque nous débarquâmes au centre commercial, les cheveux humides après la douche que nous venions de prendre.

Ronnie mesure un mètre soixante-douze. Ses cheveux blonds sont coupés un peu comme ceux d'un page. Elle n'a pas changé de coiffure depuis que je la connais. Mais bon, moi non plus. Ce jour-là, elle portait un jean, des santiags mauves et un trois-quarts sur un pull couleur lilas. Pas de flingue. Les elfes du Père Noël n'ont pas la réputation d'être agressifs.

J'avais mis ma tenue de travail, parce que je serais obligée de filer directement au bureau en sortant du centre commercial. Un tailleur bleu marine, de la couleur des yeux de Jean-Claude, avec une ceinture noire pour y fixer les lanières de mon holster d'épaule. L'ourlet de la jupe était cinq centimètres plus haut que mon seuil de confort, mais Ronnie avait insisté. Elle s'intéresse à la mode plus que moi. D'accord, ce n'est pas très difficile. Un chemisier d'un bleu un peu plus clair, avec des motifs vaguement orientaux, et des escarpins noirs à talons hauts complétaient ma tenue. Ainsi vêtue, je n'étais pas loin de ressembler à l'idéal de Judith.

Le seul défaut de mon tailleur, c'est que la veste ne dissimule pas très bien mon Browning. On aurait donc pu l'apercevoir pendant que je marchais. Mais jusqu'à présent, personne n'était allé chercher les vigiles. Peut-être parce que j'avais vraiment bien planqué les deux couteaux, dans mes manches.

Plantée devant une vitrine de chez *Krigle's*, Ronnie observait des bijoux. Elle a les yeux gris, la même couleur que ceux de Gabriel, mais en infiniment plus humains. Rectification : humains, tout court.

— Qu'est-ce qui ne va pas ? demanda-t-elle.

Je secouai la tête.

— Rien. Je pensais à la nuit dernière.

— As-tu changé d'opinion au sujet de ton petit ami ?

La bijouterie était bondée. Nous avions dû jouer des coudes pour nous approcher des vitrines. Mais comme je n'avais pas l'intention d'acheter, je me tenais un peu en retrait de Ronnie, balayant la foule du regard.

Tous les visages paraissaient hostiles. Mais pour une fois, ça n'avait rien de personnel. Faire ses courses deux semaines avant Noël mettrait n'importe qui dans cet état. Les gens se bousculaient sans vergogne, et je sentais venir une attaque de claustrophobie.

— Tu comptes acheter quelque chose ?

Ronnie leva les yeux vers moi.

— Tu n'as pas répondu à ma question…

— Laisse-moi sortir d'ici, et je le ferai peut-être.

Elle me fit signe de la précéder. Je nous ouvris un chemin jusqu'à la sortie. Je suis petite et j'étais trop bien habillée pour avoir l'air intimidant, mais les gens s'écartèrent quand même sur mon passage. Peut-être qu'ils avaient vu mon flingue, en fin de compte.

Quand nous nous retrouvâmes dans la galerie, je pris une profonde inspiration. C'était encombré, mais beaucoup moins que les boutiques. Ici, personne ne me bousculait. Et si quelqu'un le faisait, j'aurais le droit de l'engueuler.

— Tu veux t'asseoir ?

Par miracle, il y avait deux places libres sur un banc. Ronnie m'avait fait cette proposition parce que j'étais en tenue de travail : autrement dit, en talons hauts. Avec ses baskets confortables, elle n'en avait pas besoin. Mais mes pieds ne me faisaient pas encore mal. Je m'habituais peut-être à porter des chaussures de fille. Beurk !

Je secouai la tête.

— Allons plutôt voir chez *Nature et Découverte*. Je voudrais trouver quelque chose pour Josh.

— Quel âge ça lui fait ? Treize ans ?

— Quinze. La dernière fois que je l'ai vu, il était aussi grand que moi. Ça n'a pas dû s'arranger. Il paraît qu'il pousse à toute vitesse. Judith prétend que les jeans qu'elle lui achète sont trop petits au bout d'une semaine.

— C'est peut-être pour t'inciter à lui en offrir un, hasarda Ronnie.

— Pas question ! me récriai-je. J'ai envie de lui faire un cadeau plus amusant.

— La plupart des ados adorent les fringues.

— Pas Josh. Pas encore. Il tient de moi, de ce côté-là.

— Tu ne m'as pas dit ce que tu comptais faire avec Richard.

— Laisse tomber, tu veux ?

— Non, je ne veux pas.

— Je ne sais pas ce que je compte faire, avouai-je. Entre ce que Jean-Claude m'a dit et ce que j'ai vu la nuit dernière… Franchement, je suis un peu paumée.

— Tu sais que Jean-Claude l'a fait exprès pour creuser un fossé entre vous.

— Oui, et ça a marché. J'ai l'impression de ne pas connaître Richard. Comme si j'avais embrassé un étranger.

— Ne laisse pas Croc-Blanc vous séparer.

Je ne pus m'empêcher de sourire. Jean-Claude aurait adoré ce surnom.

— Il n'a aucune emprise sur moi.

Ronnie me flanqua un petit coup de poing dans l'épaule.

— Tu mens.

— Si nous devons nous séparer, ce ne sera pas à cause de Jean-Claude. Mais si Richard me mène en bateau depuis deux mois…

Je ne terminai pas ma phrase.

Nous étions plantées devant *Nature et Découverte*, qui grouillait de gens pareils à des lucioles enfermées dans un bocal. En moins brillant.

— À quel sujet t'a-t-il menti ?

— Il ne m'a pas parlé de la bataille entre lui et Marcus.

— Quand je pense que toi, tu lui racontes tout, railla Ronnie.

— Eh bien, pas exactement, reconnus-je.

— Il ne t'a pas menti, Anita. Il a juste omis de le mentionner. Laisse-lui une chance de s'expliquer. Il avait peut-être une bonne raison.

Je pivotai pour la regarder bien en face. L'inquiétude que je lus sur son visage me poussa à me détourner de nouveau.

— Il est en danger depuis des mois, et il ne me l'a pas dit. J'avais besoin de le savoir.

— Peut-être qu'il ne pouvait pas te le dire. Tu ne seras pas fixée tant que tu ne lui auras pas demandé.

— J'ai vu des lycanthropes la nuit dernière, Ronnie. (Je secouai la tête.) Ils n'étaient pas humains. Même pas un tout petit peu.

— Bon, Richard n'est pas humain. Et alors ? Personne n'est parfait.

Elle me sourit avec tant de chaleur que je fus forcée de sourire aussi.

— D'accord, je lui parlerai.

— Appelle-le tout de suite et propose-lui un dîner ce soir.

— Ce que tu peux être tyrannique !

Elle haussa les épaules.

— J'ai été à bonne école.

— Merci. Au fait, que t'a raconté George Smitz ?

— La même chose qu'à toi. Il n'a pas l'air de savoir que sa femme fait partie d'une série de lycanthropes disparus. Il pense que c'est un cas isolé. Il m'a donné une photo d'elle. Tu devrais t'en procurer une des autres. C'est la première chose indispensable pour mener ce genre d'enquête. Tant que tu ne sais pas à quoi ressemble ton client, tu pourrais passer à côté de lui dans la rue sans le reconnaître.

— Je demanderai à Kaspar.

— Pas à Richard ?

— Je suis un peu en colère contre lui. Je ne veux pas lui réclamer d'aide.

— Mesquine !

— C'est l'une de mes plus grandes qualités…

— Je vais passer par les canaux de renseignement habituels, mais si les disparus sont tous des lycanthropes, je te parie qu'on ne les retrouvera pas vivants.

— Tu crois que quelqu'un les a tués ?

— Pas toi ?

— Si, avouai-je.

— Mais je me demande quel genre de créature pourrait éliminer huit métamorphes sans laisser de trace.

— C'est aussi ce qui m'inquiète. (Je posai une main sur le bras de Ronnie.) À partir de maintenant, tu ferais mieux de te balader armée.

Elle sourit.

— C'est promis, maman.

Je secouai la tête.

— Tu as le courage de te taper encore un magasin ? Si j'achète le cadeau de Josh aujourd'hui, je serai à la moitié de ma liste.

— Il faut que tu en fasses un à Richard, tu sais.

— Quoi ?

— En général, on offre quelque chose à son petit ami pour Noël. C'est une tradition.

— Et merde !

J'avais beau être en colère contre lui, Ronnie avait raison. Je devais lui faire un cadeau. Parce que s'il m'en faisait un et moi pas, je me sentirais coupable. Alors que si je lui en faisais un et lui pas, je me sentirais supérieure. Ou folle de rage. J'espérais presque qu'il oublierait de m'acheter quelque chose.

Je cherchais un prétexte pour plaquer Richard ? Peut-être. Évidemment, il se pouvait qu'il ait une excellente excuse à fournir pour ses cachotteries. Moi, j'étais en train de me conditionner pour lui rentrer dedans. La soirée s'annonçait mal.

CHAPITRE 15

À 13 heures, j'avais rendez-vous avec une certaine Elvira Drew.

Elle sirotait un café, ses mains manucurées enroulées autour de la chope. Son vernis transparent faisait luire ses ongles comme de petits coquillages. Le reste de sa personne était tout aussi élégant. Elle portait une robe qui semblait bleue ou verte selon la façon dont la lumière se posait dessus. Le tissu quasiment vivant, comme de la fourrure, devait coûter la peau des roubignoles. Elvira avait sans doute payé sa robe plus cher que moi le contenu entier de ma penderie.

Ses longs cheveux blonds descendaient dans son dos. Le seul détail choquant dans sa mise. La manucure, la robe, les chaussures assorties et le maquillage presque invisible appelaient une coiffure compliquée mais de bon goût. Je trouvai sympa qu'elle n'ait pas attaché ses cheveux.

Quand elle leva la tête pour croiser mon regard, je compris pourquoi elle avait dépensé une petite fortune pour cette robe. Ses yeux étaient exactement de la même couleur. L'ensemble avait de quoi couper le souffle.

Assise en face d'elle, je me réjouis d'être bien habillée, pour une fois. Merci, Ronnie. N'importe quel autre jour, elle m'aurait donné l'impression d'être une paysanne. Mais aujourd'hui, je n'avais pas à rougir de ma tenue.

—Que puis-je faire pour vous, mademoiselle Drew?

Elle eut un sourire éblouissant. Cette fille souriait comme si elle savait l'effet que ça produisait sur la plupart des gens. Je craignais presque de la voir face à un homme. Si elle déployait tant de charme pour moi, l'idée de ce qu'elle pourrait faire face à Jamison ou à Manny m'effrayait un peu.

— Je suis écrivain, révéla-t-elle. J'ai un projet de livre sur les métamorphes.

Mon sourire se fana illico.

— Vraiment ? Et qu'est-ce qui vous amène dans les bureaux de Réanimateurs Inc. ?

— Chaque chapitre traitera d'une forme animale différente. Je parlerai de son histoire, des gens célèbres qui y ont été associés dans le passé, et je conclurai par un entretien avec un métamorphe d'aujourd'hui.

Mes zygomatiques commençaient à me faire mal, et je savais que mon reste de sourire devait plutôt ressembler à une grimace.

— Ça a l'air intéressant. En quoi puis-je vous aider ?

Elle cligna de ses yeux magnifiques et prit un air hébété. Très réussi, l'air hébété. Mais j'avais lu de l'intelligence dans son regard quelques instants plus tôt. Le numéro de la blonde stupide ne marcherait pas sur moi. Aurait-il fonctionné si j'avais été un homme ? J'espérais bien que non.

— Il me manque un article, expliqua-t-elle. Il faudrait que je rencontre un rat-garou. L'entretien pourra être confidentiel et anonyme.

La blonde stupide avait disparu aussi vite qu'elle était apparue. Elvira avait vu qu'il ne servait à rien de faire semblant.

Pourra être confidentiel et anonyme. Pas « sera ». Je poussai un soupir et renonçai à sourire.

— Qu'est-ce qui vous fait croire que je vous en trouverai un ?

— M. Vaughn m'a assuré que si quelqu'un en était capable, c'était bien vous.

— Vraiment ?

—Il semblait tout à fait certain que vous pourriez m'aider.

—Mon patron promet des tas de choses, mademoiselle Drew. Surtout quand elles ne le concernent pas directement. (Je me levai.) Si vous voulez bien m'attendre quelques instants, j'aimerais lui dire deux mots.

—Je ne bouge pas d'ici.

Son sourire était toujours aussi charmant, mais quelque chose dans ses yeux m'apprit qu'elle savait exactement pourquoi je voulais voir Bert.

La réception est décorée dans des tons vert pâle, du papier peint aux motifs orientaux jusqu'à la moquette épaisse. Des plantes occupent tous les coins de la pièce. D'après Bert, elles apportent une touche personnelle à nos locaux. Moi, je trouve qu'elles leur donnent l'air d'un décor de jungle en plastique.

Mary, notre secrétaire de jour, leva les yeux de son ordinateur et me sourit. Elle a un peu plus de cinquante ans et des cheveux d'un blond trop jaune pour être naturel.

—Tu as besoin de quelque chose, Anita ? demanda-t-elle gentiment.

Je ne l'ai jamais vue de mauvaise humeur. Une qualité appréciable chez une réceptionniste.

—Oui : voir le patron.

—Pourquoi ?

—Je dois avoir rendez-vous avec lui aujourd'hui, de toute façon. J'ai dit à Craig de m'en prendre un.

Mary consulta son agenda.

—Craig l'a fait et Bert l'a annulé. (Son sourire avait disparu.) Il est vraiment très occupé, aujourd'hui.

C'en était trop. Je me dirigeai vers la porte du bureau de Bert.

—Il reçoit un client en ce moment ! lança Mary.

—Tant pis pour lui.

Je frappai au battant et ouvris sans attendre qu'on m'y invite.

Le bureau de Bert occupait la plus grande partie de la pièce décorée en bleu pâle : la plus petite de toutes, mais elle lui était attribuée de façon permanente. Alors que les réanimateurs se partagent les deux autres.

Bert jouait au football à l'université, et ça se voit encore. Des épaules larges, de grosses mains, un mètre quatre-vingt-dix dont il exploite chaque centimètre pour impressionner ses interlocuteurs. Son bronzage de marin s'était estompé depuis le début de l'hiver et sa brosse d'un blond presque blanc contrastait moins avec sa peau.

Il me foudroya du regard.

— Je suis en rendez-vous, Anita.

Je regardai le type assis en face de lui. C'était Kaspar Gunderson, tout de blanc vêtu. Comment avais-je pu le croire humain ? À la lumière du jour, il n'en avait plus du tout l'air. Il me sourit.

— Mademoiselle Blake, je présume, dit-il en me tendant la main.

Je la serrai.

— Si vous vouliez bien attendre dehors quelques instants, monsieur…

— Gunderson.

— Monsieur Gunderson, répétai-je. Je dois parler avec M. Vaughn.

— Je crois que ça peut attendre, Anita, dit Bert.

— Non, ça ne peut pas.

— Si, ça peut.

— Veux-tu vraiment avoir cette conversation devant un client ?

Il me fixa en plissant ses petits yeux gris. Son expression méchante. Elle n'avait jamais eu le moindre effet sur moi.

— Tu insistes ?

—Bien vu !

Il prit une longue inspiration et expira lentement, comme s'il comptait jusqu'à dix. Puis il fit son sourire le plus professionnel à Kaspar.

—Si vous voulez bien nous excuser quelques minutes, monsieur Gunderson. Ça ne durera pas longtemps.

Kaspar se leva et sortit. Je refermai la porte derrière lui.

—Qu'est-ce qui te prend d'entrer pendant que je suis avec un client ?

Bert se leva. Il était si large que ses épaules touchaient presque les murs de chaque côté. Mais il aurait dû savoir que ça n'était pas un bon moyen pour m'impressionner. J'ai toujours été la gamine la plus minuscule du quartier. Les balèzes ne me font plus d'effet depuis longtemps.

—Je t'ai déjà dit de ne plus me filer de boulot qui ne corresponde pas à mes attributions !

—C'est moi qui définis tes attributions, répliqua froidement Bert. Je suis ton patron, tu t'en souviens ?

Il posa les mains sur son bureau et se pencha vers moi. J'en fis autant de l'autre côté et nous nous retrouvâmes presque nez à nez à nous postillonner dessus.

—Hier, tu m'as envoyé un client pour une enquête sur une personne disparue. Je ne suis pas investigatrice.

—Sa femme est une lycanthrope.

—Ça signifie qu'on devrait prendre son argent ?

—Si tu peux l'aider, oui.

—J'ai refilé le bébé à Ronnie.

Bert se redressa.

—Tu vois ? Tu l'as aidé. Sans toi, il ne se serait jamais adressé à Mlle Sims.

Il me faisait le coup de la voix de la raison. Mais je n'avais pas envie de l'entendre.

—Elvira Drew est dans mon bureau. Que suis-je censée faire pour elle ?

— Tu connais des rats-garous?

Il s'était rassis et avait croisé les mains sur son estomac un rien protubérant.

— La question n'est pas là.

— Tu en connais, pas vrai?

— Et si je réponds que oui?

— Organise un entretien. Il doit bien y en avoir un qui a envie d'être célèbre.

— La plupart des lycanthropes se donnent beaucoup de mal pour dissimuler ce qu'ils sont. Révéler leur secret pourrait compromettre leur travail et leur mariage. L'an dernier, en Indiana, un père a perdu la garde de ses enfants après que son ex-femme a découvert qu'il était un métamorphe. Personne n'a envie de prendre ce genre de risque.

— J'ai vu des métamorphes interviewés en direct à la télé.

— Ce sont les exceptions à la règle.

— Donc, tu refuses d'aider Mlle Drew?

— En effet…

— Je ne vais pas tenter de jouer sur ta cupidité, bien qu'elle nous ait offert beaucoup d'argent. Mais pense aux retombées positives que son livre aurait pour tes amis métamorphes. Une bonne publicité est toujours bienvenue. Avant de refuser, parle à tes amis. Vois ce qu'ils en pensent.

— Tu te fiches des retombées positives pour la communauté de lycanthropes. Seul l'argent t'intéresse.

— C'est vrai…

Bert est un salaud sans scrupules et il se moque bien que ça se sache. Il est difficile de clouer le bec à quelqu'un qui ne se sent jamais insulté.

Je m'assis en face de lui. Il avait l'air très content, comme s'il venait de remporter une victoire. Pourtant, il me connaissait mieux que ça.

— Je n'aime pas avoir de mauvaises surprises en rendez-vous. La prochaine fois, tu me mettras au parfum avant l'arrivée des clients.

— D'accord.

— Tu es bien conciliant tout à coup. Que se passe-t-il ?

Son sourire s'élargit et ses yeux pétillèrent.

— M. Gunderson nous a offert beaucoup d'argent pour tes services. Le double du tarif normal.

— Que veut-il que je fasse ?

— Que tu relèves un de ses ancêtres. Il est victime d'une malédiction familiale. Une sorcière lui a dit que s'il pouvait parler à la personne affectée la première, elle réussirait peut-être à l'annuler.

— Pourquoi nous proposer deux fois le tarif habituel ?

— Parce que M. Gunderson a identifié les « candidats » : deux frères. Mais il ignore lequel fut maudit.

— Donc, je dois les relever tous les deux.

— Un seul suffira, avec un peu de chance.

— Mais tu garderas la totalité de l'argent quand même.

— Ce job correspond à tes fameuses attributions ! lança Bert, enthousiaste. Sans compter que tu ne vas pas laisser un pauvre type se balader toute sa vie avec des plumes sur la tête si tu peux faire quelque chose pour l'aider, pas vrai ?

— Enfoiré ! fis-je.

Mais ma voix manquait de conviction.

Bert ne se départit pas de son sourire. Il savait qu'il avait gagné.

— Tu me demanderas mon avis avant de prendre des rendez-vous pour autre chose que de la réanimation de zombie ou de l'exécution de vampire ? insistai-je.

— Si tu as le temps de lire un rapport sur chaque client que je reçois, je prendrai le temps de l'écrire.

— Pas sur chaque client : seulement sur ceux que tu m'envoies.

— Anita, tu sais bien que je ne te les envoie pas personnellement. Je les confie au réanimateur qui est de service un jour donné.

— Va te faire foutre, Bert !

— Tu as déjà fait attendre Mlle Drew assez longtemps, tu ne crois pas ?

Je me levai. Ça ne servait à rien. Bert me tenait, et nous le savions tous les deux. Il ne me restait plus qu'à battre gracieusement en retraite.

— Ton rendez-vous de 14 heures a été annulé. Je dirai à Mary de t'envoyer M. Gunderson à la place.

— Dis-moi qu'il existe quand même des clients que tu refuserais, Bert.

Il fit mine de réfléchir quelques instants, puis secoua la tête.

— Pas s'ils peuvent payer.

— Tu es un fils de pute cupide.

— Je sais.

Vaincue, je me dirigeai vers la porte.

— Hé ! Tu portes un flingue ! s'exclama Bert, outré.

— Et alors ?

— Je crois que tu peux recevoir des clients dans nos bureaux, en pleine journée, sans être armée.

— Moi, j'en doute…

— Au moins, range-le dans un tiroir comme tu faisais à un moment.

— Non.

J'ouvris la porte.

— Je ne veux pas que tu reçoives les clients avec une arme à feu sur toi, Anita.

— C'est ton problème, pas le mien.

— Ça pourrait le devenir.

Bert avait le visage rouge de colère. On finirait peut-être par se battre, en fin de compte.

Je refermai la porte.

— Tu veux dire que tu me virerais?

— Je suis ton patron.

— On peut se disputer à propos du boulot, mais le flingue n'est pas négociable.

— Ça fait peur aux clients.

— Envoie les trouillards à Jamison.

— Anita, cria Bert en se levant, je ne veux pas que tu portes de flingue au bureau!

Je lui souris.

— Va te faire enculer, Bert.

Au temps pour la retraite gracieuse.

CHAPITRE 16

E n refermant la porte, je compris que tout ce que j'avais réussi à faire, c'était foutre Bert en rogne. Pas mal, mais pas un exploit non plus.

J'allais dire à Mlle Drew que je pourrais peut-être l'aider. Au fond, Bert avait raison au sujet de la publicité positive…

Je passai devant M. Gunderson pour regagner mon bureau et lui fis un signe de la tête. Il me sourit. Mon petit doigt me disait qu'il n'avait pas d'ancêtres à relever. Je ne tarderais pas à découvrir ce qu'il voulait vraiment.

Mlle Drew attendait, les jambes croisées et les mains sur les genoux. La patience élégante incarnée.

— Je vais essayer de vous aider, annonçai-je. Je n'en suis pas certaine, mais je connais peut-être quelqu'un qui ferait l'affaire.

Elle se leva et me tendit sa main manucurée.

— Ce serait merveilleux, mademoiselle Blake. J'apprécie beaucoup.

— Avez-vous laissé à la réception un numéro où je pourrai vous joindre?

— Oui.

— Parfait. À bientôt.

— Je l'espère.

J'ouvris la porte. Elvira Drew me passa devant dans une exhalaison de parfum coûteux.

— Monsieur Gunderson, c'est à vous.

Il posa le magazine qu'il était en train de feuilleter sur la petite table, à côté du *Ficus benjainina*, et me rejoignit. Il ne se déplaçait pas avec la grâce de danseur qu'ont la plupart des métamorphes. Mais, à bien y réfléchir, les cygnes ne sont pas particulièrement gracieux sur terre.

—Asseyez-vous, monsieur Gunderson.

—Je vous en prie, appelez-moi Kaspar.

Je posai mes fesses sur le bord du bureau et baissai les yeux vers lui.

—Que faites-vous ici, Kaspar ?

Il sourit.

—Marcus veut s'excuser pour hier soir.

—Il aurait dû venir le faire en personne.

Son sourire s'élargit.

—Il a pensé que vous offrir une prime substantielle compenserait notre manque d'hospitalité de la nuit dernière.

—Il se trompe.

—Vous n'allez pas céder d'un pouce, n'est-ce pas ?

—Non.

—Nous aiderez-vous quand même ?

Je soupirai.

—Je vais essayer, mais je ne sais pas par où commencer. Qui peut avoir fait disparaître huit métamorphes sans laisser la moindre trace ?

—Nous n'en avons aucune idée. Voilà pourquoi nous faisons appel à vous.

Génial. Ils en savaient encore moins que moi. Ce n'était pas une pensée réconfortante.

—Marcus m'a donné une liste de gens à interroger. (Je la lui tendis.) Vous avez un commentaire à faire, ou peut-être une suggestion ?

Kaspar fronça ses sourcils duveteux. Qui n'étaient pas non plus en poils humains. Je clignai des yeux et tentai de me concentrer. Ses plumes me perturbaient plus qu'elles ne l'auraient dû.

—Tous ces gens sont des rivaux de Marcus. Vous avez rencontré la plupart d'entre eux au restaurant.

—Pensez-vous qu'il les suspecte vraiment, ou qu'il veut juste leur mettre des bâtons dans les roues ?

Kaspar haussa les épaules.

—Je ne sais pas.

—Marcus a dit que vous répondriez à mes questions. Savez-vous quelque chose que j'ignore ?

—J'ai la prétention de croire que j'en sais un peu plus que vous au sujet de la communauté métamorphe !

—Désolée… Je juge un peu facile de partir du principe que les rivaux de Marcus sont les méchants, mais ce n'est pas votre faute s'il essaie de me manipuler.

—Marcus aime contrôler les choses. Vous l'avez vu hier soir.

—Jusqu'ici, ses talents de gestionnaire ne m'ont pas beaucoup impressionnée.

—Il est convaincu que si tous les métamorphes s'unissaient sous la domination d'un seul chef, nous deviendrions une force capable de rivaliser avec les vampires.

Il avait peut-être raison sur ce point.

—Et évidemment, il aimerait être ce chef.

—Évidemment.

L'intercom sonna.

—Excusez-moi un instant. (J'appuyai sur le bouton.) Oui, Mary ?

—Richard Zeeman sur la ligne deux. Il dit que vous lui avez laissé un message.

J'hésitai avant de répondre :

—Je le prends.

Je décrochai le combiné, consciente que Kaspar ne perdrait pas une miette de la conversation. J'aurais pu lui demander de sortir, mais jouer aux clients musicaux commençait à me lasser.

—Salut, Richard.

—J'ai eu ton message, dit-il sur un ton circonspect, comme s'il tenait un verre d'eau plein à ras bord et s'efforçait de ne pas en renverser une goutte.

—Il faut qu'on parle.

—D'accord.

Tout le monde était bien accommodant depuis vingt-quatre heures. Je trouvais ça louche.

—C'est moi qui suis censée être en colère. Alors, pourquoi cette voix bizarre?

—Je suis au courant, pour la nuit dernière…

J'attendis qu'il développe. En vain.

—Je suis avec un client, dis-je enfin. Tu veux qu'on se voie ce soir?

—Avec plaisir, fit-il sur un ton qui ne trahissait aucun enthousiasme.

—Je fais une pause dîner vers 18 heures. On se retrouve au chinois d'Olive Street?

—Ça n'a pas l'air très intime.

—Tu préférerais ailleurs?

—Chez moi?

—Je n'ai qu'une heure. Tu habites trop loin pour que je fasse l'aller-retour en si peu de temps.

—Chez toi, alors.

—Non.

—Pourquoi?

—Parce que…

—Ce que nous avons à nous dire ne passera pas très bien en public, et tu le sais.

En effet, je le savais. Et merde!

—D'accord. Chez moi vers 18 h 10. Tu veux que je prévoie quelque chose?

—Tu bosses. Il vaut mieux que je m'en charge. Du porc mooshu et du ragoon de crabe, ça te va?

—Oui.

Nous avions mangé au resto assez souvent pour qu'il sache ce que j'aimais. Mais j'appréciais qu'il demande quand même.

—À tout à l'heure, alors.

—À tout à l'heure.

Nous raccrochâmes.

Mon estomac était noué. Si nous devions rompre, je ne voulais pas que ça se passe chez moi. Mais Richard avait raison. Nous ne pouvions pas parler de lycanthropes et de gens assassinés dans un restaurant bondé. Malgré tout, je n'avais pas hâte d'y être.

—Richard est en colère à cause de la nuit dernière? demanda Kaspar.

—Oui.

—Je peux faire quelque chose pour vous aider?

—Je veux connaître les circonstances de chaque disparition. Où et quand les victimes ont été vues pour la dernière fois, ce genre de choses...

—Marcus a dit qu'il répondrait lui-même à toutes les questions directement liées aux disparitions.

—Et vous lui obéissez toujours?

—Non, mais il s'est montré très ferme sur ce point. Anita, je ne suis pas un prédateur. Je ne peux pas me défendre contre Marcus.

—Croyez-vous vraiment qu'il vous tuerait pour avoir désobéi à ses ordres?

—Peut-être pas, mais j'aurais mal pendant un bout de temps.

Je secouai la tête.

—Il ne vaut pas mieux que la plupart des maîtres vampires de ma connaissance.

—Comme je n'en fréquente aucun, je suis obligé de vous croire sur parole.

Je ne pus réprimer un sourire. Je connaissais davantage de monstres que les monstres eux-mêmes.

—Et Richard, pourra-t-il répondre à mes questions ?

—S'il ne le peut pas, il vous aidera à trouver les réponses.

J'eus envie de lui demander si Richard était aussi terrible que Marcus, brûlant de savoir si mon petit ami était vraiment une bête sauvage. Mais je me retins. Je ne voulais pas parler de lui dans son dos.

—À moins que vous ayez autre chose à ajouter, Kaspar, je vais devoir prendre congé. J'ai beaucoup de travail, bougonnai-je en approchant de la porte.

Je me forçai à sourire pour faire passer la pilule. Ce n'était pas sa faute, mais il me rappelait une affaire que j'aurais préféré oublier.

Il se leva.

—Si vous avez besoin d'aide, n'hésitez pas à m'appeler.

—Vous pourrez seulement dire ce que Marcus vous autorise à lâcher, n'est-ce pas ?

Ses joues pâles rosirent légèrement.

—Je crains que oui.

—Dans ce cas, ça m'étonnerait que j'appelle.

—Vous ne faites pas confiance à Marcus ?

J'éclatai d'un rire amer.

—Et vous ?

Il sourit et hocha la tête.

—Je suppose que non.

Je mis la main sur la poignée, je me retournai et lui demandai :

—C'est vraiment une malédiction familiale ?

—Ma… condition ?

—Oui.

—Une malédiction, oui. Familiale, non.

—Comme dans le conte de fées ?

— Les contes de fées sont une version édulcorée d'histoires souvent assez répugnantes.

— J'en ai lu quelques-uns.

— Dont *Le Cygne et la Princesse* dans sa version nordique originale ?

— Je ne crois pas.

— C'est absolument terrible.

— Navrée de l'apprendre.

— Et moi donc.

Kaspar fit un pas vers la porte et je dus l'ouvrir pour le laisser passer. J'avais envie qu'il me raconte cette histoire lui-même, mais la douleur, dans son regard, m'en dissuada. Je ne voulais pas retourner le couteau dans une plaie qui semblait encore trop fraîche.

Il passa devant moi. Je le laissai partir. Mais je me promis de ressortir à la première occasion le livre sur l'analyse des contes de fées acheté pour mon cours de littérature comparative.

Chapitre 17

Il était presque 18 h 30 quand j'entrai dans mon immeuble. Je m'attendais à trouver Richard dans le couloir, mais celui-ci était vide. Le nœud de mon estomac se desserra d'un millimètre. Un sursis de quelques minutes, c'était toujours un sursis.

Je venais d'introduire ma clé dans la serrure quand la porte d'en face s'ouvrit derrière moi. Je lâchai mon trousseau et me retournai en portant la main à mon Browning. Un réflexe, pas un acte réfléchi.

Mme Pringle apparut sur le seuil. Je laissai retomber mon bras et souris. Je doute qu'elle ait pigé ce que j'étais sur le point de faire, parce qu'elle ne cilla même pas.

Mme Pringle est grande et émaciée. Elle porte ses cheveux blancs en chignon, ne se maquille jamais et n'a pas l'air désolé d'être vieille. Au contraire, je crois que ça lui plaît.

—Anita, vous arrivez bien tard, me reprocha-t-elle.

Mayonnaise, son loulou de Poméranie, aboyait en fond sonore comme un disque rayé.

Je fronçai les sourcils. Il était rare que je sois chez moi à 18 h 30.

Avant que je puisse protester, Richard apparut derrière elle dans l'entrée de son appartement. Ses cheveux bruns tombaient autour de son visage. Il portait un de mes pulls préférés, vert sapin et doux au toucher. Mayonnaise lui jappait dans les jambes, comme s'il cherchait le courage de lui mordre une cheville.

—Mayonnaise, tais-toi! ordonna Mme Pringle. (Elle se tourna vers Richard.) Il ne se comporte jamais ainsi. Anita peut vous dire combien il est gentil avec la plupart des gens.

Elle me regarda pour quêter mon soutien, embarrassée que son chien se montre si malpoli avec un invité.

J'approuvai. Dieu sait pourtant que je déteste ce roquet.

—C'est vrai. Je ne l'avais encore jamais vu si agité.

Je dévisageai Richard. Il avait une expression à la fois prudente et fermée.

—Il réagit parfois ainsi en présence d'autres chiens, quand il veut les impressionner. Vous avez un chien, monsieur Zeeman? Mayonnaise sent peut-être son odeur sur vous.

—Non, je n'en ai pas, dit Richard.

—Anita, j'ai trouvé votre fiancé assis dans le couloir avec son carton de traiteur. J'ai pensé qu'il préférerait attendre avec moi. Mais je suis désolé que Mayonnaise lui ait fait un accueil si désagréable.

—Ce n'est pas grave. J'ai apprécié de parler boutique avec un autre professeur, lui assura Richard.

—Un jeune homme si charmant, gloussa Mme Pringle.

Elle avait croisé Richard deux ou trois fois. Mais il lui avait fait bonne impression avant qu'elle découvre qu'il était enseignant, comme elle, jadis.

Richard la contourna pour sortir de son appartement. Mayonnaise le suivit en aboyant. D'habitude, il me fait penser à un pissenlit qui aurait des idées de grandeur. Là, il ressemblait à un pissenlit très agressif. À chaque jappement, il sautillait sur ses petites pattes.

—Mayonnaise, rentre tout de suite! ordonna Mme Pringle.

J'ouvris la porte et m'effaçai pour laisser passer Richard.

Il portait un carton blanc avec des symboles chinois rouges, et sa veste était pliée sur son bras.

Mayonnaise lui fonça dessus en grognant, comme pour lui mordre la cheville. Richard baissa les yeux vers lui. Le petit chien se figea. Au bout de quelques secondes, il tremblait comme une feuille.

Richard se faufila à l'intérieur. Mayonnaise resta immobile dans le couloir. Je ne l'avais jamais entendu faire aussi peu de bruit.

— Merci d'avoir veillé sur Richard, madame Pringle.

— De rien. C'est un jeune homme si charmant, répéta-t-elle sur un ton qui signifiait : « Épousez-le. »

Ma belle-mère aurait été d'accord avec elle. Sauf qu'elle aurait été moins subtile, et qu'elle l'aurait dit à voix haute.

Je souris et refermai la porte derrière nous. Mayonnaise recommença aussitôt à aboyer dans le couloir. Je tirai le verrou par habitude, puis fis face à Richard.

Il avait posé sa veste sur le dossier du canapé et son carton sur la table de la kitchenette. Pendant qu'il en sortait des barquettes en plastique, j'enlevai mon manteau et mes escarpins. Je perdis sept centimètres d'un coup, mais me sentis beaucoup mieux.

— Joli tailleur, commenta Richard d'une voix neutre.

— Merci.

J'allais retirer la veste mais, puisqu'elle lui plaisait, je décidai de la garder. Je sais, c'est idiot. Nous nous montrions si prudents l'un envers l'autre qu'il régnait une tension étouffante dans la pièce.

Je sortis des assiettes du placard, plus une canette de Coca du frigo pour moi. Puis je servis un verre d'eau à Richard. Comme il n'aime pas les sodas, j'ai pris l'habitude de mettre une carafe au frais pour lui. J'avais la gorge serrée quand je posai les boissons sur la table.

Richard mit le couvert. Nous nous déplacions dans ma minuscule kitchenette comme des danseurs, sans jamais nous toucher. Nous avions seulement allumé dans le salon, la kitchenette étant plongée dans une semi-obscurité, comme une caverne. Un psychologue aurait dit qu'aucun de nous deux n'avait envie d'y voir clairement. Comme je crois l'avoir déjà dit, qu'ils aillent se faire foutre!

Nous nous assîmes face à face et nous dévisageâmes par-dessus les plats : porc mooshu pour moi, poulet aux amandes pour Richard. Une odeur de nourriture emplit l'appartement. D'habitude, je la trouvais agréable et réconfortante. Ce soir-là, elle me donnait la nausée. Une double portion de ragoon de crabe était posée entre nous, et Richard avait rempli une soucoupe de sauce aigre-douce. On partageait toujours notre sauce en mangeant chinois.

Et merde!

Il me fixa de ses yeux brun chocolat, et je détournai le regard la première.

J'étais vraiment mal à l'aise.

— Alors, euh... Tous les chiens réagissent comme ça avec toi?

— Non, seulement les dominants.

Je sursautai.

— Mayonnaise est dominant par rapport à toi?

— C'est ce qu'il pense.

— Mauvaise idée.

Richard sourit.

— Je ne mange pas les chiens.

— Je ne voulais pas dire... Oh, fait chier! (Autant en finir tout de suite.) Pourquoi ne m'as-tu pas parlé de Marcus?

— Je ne voulais pas te compromettre.

— Pourquoi?

—Jean-Claude t'a impliquée dans sa querelle avec Nikolaos. Tu m'as dit combien tu avais détesté ça. Combien tu lui en avais voulu.

—Ce n'est pas la même chose.

—Ah oui? Je ne veux pas t'utiliser comme Jean-Claude l'a fait. Je refuse de me servir de toi.

—Si je suis volontaire pour t'aider, tu ne m'utilises pas…

—Que comptes-tu faire exactement? Tuer Marcus?

Je reconnus de l'amertume dans sa voix… et de la colère.

—Pourquoi dis-tu ça?

—Tu peux enlever ta veste. J'ai vu ton flingue.

J'ouvris la bouche pour répliquer et la refermai. Dire que je voulais lui plaire au milieu d'une dispute aurait eu l'air minable. Je me levai, ôtai ma veste et la posai soigneusement sur le dossier de ma chaise. En prenant tout mon temps.

—Voilà. Satisfait?

—Ce flingue, c'est ta réponse à tout, pas vrai?

—Je ne vois pas pourquoi ça te pose subitement un problème. Jusqu'ici, ça ne te dérangeait pas que je me balade armée.

—Alfred était mon ami.

Ça me cloua le bec. Je n'avais pas pensé que Richard appréciait Alfred.

—Je l'ignorais, murmurai-je.

—Si tu l'avais su, ça aurait fait une différence?

J'y réfléchis quelques secondes.

—Peut-être.

—Tu n'étais pas obligée de le descendre.

—J'ai déjà eu cette conversation avec Marcus, hier soir. Ils ne m'ont pas laissé le choix, Richard. Je l'ai prévenu que j'allais tirer. À plusieurs reprises.

—Je connais l'histoire. Toute la meute ne parle que de ça. De la façon dont tu as refusé de céder. Tu as rejeté la protection que Marcus t'offrait. Tu as tué l'un des nôtres.

(Il secoua la tête.) Mais tu as gagné : les autres sont très impressionnés.

— Je n'ai pas fait ça pour les impressionner.

Richard prit une profonde inspiration.

— Je sais. C'est bien ce qui m'effraie.

— Tu as peur de moi ?

— J'ai peur pour toi, corrigea-t-il.

— Je suis une grande fille, Richard. Je peux me débrouiller.

— Tu sais ce que tu as fait hier soir ?

— Je suis désolée qu'Alfred ait été ton ami. Franchement, je ne pensais pas que tu traînais avec ce genre de mec.

— Il était agressif et il obéissait aveuglément à Marcus, mais j'avais le devoir de le protéger.

— Marcus ne s'en souciait guère, lui. Il était plus intéressé par sa petite lutte de pouvoir que par la sécurité d'Alfred.

— Je suis passé chez Irving ce matin, dit brusquement Richard.

Ce fut mon tour de me mettre en colère.

— Tu lui as fait du mal ?

— C'était mon droit de mâle bêta.

Je me levai, les deux mains posées sur la table.

— Si tu lui as fait du mal, nous n'allons pas en rester là.

— Tu comptes me descendre aussi ?

Je l'observai, avec ses cheveux qui appelaient les caresses et son pull douillet contre lequel j'avais envie de me blottir. Je hochai la tête.

— Si j'y suis obligée.

— Tu me tuerais sans remords.

— Te tuer, peut-être pas. Mais te blesser, oui.

— Pour protéger Irving, tu me menacerais avec ton flingue.

Il croisa les bras, l'air plus stupéfait que contrarié.

— Irving a réclamé ma protection, et je la lui ai accordée.

—C'est ce qu'il m'a dit tout à l'heure.

—Alors, tu lui as fait du mal?

Richard me fixa longuement, puis répondit enfin:

—Non.

Je lâchai le soupir que je n'avais pas eu conscience de retenir et me rassis.

—Tu serais vraiment prête à m'affronter pour le défendre. Je n'arrive pas à y croire.

—Irving était pris entre vous deux. Marcus lui aurait fait du mal s'il avait refusé de me contacter, et tu avais dit que tu lui ferais du mal s'il me contactait. Tu ne trouves pas ça injuste?

—Beaucoup de choses sont injustes dans la meute, Anita.

—Beaucoup de choses sont injustes dans la vie en général. Ça n'excuse rien.

—Je n'ai pas touché à Irving, même si je ne pensais pas que tu m'affronterais pour le protéger.

—Je connaissais Irving bien avant de te rencontrer!

Richard se pencha vers moi.

—Mais tu ne sors pas avec lui.

Je ne savais pas quoi dire. Le silence me sembla la meilleure option.

—Suis-je toujours ton petit ami, ou as-tu changé d'avis après ton baptême du feu, hier soir?

—Tu es engagé dans une lutte à mort et tu ne m'en as rien dit. Si tu me caches des trucs aussi graves, comment avoir une relation de couple?

—Marcus ne me tuera pas.

Je le fixai. Il semblait sincère. Et merde!

—Tu en es persuadé, pas vrai?

—Oui.

J'avais envie de le traiter d'abruti, mais je fermai la bouche et cherchai autre chose à dire. Rien de génial ne me vint à l'esprit.

—J'ai rencontré Marcus. Et Raina. (Je secouai la tête.) Si tu crois vraiment que Marcus t'épargnera, tu te trompes.

—Une seule nuit parmi nous, et tu es déjà une experte ?

—Non, mais je suis catégorique sur ce point.

—C'est pour ça que je ne t'en ai pas parlé. Tu le tuerais, pas vrai ? Tu n'irais pas chercher plus loin. Tu le tuerais.

—S'il essayait de m'avoir, oui.

—Je dois régler cette affaire moi-même, Anita.

—Vas-y, règle-la. Tue Marcus.

—Ou tu t'en chargeras à ma place ?

—Tu attends quoi de moi, au juste ?

—Je veux savoir si tu crois que je suis un monstre.

Et merde ! Cette conversation allait trop vite pour moi.

—Tu viens de m'accuser d'être une meurtrière. C'est plutôt à moi de te poser cette question.

—Je savais ce que tu étais quand nous nous sommes rencontrés. Mais toi, tu m'as pris pour un humain. Crois-tu toujours la même chose ?

Je le dévisageai. Il semblait si peu sûr de lui. Je savais bien qu'il n'était pas humain, mais je ne l'avais jamais rien vu faire de surnaturel, alors une partie de moi avait du mal à l'accepter. Quand il me fixait avec ses yeux bruns débordants de sincérité, je n'arrivais pas à le croire dangereux. Il était persuadé que Marcus ne le tuerait pas. Une telle naïveté, ça dépassait l'entendement. J'avais envie de le protéger. De n'importe quelle façon.

—Tu n'es pas un monstre, Richard.

—Dans ce cas, pourquoi ne m'as-tu pas touché une seule fois ce soir ? Tu ne m'as même pas embrassé pour me dire bonjour.

—Je croyais qu'on était fâchés. Je n'embrasse pas les gens avec qui je suis fâchée.

—Tu m'en veux ? demanda-t-il d'une voix douce.

—Je ne sais pas. Promets-moi quelque chose.

—Quoi donc?

—Que tu ne me cacheras plus rien. Que tu ne me mentiras plus, même par omission. Dis-moi la vérité, et j'en ferai autant.

—Entendu, si tu promets de ne pas tuer Marcus.

Je secouai la tête, incrédule. Comment un maître métamorphe pouvait-il être aussi à cheval sur la morale? C'était à la fois craquant… et susceptible d'entraîner sa perte.

—Je ne peux pas.

—Anita…

Je levai une main.

—Mais je peux promettre de ne pas le faire, sauf s'il s'attaque à moi, à toi ou à un civil.

Ce fut le tour de Richard de me dévisager.

—Alors, tu le tuerais vraiment? souffla-t-il.

—Sans un remords, comme tu l'as dit toi-même.

—Je ne te comprends pas.

—Comment se fait-il que tu n'aies jamais tué personne? Tu es un loup-garou!

—Je fais attention.

—Et pas moi?

—Tu es un peu… désinvolte. Tu as descendu Alfred la nuit dernière, et tu n'as même pas l'air désolé.

—Je devrais l'être?

—Moi, je le serais.

Je haussai les épaules. En vérité, ça me travaillait un peu. J'aurais pu m'en tirer sans qu'Alfred finisse dans un sac en plastique avec une fermeture Éclair. Ou dans l'estomac de ses amis, en l'occurrence. Mais je l'avais tué, et je ne pouvais pas revenir en arrière. M'excuser ou me torturer ne servirait à rien.

—C'est ce que je suis, Richard. Tu l'acceptes ou tu te casses. Je n'ai pas l'intention de changer.

—Si j'ai voulu sortir avec toi, c'est parce que je pensais que tu étais capable de te débrouiller seule. Tu les as vus.

Je crois que je peux m'en sortir vivant. Mais un être humain ordinaire n'aurait aucune chance.

Je le revis avec la gorge arrachée. Une blessure qui aurait tué n'importe qui d'autre. Mais il avait guéri et survécu. Contrairement à un autre homme de ma connaissance. Je ne voulais plus jamais m'attacher à quelqu'un comme ça, si c'était pour le perdre ensuite. Plus jamais.

— Donc, tu as eu ce que tu voulais. Où est le problème ?

— Je sais ce que tu as fait, et j'ai quand même envie de te serrer dans mes bras. De te toucher. Peux-tu en dire autant après ce que tu as vu la nuit dernière ?

Il baissa la tête, incapable de soutenir mon regard. Ses cheveux tombèrent devant ses yeux.

Je me levai et fis le pas qui me séparait de lui. Doucement, je lui pris le menton et le forçai à me regarder. Des larmes brillaient dans ses yeux et une peur primale déformait son visage.

J'avais pensé que le carnage de la nuit précédente ferait une différence. Je me souvenais de la force surnaturelle de Jason, de la sueur sur le front de Marcus, de la bouche ensanglantée de Gabriel. Mais en observant Richard, si proche de moi que je sentais la chaleur qui émanait de lui, comment ne pas lui faire confiance ?

Et de toute façon, j'étais armée.

Je me penchai vers lui pour l'embrasser. Notre premier baiser fut doux et chaste. Richard garda les mains sur ses genoux. Je passai les doigts dans ses cheveux en lui embrassant le front, les sourcils, le bout du nez et les deux joues, avant de revenir à ses lèvres. Il poussa un soupir que j'aspirai goulûment et je pressai ma bouche contre la sienne comme si j'avais l'intention de l'avaler.

Enfin, ses bras s'enroulèrent autour de moi. Ses mains descendirent, hésitèrent à la hauteur de ma taille et passèrent directement à mes cuisses en sautant toutes les zones discutables. Je glissai une jambe de chaque côté de lui et m'aperçus que les jupes courtes n'ont pas que des inconvénients. Je pouvais chevaucher Richard sans avoir besoin de la remonter. Il hoqueta de surprise et me fixa, les yeux légèrement écarquillés. Je soulevai son pull et fis courir mes mains sur son ventre nu.

—Enlève-le !

D'un mouvement fluide, il fit passer le pull par-dessus sa tête et le laissa tomber sur le sol. Je m'assis sur ses genoux en observant son torse musclé. J'aurais dû m'arrêter là, mais je n'en avais pas envie.

Je fourrai ma tête dans le creux de son cou et respirai l'odeur de sa peau tandis que ses cheveux me couvraient comme un voile. Ma langue traça une ligne humide du lobe de son oreille jusqu'à sa clavicule.

Les mains de Richard me pétrissaient le dos. Je les sentis glisser dans la cambrure de mes reins et effleurer mes fesses avant de remonter. Un bon point pour lui : il ne m'avait pas pelotée.

—Ton flingue… Tu peux l'enlever ? demanda-t-il, le visage enfoui dans mes cheveux.

Je hochai la tête, affirmative, et me tortillai pour dégager la lanière qui enserrait mon épaule. Je ne pouvais pas enlever l'autre sans défaire ma ceinture. Et mes mains ne semblaient pas décidées à coopérer.

Richard les prit dans les siennes et les écarta gentiment. Il défit lui-même la boucle de ma ceinture et la fit glisser hors des passants de ma jupe. Un par un. Du coup, je sautais un peu sur ses genoux chaque fois qu'il tirait. Je coinçai le holster sous mon bras. Quand Richard laissa tomber ma ceinture par terre, je repliai les sangles et déposai le tout sur la table derrière moi.

Je me retournai vers Richard. Son visage était tout près du mien, ses lèvres me semblant d'une douceur hypnotique.

Je léchai les coins de sa bouche. Ce fut un baiser rapide et mouillé. J'avais envie de l'embrasser partout. Sur la poitrine, et plus bas encore. Nous n'avions jamais été aussi loin.

Richard dégagea le bas de mon chemisier et glissa ses mains en dessous pour me caresser le dos. Le contact de sa peau nue à des endroits qu'il n'avait jamais touchés auparavant me fit frissonner.

— Il faut qu'on s'arrête, chuchotai-je dans son cou, sans grande conviction.

— Quoi ?

— Arrête.

Je m'écartai légèrement de lui. Assez pour voir son visage et reprendre mon souffle. Mes mains continuaient à lui caresser les cheveux et les épaules. *Un peu de volonté, ma fille.* Je laissai retomber mes bras. Dieu sait pourtant que ce n'était pas l'envie qui me manquait de continuer. Et à voir sa tête, Richard éprouvait la même chose.

— Il vaut mieux qu'on n'aille pas plus loin.

— Pourquoi ? demanda-t-il d'une voix rauque.

— Parce que, si on n'arrête pas maintenant, on risque de ne pas arrêter du tout.

— Et ce serait si terrible que ça ?

— Peut-être, murmurai-je.

— Pourquoi ?

— Parce qu'une nuit, ce n'est jamais assez. Ce genre de chose, on le fait tout le temps ou pas du tout. Il n'y a pas de juste milieu.

— Ça ne me dérangerait pas de le faire tout le temps.

— C'est une proposition ?

Richard cligna des paupières. Celle-là, il ne l'avait pas vue venir.

Je me relevai. Ses mains étaient toujours sous mon chemisier.

— Anita, qu'est-ce qui ne va pas ?

Je baissai les yeux vers lui, les mains posées sur ses épaules pour garder l'équilibre. Ça n'allait pas. J'étais encore trop près de lui pour avoir les idées claires. Je reculai, et il me lâcha.

Tournant le dos à Richard, je m'appuyai sur le plan de travail et m'efforçai de réfléchir. Comment résumer deux années de souffrance en quelques phrases ?

— J'ai toujours été une fille sage et je n'ai jamais couché à droite à gauche. À la fac, j'ai rencontré quelqu'un. Nous nous sommes fiancés, nous avons arrêté une date, nous avons fait l'amour. Et il m'a plaquée.

— Il avait fait tout ça pour coucher avec toi ?

Je secouai la tête et me retournai vers lui. Il était toujours assis au même endroit, le torse nu et mignon à croquer.

— Sa famille ne m'appréciait pas.

— Pourquoi ?

— Parce que ma mère était mexicaine. (Je m'adossai au placard en croisant les bras comme pour me réchauffer.) Et il ne m'aimait pas assez pour défier ses parents. Il m'a manqué de beaucoup de façons. Physiquement, entre autres. Je me suis promis que ça n'arriverait plus jamais.

— Donc, tu attends de te marier.

Je hochai la tête.

— J'ai envie de toi, Richard. Très envie. Mais je ne peux pas.

Il se leva et s'approcha de moi, sans essayer de me toucher.

— Alors, épouse-moi.

Je levai les yeux vers lui.

— C'est ça…

— Non, je suis sérieux. (Il posa les mains sur mes épaules.) J'ai déjà pensé à te le demander, mais j'avais peur. Tu n'avais pas vu ce qu'un lycanthrope peut faire, ce que nous pouvons être. Je préférais attendre que tu le saches et, en même temps, je craignais de te le montrer.

— Je ne t'ai toujours pas vu te transformer.

— En as-tu besoin ?

— Là tout de suite, j'aurais tendance à dire non. Mais si je fais taire mes hormones… La réponse est probablement oui.

— Maintenant ?

Je me blottis contre lui et secouai la tête, ma joue glissant sur son torse nu.

— Non, pas maintenant.

Il posa un baiser sur le sommet de mon crâne.

— Alors, tu acceptes ?

Je levai le nez vers lui.

— Je ne devrais pas.

— Pourquoi ?

— Parce que ma vie est déjà bien assez compliquée.

— La vie est toujours compliquée, Anita. Dis oui.

— Oui.

À l'instant où ce mot eut franchi mes lèvres, j'eus envie de le ravaler.

Je désirais Richard. Et je l'aimais sans doute plus qu'un peu. Le soupçonnais-je d'avoir mangé le Petit Chaperon rouge ? Sûrement pas. Il n'arrivait même pas à tuer le Grand Méchant Loup. De nous deux, j'étais la plus susceptible de massacrer des gens.

Il m'embrassa en me serrant contre lui. Je reculai suffisamment pour respirer et dis :

— On ne fera pas l'amour ce soir. La règle tient toujours.

Il pencha la tête et souffla, ses lèvres touchant presque les miennes :

— Je sais.

CHAPITRE 18

J'étais à la bourre pour ma première réanimation de la soirée. Surprise, surprise! Du coup, j'accumulai le retard d'un rendez-vous à l'autre, et il était déjà 2 h 03 quand j'arrivai à l'hôtel d'Edward.

Je frappai. Il ouvrit la porte et s'effaça pour me laisser passer.

— Tu es en retard.

— Je sais.

La chambre était confortable mais ordinaire. Un grand lit, une table de nuit, une lampe, un bureau et deux chaises contre le mur du fond. Les rideaux étaient tirés sur la baie vitrée. De la lumière filtrait de la salle de bains. Par la porte entrouverte de la penderie, je vis qu'Edward avait accroché ses vêtements. Autrement dit, il prévoyait de rester un moment.

La télévision était allumée, le son coupé. Ce qui m'étonna. Edward n'est pas un fan de télé. Un magnétoscope reposait en équilibre au-dessus du poste. D'habitude, on n'en trouve pas dans les chambres d'hôtel.

— Tu veux que je nous fasse monter quelque chose à boire ou à grignoter avant de commencer?

— Un Coca, s'il te plaît.

Edward sourit.

— Tu as toujours eu des goûts de luxe, Anita.

Il décrocha le téléphone et commanda deux steaks, une bouteille de bourgogne et un Coca. J'enlevai mon manteau et le posai sur le dossier de la chaise.

—Je ne bois pas d'alcool.

—Je sais. Tu veux te rafraîchir en attendant?

Je me souvins que j'avais du sang de poulet séché plein la figure et les mains.

—Volontiers.

Je passai dans la salle de bains et m'examinai dans le miroir. Avec la lumière crue caractéristique des salles de bains d'hôtel – même Miss Amérique y aurait l'air d'un cadavre –, le sang séché ressemblait à de la craie brune sur ma peau pâle.

Je portais un sweat-shirt blanc imprimé à l'effigie de Maxine, la fille des publicités Hallmark. Un bâton de sucre d'orge à la main, elle buvait du café en disant: «Noël est la période la plus excitante de l'année.» Bert nous avait demandé d'adopter des tenues de saison. Ce n'était sans doute pas ce qu'il avait en tête, mais ça valait mieux que certains pulls qui encombraient mon placard. Il y avait des taches de sang sur le tissu blanc, à l'emplacement de mon cœur. Allez comprendre pourquoi.

J'ôtai le sweat-shirt et le posai sur le bord de la baignoire. Même mon crucifix en argent était couvert de sang. J'avais tué trois poulets ce soir. Relever des zombies n'est pas un boulot très propre.

Je pris un essuie-mains blanc sur le porte-serviettes, en me demandant comment Edward expliquerait la présence de taches de sang à la femme de chambre. Ça n'était pas mon problème, mais ça m'amusait d'y penser.

Je fis couler de l'eau dans le lavabo et commençai à frotter. Puis je levai les yeux vers le miroir. J'avais le visage tout irrité et l'air vaguement surpris.

Richard m'avait-il vraiment demandée en mariage? Et avais-je vraiment accepté? Impossible. Et pourtant, je l'avais fait. Merde alors!

Je m'essuyai vigoureusement la figure. De toute façon, je passais tout mon temps avec des monstres. Qu'est-ce que ça changeait d'être fiancée avec un lycanthrope? À cette idée, mes jambes se dérobèrent sous moi, et je m'assis sur le bord de la baignoire en agrippant l'essuie-mains.

J'étais fiancée. De nouveau.

La première fois, l'élu de mon cœur était tellement bien sous tous rapports qu'il avait même plu à Judith. Un Américain typique… et sa famille ne m'avait pas trouvée digne de lui. Le plus moche, c'était qu'il ne m'aimait pas assez pour s'opposer à ses parents. Alors que moi, j'avais renoncé à tout pour lui. Une erreur que je ne commettrais pas deux fois.

Richard n'était pas comme ça. Je le savais. Et pourtant, je doutais. De peur qu'il gâche tout. Ou qu'il ne gâche rien. Dans les deux cas, j'étais foutue.

Baissant les yeux, je vis que je faisais tomber de l'eau rougeâtre sur le linoléum et m'agenouillai pour l'éponger. Je ne pourrais pas être plus propre à moins de me doucher. Comme je n'avais pas pensé à apporter des vêtements de rechange, ça devrait attendre que je rentre chez moi.

Edward frappa à la porte.

— Le dîner est servi.

Je renfilai mon sweat-shirt, fourrai l'essuie-mains dans le lavabo et le mis à tremper. Puis je sortis de la salle de bains.

Une bonne odeur de steak planait dans la chambre. Je n'avais rien avalé depuis plus de huit heures. Et encore, j'avais à peine touché aux plats chinois apportés par Richard. C'était sa faute : il m'avait distraite.

— Ça a l'air délicieux, dis-je en fixant le chariot d'un regard envieux.

— Il y en a un pour toi, déclara Edward.

— Comment savais-tu que j'aurais faim? m'émerveillai-je.

— Tu oublies toujours de manger.

— Ma parole, mais tu es une vraie mère poule!

— Le moins que je puisse faire, c'est de te nourrir.

177

Mon sourire gentiment moqueur s'évanouit.

— Que se passe-t-il, Edward ? Je ne t'ai jamais vu aussi prévenant.

— Je te connais assez bien pour savoir que ce que j'ai à te montrer ne va pas te plaire. Considère ce steak comme un calumet de la paix.

— Comment, ça ne va pas me plaire ?

— Mangeons d'abord. Puis nous regarderons la cassette, et tu comprendras.

Il paraissait mal à l'aise. Ça ne lui ressemblait pas du tout. Edward aurait pu me tirer dessus sans frémir et il n'était pas du genre à prendre des gants.

— Je voudrais bien savoir ce que tu mijotes.

— Pas de questions jusqu'à la fin du film.

— Pourquoi ?

— Parce que tu auras de meilleures questions d'ici là.

Sur ces paroles mystérieuses, il s'assit au bord du lit et se versa un verre de vin rouge. Puis il coupa son steak, encore cru à cœur. Un peu de sang coula sur son couteau.

— Dis-moi que le mien est plus cuit, suppliai-je.

— Ne t'en fais pas. Je sais que tu aimes ta viande bien morte.

— Ha ha !

Je tirai une chaise et m'assis en face de lui. Il était bizarre de partager un repas avec lui dans une chambre d'hôtel, comme si nous étions deux représentants en train de parler affaires.

Mon steak était cuit à point, et accompagné de grosses frites salées. Des brocolis vapeur occupaient le reste de l'assiette. Je les poussai sur le côté et les ignorai. Mon Coca était servi dans un verre à pied, ce qui semblait un peu excessif mais pas désagréable.

— Je t'épargne le début du film, puisque le plus intéressant est à la fin. Je doute que tu aies des problèmes pour comprendre l'intrigue.

Edward appuya sur un bouton de la télécommande. L'écran s'alluma et le plateau d'un jeu télévisé céda presque aussitôt la place à un lit rond.

Une femme aux longs cheveux bruns était allongée dessus. Ce que je pouvais voir d'elle était nu. Le reste disparaissait sous les fesses d'un homme qui l'éperonnait vigoureusement.

—C'est de la pornographie! m'exclamai-je, incrédule.

—Sans aucun doute.

Je regardai Edward, qui coupait son steak avec des mouvements nets et précis. Il mâcha un morceau de viande, sirota une gorgée de vin et leva les yeux vers l'écran.

Je me concentrai sur le film. Un second homme venait de rejoindre le couple sur le lit. Il était plus grand que le premier, avec des cheveux plus courts. Je ne vis pas grand-chose d'autre, parce que je me donnais beaucoup de mal pour ne pas regarder.

Pour la première fois, je me sentais gênée en présence d'Edward. Il n'y a jamais eu la moindre tension sexuelle entre nous. On s'entre-tuera peut-être un jour, mais on ne couchera jamais ensemble. Pourtant, j'étais dans sa chambre d'hôtel en train de mater un film de cul avec lui. Les filles sages ne font pas ce genre de chose.

—Tu peux m'expliquer ce qui se passe? m'impatientai-je.

Edward fit un arrêt sur image.

—Là, on voit son visage.

—Ô mon Dieu, soufflai-je en reconnaissant le second homme.

C'était Alfred.

—Tu le connais? demanda Edward.

—Oui.

Ça ne servait à rien de nier. Alfred était mort. Edward ne pouvait plus lui faire de mal.

—Son nom?

—Alfred. J'ignore son nom de famille.

Edward appuya sur le bouton de lecture accélérée. Les images défilèrent plus vite, semblant soudain plus ridicules qu'obscènes. Et aussi un peu dégradantes.

Edward fit un nouvel arrêt sur image. Le visage de la femme occupait tout l'écran. Elle avait la bouche ouverte et les paupières lourdes de langueur. Ses cheveux étaient étalés artistiquement sur la taie d'oreiller satinée.

—Et elle, tu la connais ?

Je secouai la tête.

—Non.

Edward rappuya sur le bouton de lecture.

—C'est presque la fin.

—Et l'autre homme ?

—On ne peut pas voir son visage. Il porte un masque.

L'homme masqué fit mettre la femme à quatre pattes. Il la recouvrit de son corps en lui agrippant les poignets. Il n'avait pas l'air d'utiliser son pénis.

La femme soutenait tout son poids sur ses mains et ses genoux. Elle haletait.

Soudain, un grondement sourd retentit. La caméra zooma sur le dos de l'homme. Sa peau ondulait et se soulevait comme si quelque chose la poussait de l'intérieur, cherchant à s'extraire de lui. L'angle de la caméra s'élargit de nouveau. Tout son corps était en proie au phénomène que j'avais observé la veille chez Jason.

Je dois admettre que cette partie du film me fascina. J'avais déjà vu des lycanthropes se transformer, mais pas ainsi. Jamais avec autant de détails, à travers la précision minutieuse d'un objectif.

La peau de son dos se fendit. Il se redressa en serrant la taille de la femme et hurla. Un liquide transparent coula de la plaie, dégoulinant sur les draps et sur sa partenaire qui remua les fesses pour l'encourager et se cambra.

De la fourrure noire jaillit du dos de l'homme. Agité par un spasme, il se laissa retomber sur la femme, ses mains agrippant les draps. Puis des griffes poussèrent à la place de ses doigts et percèrent le rembourrage du matelas.

L'homme sembla rétrécir. La fourrure se répandait sur son corps comme une vague. Son masque tomba : son visage n'avait plus la forme qui convenait pour le soutenir. La caméra zooma sur le masque abandonné sur les draps lacérés. Un peu de finesse artistique dans toute cette… Cette quoi ? Je ne connaissais pas de mot pour décrire ça. « Pornographie » paraissait soudain très réducteur.

L'homme avait disparu. À sa place, une panthère noire montait la femme, que cette substitution ne semblait pas déranger le moins du monde. Bien au contraire. Le félin se pencha sur elle, et ses lèvres révélèrent des crocs luisants. Il lui mordilla le cou. Un peu de sang coula sur sa clavicule. La femme gémit de plaisir et frissonna.

Alfred réapparut sur l'écran, toujours sous sa forme humaine. Il grimpa sur le lit et embrassa la femme. Longuement, avec la langue. Puis sa chair ondula, et il s'arracha à elle en arquant le dos.

Sa métamorphose me parut beaucoup plus rapide que celle de la panthère. La caméra zooma sur une de ses mains. Des os fendirent la peau avec un bruit mouillé ; du liquide transparent coula pendant que ses muscles et ses ligaments se reconfiguraient. Sa main devint une patte nue juste avant que de la fourrure sombre la recouvre à son tour.

Alfred se redressa sur les genoux, à mi-chemin entre l'homme et le loup, mais cent pour cent mâle. Il inclina la tête en arrière et hurla.

La femme leva des yeux écarquillés vers lui. La panthère se détacha d'elle et se laissa tomber sur le lit, découvrant son ventre duveteux de monstrueux chaton. Elle s'enroula dans les draps de satin jusqu'à ce que son museau seul soit encore visible.

La femme s'allongea sur le dos, les jambes grandes ouvertes, et tendit les mains vers l'homme-loup. Sa langue darda entre ses lèvres comme si elle y prenait vraiment beaucoup de plaisir. Ce qui était peut-être le cas.

Alfred la pénétra avec brutalité. Elle gémit d'extase. À l'entendre, elle n'avait jamais rien connu d'aussi jouissif. Ou c'était une excellente actrice, ou elle était au bord de l'orgasme. Je ne savais pas trop ce que je préférais.

Sa respiration s'accéléra. Un hurlement de plaisir monta de sa gorge alors qu'elle jouissait.

Quand ce fut fini, elle demeura immobile sur le lit, haletante et liquéfiée. Le loup-garou fit un dernier va-et-vient et laissa courir ses griffes sur toute la longueur de son corps nu.

La femme poussa un nouveau hurlement, bien différent du premier. Finalement, je crois que je préférais l'option pornographie.

Du sang jaillit des sillons écarlates.

La panthère noire tressaillit et sauta du lit. La femme leva les bras pour se protéger le visage, mais des griffes les écartèrent sans ménagement. J'aperçus un éclat blanc à l'endroit où la chair en lambeaux dénudait ses os.

Ses cris se succédèrent sans interruption, déchirants et assourdissants. Le museau du loup-garou s'inclina vers son visage, et je revis soudain la mâchoire pulvérisée du cadavre retrouvé dans les bois. Mais il se contenta de lui arracher la gorge d'un coup de dents.

Les yeux de la femme fixaient la caméra, écarquillés et déjà ternis par la mort. Le loup-garou se redressa, du sang dégoulinant de sa gueule. Une goutte écarlate tomba sur le visage de sa victime et coula le long de son nez.

La panthère noire bondit sur le lit. D'un coup de langue précis, elle nettoya le visage de la femme tandis que le loup-garou se concentrait sur le reste de son corps. Quand il arriva à l'estomac, ses yeux jaunes se levèrent brièvement vers la caméra.

Puis il mangea.

La panthère noire l'imita.

Je fermai les yeux, mais les bruits immondes suffisaient à me donner la nausée. Je m'entendis dire :

— Éteins ça.

Les bruits cessèrent, et je supposai qu'Edward avait arrêté la cassette. Mais je rouvris les yeux seulement en l'entendant se rembobiner.

Il se coupa un morceau de steak.

— Si tu manges ça, je te vomis dessus, menaçai-je.

Il sourit mais posa ses couverts. Son expression était neutre, comme la plupart du temps. Impossible de dire si le film l'avait dégoûté ou laissé froid.

— Maintenant, tu peux me poser tes questions.

Sa voix était toujours aussi plaisante et détachée que d'habitude.

— Doux Jésus… Où t'es-tu procuré ce truc ?

— C'est un client qui me l'a donné.

— Pourquoi ?

— La femme était sa fille.

— Mon Dieu, dis-moi qu'il ne l'a pas regardée.

— Tu sais bien qu'il l'a fait. Sinon, pourquoi m'aurait-il engagé ? La plupart des gens ne vont pas aussi loin pour se débarrasser des amants de leur fille.

— Il t'a engagé pour tuer ces deux hommes ?

Edward hocha la tête.

— Pourquoi m'as-tu montré cette cassette ?

— Parce que je savais que tu m'aiderais.

— Je ne suis pas un assassin.

— Aide-moi à les identifier, et je ferai le reste. Ça te dérange si je bois un peu de vin ?

—Vas-y.

Il porta le verre à ses lèvres. Le liquide sombre me semblait beaucoup plus rouge que quelques minutes plus tôt. Je déglutis et tournai la tête. Pas question de vomir comme une mauviette.

—Où puis-je trouver cet Alfred ?

—Nulle part.

Edward posa prudemment son verre sur le chariot.

—Tu me déçois, Anita. Je pensais que tu m'aiderais après avoir vu ce qu'ils ont fait à cette femme.

—Ce n'est pas que je refuse de coopérer, loin de là. Ce film est une des pires choses que j'aie jamais regardées, et tu sais que j'en ai vu pas mal. Mais pour Alfred, tu arrives trop tard.

—Comment ça ?

—Je l'ai tué la nuit dernière.

Edward eut un grand sourire.

—Tu me facilites toujours le boulot.

—Je n'ai pas fait exprès.

Il haussa les épaules.

—Le résultat est le même. Tu veux la moitié de la prime ? Vu que tu as fait la moitié du travail…

Je secouai la tête.

—Ce n'était pas pour l'argent.

—Raconte-moi ce qui s'est passé.

—Non.

—Pourquoi ?

Je le fixai.

—Parce que tu chasses les lycanthropes, et que je ne veux pas te livrer quelqu'un par mégarde.

—La panthère-garou mérite de mourir, Anita.

—Je ne dis pas le contraire. Même si elle n'a pas tué la fille.

—Son père veut sa peau aussi. Peux-tu l'en blâmer ?

—Je suppose que non.

—Dans ce cas, m'aideras-tu à identifier le deuxième métamorphe?

—Peut-être. (Je me levai.) Il faut que je passe un coup de fil. Il faut montrer ce film à quelqu'un d'autre, qui pourra sans doute t'aider mieux que moi.

—Qui ça?

Je fis un signe de dénégation.

—Laisse-moi d'abord voir s'il accepte de venir.

Edward inclina gracieusement la tête.

—Comme tu voudras.

Je composai le numéro de Richard de mémoire. Et tombai sur son répondeur.

—C'est Anita. Si tu es là, décroche. C'est très important. S'il te plaît, Richard.

Pas de réponse.

—Et merde! Tu as le numéro du *Lunatic Café*? demandai-je à Edward.

—Oui.

—Donne-le-moi.

Il me le dicta lentement. Une femme répondit au téléphone. Pas Raina, Dieu merci.

—*Lunatic Café*. Polly à votre service. En quoi puis-je vous aider?

—Je dois parler à Richard.

—Je suis désolée, mais nous n'avons aucun serveur de ce nom.

—Écoutez, j'étais une des invitées de Marcus hier soir. J'ai besoin de parler à Richard. C'est une urgence.

—Je ne sais pas trop…, hésita la femme. Ils sont occupés dans la salle du fond.

—Allez me chercher Richard tout de suite!

—Marcus n'aime pas qu'on le dérange.

—Polly, c'est bien ça? Je suis sur la brèche depuis plus de treize heures. Si vous ne me passez pas Richard immédiatement, je viendrai en personne vous botter le cul. Me suis-je bien fait comprendre?

—Qui est à l'appareil?

Elle semblait plus irritée qu'effrayée.

—Anita Blake.

—Oh! D'accord, j'y vais tout de suite, balbutia-t-elle.

Elle me fit attendre. Un petit plaisantin doté d'un étrange sens de l'humour avait compilé la *Sonate au clair de lune*, *Blue Moon*, *Moonlight and Roses* et un tas d'autres morceaux ayant tous trait à la lune. J'étais en train de me farcir *Moon over Miami* quand quelqu'un reprit la ligne.

—C'est moi. Que se passe-t-il, Anita? demanda Richard, inquiet.

—Je vais bien, mais il faut absolument que je te montre quelque chose.

—Quoi?

—Je sais que ça a l'air idiot, mais je ne peux pas t'en parler au téléphone.

—Tu es certaine que tu ne cherches pas un prétexte pour me revoir? plaisanta-t-il.

Mais la nuit avait été trop longue pour que je morde à l'hameçon.

—Tu peux venir?

—Bien sûr. Qu'est-ce qui t'arrive? Tu as une voix toute bizarre.

—J'ai besoin d'un câlin et d'effacer la dernière heure de ma vie. Pour le câlin, je compte sur toi. Pour le reste, il faudra que je vive avec.

—Tu es chez toi?

—Non. (Je regardai Edward et posai ma main sur le combiné.) Je peux lui donner le nom de l'hôtel?

Il hocha la tête.

—J'arrive aussi vite que possible, promit Richard une fois muni de l'adresse et du numéro de la chambre. (Il hésita, puis ajouta :) Qu'as-tu raconté à Polly ? Elle est au bord de l'hystérie.

— Elle ne voulait pas aller te chercher.

— Tu l'as menacée, devina-t-il.

— Oui.

— Une menace en l'air ?

— Plus ou moins.

— Les membres dominants de la meute ne lancent pas de menaces en l'air à leurs subordonnés.

— Je ne suis pas membre de la meute.

— Mais depuis la nuit dernière, tu es une dominante. Tout le monde te considère comme un lycanthrope dominant renégat.

— Qu'est-ce que ça signifie ?

— Quand tu dis que tu vas botter le cul de quelqu'un, il te croit.

— Oh ! Désolée…

— Ce n'est pas à moi qu'il faut présenter des excuses, mais à Polly. Je serai arrivé avant que tu aies réussi à la calmer.

— Ne me la passe pas, Richard.

— Ça t'apprendra à être trop rapide de la gâchette, répliqua-t-il, inflexible. Les gens ont peur de toi.

— Richard…

Une voix de femme hystérique résonna dans le combiné. Je passai les quinze minutes suivantes à convaincre une louve-garou que je n'allais pas lui faire de mal.

Ma vie commençait à devenir trop bizarre, même pour moi.

CHAPITRE 19

Richard avait eu tort. Il ne frappa pas à la porte pendant que j'étais au téléphone en train de calmer Polly. Elle se montra si reconnaissante que je lui pardonne sa grossièreté que c'en fut embarrassant. Des ondes de soumission suintaient littéralement du combiné.

Quand je raccrochai, Edward me regarda en grimaçant. Il s'était assis sur une des chaises rembourrées.

— Je rêve, ou tu viens de passer presque vingt minutes à convaincre une lycanthrope que tu ne comptais pas lui faire de mal ?

— Tu ne rêves pas.

Il éclata d'un rire abrupt, puis se tut soudain. Ses yeux brillaient d'une lueur trop sombre pour être celle de l'amusement. Je ne savais pas à quoi il pensait, mais ça ne devait pas être plaisant.

Il se laissa glisser dans le fauteuil, sa nuque et l'arrière de son crâne reposant sur le dossier, les mains à plat sur son ventre et les chevilles croisées. Il semblait tout à fait à son aise.

— Comment se fait-il que tu sois devenue la terreur des bons petits loups-garous ?

— Ils n'ont pas l'habitude que des gens leur tirent dessus et réussissent à les tuer. Au moins, pas le premier soir.

Ses yeux pétillèrent de nouveau.

— Tu as tué quelqu'un dès ta première visite au *Lunatic Café* ? Tu m'épates, Anita. J'y suis déjà allé trois fois et je n'ai encore descendu personne.

— Depuis quand es-tu en ville ?

Il me dévisagea longuement.

— C'est une question en l'air, ou tu as besoin de le savoir ?

Je venais de penser qu'Edward était tout à fait capable de buter huit lycanthropes sans laisser de trace. Si un humain le pouvait, c'était bien lui.

— J'ai besoin de le savoir.

— Ça fera une semaine demain.

Son regard était redevenu aussi froid et distant que ceux des métamorphes que j'avais rencontrés la veille. Il existe plus d'une sorte de prédateurs.

— Évidemment, tu es obligée de me croire sur parole. Tu peux appeler la réception de l'*Adams Mark* pour te le faire confirmer, mais j'aurais pu changer d'hôtel.

— Pourquoi me mentirais-tu ?

— Parce que j'aime ça.

— Ce n'est pas mentir qui t'excite.

— Qu'est-ce que c'est, alors ?

— Savoir quelque chose que j'ignore.

Il haussa légèrement les épaules : un mouvement difficile dans sa position, et qu'il parvint néanmoins à rendre gracieux.

— C'est très narcissique de ta part, me taquina-t-il.

— Oh, je sais bien que ce n'est pas seulement par rapport à moi, le détrompai-je. Tu aimes avoir des secrets dans l'absolu.

Un sourire lent et paresseux s'afficha sur ses lèvres.

— Tu me connais bien, dit-il.

Je faillis rappeler que nous étions amis, mais son expression m'en empêcha. Son regard était un tout petit peu trop intense. Il semblait m'étudier comme s'il me voyait pour la première fois.

— À quoi penses-tu, Edward ?

— Que tu serais peut-être une adversaire à ma hauteur.

—Qu'est-ce que ça signifie?

—Tu sais que j'aime les défis.

Je le dévisageai.

—Tu voudrais qu'on s'affronte pour voir lequel de nous deux est le meilleur?

C'était une vraie question et il ne me fit pas la réponse que j'espérais.

—Oui.

—Pourquoi?

—Je ne le ferai pas. Tu me connais, Anita : pas de prime, pas de victime. Mais ce serait intéressant.

—N'essaie pas de me faire flipper, Edward.

—C'est juste que… C'est la première fois que je me dis que tu aurais peut-être une chance de gagner.

Il commençait à m'effrayer. J'étais armée. Même s'il n'en avait pas l'air, je savais qu'il l'était aussi.

—Ne fais pas ça, Edward.

Il se redressa. Par réflexe, j'empoignai mon flingue. Je l'avais déjà à moitié sorti de son holster quand je m'avisai qu'Edward n'avait pas esquissé un geste menaçant. Je lâchai une expiration tremblante et laissai retomber ma main.

—Ne joue pas à ça avec moi, Edward, ou un de nous deux finira à l'hôpital. Dans le meilleur des cas.

Il écarta les mains.

—Promis, je ne joue pas. J'aimerais savoir lequel de nous deux est le meilleur, Anita, mais pas au point de te tuer pour le découvrir.

Je m'autorisai à me détendre. Si Edward disait qu'il ne me chercherait pas de noises ce soir, je pouvais lui faire confiance. Le jour où il aurait l'intention de me descendre, il commencerait par m'en avertir. Il est assez *fair play* de ce côté-là. Prendre ses victimes par surprise est trop facile : ça ne l'amuse pas.

Quelqu'un frappa à la porte. Je sursautai. Nerveuse, moi? Edward resta immobile comme s'il n'avait pas entendu, continuant à me fixer de ses yeux effrayants.

Je me levai pour ouvrir. C'était Richard. Il m'enlaça et je me laissai faire. Je me blottis contre sa poitrine, consciente que je tournais le dos à Edward et que je ne pouvais pas dégainer dans cette position.

Je finis par me dégager et par l'entraîner vers le lit. Il me jeta un regard interrogateur. Je secouai la tête.

— Tu te souviens d'Edward?

— Anita, tu ne m'as pas dit que tu sortais toujours avec Richard.

La voix d'Edward était parfaitement normale et plaisante, comme s'il n'avait pas passé les minutes précédentes à se demander ce que ça lui ferait de me tuer. Il traversa la chambre, la main tendue vers Richard. Il aurait dû être acteur.

Mon petit copain lui serra la main, l'air vaguement éberlué. Il me regarda.

— Que se passe-t-il, Anita?

— Tu peux lui montrer le film? demandai-je à Edward.

— Si tu m'autorises à finir mon repas en même temps. Mon steak va être froid.

Je déglutis.

— Tu l'avais déjà vu, et pourtant, tu nous as commandé de la viande. Pourquoi?

— Pour savoir si tu serais capable de manger après l'avoir visionné.

— Espèce d'enfoiré! Toujours ton foutu esprit de compétition…

Il se contenta de sourire.

— Quel film? demanda Richard.

— Finis ton steak, Edward. On regardera après…

— Ça t'a retourné l'estomac à ce point?

—La ferme, et mange!

Il se rassit sur le bord du lit et se remit à couper sa viande. Un peu de sang coula de l'incision. Je me dirigeai vers la salle de bains. Je n'avais pas encore envie de vomir mais, si je le regardais manger, ça ne tarderait pas.

—Viens avec moi si tu veux une explication, lançai-je à Richard par-dessus mon épaule.

—Que se passe-t-il?

Je l'attirai dans la salle de bains et refermai la porte derrière nous. Puis je fis couler de l'eau froide dans le lavabo et m'en aspergeai le visage. Richard s'approcha dans mon dos pour me masser les épaules.

—Tu vas bien?

Je secouai la tête. Puis je tendis la main pour prendre une serviette et me tamponner le visage. Edward ne m'avait pas prévenue parce qu'il aime choquer les gens. Un avertissement aurait amorti l'impact du film. Serais-je plus miséricordieuse envers Richard?

Je me tournai vers lui en serrant toujours la serviette. Une tendre inquiétude se lisait dans ses yeux. Je ne voulais pas soutenir son regard. Avais-je vraiment dit oui, huit heures plus tôt? Ça me semblait de moins en moins réel.

—C'est un film porno, commençai-je.

Richard sursauta.

—Un film porno? Tu es sérieuse?

—Mortellement sérieuse.

—Pourquoi faut-il que je le voie? (Il fronça les sourcils.) Et pourquoi l'as-tu regardé avec lui? demanda-t-il, une pointe de colère dans la voix.

Alors, j'éclatai de rire et me bidonnai jusqu'à ce que des larmes roulent sur mes joues et que l'hilarité me coupe le souffle.

—Je ne vois pas ce qu'il y a de si drôle! s'indigna Richard.

Quand je retrouvai enfin l'usage de la parole, je hoquetai:

— Tu as toutes les raisons du monde d'avoir peur d'Edward, mais aucune d'être jaloux de lui.

Rire m'avait fait du bien. Je me sentais mieux : moins sale, moins gênée et un poil moins horrifiée.

Je levai les yeux vers Richard. Il portait toujours le pull vert qui avait échoué sur le plancher de ma cuisine un peu plus tôt. Il était très séduisant. Je m'aperçus que je ne devais pas l'être avec mon sweat-shirt taché de sang.

Je secouai la tête. Ça n'avait pas la moindre importance. Je cherchais un prétexte pour ne pas retourner dans la chambre et ne pas être obligée de regarder cette maudite cassette une seconde fois. Surtout en compagnie de l'homme que j'allais peut-être épouser.

Le film allait-il l'exciter avant de mal tourner ? Devais-je lui gâcher la surprise en lui racontant la fin ? Je sondai son visage si humain en m'interrogeant.

— Le film met en scène deux lycanthropes et une humaine, lançai-je.

— Ils sont déjà en vente ?

À mon tour d'être surprise

— Tu étais au courant de son… de leur existence ? Il y en a beaucoup comme ça ?

— Malheureusement, dit Richard.

Il s'adossa à la porte et se laissa glisser sur le sol, où il s'assit en tailleur à la façon des Indiens. S'il avait tendu les jambes, je n'aurais pas eu de place où me mettre.

— Explique-toi, Richard.

— C'est une idée de Raina. Elle a convaincu Marcus d'ordonner à certains d'entre nous de participer au tournage.

— Et toi… ?

Je ne parvins pas à finir ma question.

Richard secoua la tête, et je pus de nouveau respirer normalement.

—Raina aurait voulu que je le fasse. Elle a dit qu'il me suffirait de porter un masque pour dissimuler mon identité. Mais j'ai refusé.

—Marcus t'a donné l'ordre de le faire.

—Oui. Ces putains de films sont la raison principale de mon ascension au sein de la meute. Je ne voulais pas que tous les membres dotés d'un statut supérieur au mien puissent me faire faire n'importe quoi, du moment que Marcus était d'accord et que ça n'avait rien d'illégal.

—Attends un peu. Tu veux dire que ces films sont légaux ?

—La zoophilie est illégale dans certains États, mais nous profitons des failles de la loi. Étant métamorphes, nous ne sommes pas considérés comme des animaux.

—Donc, il ne se passe rien d'illégal dans ces films, d'après toi ? insistai-je en plissant les yeux.

Richard fronça les sourcils.

—Qu'est-ce qui t'a effrayée à ce point ?

—Richard... C'est un *snuff movie*.

Il continua à me fixer sans que son expression change d'un iota, comme s'il attendait que je lui donne plus d'explications. Mais elles ne vinrent pas.

—Tu n'es pas sérieuse, dit-il enfin.

—J'aimerais bien.

Il secoua la tête.

—Même Raina ne ferait pas une chose pareille.

—Raina n'était pas dans le film, pour ce que j'ai pu en voir.

—Mais Marcus ne serait pas d'accord. Pas d'accord du tout.

Il se releva et fit les cent pas entre la porte et la baignoire. Énervé, il flanqua un coup de poing dans le mur. Je ne l'avais jamais vu dans un état pareil.

—Il y a d'autres meutes aux États-Unis. Qu'est-ce qui te fait dire que les lycanthropes que tu as vus appartiennent à la nôtre ?

— Alfred était l'un des deux.

Les épaules de Richard s'affaissèrent.

— Je n'arrive pas à y croire.

Edward frappa à la porte.

— C'est prêt.

Richard ouvrit et sortit de la salle de bains à grandes enjambées furieuses. Pour la première fois, je sentais une énergie surnaturelle émaner de lui.

Edward écarquilla les yeux.

— Tu lui as dit?

Je hochai la tête.

Seul l'écran de la télévision projetait une chiche lumière dans la chambre.

— Je vais vous laisser le lit, les tourtereaux, proposa Edward en s'emparant de la chaise. Si ça vous donne envie de batifoler, surtout ne vous gênez pas pour moi.

— La ferme! criai-je. Mets la cassette, qu'on en finisse.

Richard s'assit au bord du lit. Le chariot avait disparu avec les reliefs de notre repas. Une raison de moins pour dégueuler.

Richard semblait s'être calmé. Il avait l'air tout à fait normal, et son aura d'énergie s'était dissipée si vite que je me demandais si je ne l'avais pas imaginée.

Je regardai Edward. Il observait Richard comme s'il venait de faire quelque chose de passionnant. Je n'avais pas pensé à ça…

J'envisageai de rallumer le plafonnier, mais me ravisai. L'obscurité semblait plus appropriée.

— Edward.

— C'est parti!

Il appuya sur le bouton lecture.

Richard se raidit dès la première image. Avait-il reconnu l'autre homme? Je n'osai pas le lui demander. Pas pour le moment. Mieux valait garder mes questions pour la fin.

Je ne voulais pas rester assise sur le lit près de mon fiancé pendant qu'il regardait ces obscénités. Je n'avais jamais vraiment réfléchi à ce que le sexe signifiait pour lui. Se transformait-il pendant l'acte ? J'espérais bien que non, et je ne voyais pas comment m'en assurer sans le lui demander. Si la réponse était oui, il n'y aurait pas de mariage.

Je finis par passer devant la télévision pour aller m'asseoir sur l'autre chaise, à côté d'Edward. Je n'avais pas envie de revoir ce film. Apparemment, Edward non plus. Nous nous contentâmes de regarder Richard en train de regarder le film. Je ne savais pas ce que je m'attendais à lire sur son visage – et encore moins ce que j'espérais y lire.

Edward resta impassible comme toujours, les yeux mi-clos. Il s'était de nouveau affaissé sur son siège et semblait assoupi. Mais je me doutais qu'il avait conscience de tout ce qui se passait dans la pièce. Parfois, je me demande s'il lui arrive de dormir.

Richard avait coincé ses deux mains entre ses genoux. L'éclat du poste de télévision se reflétait dans ses yeux. Je pouvais presque suivre l'action par prunelles interposées.

De la sueur perlait sur sa lèvre supérieure. Il l'essuya de la manche et s'aperçut que je l'observais. Il eut d'abord l'air embarrassé, puis irrité.

—Ne me regarde pas, Anita, dit-il d'une voix étranglée.

Je ne pouvais pas faire semblant de dormir, comme Edward. Alors, je me levai et me dirigeai vers la salle de bains. Je fis bien attention à ne pas regarder l'écran, mais je fus forcée de passer devant. Je sentis Richard me suivre des yeux, et ma nuque me démangea. Essuyant mes paumes en sueur sur mon jean, je me tournai lentement vers lui.

Il me fixait avec une expression de rage et de haine à l'état pur. Mais je savais qu'elles n'étaient pas dirigées contre moi. Contre qui, alors ? Raina ? Marcus ? Lui-même ?

Le hurlement de la femme ramena son attention vers l'écran. Je l'observai pendant que son ami Alfred la tuait. Un cri inarticulé monta de sa gorge. Il se laissa glisser du lit et tomba à genoux sur le sol, enfouissant son visage dans ses mains.

Edward se leva. Je captai son mouvement du coin de l'œil et le vis braquer sur Richard un flingue qui était apparu comme par magie. Moi, j'avais dégainé mon Browning sans m'en rendre compte. Nous nous fixâmes par-dessus la silhouette prostrée de Richard.

Il s'était roulé en boule et se balançait doucement d'avant en arrière sur les genoux. Un bruit de chair qu'on déchire retentit. Il leva un visage bouleversé vers l'écran. Puis il se traîna dans ma direction. Je m'écartai. Il ne fit pas le moindre geste pour m'en empêcher. Ce n'était pas moi qui l'intéressais, mais la salle de bains.

Il claqua la porte derrière lui d'un coup de pied. Quelques secondes plus tard, je l'entendis vomir.

Restés face à face, Edward et moi nous fixions toujours, un flingue à la main.

— Tu dégaines aussi vite que moi, me complimenta-t-il. Ce n'était pas le cas il y a deux ans.

— Les deux dernières années ont été mouvementées.

Edward sourit.

— La plupart des gens ne m'auraient pas vu bouger dans le noir.

— Ma vision nocturne est excellente.

— J'essaierai de m'en souvenir.

— Déclarons une trêve pour la soirée, tu veux bien ? Je suis trop fatiguée pour jouer à ça.

Il glissa son flingue à l'arrière de sa ceinture.

— Il n'était pas là à l'origine, dis-je.

— En effet.

Je rengainai mon Browning et frappai à la porte de la salle de bains. Sans tourner le dos à Edward. Allez savoir pourquoi…

— Richard, tu vas bien ?

— Non, répondit-il d'une voix rauque.

— Je peux entrer ?

Il hésita.

— D'accord.

Je poussai prudemment la porte pour ne pas risquer de le heurter. Il était agenouillé devant la cuvette des chiottes, tête baissée, ses longs cheveux dissimulant son visage. Dans une main, il tenait une boule de papier toilette. L'odeur ignoble du vomi flottait dans l'air.

Je fermai la porte et m'y adossai.

— Je peux t'aider ?

Il secoua la tête.

Je repoussai ses cheveux en arrière. Il s'écarta de moi comme si je l'avais brûlé et se pelotonna dans un coin, entre la baignoire et le mur. Il était complètement paniqué.

Je m'accroupis devant lui.

— Ne me touche pas, s'il te plaît !

— D'accord, je ne te toucherai pas. Peux-tu m'expliquer ce qui cloche ?

Il refusait de soutenir mon regard. Ses yeux balayaient la pièce sans s'arrêter sur rien, et certainement pas sur moi.

— Parle-moi, Richard.

— Je n'arrive pas à croire que Marcus sache. Il ne doit pas savoir. Il n'autoriserait pas une chose pareille.

— Raina pourrait-elle le faire sans qu'il le sache ?

— C'est une vraie chienne !

— J'ai remarqué.

— Je dois en parler à Marcus. Il ne le croira pas. Il exigera sans doute de voir le film.

Ses paroles étaient tout à fait raisonnables, mais il avait toujours le souffle court et la voix sifflante. S'il continuait comme ça, il allait s'asphyxier.

—Respire, Richard. Tout va bien.

Il secoua la tête.

—Non, tout ne va pas bien. Je pensais que tu nous avais vus sous notre pire jour. (Il eut un rire amer.) Maintenant, c'est le cas.

Je tendis les bras vers lui pour le réconforter.

—Ne me touche pas! hurla-t-il.

Je reculai vivement et me retrouvai le dos contre le mur d'en face. Je ne pouvais pas aller plus loin sans sortir de la pièce.

—Mais qu'est-ce qui t'arrive?

—J'ai envie de toi, voilà ce qui m'arrive. À cause de ce film.

—Ça t'a excité? m'exclamai-je, incrédule.

Ses épaules s'affaissèrent.

—Que Dieu me vienne en aide! murmura-t-il.

—C'est ça pour toi, le sexe? Je veux dire, pas le meurtre, mais… avant.

—Ça peut l'être, mais ce n'est pas sûr. Nous sommes contagieux sous notre forme animale. Tu le sais bien.

—Et pourtant, ça te tente.

—Oui.

Il s'approcha de moi et je frémis. Alors, il se contenta de rester à genoux en me fixant.

—Je ne suis pas seulement un homme, Anita. Je ne te demande pas d'apprécier mon autre moitié, mais il faut que tu l'acceptes. Que tu la regardes en face. Sinon, ça ne pourra pas marcher entre nous. (Il étudia mon expression.) À moins que tu aies déjà changé d'avis.

Je ne savais pas quoi dire. Il n'avait plus le regard fou, mais ses yeux brillaient d'une lueur intense qui me mettait mal à l'aise. Son visage était à quelques centimètres du mien. Il soupira, et l'énergie surnaturelle me picota la peau, m'arrachant un hoquet de stupéfaction. C'était comme une main invisible qui me pressait contre le mur.

Richard se pencha vers moi. Je crus qu'il allait m'embrasser mais, au dernier moment, il détourna légèrement la tête, et je sentis son souffle brûlant sur ma joue.

—Imagine ce que ça pourrait être. Faire l'amour avec moi, et sentir le pouvoir ramper sur ta peau pendant que je serais en toi.

J'avais envie de le toucher. J'avais peur de le toucher. Il se redressa.

—Ce serait si bon…

Ses lèvres effleurèrent les miennes ; il chuchota les mots suivants dans ma bouche, comme un secret.

—Et tout ce désir parce que j'ai vu son sang, assisté à sa mort et savouré sa terreur.

Il se releva d'un mouvement aussi vif que celui d'une marionnette dont on aurait soudainement tendu les fils. À côté de lui, Alfred était lent, la nuit précédente.

—C'est ce que je suis, Anita. Bien sûr, je peux faire semblant d'être humain. Je suis plus doué que Marcus pour ça. Mais ça reste un jeu.

—Non, soufflai-je.

Il déglutit assez fort pour que je l'entende.

—Je dois y aller.

Il me tendit la main. Je compris qu'il ne pourrait pas ouvrir la porte si je restais assise là.

Si je refusais de prendre sa main, tout serait fini entre nous, je le savais…

Quand je me décidai enfin, il soupira de soulagement. Le contact de sa peau presque brûlante fit courir des ondes de choc le long de mon bras. Une sensation totalement indescriptible.

Richard porta ma main à sa bouche. Pas pour l'embrasser mais pour la mordiller, la frotter contre sa joue, la lécher du bout de la langue. Il la laissa retomber brusquement, et j'eus un mouvement de recul.

— Je dois sortir d'ici. Tout de suite.

De nouveau, son visage était baigné de sueur.

Il passa dans la chambre.

Edward avait rallumé. Il était assis sur sa chaise, les mains croisées sur le ventre. Pas d'arme en vue.

Debout sur le seuil de la salle de bains, je sentis le pouvoir de Richard se déverser dans la chambre et la remplir comme de l'eau trop longtemps contenue. Edward fit preuve d'une maîtrise de soi étonnante et ne dégaina pas.

Richard avança vers la porte en laissant un sillage d'énergie derrière lui. Il s'immobilisa, la main sur la poignée.

— J'en parlerai à Marcus si j'arrive à le voir seul. Si Raina tente de s'interposer, il faudra trouver autre chose.

Il me jeta un dernier regard et s'en fut. Je m'attendais à ce qu'il parte en courant, mais j'entendis un bruit de pas mesurés s'éloigner dans le couloir.

Edward n'était pas le seul capable de se maîtriser.

— Et tu sors avec ça, souffla-t-il.

Quelques minutes plus tôt, je me serais sentie insultée. Mais ma peau vibrait encore du pouvoir de Richard. Je ne pouvais plus faire semblant. Il m'avait demandé de l'épouser, et j'avais accepté. Mais je n'avais pas compris à quoi je m'engageais. Il n'était pas humain. Pas humain du tout.

Question : quelle différence cela faisait-il pour moi ?

Réponse : je n'en avais pas la moindre idée.

CHAPITRE 20

Je fis la grasse matinée le dimanche matin et je manquai la messe. J'étais rentrée chez moi un peu avant 7 heures. Trop tard pour assister à un service à 10 heures. Dieu comprend sûrement les nécessités physiologiques, même s'il n'y est pas soumis personnellement.

En fin d'après-midi, je passai voir le docteur Louie Fane à l'université Washington. Louie pour les intimes. Par la fenêtre de son bureau, on voyait des nuages mauves s'amonceler à l'horizon dans le ciel d'hiver. Louie méritait d'avoir une fenêtre. Ce n'était pas le cas de la plupart de ses collègues. Les doctorats se ramassent à la pelle sur un campus universitaire…

Il avait allumé sa lampe de bureau, qui projetait une flaque de lumière dorée dans la pénombre du crépuscule. L'atmosphère était plus intime et plus mélancolique que je ne l'aurais souhaité. Cernés par les ténèbres…

Je n'étais pas d'humeur très gaie, aujourd'hui.

La pièce était aussi encombrée que je m'y attendais. Des étagères croulant sous le poids de manuels de biologie et des œuvres complètes de James Herriot couvraient tout un mur. Des souvenirs occupaient le peu d'espace libre devant les bouquins : quelques coquillages, un morceau de bois flotté, des pommes de pin, de l'écorce rongée par le lichen… Bref, le genre de trucs que les biologistes sont tout le temps en train de ramasser.

Le squelette d'une petite chauve-souris brune, sous verre, était accroché à côté du diplôme de Louie. Je sais que le sujet de sa thèse était l'adaptation de cette bestiole à l'habitat humain. Un poster représentant toutes les sortes de chauves-souris existantes, avec leur nom dessous, était accroché sur la porte. J'ignorais que ça existait. Dans le genre, je croyais qu'on trouvait juste les pâtes, les fromages et les herbes aromatiques.

Louie mesure environ un mètre soixante-cinq. Il a des yeux aussi noirs que les miens, et des cheveux raides un peu trop longs, comme s'il n'avait pas eu le temps de passer chez le coiffeur depuis des mois. Sa silhouette mince lui donne une apparence inoffensive. Mais son visage carré et les muscles de ses avant-bras démentent cette première impression. Même s'il n'était pas un rat-garou, je ne songerais pas à lui proposer un bras de fer.

Il était venu à l'université pour s'entretenir avec moi, renonçant à ce qui était sans doute son seul jour de congé. Le mien aussi, d'ailleurs. Ça faisait deux mois que je n'avais pas passé un dimanche sans Richard. On était censés se voir, mais il avait annulé en prétextant qu'il devait régler ses affaires au sein de la meute. J'aurais aimé avoir un peu plus de précisions, mais il est difficile de harceler de questions un répondeur. Je ne l'avais pas rappelé. Je n'étais pas prête à lui parler. Pas après ce qui s'était passé la nuit précédente.

Le matin, en me réveillant, je m'étais sentie complètement idiote. J'avais accepté la demande en mariage de quelqu'un que je ne connaissais pas. De Richard, je savais seulement ce qu'il avait daigné me montrer. Mais à l'intérieur de lui, il dissimulait un autre monde que je commençais à peine à entrevoir.

—Alors, qu'as-tu pensé des empreintes que la police a envoyées à votre département ? attaquai-je.

—Mes collègues et moi pensons qu'il s'agit d'un loup, répondit Louie.

—Un loup? Pourquoi?

—C'est un grand canidé, trop grand pour être un chien. Alors, à part un loup…

—Même en sachant que ses traces de pattes sont mélangées avec des empreintes humaines?

—Même.

—Pourrait-il s'agir de Peggy Smitz?

—Peggy est capable de se contrôler. Pourquoi aurait-elle tué quelqu'un?

—Pourquoi ne l'aurait-elle pas fait? répliquai-je.

Louie se radossa à son fauteuil, qui couina sous son poids.

—Bonne question. Peggy était aussi pacifiste que le reste de la meute l'y autorisait.

—Elle ne se battait pas?

—Pas à moins d'y être obligée.

—Elle était haut placée dans la hiérarchie de la meute?

—Ne vaudrait-il pas mieux que tu poses ce genre de question à Richard? C'est le prochain héritier du trône, si on peut dire…

Je soutins le regard de Louie. Pas question de détourner la tête comme si j'étais coupable de quelque chose.

—Je sens des emmerdes au paradis, chantonna-t-il avec un léger sourire.

Je ne saisis pas la perche qu'il me tendait. J'étais venue parler boulot.

—Le mari de Peggy est passé me voir. Il voulait que je la recherche. Il n'était pas au courant pour les autres lycanthropes disparus. Tu vois une raison pour laquelle Peggy le lui aurait caché?

—Beaucoup d'entre nous réussissent à avoir des relations avec des humains en faisant comme s'ils n'étaient pas ce qu'ils sont. Je parie que Peggy ne parlait jamais des affaires de la meute avec son mari.

— Et faire semblant est facile ?

— C'est possible, quand on se contrôle bien.

— Alors, je ne vois pas pourquoi la plupart des lycanthropes sont toujours en train de se plaindre !

— Ça te plairait de vivre en dissimulant ta vraie nature ? En niant tes activités de réanimatrice de zombies et d'exécutrice de vampires ? En jouant un rôle vis-à-vis des gens qui te sont les plus proches, parce que tu crains de les embarrasser ou de les dégoûter ?

Je sentis mes joues s'embraser. Richard ne m'embarrassait pas et il ne me dégoûtait pas exactement… Mais je n'étais pas à l'aise avec lui. Pas suffisamment pour protester, en tout cas.

— Ça n'a pas l'air très agréable, comme mode de vie, reconnus-je, penaude.

— Ça ne l'est pas.

Un lourd silence s'installa entre nous. S'il croyait que j'allais cracher le morceau, il se plantait. Quand tout le reste part en quenouille, il faut se concentrer sur le boulot. C'est une de mes devises.

— Les flics ont quadrillé les bois où le corps a été découvert. Le divisionnaire Storr a dit qu'ils n'avaient rien trouvé à part quelques empreintes supplémentaires et un peu de sang.

En réalité, ils avaient trouvé des balles de fusil dans les arbres, près du lieu du crime. Mais je n'étais pas certaine d'avoir le droit de révéler cette information à la communauté lycanthropique. Je mentais aux deux côtés. Et ça ne me semblait pas le meilleur moyen de mener une enquête.

— Si la police et la meute mettaient leurs renseignements en commun, nous aurions moins de mal à résoudre cette affaire.

Louie haussa les épaules.

—Ce n'est pas à moi d'en décider, Anita. Je suis un Indien lambda, pas le chef.

—Richard est un chef.

—Pas tant que Marcus et Raina seront en vie.

—Je ne pensais pas que Richard devrait se battre contre elle pour commander la meute. Je croyais que c'était entre lui et Marcus.

Louie éclata de rire.

—Si tu penses que Raina laisserait perdre Marcus sans essayer de l'aider, c'est que tu ne la connais pas.

—J'ai eu le douteux privilège de la rencontrer. Mais je pensais que filer un coup de main au chef quand il se bat pour conserver son titre était contraire aux lois de la meute.

De nouveau, Louie haussa les épaules.

—Je ne suis pas juriste, mais je connais Raina. Si Richard avait accepté ses avances, elle aurait pu l'aider à renverser Marcus. Mais il lui a fait comprendre très clairement qu'il ne l'appréciait pas.

—D'après Richard, c'est elle qui a eu l'idée des films porno avec des lycanthropes.

Louie écarquilla les yeux.

—Il t'a dit ça? Ça m'étonne. Cette idée lui répugnait tellement… Raina aurait voulu qu'il soit son partenaire. Elle pensait que ce serait un bon moyen de le séduire, mais elle l'a mal jugé. Richard est trop pudique pour accepter de faire l'amour devant une caméra.

—Raina a joué dans certains de ces films?

—C'est ce que je me suis laissé dire.

—Et tes semblables?

Il secoua la tête.

—Rafael nous l'a interdit. Nous sommes un des seuls groupes qui ont refusé d'entrée de jeu.

—Rafael est un mec bien.

— Et un rat bien.

Je souris.

— Oui.

— Qu'est-ce qui se passe entre Richard et toi ?

— Que veux-tu dire ?

— Il a laissé un message sur mon répondeur, affirmant qu'il avait une grande nouvelle à propos de vous deux. Mais quand je l'ai vu, il a prétendu que ça n'était rien. Que s'est-il passé entre-temps ?

Je ne sus pas quoi répondre.

— Je crois que c'est à lui de te le dire.

— Il a marmonné que c'était à toi de choisir, et qu'il ne voulait pas en parler. J'aimerais que l'un de vous deux se décide à me mettre au parfum.

J'ouvris la bouche, la refermai et soupirai. Moi aussi, j'avais des tas de questions sans réponse. Mais Louie était l'ami de Richard bien avant de devenir le mien. Cela dit, qui pouvais-je interroger ? Irving ? Il avait déjà assez de problèmes sans que je vienne en rajouter.

— J'ai entendu Richard et Rafael parler de contrôler la bête en eux. Ils faisaient allusion à la transformation, n'est-ce pas ?

Louie hocha la tête et me dévisagea en plissant les yeux.

— Si tu as entendu Richard parler de sa bête, tu as dû le voir tout près de se transformer. Que s'est-il passé la nuit dernière ?

— S'il ne t'en a pas parlé, je ne crois pas devoir le faire.

— On raconte que tu as tué Alfred. C'est vrai ?

— Oui.

Louie me regarda comme s'il attendait des détails.

— Raina n'a pas dû aimer ça, dit-il enfin.

— Marcus n'avait pas l'air ravi non plus…

— Mais il ne te sautera pas dessus dans une ruelle sombre. Elle, si.

—Pourquoi Richard ne m'a-t-il pas prévenue?

—Richard est un de mes meilleurs amis. Il est loyal, honnête et gentil. Je le considère comme le boy-scout le plus poilu du monde. Son seul défaut, c'est qu'il s'attend à ce que tout le monde soit aussi loyal, honnête et gentil que lui.

—Après ce qu'il a vu faire à Marcus et Raina, il a sûrement perdu ses illusions.

—Il a quand même du mal à les juger mauvais. Et surtout, Marcus est le mâle alpha de la meute. Richard respecte son autorité. Ça fait des mois qu'il essaie de parvenir à un accord avec lui, de trouver une sorte de compromis. Il ne veut pas le tuer. Mais Marcus n'aura pas autant de scrupules.

—Irving m'a dit que Richard avait vaincu Marcus, qu'il aurait pu l'éliminer et qu'il ne l'avait pas fait. C'est vrai?

—Je crains que oui.

—Merde alors!

—Je sais. J'ai dit à Richard qu'il aurait dû le faire, mais il n'a jamais tué personne. Il croit que toute vie est précieuse.

—Il a raison…

—Mais certaines vies sont plus précieuses que d'autres.

—C'est vrai aussi.

—Richard s'est-il transformé devant toi la nuit dernière?

—Ce que tu peux être têtu!

—Tu as toujours dit que c'était ma plus grande qualité.

—Ça l'est, en temps normal.

D'une certaine façon, Louie me rappelle Ronnie. Elle non plus, elle n'abandonne jamais.

—Alors, il s'est transformé devant toi?

J'hésitai.

—En quelque sorte.

—Et ça t'a fait peur. Tu n'arrives pas à accepter sa véritable nature, dit Louie un peu sèchement.

—Je ne sais pas trop.

— Mieux vaudrait que tu te décides maintenant.

— Je sais.

— Tu l'aimes ?

— Ça ne te regarde pas.

— Si. Moi, j'aime Richard comme un frère. Si tu as l'intention de lui briser le cœur, je préférerais le savoir, parce que je risque d'être celui qui l'aidera à ramasser les morceaux.

— Je ne veux pas faire de mal à Richard.

— Je te crois.

Il me fixa d'un air serein comme s'il pouvait attendre toute la nuit que je réponde à sa question. Au petit jeu de la patience, je ne gagnerais jamais contre lui.

— Oui, je l'aime. Satisfait ?

— L'aimes-tu assez pour accepter son côté poilu ?

Ses yeux me fixèrent avec l'intensité d'un rayon laser dans un film de science-fiction. On aurait dit qu'ils pouvaient voir directement au fond de mon cœur.

— Je ne sais pas, avouai-je. S'il était humain… Oh, fait chier !

— S'il était humain, tu l'épouserais ?

Louie avait eu la délicatesse de choisir la forme interrogative.

— Peut-être.

Mais je mentais. Si Richard avait été humain, j'aurais été une fiancée folle de joie. Évidemment, un autre mâle qui n'avait rien d'humain me courtisait depuis un bon moment. Jean-Claude avait affirmé que Richard n'était pas plus humain que lui. Sur le coup, je ne l'avais pas cru. Maintenant, si. Je lui devais des excuses. Que je ne lui ferais jamais, me connaissant.

— Un écrivain est venu me voir au bureau, une certaine Elvira Drew. Elle prépare un bouquin sur les métamorphes. Elle paraît sérieuse, et ça pourrait vous faire de la bonne publicité.

Je répétai ce qu'elle m'avait dit.

—Ça a l'air bien, approuva Louie. Pourquoi m'en parles-tu ?

—Devine.

—Il lui manque une interview de rat-garou ?

—En plein dans le mille.

—Je ne peux pas me permettre de dévoiler mon secret, Anita. Tu le sais.

—Je ne pensais pas forcément à toi. Mais tu connais peut-être quelqu'un qui accepterait de la rencontrer…

—Je me renseignerai.

—Merci, Louie.

Je me levai. Il fit de même et me tendit la main. Sa poigne était ferme mais pas trop appuyée, juste comme il faut. Je me demandai s'il était aussi rapide qu'Alfred et Richard, et s'il lui serait facile de me broyer les doigts.

Cela dut se lire sur mon visage.

—Il vaudrait peut-être mieux que tu cesses de voir Richard. Au moins jusqu'à ce que cette affaire soit résolue…

—Peut-être.

Nous restâmes immobiles et silencieux quelques instants. Comme il n'y avait rien à ajouter, je sortis de son bureau.

J'étais à court de reparties fines et de bonnes blagues. La nuit tombait à peine, et je me sentais déjà assez crevée pour rentrer me coucher. Au lieu de ça, je devais retourner au *Lunatic Café* pour convaincre Marcus de me laisser parler à la police.

Huit lycanthropes disparus et un humain mort. Il n'y avait peut-être pas de rapport. Mais si l'assassin était un métamorphe, Marcus ou Raina devaient le savoir. Me le diraient-ils ? Même si je n'en étais pas sûre, cela ne coûtait rien de demander. J'avais plus de chances que les flics de leur arracher la vérité. Bizarre que les monstres préfèrent s'adresser à moi plutôt qu'aux autorités… À se demander pourquoi ils se sentent tellement à l'aise en ma compagnie.

Je relève des zombies et je bute des vampires. Qui suis-je pour leur jeter la pierre ?

Chapitre 21

Je traversai le campus en direction du parking, en prenant garde de rester dans la lumière des lampadaires. Comme c'était mon jour de repos, j'étais habillée en noir de la tête aux pieds. Bert ne veut pas que je me pointe dans cette tenue au bureau : il pense que ça donne une mauvaise impression de notre boulot, car ça risque de l'associer à de la magie noire dans l'esprit des gens. S'il était un peu plus calé, il saurait que le rouge, le blanc et un tas d'autres couleurs sont utilisées dans les rituels maléfiques. Tout dépend de la religion. Ne bannir que le noir est une attitude très anglo-saxonne.

Un jean noir, des Nike Air noires avec une virgule bleue, un sweat-shirt noir et un trench noir. Même mes deux flingues et mes holsters étaient noirs. Pour une fois, je me la jouais monochrome. Je portais bien une croix en argent, mais elle était dissimulée sous mon sweat-shirt. Tout comme les couteaux planqués dans mes manches.

J'allais au *Lunatic Café*, pour persuader Marcus de me laisser parler à la police. Les lycanthropes disparus – même ceux qui, comme Peggy Smitz, ne voulaient pas qu'on révèle leur secret – étaient désormais à l'abri de toute mauvaise publicité. J'aurais mis ma main à couper qu'ils étaient morts. Il n'existe aucun moyen de retenir huit métamorphes contre leur volonté. Pas aussi longtemps. Pas vivants.

Donc, ça ne pouvait pas leur faire de tort que je parle à la police, et ça avait une chance d'empêcher de futures disparitions. Je devais interroger les gens qui avaient vu ces huit-là pour la dernière fois. Pourquoi ne s'étaient-ils pas défendus ? Ça devait être un indice en soi. Ronnie est meilleure que moi pour ce genre de truc. On pourrait peut-être aller fouiner toutes les deux le lendemain.

Richard serait-il au restaurant ? Et si oui, qu'étais-je censée lui dire ? Perplexe, je m'immobilisai dans les ténèbres froides entre deux flaques de lumière. Je n'étais pas vraiment prête à le revoir. Mais nous avions une victime sur les bras, et sans doute davantage. Impossible de me dérober pour une raison aussi stupide. C'eût été de la lâcheté.

À la vérité, j'aurais préféré affronter une horde de vampires plutôt qu'un seul fiancé putatif.

Le vent siffla dans mon dos, ébouriffant mes cheveux autour de mon visage. Pourtant, les branches des arbres ne remuaient pas.

Je fis volte-face, mon Browning à la main. Quelque chose me heurta par-derrière et je tombai sur le bitume.

Je tendis les bras pour amortir ma chute et le choc envoya une décharge jusque dans mes épaules. Je ne sentais plus mes mains. Mes coudes cédèrent, et mon front vint frapper contre la chaussée.

Après avoir reçu un coup à la tête, il s'écoule toujours quelques secondes pendant lesquelles on ne peut pas réagir. Quelques secondes où on se demande si on retrouvera un jour l'usage de ses fonctions motrices.

Quelqu'un était assis à califourchon sur mon dos. Des mains tirèrent sur le col de mon trench, et j'entendis le tissu se déchirer.

Petit à petit, je recouvrai mes sensations. Ayant perdu le Browning, je tentai de rouler sur le côté pour saisir mon Firestar. Une main me prit par les cheveux et me cogna la tête sur le bitume. De la lumière explosa dans mon crâne. Ma vision se brouilla.

Quand elle s'éclaircit de nouveau, je découvris le visage de Gretchen, qui était penchée au-dessus de moi.

Elle me tenait toujours par les cheveux, s'efforçant de me faire incliner la tête sur le côté. Elle avait déjà dénudé ma clavicule gauche, et sa bouche grande ouverte dévoilait les crocs luisants qu'elle s'apprêtait à me plonger dans le cou.

Je poussai un hurlement.

Mon flingue était coincé sous moi. Je voulus me rabattre sur un couteau, mais je savais que je n'arriverais pas à le tirer de ma manche à temps.

Un nouveau cri retentit et, cette fois, il ne venait pas de moi. Un couple d'étudiants se tenait à quelques mètres de nous. Gretchen leva la tête et siffla en avisant les jeunes gens. Le garçon saisit la fille par le bras et prit ses jambes à son cou, l'entraînant à sa suite. Brave petit.

Je plongeai mon couteau dans la gorge de Gretchen. Rien de suffisant pour la tuer, mais je pensais qu'elle se jetterait en arrière et que ça me laisserait une chance de dégainer mon Firestar. Hélas, j'avais mal calculé mon coup.

J'enfonçai le couteau jusqu'au manche ; du sang dégoulina le long de ma main et éclaboussa mon visage. Gretchen se jeta sur moi. Le couteau avait fait tous les dégâts à sa portée, et je n'avais pas le temps de sortir l'autre. Bref, j'eus tout le loisir de regarder ses crocs descendre vers moi, en pensant que j'étais sur le point de mourir.

Mais une masse sombre percuta la vampire par-derrière et l'impact la désarçonna. Je restai haletante sur le bitume, clignant des yeux sans rien comprendre. Mon Firestar était dans ma main et je ne me souvenais pas de l'avoir dégainé. L'entraînement, il n'y a que ça de vrai.

Un rat-garou chevauchait Gretchen. De ses petites dents pointues, il fit mine de la mordre.

La vampire lui empoigna le museau pour le maintenir à distance. Une patte poilue griffa son visage blême, et du sang coula. Elle cria de rage et flanqua un coup de poing dans l'estomac de son agresseur. Le rat-garou fut soulevé dans les airs, juste assez pour permettre à Gretchen de ramener ses genoux contre sa poitrine et de lui décocher une ruade qui le projeta au loin, telle une balle de fourrure.

Gretchen s'était déjà relevée. Toujours allongée sur le sol, je la visai avec mon Firestar. Mais je n'eus pas le temps de tirer avant qu'elle ait disparu dans les buissons à la poursuite du rat-garou. J'avais laissé passer ma chance.

Des grognements et des bruits de branches brisées montèrent de l'obscurité. Ça devait être Louie. Je ne connaissais pas beaucoup de rats-garous susceptibles de venir à mon secours.

Je me relevai et le monde tourna autour de moi. Je titubai. Il me fallut un gros effort de volonté pour ne pas m'effondrer. Impossible d'évaluer la gravité de mes blessures. Je savais que je m'étais salement écorchée, parce que ça brûlait.

Je portai une main à ma tête et la retirai couverte de sang. Qui n'était pas tout à moi, mais ça ne me consolait pas.

Je fis un autre pas. Là, c'était déjà mieux. Je m'étais juste relevée un peu vite, voilà tout. Au moins, je l'espérais. J'ignorais si un rat-garou avait des chances de vaincre un vampire. Mais je ne resterais pas les bras ballants en attendant de le découvrir.

Je me tenais à la lisière des arbres quand ils jaillirent de l'ombre et me percutèrent de plein fouet. Pour la deuxième fois en cinq minutes, je me retrouvai par terre. Sans reprendre mon souffle, je roulai sur le flanc droit et visai. Le mouvement avait été trop brusque. Ma vision se brouilla de nouveau.

Quand je fus capable de me concentrer, Gretchen avait planté ses crocs dans le cou de Louie. Il couina, paniqué. Je ne pouvais pas tirer dans cette position, pendant qu'ils luttaient. Dans mon état, j'avais autant de chances de toucher Louie que Gretchen. Et même en temps normal, ç'aurait été extrêmement risqué.

Je me dressai sur les genoux, empoignant mon flingue à deux mains. Le monde bascula, et la nausée fit monter de la bile dans ma gorge.

Quand tout se calma, la première chose que je vis fut le sang qui coulait du cou de Louie. Si Gretchen avait eu des dents aussi redoutables que les siennes, il aurait été déjà mort.

—Bute-la, dit la voix de Louie, déformée par ses mâchoires poilues mais néanmoins reconnaissable.

Puis un voile s'abattit sur ses yeux, et ses paupières se fermèrent.

Je pris une profonde inspiration pour empêcher mes mains de trembler et visai la crinière blond pâle de Gretchen. Les ténèbres menaçaient de m'engloutir. Aveuglée, j'attendis qu'elles se dissipent pour appuyer sur la détente. Je ne voulais pas achever Louie en essayant de le sauver.

Que pouvais-je faire d'autre ?

Soudain, j'eus une inspiration.

—Richard m'a demandée en mariage et j'ai dit oui ! criai-je. Vous pouvez détecter les mensonges. J'ai accepté d'épouser quelqu'un d'autre. Nous n'avons pas besoin de nous battre.

Gretchen hésita. Je fixai dans les yeux et, ma vision étant momentanément claire, je tirai.

La vampire enfouit sa tête dans la fourrure de la gorge de Louie. Elle se cachait.

Sa voix en fut étouffée, mais ses paroles étaient assez claires.

—Pose cette arme ridicule et je le laisserai partir.

Je pris une inspiration et pointai mon canon vers le ciel.

—Lâchez-le.

—Ton arme d'abord, répliqua Gretchen.

Je ne voulais pas me défaire de mon seul flingue. Ça semblait une très mauvaise idée. Mais je n'avais pas vraiment le choix. À la place de Gretchen, j'aurais exigé la même chose.

Il me restait bien un couteau. À cette distance, il ne me servirait pas à grand-chose. Même si je visais assez bien pour atteindre son cœur, il faudrait que je le lance avec beaucoup de force pour avoir une chance de la tuer. Elle avait deux siècles. Je lui avais enfoncé une lame dans la gorge et ça l'avait à peine ralentie.

Franchement, j'étais impressionnée…

Je posai le Firestar sur la chaussée et levai les mains pour montrer que je n'étais plus armée. Gretchen se redressa lentement, abandonnant sur le sol le corps inerte de Louie. Je ne voyais pas sa poitrine se soulever et s'abaisser. Était-il trop tard ? La morsure d'un vampire pouvait-elle tuer un métamorphe ?

Gretchen et moi nous dévisageâmes. Mon couteau était planté dans son cou comme un point d'exclamation. Elle n'avait même pas pris la peine de l'enlever. Doux Jésus ! J'avais dû rater ses cordes vocales, sinon, elle n'aurait plus pu parler. Même les vampires ont leurs limites.

Je soutins son regard. Rien ne se passa. C'était comme regarder n'importe qui dans les yeux. Et ça n'était pas normal. Peut-être retenait-elle son pouvoir ? Non !

— Il est toujours vivant ?

— Approche. Viens t'en assurer toi-même.

— Non, merci, déclinai-je poliment.

Si Louie était mort, me suicider ne le ramènerait pas.

Gretchen sourit.

— Répète-moi ce que tu viens de dire.

— Richard m'a demandée en mariage, et j'ai accepté.

— Tu aimes ce Richard ?

— Oui.

Ce n'était pas le moment d'hésiter. Elle approuva d'un hochement de tête. Donc, je suppose que c'était vrai. Surprise, surprise !

— Dis-le à Jean-Claude, et nous en resterons là.

— J'ai bien l'intention de le lui dire.

— Ce soir.

— D'accord, ce soir.

— Tu mens. Quand je serai partie, tu soigneras ses blessures et les tiennes. Tu n'iras pas voir Jean-Claude.

Je poussai un soupir exaspéré.

— Qu'attendez-vous de moi ?

— Jean-Claude est au *Plaisirs coupables* ce soir. Va lui annoncer la nouvelle. Je t'attendrai.

— Avant, je dois m'occuper de mon ami.

— Je te laisse jusqu'à l'aube. Si tu n'es pas venue d'ici là, je recommencerai à te faire la guerre dès demain soir.

— Pourquoi ne pas tout dire à Jean-Claude vous-même ?

— Il ne me croirait pas.

— Il sentirait que vous lui dites la vérité.

— Ce n'est pas parce que je suis persuadée d'une chose que c'est la vérité. Il faut que ça vienne de toi. Si je ne suis pas là quand tu arrives, attends-moi. Je veux être présente quand tu lui diras que tu en aimes un autre. Et voir son visage se décomposer.

— D'accord, capitulai-je. Je viendrai avant l'aube.

Gretchen enjamba le corps de Louie. Elle tenait le Browning dans sa main droite, par le canon : pas pour me tirer dessus, mais pour m'empêcher de le reprendre. Elle s'approcha de moi et ramassa le Firestar sans me quitter des yeux.

Du sang dégoulinait le long du manche du couteau planté dans son cou. J'écarquillai les yeux, et elle sourit. Je savais que ça ne suffisait pas pour tuer un vampire, mais je pensais qu'au moins ça faisait mal. Une fois de plus, je m'étais trompée.

— Tu pourras récupérer ça après avoir parlé à Jean-Claude.

— Vous espérez qu'il me tuera.

— Ça ne me ferait pas de peine…

Génial !

Gretchen recula d'un pas, puis d'un autre. Elle s'immobilisa à la lisière des arbres.

— Je t'attendrai, Anita Blake. Ne me déçois pas.

— Je viendrai, promis-je.

Elle me sourit, dévoilant ses canines ensanglantées. Puis elle recula de nouveau et disparut.

Je crus d'abord que c'était un tour de passe-passe mental, mais les arbres furent secoués comme par une bourrasque. Levant la tête, j'aperçus quelque chose. Pas des ailes, ni une chauve-souris, mais… quelque chose que mes yeux se refusaient à identifier.

Le vent retomba. La nuit redevint aussi noire et immobile qu'un tombeau.

Des sirènes résonnèrent au loin. Les étudiants avaient dû appeler la police. Je ne pouvais pas les en blâmer.

CHAPITRE 22

J e me relevai prudemment. La tête ne me tournait pas. Génial !

Je me dirigeai vers Louie, dont le corps d'homme-rat gisait sombre et immobile dans l'herbe. Quand je m'agenouillai, une nouvelle vague de nausée me submergea. À quatre pattes, j'attendis qu'elle passe.

Quand le monde eut cessé de tourner, je posai ma main sur la poitrine velue de Louie. Et poussai un soupir de soulagement en la sentant se gonfler sous ma paume. Il respirait. Il était vivant. Fantastique !

Si Louie avait été sous sa forme humaine, j'aurais examiné la plaie de son cou. J'étais à peu près sûre que le contact de son sang ne suffirait pas à me contaminer, mais pas à cent pour cent.

J'ai déjà assez de problèmes comme ça sans me couvrir de fourrure une fois par mois. Et si je devais choisir un animal, ça ne serait certainement pas un rat.

Les sirènes se rapprochaient. Je ne savais pas quoi faire. Louie était grièvement blessé, mais j'avais vu Richard encore plus salement amoché, et il avait survécu. Hélas, j'ignorais s'il avait bénéficié de soins médicaux.

Je pouvais dissimuler Louie dans les buissons mais, s'il mourait, je ne me le pardonnerais jamais. Cela dit, si les flics le voyaient dans cet état, c'en serait fini de son secret. Sa carrière serait fichue et sa vie tomberait en morceaux parce qu'il avait voulu m'aider. Ça me paraissait très injuste.

Un long soupir s'échappa de son museau pointu et il frissonna. Sa fourrure reflua telle une marée qui se retire. Ses membres arqués se tendirent. Je regardai sa forme humaine émerger de la bête comme une silhouette prisonnière de la glace, nue et pâle dans l'obscurité.

La première fois que j'assistais à une métamorphose dans ce sens-là… Je trouvais ça aussi spectaculaire que l'inverse, mais moins effrayant. Sans doute à cause du résultat final.

La plaie de sa gorge ressemblait davantage à la morsure d'un animal qu'à celle d'un vampire, au détail près que deux dents de Gretchen – ses canines – avaient laissé des trous profonds. Il n'y avait plus de sang. Je ne pouvais pas en être sûre, mais il me semblait que la blessure guérissait déjà. Qu'elle se refermait.

Je lui pris le pouls. Il me parut fort et régulier, mais je ne suis pas médecin et je pouvais très bien me planter.

Les sirènes s'étaient tues. La lumière du gyrophare clignotait dans le noir au-dessus des arbres. Les flics ne tarderaient pas à nous rejoindre. Je devais prendre une décision.

Je n'avais plus mal à la tête. Ma vision s'était éclaircie et la nausée avait disparu. Évidemment, je n'avais pas encore essayé de me relever. Je pouvais charger Louie sur mes épaules pour le porter à la manière des pompiers. Je n'irais pas très vite et pas très loin, mais j'en étais capable.

Les traces de morsure s'effaçaient. Avec un peu de chance, il serait de nouveau sur pied d'ici le lever du soleil. Je ne voulais pas que les flics le voient, et je refusais de l'abandonner dans un coin. J'ignorais si les lycanthropes pouvaient mourir de froid, mais je ne me sentais pas très chanceuse, ce soir.

J'enveloppai Louie dans mon manteau avant de le soulever. Autant éviter qu'il attrape des engelures à certains endroits délicats. Les orteils, par exemple. Prenant une profonde inspiration, je poussai sur mes jambes. Mes genoux protestèrent. Mais je parvins à me redresser.

Puis ma vision se brouilla de nouveau. Je titubai, m'efforçai de reprendre mon équilibre et échouai lamentablement. Je tombai à genoux. Avec le poids supplémentaire que je portais, c'était encore plus douloureux.

Les flics se rapprochaient. Si je n'arrivais pas à ficher le camp tout de suite, autant abandonner. Accepter la défaite n'a jamais été un de mes points forts. Je pris appui sur un pied et poussai. Les muscles de mes cuisses me brûlèrent, mais je me retrouvai debout.

Des vagues noires ondulèrent devant mes yeux. Je restai immobile jusqu'à ce que ça passe. J'avais moins le tournis que les fois précédentes, mais la nausée était pire. Tant pis. J'aurais tout le temps de vomir plus tard.

Je ne m'écartai pas du trottoir, me sentant incapable de patauger dans la neige. De toute façon, même des flics de la ville devaient pouvoir y suivre une piste.

Une rangée d'arbres me dissimula bientôt. Le trottoir contournait un bâtiment. Une fois de l'autre côté, je pourrais revenir discrètement vers ma Jeep. L'idée de conduire dans mon état ne m'enchantait guère mais, si je ne réussissais pas à mettre un peu de distance entre les flics et nous, mes efforts n'auraient servi à rien. Je devais atteindre ma voiture. Il fallait soustraire Louie à leur curiosité.

Je ne regardai pas derrière moi pour voir si des lampes torches balayaient les ténèbres. Ça ne m'apporterait pas grand-chose de le savoir, et il serait trop difficile de me retourner avec Louie sur les épaules. J'avais tout juste la force de mettre un pied devant l'autre.

Enfin, je franchis l'angle du bâtiment. Désormais, nous étions hors de vue, même si les flics avaient passé la rangée d'arbres. C'était toujours ça de pris.

Sur ma gauche, le flanc du bâtiment s'étendait tel un monolithe sombre et interminable. À chaque pas, la distance qui me séparait du parking semblait grandir. Je me concentrai sur mes pieds. Le droit. Le gauche, et encore le droit. Je pouvais le faire. Louie me paraissait de plus en plus léger. Ça n'était pas normal. Étais-je sur le point de m'évanouir ?

Levant les yeux, je m'aperçus que j'avais atteint l'angle du bâtiment. Ça n'était pas bon du tout. Quelques dizaines de secondes m'avaient échappé. J'aurais parié que j'avais un traumatisme crânien, mais ça ne devait pas être si grave, sinon j'aurais perdu connaissance…

Pourtant, j'avais du mal à m'en convaincre.

Je passai la tête de l'autre côté du bâtiment en m'efforçant de ne pas cogner les jambes de Louie contre le mur. Une tâche qui me demanda beaucoup plus d'attention que ça n'aurait dû.

Un gyrophare brillait dans le noir. La voiture de police était garée le long du parking. Par la portière ouverte du conducteur, la radio déversait un torrent de paroles crépitantes et incompréhensibles. Il ne semblait y avoir personne dans le véhicule.

L'effort requis pour étudier le parking de loin obscurcit de nouveau ma vision. Comment conduire si je ne voyais rien ? Un seul problème à la fois. Pour le moment, je devais porter Louie jusqu'à ma Jeep.

Je sortis de l'ombre du bâtiment. La dernière couverture possible. Si les flics revenaient sur leurs pas et nous tombaient dessus pendant que nous traversions le parking, ce serait fini.

Un dimanche soir, il n'y avait pas beaucoup de véhicules sur le parking des visiteurs. Je m'étais garée sous un lampadaire : la règle de sécurité numéro un pour une femme qui se déplace toute seule après la tombée de la nuit. Le faisceau de lumière me paraissait aussi agressif que celui d'un projecteur, sans doute parce que j'essayais désespérément de passer inaperçue.

À mi-chemin de la Jeep, je découvris que ma blessure à la tête n'était pas mon seul souci. Je pouvais soulever un homme de la taille de Louie, et même le porter, mais pas éternellement. Mes genoux tremblaient. Chaque pas était plus court et me réclamait un peu plus d'efforts que le précédent. Si je tombais maintenant, je n'arriverais pas à soulever Louie de nouveau. Je n'étais même pas sûre d'arriver à me relever.

Un pied devant l'autre. Un pied devant l'autre, me répétai-je. Je me concentrai là-dessus jusqu'à ce que les pneus de la Jeep entrent dans mon champ de vision. Là… Ce n'était pas si difficile.

Évidemment, mes clés étaient dans la poche de mon manteau. J'appuyai sur le bouton pour déverrouiller les portières. Le bip qui signala leur ouverture me parut juste assez fort pour réveiller les morts.

Tenant Louie en équilibre d'une seule main, j'ouvris la portière arrière et le laissai tomber sur la banquette. Mon manteau glissa, révélant son flanc nu. Je devais me sentir mieux que je ne le pensais, car je pris le temps de tirer un pan de tissu sur son bas-ventre. Son bras pendait encore dehors, mais peu importait. Ma pudeur pouvait supporter la vue d'un bras masculin.

Je refermai la portière et me vis dans le rétroviseur latéral. Un côté de mon visage n'était plus qu'un masque ensanglanté, et l'autre arborait de splendides écorchures. Je me glissai sur le siège du conducteur et pris un distributeur de lingettes à l'Aloe vera dans la boîte à gants. Celles dont les gens normaux se servent pour essuyer les fesses de leur bébé, et que j'utilise pour nettoyer le sang de poulet après avoir relevé un zombie. Ça marche mieux que de l'eau et du savon.

Je me débarbouillai suffisamment pour ne pas me faire arrêter par la première bagnole de flics que je croiserais. Puis je mis le contact. La Jeep démarra. Je jetai un coup d'œil dans le rétroviseur. La voiture de police était toujours là, fidèle au poste comme un chien abandonné par son maître.

Je passai la première et appuyai sur l'accélérateur. La Jeep fonça vers un lampadaire. J'écrasai la pédale de frein en me réjouissant d'avoir bouclé ma ceinture de sécurité.

D'accord, j'étais un peu désorientée…

J'appuyai sur l'interrupteur du plafonnier : la petite lumière censée permettre de vérifier son maquillage. Au lieu de mes paupières, j'examinai mes yeux. Les pupilles étaient de la même taille. Si l'une d'elles avait été exagérément dilatée, ç'aurait signifié que j'avais une hémorragie crânienne. On peut mourir de ce truc-là. Je me serais rendue aux flics, et je leur aurais demandé d'appeler une ambulance. Mais ça n'était pas si grave. Enfin, je l'espérais.

J'éteignis le plafonnier et accélérai doucement. Si je conduisais lentement, ma Jeep ne serait peut-être pas si pressée d'embrasser un lampadaire.

Je sortis du parking en première, m'attendant à entendre des cris résonner derrière moi. Mais rien ne se produisit.

La rue sombre était bordée de voitures des deux côtés. Je la longeai à vingt kilomètres à l'heure, car j'avais peur d'aller plus vite. Déjà, j'avais l'impression de traverser les véhicules garés sur la gauche. Une illusion, mais une illusion qui minait le peu de concentration dont je disposais encore.

Je m'engageai dans une avenue et la lumière des lampadaires me poignarda les yeux. Quand je levai une main pour me protéger, je faillis percuter une berline en stationnement. Et merde ! Je devais m'arrêter avant de provoquer un accident.

Quatre pâtés de maisons plus loin, j'aperçus une station-service avec des cabines téléphoniques. Même si je m'étais nettoyé la figure, je ne devais pas avoir l'air très fraîche. Pas question de prendre le risque qu'un employé trop zélé appelle la police. Pas après tout le mal que je m'étais donné pour lui échapper.

J'entrai dans le parking à l'allure d'un escargot. Si je visais mal et que je renversais une pompe à essence, les flics viendraient me cueillir. Je me garai devant les cabines et soupirai de soulagement.

Je farfouillai dans le cendrier à la recherche d'une pièce de vingt-cinq *cents*. Comme je ne fume pas, il n'a jamais contenu que de la monnaie.

En sortant de la Jeep, je sentis que, sans mon manteau, j'étais transie jusqu'à la moelle. Un courant d'air glacé courait dans mon dos, à l'endroit où mon sweat-shirt s'était déchiré.

Je composai le numéro de Richard. Qui d'autre pouvais-je appeler ?

Le répondeur se déclencha.

— Je t'en prie, Richard. Il faut que tu sois chez toi, marmonnai-je.

Un bip.

— Richard, c'est Anita. Louie est blessé. Décroche si tu es là. Richard ? (J'appuyai mon front contre le métal froid de la cabine.) Richard ?

Il décrocha, hors d'haleine.

— Anita, c'est moi. Que se passe-t-il ?

— Louie est blessé, répétai-je. La plaie est déjà en train de se refermer. Comment tu expliques ça aux infirmières des urgences ?

— Tu ne leur expliques rien du tout. Nous avons des docteurs qui pourront s'occuper de lui. Je vais te donner une adresse.

— Je ne peux pas conduire.

— Tu es blessée aussi ?

—Oui.

—Grièvement ?

—Assez pour ne pas vouloir conduire.

—Que vous est-il arrivé, à tous les deux ?

Je lui fis un résumé simplifié à l'extrême des événements de la nuit, me contentant de dire que nous avions été attaqués par un vampire sans en préciser la raison. Je n'étais pas prête à lui apprendre que je devais annoncer nos fiançailles à Jean-Claude, parce que je n'étais pas certaine que les fiançailles en question tiennent toujours. Richard m'avait demandée en mariage. J'avais répondu oui mais, à présent, je n'étais plus très sûre de moi. Lui non plus, probablement.

—Où êtes-vous ?

Je le lui expliquai.

—Je connais cette station-service. Je m'y arrête parfois pour faire le plein quand je rends visite à Louie.

—Génial. Tu peux être là dans combien de temps ?

—Vous êtes en état de m'attendre ?

—Bien sûr.

—Dans le cas contraire, je tiens à ce que tu appelles la police. Ne risque pas ta vie pour protéger le secret de Louie. Ce n'est pas ce qu'il souhaiterait.

—Mouais…

—Ne fais pas ton sale macho, Anita. Je ne veux pas qu'il t'arrive malheur.

Je souris, le front appuyé contre le téléphone.

—Faire mon sale macho, c'est la seule chose qui m'a permis de tenir jusqu'ici. Contente-toi d'amener tes fesses, Richard. Je t'attendrai.

Je raccrochai avant que la conversation tourne à la guimauve. Vraiment, je me sentais trop pitoyable pour supporter sa compassion.

Je regagnai la Jeep. Il y faisait froid. J'avais oublié d'allumer le chauffage. Je le poussai à fond, puis me retournai et m'agenouillai sur mon siège pour vérifier l'état de Louie. Il n'avait pas bougé. Je lui pris le poignet. Son pouls était toujours fort et régulier. Je lâchai sa main, qui retomba mollement. Mais je ne m'attendais pas vraiment à obtenir une réaction de sa part.

D'habitude, un lycanthrope reste sous son apparence animale pendant huit ou dix heures. Reprendre sa forme humaine prématurément pompe beaucoup d'énergie. Même s'il n'avait pas été blessé, Louie aurait dormi le reste de la nuit. Ou, plutôt, il aurait sombré dans une inconscience proche du coma, dont rien n'aurait pu le tirer. Pas génial comme méthode de survie, à mon avis…

Mais bon, je ne devrais pas me plaindre. Les vampires dorment pendant la journée ; sans ça, ils nous auraient déjà réduits en esclavage. C'est de cette façon que la nature file un coup de main aux pauvres humains.

Je me tortillai pour me rasseoir sur mon siège. Je ne savais pas combien de temps mettrait Richard pour venir. Je regardai la vitre de la station-service. L'employé lisait un magazine derrière son comptoir. S'il m'avait observée, je me serais éloignée des lampadaires. Je ne voulais pas qu'il se pose trop de questions. Mais comme il ne semblait nous prêter aucune attention…

Je me laissai aller contre l'appuie-tête, luttant contre une envie impérieuse de fermer les yeux. J'étais à peu près sûre d'avoir un traumatisme crânien. M'endormir n'était pas une bonne idée. J'avais déjà été blessée à la tête plus grièvement que ça, mais Jean-Claude m'avait guérie en m'apposant sa marque. Un remède pire que le mal…

C'était la première fois que je me retrouvais dans un aussi sale état depuis que Jean-Claude m'avait libérée de son emprise. Ses marques m'avaient rendue plus solide, et elles avaient décuplé mes facultés de récupération. Un effet secondaire plutôt positif. Tout comme celui qui me permettait de soutenir le regard des vampires sans qu'ils puissent m'hypnotiser.

Je ne bénéficiais plus de ces avantages. Pourtant, croiser le regard de Gretchen ne m'avait pas affectée. Jean-Claude m'avait-il menti ? Avait-il encore un quelconque pouvoir sur moi ? Une question supplémentaire à lui poser quand je le verrais.

Évidemment, une fois que je lui aurais annoncé mes fiançailles, je n'aurais pas le temps d'en dire beaucoup plus. L'enfer se déchaînerait, et la seule question importante serait : Jean-Claude essaierait-il de tuer Richard ?

Réponse : probablement.

Je soupirai et fermai les yeux malgré moi. J'étais si fatiguée, tout à coup… Le sommeil m'aspirait. Je sursautai, rouvris les yeux et me rassis, bien droite. Ce n'était peut-être qu'un contrecoup, l'effet du reflux d'adrénaline.

Je rallumai le plafonnier et examinai de nouveau Louie. Il respirait toujours normalement et son pouls n'avait rien d'inquiétant. Sa tête avait roulé sur le côté, dévoilant la ligne de son cou et sa blessure.

Les traces de crocs s'effaçaient peu à peu. Ce n'était pas visible à l'œil nu mais, chaque fois que je le regardais, elles semblaient un peu moins perceptibles que la fois précédente. Comme quand on essaie d'observer l'éclosion d'une fleur. On voit que les pétales se déplient progressivement, mais il est impossible de capter le mouvement.

Louie allait s'en sortir. Et Richard ?

J'avais dit oui, emportée par la passion de l'instant. Sur le coup, je m'imaginais très bien passer le reste de ma vie avec lui. Avant que Bert me découvre et me fournisse un moyen d'exploiter mon don, j'avais une vie. Je faisais de la randonnée, du camping, et je venais de décrocher ma licence de biologie. Je pensais continuer jusqu'au doctorat et étudier les créatures surnaturelles jusqu'à la fin de mes jours. Richard faisait resurgir mes anciens projets. Je n'avais pas prévu de passer ma vie à patauger dans le sang. Sans déconner.

Céder à Jean-Claude serait admettre qu'il n'existait rien d'autre que la mort et la violence. Qui ont un côté sexy et attirant, mais quand même. Avec Richard, j'avais une chance de vivre. Peut-être pas normalement, mais mieux. Hélas! après la nuit précédente, je n'en étais même plus certaine.

Était-ce trop demander d'avoir un petit ami humain? Je connais des tas de filles de mon âge qui n'ont pas de petit ami du tout. Je faisais partie du lot avant de rencontrer Richard.

À l'époque, Jean-Claude me poursuivait déjà de ses assiduités, mais je l'évitais comme la peste. Je n'arrivais pas à m'imaginer sortant avec lui. Couchant avec lui, à la limite. L'idée qu'il passe me chercher à 20 heures, qu'il me raccompagne chez moi après le resto (où il aurait mangé quoi?) et qu'il se satisfasse d'un baiser en guise de «bonne nuit» semblait parfaitement ridicule.

Je restai agenouillée sur mon siège, observant Louie. Je craignais de me retourner, de prendre une position confortable, de m'endormir et de ne plus me réveiller. Je n'avais pas vraiment peur, mais quand même. Faire un petit tour à l'hôpital aurait été une bonne idée. Avant, je devais aller parler à Jean-Claude au sujet de Richard. Et l'empêcher de le tuer.

J'appuyai mon visage sur mes bras; une douleur lancinante me déchira le crâne. D'une certaine façon, ça me rassura. Normal que ma tête me fasse mal après ce qui s'était passé. J'aurais été plus inquiète de ne rien ressentir. Une migraine ne me tuerait pas.

Comment garder Richard en vie? Je souris. Richard était un loup-garou alpha. Pourquoi le croyais-je incapable de prendre soin de lui? Parce que je connaissais l'étendue des pouvoirs de Jean-Claude. Après avoir vu Richard se transformer, je me ferais peut-être moins de souci pour lui. Oui, et peut-être qu'il gèlerait en enfer.

J'aimais Richard. Je l'aimais vraiment. Quand j'avais répondu «oui», je le pensais. Mais c'était avant que je sente son pouvoir ramper sur ma peau. Jean-Claude avait raison sur un point : Richard n'était pas humain. Le *snuff movie* l'avait excité. Jean-Claude avait-il une conception du sexe encore plus étrange? Je n'avais jamais pensé à le vérifier.

Quelqu'un frappa à ma vitre. Je sursautai et me tournai brusquement. Un voile noir s'abattit devant mes yeux.

Quand je recouvrai la vue, le visage de Richard était penché sur moi.

Je déverrouillai les portières. Il ouvrit la mienne et tendit une main pour me toucher, mais il se ravisa. L'hésitation que je lus sur son visage me fit mal. Il n'était pas sûr que je le laisserais faire. Je détournai la tête. Je l'aimais, mais l'amour ne suffit pas. Les contes de fées, les romans à l'eau de rose, les séries télévisées : un ramassis de mensonges. L'amour ne vient pas à bout de tous les obstacles.

—Anita, tu vas bien? demanda Richard d'une voix neutre. Tu as une mine terrible.

—Vu de l'intérieur, ce n'est pas génial non plus.

Il m'effleura la joue du bout des doigts : une caresse fantôme qui me fit frissonner.

Quand il toucha une de mes égratignures, j'eus un mouvement de recul. Dans la lumière du plafonnier, un peu de sang brillait au bout de son majeur. Il baissa les yeux vers sa main, et je lus dans son regard la tentation de la lécher comme l'avait fait Rafael.

En fin de compte, il se contenta de s'essuyer sur son manteau. Mais j'avais perçu son hésitation, et il le savait.

—Anita…

La portière arrière s'ouvrit. Je me retournai en dégainant mon dernier couteau. La nausée et les ténèbres m'assaillirent. Le mouvement avait été trop brusque.

Penché dans l'entrebâillement de la portière, Stephen le loup-garou me fixait, immobile, ses yeux bleus écarquillés. Ou, plutôt, il fixait le couteau, dans ma main. Que je sois trop mal en point pour m'en servir semblait lui avoir échappé. Peut-être parce que j'étais déjà tournée vers lui, agenouillée sur mon siège. Prête à frapper à l'aveuglette sans envisager que la personne qui venait de faire irruption dans ma voiture puisse être un allié.

—Tu ne m'as pas dit que tu avais amené quelqu'un avec toi, reprochai-je à Richard.

—J'ai eu tort, admit-il.

Je me détendis.

—Oui, tu as eu tort.

Le couteau luisait dans la lumière du plafonnier. Il avait l'air affûté et bien entretenu. Il en avait aussi la chanson!

—Je voulais juste examiner Louie, dit Stephen.

Il portait un blouson de cuir noir à la fermeture Éclair tirée jusqu'au cou. Ses longs cheveux blonds en désordre étaient répandus sur ses épaules, lui donnant l'air d'un motard un peu efféminé.

—D'accord.

Stephen consulta Richard du regard par-dessus mon épaule.

—Ça ira, Stephen.

Le ton de sa voix me poussa à me tourner vers lui pour le dévisager. Il avait une expression étrange.

—Tu es peut-être aussi dangereuse que tu le prétends, dit-il lentement.

—Pourquoi, tu croyais que je faisais semblant?

—Je me posais la question. Maintenant, j'ai la réponse.

—Et c'est un problème?

—Tant que tu ne tires pas sur moi ou sur les membres de ma meute, je suppose que non.

—Je ne peux rien te promettre, pour les membres de ta meute.

—Mon devoir est de les protéger.

—Dans ce cas, assure-toi qu'ils me fichent la paix.

—Tu te battrais avec moi pour ça ? demanda-t-il, surpris.

—Et toi ? répliquai-je.

Il eut un sourire qui n'avait rien de joyeux.

—Je ne pourrais pas te faire de mal, Anita. Tu le sais bien.

—C'est en ça que nous sommes différents, Richard.

Il se pencha pour m'embrasser. Quelque chose dans mon expression l'en dissuada.

—Je te crois.

—Tant mieux.

Je glissai mon couteau dans son fourreau, sous ma manche, sans quitter Richard des yeux.

—Ne me sous-estime jamais, Richard. Et ne sous-estime pas non plus ce que je suis prête à faire pour rester en vie, ou pour garder les autres en vie. Je ne veux pas que nous nous battions mais, si tu ne contrôles pas ta meute, je n'aurai pas le choix.

Il s'écarta de moi.

—C'est une menace ?

—Je ne peux pas te promettre de ne pas leur faire de mal, à moins que tu me garantisses qu'ils se tiendront à carreau. Et je sais que tu en es incapable.

—En effet, reconnut-il à contrecœur. Au moins, tu pourras essayer de ne pas les tuer ?

Je réfléchis quelques instants.

—Si j'ai une autre possibilité, oui.

J'entendis craquer le cuir de la banquette arrière pendant que Stephen examinait Louie.

Son verdict tomba :

— Il est mal en point, mais il s'en sortira.

— Comment l'as-tu ramené ici ? demanda Richard.

Je le dévisageai sans rien dire. Il eut le bon goût de prendre un air embarrassé.

— Tu l'as porté. J'aurais dû m'en douter.

Il effleura tendrement mon front meurtri. Ça faisait toujours mal.

— Malgré tes blessures, tu as réussi à le porter, souffla-t-il, admiratif.

Je haussai les épaules.

— C'était ça ou l'abandonner entre les mains des flics. Que se serait-il passé s'ils l'avaient vu guérir avant l'arrivée de l'ambulance ?

— Ils auraient compris ce qu'il est…

Stephen s'appuya sur le dossier de mon siège et posa le menton sur ses avant-bras. Il avait oublié que j'avais failli le poignarder… à moins qu'il ait eu l'habitude qu'on le menace.

Vus de près, ses yeux étaient du même bleu que les fleurs de maïs. Avec ses cheveux blonds et fins, il ressemblait à ces poupées en porcelaine qu'on achète dans les boutiques chic et que les enfants n'ont pas le droit de toucher.

— Je peux emmener Louie chez moi, proposa-t-il.

Je secouai la tête.

— Non.

Richard et Stephen me dévisagèrent sans comprendre.

Je réfléchis à toute vitesse. Richard ne pouvait pas m'accompagner au *Plaisirs coupables*. Mieux valait qu'il ne soit pas là quand j'annoncerais la nouvelle à Jean-Claude. Sinon, je risquais de ne pas pouvoir le protéger. Pis : je craignais qu'il ne soit pas capable de se défendre.

— Je pensais te ramener chez toi ou te conduire à l'hôpital le plus proche, dit Richard en fronçant les sourcils.

Un autre soir, j'aurais accepté avec joie.

— Louie est ton meilleur ami. Il vaut mieux que ce soit toi qui t'occupes de lui, tu ne crois pas ?

Richard plissa les yeux, l'air soupçonneux.

— Tu essaies de te débarrasser de moi, devina-t-il. Pourquoi ?

Ma tête me faisait mal. Je n'arrivais pas à trouver d'excuse plausible. Ou de mensonge convaincant. Et un petit mensonge n'avait aucune chance de fonctionner avec lui.

— Tu as confiance en Stephen ? lançai-je.

Cette question sembla le désarçonner.

— Bien sûr.

Il n'avait pas réfléchi avant de répondre.

— Peux-tu m'assurer qu'il ne parlera pas de cette conversation à Jean-Claude ou à Marcus ?

— Je ne dirai rien à Marcus si tu me demandes de ne pas le faire, fit Stephen, vexé.

— Et à Jean-Claude ? insistai-je.

Il s'agita, mal à l'aise.

— S'il me posait une question directe, je serais obligé de répondre, reconnut-il.

— Comment peux-tu avoir plus d'obligations envers le maître de la ville qu'envers ton propre chef de meute ?

— Je suis fidèle à Richard, pas à Marcus.

Je regardai Richard.

— La révolte gronderait-elle au palais ?

— Raina voulait que Stephen joue dans les films. Je suis intervenu pour mettre le holà.

— Marcus doit vraiment te haïr.

— Il me craint, rectifia Richard.

— C'est pire…

Richard n'ajouta rien. Il connaissait la situation mieux que moi, même s'il n'était pas prêt à prendre les mesures qui s'imposaient.

235

— D'accord… Je vais aller dire à Jean-Claude que tu m'as demandée en mariage.

Stephen sursauta.

— Sans déconner… Et tu as dit oui ?

— Affirmatif !

— Félicitations ! (Il se rembrunit soudain.) Jean-Claude va péter les plombs.

Je ne l'aurais pas mieux dit.

— Pourquoi ce soir ? demanda Richard. Pourquoi ne pas attendre ? De toute façon, tu n'es plus très sûre de vouloir m'épouser, je me trompe ?

— Non.

Je n'avais pas envie de l'avouer, mais c'était la vérité.

J'étais déjà amoureuse de Richard. Si nous allions plus loin, ce serait irréversible. Je devais dissiper mes doutes avant de m'engager. Devant son adorable visage, en sentant l'odeur épicée de son after-shave, je mourais d'envie d'oublier toute prudence. De lui tomber dans les bras. Mais je ne pouvais pas. Je ne pourrais pas avant d'être sûre.

— Dans ce cas, pourquoi lui en parler ? s'étonna Richard. Nous avons tout notre temps… À moins que tu veuilles t'enfuir avec moi pour aller nous marier à Las Vegas un de ces soirs.

Je soupirai et lui racontai toute l'histoire, en terminant par l'ultimatum de Gretchen.

— Je dois y aller, et tu ne peux pas m'accompagner, conclus-je.

— Je ne te laisserai pas faire ça toute seule ! s'entêta Richard.

— Si tu es là quand je le lui annoncerai, il essaiera de te tuer, et j'essaierai de le tuer pour te protéger. (Je secouai la tête.) Si les choses dégénèrent, ça finira comme *Hamlet*.

— Comme *Hamlet* ? répéta Stephen, perplexe.

— Tout le monde meurt à la fin, expliquai-je.

—Oh!

—Tu tuerais Jean-Claude pour me protéger malgré ce que tu as vu la nuit dernière? s'émerveilla Richard.

J'aurais voulu pouvoir lire dans ses pensées, capter sa véritable essence au-delà des apparences physiques. C'était toujours le même Richard, amoureux de la nature et des activités salissantes, avec son sourire qui me réchauffait jusqu'aux orteils. Je n'étais pas certaine de vouloir l'épouser, mais je savais que je ne laisserais personne lui faire de mal.

—Oui.

—Tu ne veux pas te marier avec moi, mais tu es prête à tuer pour moi. Je ne te comprends pas…

—Demande-moi plutôt si je t'aime toujours, Richard. Là aussi, la réponse est oui.

—Comment te laisser affronter ce vampire seule?

—Jusque-là, je me suis bien débrouillée sans toi.

Il effleura mon front, et je frémis.

—On ne dirait pas.

—Jean-Claude ne me touchera pas.

—Tu n'en as aucune garantie.

Là, il marquait un point.

—Tu ne peux pas me protéger, Richard. Ta présence nous ferait tuer tous les deux.

—Je ne peux pas te laisser y aller seule, insista-t-il.

—Ne me fais pas le coup de la virilité mal placée, s'il te plaît! C'est un luxe que nous ne pouvons pas nous permettre. Si l'idée de m'épouser te transforme en parfait imbécile, je peux facilement y remédier.

—Tu ne veux plus qu'on se marie?

—Je n'ai pas dit ça.

—Tu reviendrais sur ton «oui» parce que j'essaie de te protéger? s'exclama-t-il, incrédule.

—Je n'ai pas besoin de ta protection, Richard, et je n'en veux pas.

—Si j'essaie de jouer le chevalier blanc, tu me quitteras, souffla-t-il, les yeux fermés.

—Si tu crois que tu as besoin de jouer le chevalier blanc, c'est que tu me connais très mal.

Il rouvrit les yeux.

—Peut-être que j'ai envie d'être ton chevalier blanc.

—C'est ton problème, répliquai-je doucement.

Il sourit.

—Je suppose que oui.

—Si tu peux ramener la Jeep chez moi, je prendrai un taxi.

—Stephen va te conduire au *Plaisirs coupables*.

Richard ne lui avait même pas demandé son avis. Une attitude très arrogante de sa part.

—Non, je prendrai un taxi.

—Ça ne me dérange pas, dit Stephen. De toute façon, je bosse là-bas ce soir.

Je le dévisageai en fronçant les sourcils.

—Je peux savoir comment tu gagnes ta vie ?

Il inclina la tête et m'adressa un sourire ravageur, à la fois vulnérable et sexy.

—Je suis strip-teaseur.

Évidemment. Je faillis lui demander pourquoi il avait refusé de jouer dans un film porno. Mais se déshabiller en musique n'est pas la même chose que faire l'amour devant une caméra. Pas la même chose du tout.

CHAPITRE 23

Lilian est une petite femme d'environ cinquante-cinq ans. Ses cheveux poivre et sel sont coupés court et ses mains sont aussi rapides et assurées que le reste de sa personne. La dernière fois qu'elle m'a soignée, elle avait des griffes et une fourrure grisonnante.

J'étais assise sur une table d'examen, dans la cave d'un immeuble. Le bâtiment appartient à un métamorphe qui loue les appartements à ses congénères et a installé une clinique secrète dans son sous-sol pour traiter les lycanthropes du coin. J'étais la première humaine à y entrer. J'aurais dû être flattée mais, curieusement, ce n'était pas le cas.

— D'après votre radio, vous n'avez pas de fracture du crâne, annonça Lilian.

— Je suis ravie de l'apprendre…

— Vous avez peut-être un traumatisme bénin, mais rien que les rayons X puissent révéler. Pas ceux dont nous disposons ici, en tout cas…

— Donc, je peux y aller ?

Je sautai à terre. Lilian me retint.

— Je n'ai pas dit ça.

Je remontai sur la table.

— Je vous écoute.

— À contrecœur, constata-t-elle en souriant. Bon. J'ai nettoyé vos égratignures et je vous ai mis un pansement sur le front. Vous avez de la chance de ne pas avoir besoin de points de suture.

Heureusement, parce que je déteste les points de suture.

—La prochaine fois que vous dormirez, je veux que vous régliez votre réveil pour qu'il sonne toutes les heures, dit Lilian. (Elle dut voir à ma tête que cette perspective ne m'enchantait guère.) Je sais que c'est désagréable et probablement inutile, mais faites-le quand même. Si vous êtes blessée plus sérieusement que je le crois, vous risquez de ne pas vous réveiller. Mieux vaut jouer la prudence.

—Ça me paraît une bonne idée, dit Richard en s'écartant du mur contre lequel il était adossé pour s'approcher de nous. Je me chargerai de la réveiller…

—Tu ne peux pas venir avec moi, lui rappelai-je.

—J'irai t'attendre à ton appartement.

—Et évitez de conduire pendant vingt-quatre heures, ajouta Lilian. Par précaution.

Les doigts de Richard effleurèrent le dos de ma main. Je ne savais pas comment réagir. Si je finissais par refuser sa demande en mariage, il n'était pas gentil de continuer à flirter avec lui. Ce simple contact m'avait réchauffé tout le bras, jusqu'à l'épaule. Du désir, rien que du désir, tentai-je de me raisonner.

Mon œil !

—Si tu es d'accord, je ramènerai la Jeep chez toi. Stephen te conduira au *Plaisirs coupables*.

—Je peux prendre un taxi.

—Je serais plus rassuré si Stephen veillait sur toi. S'il te plaît…

Le «s'il te plaît» me fit sourire.

—D'accord, Stephen peut me servir de chauffeur.

—Merci.

—De rien.

—Je vous recommande plutôt de rentrer directement et de vous coucher, dit Lilian.

—Je ne peux pas.

—Comme vous voudrez. Mais reposez-vous dès que vous en aurez la possibilité. S'il s'agit vraiment d'un traumatisme crânien et que vous abusez de vos forces, votre état risque d'empirer. Et si ça n'en est pas un, dormir vous fera plus de bien que de vous agiter dans tous les sens.

Je souris.

—Oui, docteur.

—Je ne suis pas certaine que vous suivrez ma prescription à la lettre ! Fichez le camp, tous les deux. Si vous refusez de m'écouter, tâchez au moins de ne pas traîner dans mes pattes.

Je me laissai glisser de la table et Richard ne fit pas le moindre geste pour m'aider. Ce n'est pas pour rien que nous sortons ensemble depuis aussi longtemps.

Un léger vertige, et je me sentis de nouveau d'attaque. Lilian semblait très mécontente.

—Promettez-moi que vous n'avez plus la tête qui tourne.

—Parole de scout !

—Je suis bien obligée de vous faire confiance.

Elle me tapota l'épaule et s'en fut. Elle n'avait pas ouvert de dossier ni rempli de formulaire. Il ne restait aucune trace de mon passage à la clinique secrète des lycanthropes, à l'exception de quelques boules de coton ensanglantées. C'était quand même bien pratique.

J'avais eu le temps de m'allonger dans la voiture et de me reposer sur le chemin de la clinique. Ne pas avoir à porter des hommes nus ou à conduire était déjà une amélioration. Je me sentais vraiment mieux, et ça tombait bien, parce que j'étais obligée d'aller voir Jean-Claude, quel que soit mon état. Je me demandais si Gretchen m'aurait accordé un délai supplémentaire au cas où son agression m'aurait envoyée à l'hôpital. Probablement pas.

Je ne pouvais plus reculer.

—À tout à l'heure, dis-je à Richard.

Il posa les mains sur mes épaules, et je ne me dérobai pas. Son expression était très solennelle.

—J'aurais préféré t'accompagner.

—Nous en avons déjà parlé.

Il détourna le regard.

—Je sais.

Je lui pris le menton et le forçai à me regarder.

—Richard, tu m'as promis de ne pas jouer les héros.

—Je ne vois pas de quoi tu veux parler…

—Ne me prends pas pour une conne! Tu ne peux pas m'attendre dehors. Tu dois me promettre de rester ici.

Il laissa retomber ses bras, s'éloigna de moi et s'appuya sur l'autre table d'examen, tout son poids reposant sur ses bras tendus.

—Je déteste te laisser y aller seule.

—Promets de m'attendre ici ou chez moi. C'est la seule solution, Richard.

Il refusait de croiser mon regard. Je m'approchai de lui et lui touchai le bras. Ses muscles vibraient de tension. Il ne dégageait pas d'énergie surnaturelle – pas encore –, mais je la sentais prête à jaillir à la moindre provocation.

—Richard, regarde-moi.

Il garda la tête baissée, ses cheveux faisant comme un rideau entre nous. Je passai une main dans ses mèches et en saisis une poignée. Puis je tirai dessus pour le forcer à se tourner vers moi. Ses yeux étaient plus sombres que d'habitude. J'y décelai quelque chose que j'avais déjà vu la nuit précédente. La bête luttait pour apparaître, tel un monstre marin fendant les eaux noires de l'océan afin de crever la surface.

Je resserrai ma prise sur ses cheveux: pas pour lui faire mal, mais pour m'assurer de toute son attention. Un petit bruit s'échappa de sa gorge.

—Si ton putain d'ego masculin te pousse à intervenir, tu me feras tuer.

Je l'attirai vers moi jusqu'à ce qu'il soit assez proche pour un baiser.

—Si tu te mêles de cette histoire, tu me feras tuer, répétai-je, les dents serrées. Tu comprends?

L'obscurité, dans son regard, avait envie de dire non. Je suivis sa lutte intérieure sur son visage.

—Je comprends, dit-il enfin.

—Tu vas m'attendre chez moi?

Il hocha la tête et tira pour se dégager. J'avais envie de l'embrasser.

Un instant, nous restâmes immobiles, hésitants. Puis il se pencha vers moi. Nos lèvres s'effleurèrent doucement. Nous étions à quelques centimètres l'un de l'autre. J'aurais pu me noyer dans la profondeur de ses yeux, et la proximité de son corps m'envoya une décharge électrique dans les entrailles.

Je reculai brusquement.

—Non, pas encore. Je ne sais plus où j'en suis avec toi.

—Ton corps le sait, lui. Écoute-le.

—Si c'était une question de désir, je sortirais avec Jean-Claude.

Son visage se chiffonna comme si je l'avais giflé.

—Si tu as vraiment l'intention d'arrêter de me voir, pas la peine d'aller parler à Jean-Claude. Je ne vois pas l'intérêt.

Il semblait tellement meurtri… Bon sang, je n'avais pas voulu ça! Je lui posai une main sur le bras. Sa peau était douce, tiède et réelle.

—Si je peux faire autrement, je ne lui dirai rien, mais je crains que Gretchen ne me laisse pas le choix. Et Jean-Claude sent les mensonges. Tu m'as vraiment demandé de t'épouser, et j'ai vraiment accepté.

Richard dégagea son bras et se détourna.

— Dis-lui que tu as changé d'avis. Explique-lui pourquoi. Parce que je ne suis pas assez humain pour toi. Il va adorer.

Sa voix était amère et coléreuse. Il ne m'avait jamais parlé ainsi.

Une horreur !

Je m'approchai de lui par-derrière et lui passai les bras autour de la taille en collant mon visage contre son dos, juste entre les omoplates.

Richard fit mine de se retourner, mais je serrai un peu plus fort et il s'immobilisa dans mon étreinte. Il leva les mains puis les posa sur mes bras pour les caresser. Un frisson parcourut son échine et il prit une inspiration haletante.

Je le forçai à se tourner vers moi. Des larmes brillaient sur ses joues. Et merde ! Je ne sais jamais comment réagir quand les gens pleurent. Mon instinct me pousse à leur promettre n'importe quoi pourvu qu'ils s'arrêtent.

— Ne fais pas ça, chuchotai-je.

Je touchai une de ses larmes du bout de mon index. Elle s'y colla en tremblotant.

— Ne te laisse pas détruire par ce qui se passe entre nous.

— Je ne peux pas redevenir humain, Anita, dit Richard d'une voix tout à fait normale. (Si je n'avais pas vu ses larmes, je n'aurais jamais deviné qu'il pleurait.) Je le ferais pour toi, si je le pouvais.

— Ce n'est peut-être pas ce que je souhaite. Franchement, je n'en sais rien. Laisse-moi un peu de temps. Si je ne supporte pas ton double poilu, mieux vaut nous en apercevoir maintenant.

Je me sentais coupable, mesquine et intolérante. Il était très séduisant. Je l'aimais. Cet homme voulait m'épouser. Il était prof. Il aimait la randonnée, le camping, la spéléologie et il collectionnait les bandes originales de comédies musicales. Mais il était le prochain chef de sa meute. Un loup-garou alpha.

— Je dois réfléchir, Richard. Désolée, mais c'est comme ça.

Je n'avais jamais été aussi indécise, et je détestais ça.

Il comprit, mais eut l'air peu convaincu.

— Tu vas peut-être me plaquer, mais tu comptes quand même risquer ta vie en affrontant Jean-Claude. Ça n'a pas de sens.

— C'est vrai. Mais si je ne lui parle pas ce soir, Gretchen ne me lâchera pas. Je n'ai pas envie de passer mon temps à regarder derrière moi.

Richard s'essuya les joues.

— Essaie de ne pas te faire tuer.

— D'accord.

— Promets-le-moi.

— Je ne fais jamais de promesse que je ne peux pas tenir.

— Tu ne pourrais pas mentir pour me rassurer ?

Je secouai la tête.

— Non.

— Trop d'honnêteté, c'est parfois douloureux…

— Il faut que j'y aille.

Je m'éloignai avant qu'il puisse me retenir de nouveau. Je commençais à croire qu'il le faisait exprès. Cela dit, je ne lui avais pas opposé une résistance très farouche.

— Anita…

J'avais presque atteint la porte. Je me retournai. Debout sous la lumière crue des lampes de la clinique, les bras ballants, il avait l'air… impuissant.

— Nous nous sommes embrassés. Tu m'as dit d'être prudente ; je t'ai recommandé de ne pas jouer les héros. Il n'y a rien à ajouter, Richard…

— Je t'aime.

D'accord, il y avait peut-être quelque chose à ajouter.

— Je t'aime aussi.

Et c'était la vérité. Si je pouvais accepter son côté animal, je l'épouserais. Comment Jean-Claude prendrait-il la nouvelle ?

Il n'y avait qu'un seul moyen de le savoir.

CHAPITRE 24

Le *Plaisirs coupables* se dresse au cœur du quartier vampirique. Son enseigne au néon saigne dans le ciel nocturne, colorant l'obscurité d'écarlate comme un incendie lointain.

Ça faisait un bail que je n'étais pas venue dans le coin sans armes et après le coucher du soleil. D'accord, il me restait un couteau, et c'était mieux que rien. Mais pas beaucoup, contre un vampire.

Stephen m'accompagnait. Un loup-garou, ce n'est pas si mal comme garde du corps, mais il n'avait pas l'air assez effrayant. Il mesure à peine cinq centimètres de plus que moi et il est mince comme une branche de saule avec des épaules juste assez larges pour lui donner une carrure masculine.

Qualifier son pantalon en cuir de moulant eût été un euphémisme : il semblait peint sur lui comme une seconde peau. Avec ça, difficile de ne pas remarquer que ses fesses sont rondes et fermes. D'autant plus que son blouson de cuir s'arrêtait à la taille et n'obstruait pas la vue.

J'avais remis mon trench. Il y avait un peu de sang dessus, mais si je l'avais nettoyé, il aurait été mouillé. Pas l'idéal, étant donné la température. Mon sweat-shirt – un de mes préférés – était déchiré sur une épaule et ne me tenait pas très chaud. Gretchen m'en devait un. Je lui en toucherais peut-être un mot quand elle m'aurait rendu mes flingues.

Trois larges marches nous conduisirent aux portes du club, où Buzz le videur montait la garde. Le nom le plus craignos que je connaisse. Il n'aurait déjà pas été terrible pour un humain, mais pour un vampire, je trouve ça carrément ridicule. Buzz est grand et musclé, avec des cheveux noirs coupés en brosse. Ce soir-là, il portait un tee-shirt noir que je lui avais déjà vu en juillet dernier.

Je savais que les vampires ne pouvaient pas mourir de froid. Mais je ne m'étais jamais aperçue que la température ne les incommodait pas. La plupart s'efforcent de passer pour des humains et s'habillent d'une manière adaptée à la saison. Mais peut-être n'en ont-ils pas davantage besoin que Gretchen de retirer le couteau planté dans sa gorge.

Buzz sourit, dévoilant ses crocs. Mon absence de réaction parut le décevoir.

— Tu as raté ton premier passage, Stephen. Le patron n'est pas content!

Stephen sembla se recroqueviller sur lui-même. Buzz gonfla la poitrine, tout heureux de son petit effet.

— Stephen me filait un coup de main, dis-je. Je ne crois pas que Jean-Claude lui en tiendra rigueur.

Buzz plissa les yeux et me dévisagea.

— Merde alors! Que t'est-il arrivé?

— Si Jean-Claude veut que tu le saches, il te le dira.

Je passai devant lui. Un panneau était fixé sur la porte: «Croix et autres objets saints interdits à l'intérieur». Je poussai le battant et entrai, mon crucifix dissimulé sous mon sweat-shirt. S'ils voulaient me le prendre, ils devraient d'abord me passer sur le corps.

Stephen ne me lâchait pas d'une semelle, comme s'il avait peur de Buzz. Pourtant, ce n'est pas un vampire très ancien: un peu moins de vingt ans, d'après mes estimations. Il lui reste quelque chose d'humain. L'immobilité figée des morts-vivants les plus âgés ne l'affecte pas encore. Alors, pourquoi un loup-garou avait-il peur de lui? Bonne question.

Curieusement pour un dimanche soir, le *Plaisirs coupables* était bondé. Tous ces gens ne devaient-ils pas aller au travail le lendemain? Le brouhaha nous frappa de plein fouet: ce murmure excité que produisent une grande quantité d'humains entassés au même endroit et bien décidés à se payer du bon temps. La salle était éclairée et il n'y avait personne sur la scène. Nous arrivions entre deux numéros.

Une blonde nous intercepta à l'entrée.

—Avez-vous des objets saints à déclarer? demanda-t-elle en souriant.

—Non, mentis-je.

Elle n'insista pas et nous laissa passer.

—Un moment, Sheila, dit une voix masculine.

Le grand vampire qui avançait vers nous était très agréable à regarder. Il avait des pommettes hautes et de courts cheveux blonds impeccablement coiffés. Trop masculin pour être beau, trop parfait pour être réel. La dernière fois que j'étais venue au club, Robert était strip-teaseur. Apparemment, il avait rejoint l'équipe de direction…

Sheila attendit, son regard passant de Robert à moi.

—Elle m'a menti?

Robert hocha la tête.

—Bonsoir, Anita.

—Bonsoir. C'est toi le gérant, maintenant?

—Oui.

Ça ne me plaisait pas du tout. Robert m'avait déjà trahie une fois. Plus précisément, il avait contrevenu aux ordres de Jean-Claude en ne réussissant pas à protéger quelqu'un… qui était mort. Et Robert ne s'était même pas cassé un ongle en essayant d'arrêter ses assassins. Il aurait dû au minimum être blessé. Je ne m'attendais pas à ce qu'il se fasse tuer dans l'exercice de ses fonctions, mais il aurait pu les prendre un peu plus au sérieux. Bref, je ne lui pardonnerai jamais, et je ne lui ferai jamais confiance.

—Tu portes un objet saint, Anita. À moins d'être en mission pour la police, tu dois le remettre à Sheila.

Je levai machinalement la tête vers lui. Comprenant ma bévue, je baissai très vite les yeux… Et les relevai en constatant que croiser son regard ne m'avait fait aucun effet. Robert doit avoir un siècle, soit moitié moins que Gretchen. Mais je n'aurais quand même pas dû pouvoir soutenir son regard.

Il écarquilla ses yeux bleus.

—Tu dois le faire. C'est la règle, insista-t-il.

Je commençais à en avoir ras le bol, et mon insensibilité apparente à ses pouvoirs nourrissait mon courage.

—Gretchen est là ?

Il eut l'air surpris.

—Oui. Dans le bureau de Jean-Claude.

—Dans ce cas, je refuse de me séparer de mon crucifix.

—Je ne peux pas te laisser entrer avec. Les ordres de Jean-Claude sont très clairs sur ce point.

Je captai une pointe d'hésitation dans sa voix. Presque de la peur. Tant mieux.

—Regarde-moi bien, Bobby. Tu vois ma gueule ? C'est Gretchen qui m'a mise dans cet état. Si elle est là, je garde ma croix.

Des plis se formèrent entre les sourcils parfaits de Robert.

—Jean-Claude a dit : pas d'exception.

Il se rapprocha et je le laissai faire.

—Il a ajouté que si je le décevais encore une fois, même un petit peu, il me punirait, confia-t-il en baissant la voix autant que possible pour se faire entendre quand même par-dessus le vacarme.

D'habitude, je trouve ce genre de remarque pitoyable ou cruelle. Mais pour une fois, j'étais d'accord.

—Va lui demander.

Il secoua la tête.

—Je ne peux pas te laisser seule ici.

—Stephen peut y aller?

Robert accepta.

Stephen n'avait pas l'air ravi du tout par sa nouvelle mission.

—Jean-Claude est vraiment en colère contre moi parce que j'ai raté mon premier passage? demanda-t-il.

—Si tu avais un empêchement, tu aurais dû nous prévenir, répondit Robert. J'ai été obligé de monter sur scène à ta place.

—C'est bon d'être utile, non? lançai-je.

Robert me foudroya du regard.

—Stephen aurait dû appeler.

—Il était occupé à me conduire chez le docteur. Ça te pose un problème?

—Ça risque d'en poser un à Jean-Claude.

—Dans ce cas, fais-le venir et demandons-lui. J'en ai marre de rester plantée là.

—Anita… Comme c'est aimable à toi de nous honorer de ta présence, ronronna Gretchen en approchant de nous.

—Robert ne veut pas me laisser passer.

Elle se tourna vers lui, et il recula d'un pas. Pourtant, elle n'avait rien fait de spécial. Ni utilisé un quelconque pouvoir. Robert s'effrayait facilement pour un vampire âgé d'un siècle.

—Nous l'attendions, dit Gretchen. Jean-Claude est très impatient de la voir.

—On m'a dit que personne, à part les flics, n'était autorisé à entrer avec un objet saint. Et qu'il ne fallait faire aucune exception.

—Pas même pour la bien-aimée du maître, railla Gretchen.

Robert ne releva pas le sarcasme.

—Jusqu'à ce que Jean-Claude me dise le contraire, elle ne passera pas avec sa croix.

Gretchen nous contourna. J'ignore laquelle de nous deux avait l'air le plus inquiet.

— Enlève cette croix ridicule et finissons-en !

Je secouai la tête.

— Non.

— Elle ne t'a pas servi à grand-chose tout à l'heure…

Là, elle marquait un point. Pour la première fois, je m'aperçus que je n'avais pas pensé à sortir mon crucifix lors de notre affrontement. Je m'étais reposée sur mes armes plutôt que sur ma foi. Franchement désolant !

Je tripotai la chaîne en argent.

— Je garde cette croix.

— Vous commencez à me casser les pieds tous les deux, grogna Gretchen. Bon, je te rends une de tes armes.

Quelques instants plus tôt, j'aurais accepté. Mais plus maintenant. J'étais embarrassée de ne pas m'être servie de ma croix. Ça ne l'aurait pas empêchée de me sauter dessus, elle était trop puissante pour ça. Mais ça m'aurait peut-être permis de l'éloigner de Louie. Il fallait que j'arrête de sécher la messe, même si je manquais de sommeil.

— Non.

— C'est ta façon de revenir sur notre accord ? demanda-t-elle d'une voix brûlante de colère.

— J'ai tenu parole.

— Très bien. Je vais l'escorter, Robert. (Gretchen leva une main pour couper court à ses protestations.) Si Jean-Claude te fait un reproche, dis-lui que j'ai menacé de t'arracher la gorge.

Elle fit un pas vers lui, histoire que leurs corps se touchent presque. Je m'aperçus qu'elle mesurait une bonne tête et demie de moins que lui. Elle m'avait paru plus grande que ça.

— Ce n'est pas un mensonge, Robert. Tu es faible, et pas du tout indispensable à mes yeux. Je n'hésiterais pas à te tuer si Jean-Claude n'avait pas besoin de toi. Il te veut vivant. Moi, ça m'est égal. Tâche de ne pas l'oublier.

Robert déglutit assez fort pour que ce soit douloureux. Mais il ne broncha pas. Un bon point pour lui. Puis Gretchen se pencha vers lui et il recula comme si elle l'avait mordu.

— Bon, bon, dit-il précipitamment. Allez-y.

Gretchen eut une moue méprisante. Nous étions au moins d'accord sur un point : Robert était une limace. Peut-être avions-nous d'autres choses en commun ? Peut-être pourrions-nous devenir amies ?

Tu parles !

Le brouhaha avait baissé d'un ton. Tout le monde nous regardait. Rien de tel que la perspective d'une bagarre pour attirer l'attention générale.

— Il n'est pas censé y avoir un numéro sur scène en ce moment ? demandai-je.

— Oui, et c'est moi qui dois le présenter, dit Robert.

— Va faire ton boulot, Robert ! lâcha Gretchen.

Elle était très douée pour prendre les gens de haut, même les plus grands qu'elle.

Robert s'éloigna, visiblement soulagé.

— Mauviette, murmurai-je.

— Viens, Anita. Jean-Claude nous attend.

Gretchen gagna le fond de la salle, son long manteau clair flottant derrière elle. Stephen et moi nous regardâmes. Il haussa les épaules. Quand j'emboîtai le pas à Gretchen, il me suivit, me collant aux basques comme s'il avait peur de me perdre.

Le bureau de Jean-Claude ressemble à un domino. Tapisserie blanche, moquette blanche, bureau laqué noir, fauteuil noir derrière et chaises noires devant, plus canapé de cuir noir contre un mur. Le bureau et les sièges sont de type oriental, avec des images de crânes et de femmes en kimono sous le vernis. J'ai toujours trouvé ça ravissant, même si je refuserais de l'admettre à voix haute.

Un paravent de laque noire dissimulait un coin de la pièce. C'était la première fois que je le voyais. Il y avait un dragon rouge et orange peint dessus. Tout à fait dans le ton de la pièce : pas chaleureux, mais stylé. Comme Jean-Claude lui-même.

Le maître de la ville était assis sur le canapé, tout de noir vêtu. Le col haut et amidonné de sa chemise encadrait son visage. Difficile de dire où finissaient ses cheveux et où commençait la soie. Une broche ornée d'un rubis gros comme le pouce brillait sur sa gorge. Elle retenait les pans de sa chemise, qu'il n'avait pas boutonnée, dévoilant un triangle de peau pâle jusqu'à son estomac. Les manchettes aussi larges et aussi empesées que le col dissimulaient presque ses mains. Un jean noir et des bottes de velours noir complétaient sa tenue.

J'avais déjà vu cette broche, mais pas la chemise.

— Joli, le complimentai-je.

Jean-Claude sourit.

— Tu aimes ?

Il tira sur ses manchettes pour effacer un pli invisible.

— Ça change du blanc…

— Stephen, nous t'attendions en début de soirée.

Sa voix était onctueuse, mais j'y détectai une menace sous-jacente.

— Stephen m'a emmenée chez le docteur, dis-je.

Les yeux bleu sombre de Jean-Claude se tournèrent de nouveau vers moi.

— Ta dernière enquête a mal tourné ?

— Non.

Je regardai Gretchen, qui fixait Jean-Claude.

— Vas-y, dis-lui !

Je ne pensais pas qu'elle m'encouragerait à lui révéler qu'elle avait essayé de me tuer.

Le moment de vérité était venu. Je ne doutais pas qu'il préludait à une scène très théâtrale. Jean-Claude ne m'avait encore jamais déçue sur ce point.

—Je préférerais que Stephen sorte.

Je ne voulais pas qu'il se fasse égorger en essayant de me protéger. Il n'était pas de taille face à Jean-Claude.

—Pourquoi? demanda Jean-Claude, l'air soupçonneux.

—Vas-y, répéta Gretchen, impatiente.

Je secouai la tête.

—Stephen n'a pas besoin d'entendre ça.

—Tu peux t'en aller, dit Jean-Claude à mon ange gardien. Je ne suis pas en colère contre toi. Anita a plus d'importance que la ponctualité de mes employés…

Bon à savoir…

Stephen s'inclina devant Jean-Claude, me regarda et hésita.

—Ne t'en fais pas pour moi. Tout se passera bien, le rassurai-je.

Je n'eus pas besoin de le lui dire deux fois. Il sortit en trombe.

—Alors, ma petite, que mijotes-tu encore?

Je dévisageai Gretchen. Elle n'avait d'yeux que pour Jean-Claude, et une expression affamée, comme si elle attendait ça depuis longtemps. Je me tournai vers le vampire, et constatai que je pouvais soutenir son regard même sans ses marques.

Il dut le sentir aussi, car ses yeux s'arrondirent de stupéfaction.

—Décidément, ma petite, tu es pleine de surprises, murmura-t-il.

—Vous n'avez encore rien vu…

—Continue, je t'en prie. J'adore les surprises.

Je doutais qu'il apprécie celle-là. Je pris une profonde inspiration et débitai à toute allure, comme si ç'avait une chance de mieux faire passer la nouvelle:

— Richard m'a demandé de l'épouser, et j'ai accepté.

J'aurais pu ajouter : «Maintenant, j'ai des doutes.» Mais je m'abstins, trop troublée pour présenter autre chose que les faits purs et simples. Si Jean-Claude tentait de me tuer, j'entrerais peut-être dans les détails. Jusque-là, motus et bouche cousue.

Jean-Claude ne réagit pas. Il resta parfaitement immobile.

Quand le chauffage se déclencha avec un cliquetis, je sursautai. La bouche d'aération était juste au-dessus du canapé. Un courant d'air agita les cheveux du vampire et fit onduler le tissu de sa chemise. Mais c'était comme observer un mannequin. Tout son corps semblait de pierre.

Le silence s'épaissit jusqu'à remplir la pièce, si profond que j'entendais mon sang battre à mes tempes. On eût dit le calme originel, celui qui avait dû précéder la Création. On sentait que quelque chose d'énorme se préparait, mais impossible de savoir quoi.

Je ne voulais pas être la première à rompre le silence, parce que je redoutais ce qui se passerait ensuite. Cette absence totale de réaction m'irritait plus qu'un accès de colère.

Je ne savais pas quoi faire, donc je ne fis rien. Dans le doute s'abstenir : un principe que je n'ai jamais regretté d'observer.

Enfin, Gretchen prit la parole.

— Tu l'as entendue, Jean-Claude ? Elle va en épouser un autre. Elle en aime un autre.

Il cligna des yeux une fois : un battement paresseux de ses longs cils.

— Maintenant, demande-lui si elle m'aime aussi, Gretchen.

La vampire fit un pas en avant et se campa entre nous.

— Quelle importance, puisqu'elle va se marier ?

— Demande-lui.

C'était un ordre.

Gretchen fit volte-face, furieuse. Les os de son visage saillaient sous sa peau et elle pinçait les lèvres de rage.

—Tu ne l'aimes pas.

Comme ce n'était pas exactement une question, je ne répondis pas. La voix de Jean-Claude résonna à mes oreilles, indolente et pleine de sous-entendus que je ne compris pas.

—M'aimes-tu, ma petite ?

Je scrutai le visage déformé par la haine de Gretchen.

—Je suppose que si je disais non, vous ne me croiriez pas ?

—Ne peux-tu te contenter de dire oui ?

—Oui. Dans un coin obscur et pervers de mon âme, je vous aime. Satisfait ?

Jean-Claude sourit.

—Comment peux-tu épouser Richard si tu m'aimes ?

—Je l'aime aussi.

—De la même façon ?

—Non.

—Quelle est la différence ?

Les questions devenaient de plus en plus piégées.

—Comment pourrais-je expliquer une chose que je ne comprends pas moi-même ?

—Essaie.

—Je vous considère comme une sorte de tragédie shakespearienne. Si Roméo et Juliette ne s'étaient pas suicidés, ils auraient fini par se haïr. La passion est une forme d'amour, mais elle n'est pas réelle. Elle ne dure pas.

—Et que ressens-tu pour Richard ?

Sa voix était pleine d'une émotion qui aurait dû être de la colère mais qui n'y ressemblait pas. J'aurais été bien en peine de l'identifier.

—Je ne suis pas seulement amoureuse de lui : je l'apprécie en tant que personne. J'adore sa compagnie. Je… Et merde !

Je suis incapable de l'expliquer. Mais je sais une chose : je m'imagine très bien passer le reste de ma vie avec Richard. Pas avec vous.

— Vous avez fixé une date ?

— Non.

Jean-Claude inclina la tête pour mieux m'étudier.

— C'est la vérité, mais il y a une pointe de mensonge dedans. Que me caches-tu, ma petite ?

Je fronçai les sourcils.

— Je vous ai dit les choses telles qu'elles sont.

— Mais pas dans leur intégralité, n'est-ce pas ?

Je n'avais pas envie de lui en parler. Ça lui aurait fait trop plaisir et j'aurais eu l'impression de manquer de loyauté envers Richard.

— Je ne suis pas certaine que ce mariage soit une bonne idée, avouai-je.

— Pourquoi ? demanda-t-il, plein d'espoir.

— Parce que j'ai vu Richard se mettre dans tous ses états. J'ai senti son pouvoir.

— Et… ?

— Et maintenant, j'ai des doutes.

— Lui non plus n'est pas assez humain pour toi.

Il éclata de rire. Sa joie se déversa sur moi et me submergea comme un torrent de chocolat. Lourd, douceâtre et écœurant.

— Elle en aime un autre, dit Gretchen. Quelle importance qu'elle ait des doutes sur sa relation avec lui ? Elle en a encore davantage sur ses rapports avec toi. Elle t'a rejeté. Ça ne te suffit pas ?

— C'est toi qui lui as fait ça ? demanda Jean-Claude en désignant mon visage.

Gretchen décrivit un cercle autour de moi, comme un tigre qui accule sa proie.

— Elle ne t'aime pas comme moi.

Elle s'agenouilla devant Jean-Claude, posa les mains sur ses genoux et leva un visage implorant vers lui.

— Je t'en prie… Je t'ai toujours aimé. Tue-la ou laisse-la épouser cet homme. Elle ne mérite pas ton adoration.

Jean-Claude l'ignora superbement.

— Tu vas bien, ma petite ?

— J'ai connu mieux, mais je m'en remettrai.

— Jean-Claude, je t'en prie…, implora Gretchen.

Elle ne me plaisait pas du tout, mais la douleur et le désespoir qu'exprimait sa voix étaient horribles. Insoutenables. Elle avait essayé de me tuer et j'éprouvais de la compassion pour elle. Bon sang, quelle andouille !

— Laisse-nous, Gretchen, ordonna Jean-Claude.

— Non…

— Je t'avais interdit de la toucher. Tu m'as désobéi. Je devrais te tuer.

Elle resta à genoux devant lui. J'étais ravie de ne pas voir son visage de l'endroit où je me tenais. L'adoration béate a tendance à me donner la nausée.

— Jean-Claude, s'il te plaît. C'est pour toi que je l'ai fait. Elle ne t'aime pas.

Soudain, la main de Jean-Claude lui serra le cou. Je ne l'avais pas vu bouger. Comme de la magie. Je pouvais peut-être le regarder dans les yeux, mais pas l'empêcher de manipuler mon esprit. À moins que j'aie sous-estimé sa rapidité.

Gretchen tenta de parler. Jean-Claude serra un peu plus fort ; seule une toux étranglée s'échappa de sa gorge. Il se redressa, la forçant à se lever. Les deux mains de Gretchen agrippèrent son poignet pour l'empêcher de l'étouffer.

Jean-Claude continua à la soulever jusqu'à ce que ses pieds ne touchent plus le sol. Je savais qu'elle pouvait se défendre, car j'avais senti la force de ses mains, si délicates en apparence. Mais elle ne luttait pas vraiment. Le laisserait-elle la tuer ? Irait-il jusque-là ?

Et pouvais-je me contenter de le regarder faire ?

Jean-Claude resta immobile un instant, toujours aussi élégant avec sa belle chemise noire, Gretchen tenue à bout de bras. Puis il approcha de son bureau sans la lâcher et sans faire d'effort particulier pour garder son équilibre. Même un lycanthrope n'y serait pas parvenu. Pas avec autant de facilité.

Je le regardai se déplacer en silence sur l'épaisse moquette blanche. Plus que jamais, j'avais conscience qu'il n'était pas humain. Il se donnait beaucoup de mal pour faire semblant, mais il n'avait *rien* d'humain.

Il posa Gretchen de l'autre côté du bureau et desserra légèrement son étreinte.

— Jean-Claude, je t'en supplie. Qui est cette fille pour que le maître de la ville implore son attention ?

De sa main libre, Jean-Claude écarta le paravent, qui se replia et dévoila un cercueil posé sur un piédestal drapé de tissu. Le bois très sombre, presque noir, était tellement poli qu'il brillait.

Gretchen écarquilla les yeux.

— Jean-Claude, je suis désolée. J'aurais pu la tuer, et je ne l'ai pas fait. Demande-lui ! J'aurais pu la tuer, et je ne l'ai pas fait. Demande-lui ! Demande-lui !

— Anita ?

Ce simple mot glissa sur ma peau, froid et menaçant. Je me réjouis que la colère qu'il exprimait ne soit pas dirigée contre moi.

— Elle aurait pu me tuer quand elle m'a sauté dessus, confirmai-je.

— Pourquoi crois-tu qu'elle se soit abstenue ?

— Je pense qu'elle a fait traîner pour savourer sa victoire.

— Non, non, dit Gretchen. Je voulais juste lui faire peur. Je savais que tu ne voulais pas que je la tue. Sinon, elle serait déjà morte.

—Tu as toujours été une très mauvaise menteuse, Gretel. Gretel ?

Jean-Claude souleva le couvercle du cercueil d'une seule main.

La vampire se dégagea et les ongles de Jean-Claude tracèrent des sillons sanglants dans la chair de son cou. Elle tira le fauteuil pour le placer entre eux, comme si cela pouvait suffire à la protéger. Du sang coula sur sa gorge.

—Ne m'oblige pas à t'y mettre de force, Gretel.

—Je m'appelle Gretchen, et ça fait plus d'un siècle maintenant !

La première fois que je la voyais se rebiffer contre Jean-Claude. Je me retins pour ne pas applaudir. D'accord, ça ne me demanda pas tant d'efforts que ça…

—Tu étais Gretel quand je t'ai trouvée et, pour moi, tu es toujours Gretel. C'est toi qui m'obliges à te rappeler ce que tu es, Gretel.

—Je ne m'allongerai pas de mon plein gré dans cette boîte. Je refuse.

—Veux-tu vraiment qu'Anita te voie sous ton jour le plus pitoyable ?

Moi qui pensais que c'était déjà fait…

—Je refuse, répéta Gretchen, déjà plus hésitante.

Jean-Claude resta aussi immobile qu'une statue. Puis, tel un danseur, il leva une main… languide. Il n'y a pas d'autre mot pour décrire ça.

Gretchen tituba et se rattrapa au dossier du fauteuil. Son visage semblait s'être décomposé. Ce n'était pas le contrecoup de l'utilisation de son pouvoir, la dépense d'énergie qui avait creusé ses traits quand nous nous étions battues. La vampire ne ressemblait plus à un cadavre ambulant capable de me lacérer la gorge et de se baigner dans mon sang. Sa chair se ratatinait sur ses os. Elle se flétrissait à vue d'œil. Elle n'était pas simplement en train de vieillir, mais de mourir.

Gretchen ouvrit la bouche et hurla.

— Mon Dieu, que lui arrive-t-il ?

Les mains décharnées de Gretchen se crispèrent sur le dossier du fauteuil. On eût dit une momie. Son rouge à lèvres écarlate faisait une balafre obscène en travers de sa figure. Même ses cheveux blonds s'étaient éclaircis ; ils étaient devenus secs et cassants comme de la paille.

Jean-Claude s'approcha d'elle, toujours aussi gracieux, toujours aussi séduisant.

Toujours aussi monstrueux.

— Je t'ai donné la vie éternelle. Je peux te la reprendre. Ne l'oublie jamais.

Gretchen émit un petit bruit qui me rappela le miaulement d'un chaton sans défense. Elle leva une main suppliante vers lui.

— Dans la boîte, ordonna Jean-Claude avec un accent si terrifiant sur le dernier mot que je crus presque entendre « enfer » à la place.

Il l'avait littéralement vidée de sa combativité. Je n'avais jamais vu ça. Pour être franche, je n'en avais jamais entendu parler. Un nouveau pouvoir vampirique que le folklore ne mentionne pas. Il ne manquait plus que ça.

Gretchen fit un pas tremblant vers le cercueil. Elle fut obligée de lâcher le fauteuil et bascula en avant. Ses bras squelettiques encaissèrent tout le poids de sa chute. Quand on pratique un art martial, la première chose qu'on apprend, c'est à ne surtout pas faire ça. Le meilleur moyen pour se casser un poignet. Mais les os brisés semblaient être le dernier souci de Gretchen et, sur ce coup-là, je la comprenais.

Elle se redressa péniblement sur les genoux, la tête ballottant sur sa poitrine comme si elle n'avait pas la force de la relever. Jean-Claude resta immobile, la fixant d'un regard impérieux. Il ne fit pas un geste pour l'aider. Si ça avait été n'importe qui d'autre, j'y serais allée à sa place. Mais bon.

Quoi qu'elle en dise, Gretchen avait quand même essayé de me tuer. Je suis sympa, mais pas à ce point.

Malgré tout, je dus esquisser un mouvement dans sa direction, car Jean-Claude tendit un bras pour me retenir.

— Si elle se nourrissait d'un humain, elle recouvrerait ses forces instantanément. À ta place, ma petite, je ne la tenterais pas.

Je restai où j'étais. Je n'avais pas vraiment envie de l'aider, mais je n'aimais pas la regarder souffrir.

— Rampe ! ordonna Jean-Claude.

Gretchen rampa.

J'en avais assez.

— Vous avez prouvé que vous êtes le plus fort. Si vous voulez qu'elle s'allonge dans ce cercueil, mettez-la dedans vous-même.

Il me regarda, presque amusé.

— Tu as pitié d'elle… Pourtant, tu sais qu'elle voulait te tuer.

— Je n'aurais aucun problème à lui tirer dessus, mais ça…

Je n'avais pas de mot pour décrire ce qu'il faisait. Il ne se contentait pas de l'humilier : il annihilait son esprit.

— Vous la torturez ! dis-je. Si c'est pour moi, je n'en vois vraiment pas l'intérêt. Si c'est pour vous, faites-moi la faveur d'arrêter.

— Tu te trompes, ma petite. C'est pour elle. Elle a oublié qui est son maître. Un petit séjour d'un mois ou deux là-dedans devrait le lui rappeler.

Gretchen avait atteint le pied de l'estrade. Elle saisit le tissu qui l'enveloppait, mais ne parvint pas à se relever.

— Je pense que c'est déjà fait !

— Tu es très amusante, ma petite. Un nœud de contradictions. Tantôt pragmatique et impitoyable, tantôt pleine d'une compassion qui est aussi forte que ta haine.

—Mais beaucoup moins délectable.

Jean-Claude sourit et poussa sur le côté le couvercle du cercueil. Il était capitonné de soie blanche, évidemment.

Il s'agenouilla pour soulever Gretchen. Tandis qu'il la posait dans le cercueil, un pan de son manteau heurta le bois avec un bruit sourd. Elle avait quelque chose de lourd et de solide dans la poche.

Je trouvai mesquin de demander, mais tant pis…

—Elle m'a pris mes armes. J'aimerais bien les récupérer.

Jean-Claude installa Gretchen dans le cercueil avec des gestes presque tendres, puis fouilla ses poches. Il en sortit le Browning et entreprit de refermer le couvercle.

Les mains de la vampire se tendirent pour l'empêcher de se refermer. À leur vue, je faillis presque laisser tomber. Presque.

—Il y avait un autre flingue, et aussi un couteau.

Jean-Claude fronça les sourcils. Il me tendit le Browning et je m'approchai pour le prendre. À présent, j'étais assez près pour voir les yeux de Gretchen. Pâles et voilés comme ceux des personnes âgées, mais encore suffisamment expressifs pour trahir sa terreur.

Elle me jeta un regard implorant, au-delà du désespoir. À moi, pas à Jean-Claude. Comme si elle s'apercevait que j'étais la seule personne dans la pièce à me soucier d'elle.

Si Jean-Claude éprouvait quoi que ce soit, ça ne se lisait pas sur son visage…

Je fourrai le Browning dans son holster, bien au chaud sous mon aisselle. Je me sentais déjà un peu mieux. Jean-Claude me tendit le Firestar.

—Je n'arrive pas à trouver le couteau. Tu peux la fouiller toi-même, si ça te chante.

J'observai la peau ridée et desséchée, les lèvres si minces qu'elles en devenaient presque invisibles.

Lentement, je secouai la tête.

— Je n'y tiens pas tant que ça.

Jean-Claude éclata d'un rire qui caressa ma peau comme du velours malgré tout ce qui venait de se passer. L'hilarité d'un sociopathe.

Il referma le couvercle. Gretchen émit des bruits horribles, comme si elle essayait de crier alors qu'elle n'avait plus de voix. Ses mains flétries tambourinèrent contre le bois.

Jean-Claude verrouilla les serrures et se pencha vers le cercueil.

— Dors, chuchota-t-il.

Presque aussitôt, le martèlement ralentit et s'affaiblit, pour cesser totalement quelques secondes plus tard.

— Comment avez-vous fait ? soufflai-je, abasourdie.

— Pour l'endormir ?

— Ça, et tout le reste.

Jean-Claude haussa les épaules.

— Je suis son maître.

— Non. Nikolaos était votre maîtresse, et elle ne pouvait pas vous faire ça. Sinon, elle ne se serait pas gênée.

— Très bien observé de ta part. Et tout à fait juste. J'ai créé Gretchen. Nikolaos ne m'avait pas créé. Les maîtres vampires ont certains pouvoirs sur leur descendance.

— Je suppose que Nikolaos avait créé la plupart des vampires de son entourage ?

— Exact.

— Si elle avait pu leur faire ce genre de truc, je l'aurais vu. Elle me l'aurait montré pour m'impressionner.

— Une remarque pertinente de plus ! Un maître vampire peut avoir toutes sortes de pouvoirs : la domination d'un type d'animal, la lévitation ou l'immunité face à l'argent, par exemple.

— C'est pour ça que mon couteau n'a pas fait de mal à Gretchen ?

— Oui.

—Mais chaque maître vampire dispose d'un arsenal de pouvoirs différents?

—Arsenal. Un terme très approprié, approuva Jean-Claude. Où en étions-nous donc, ma petite? Ah oui! Je pourrais tuer Richard.

C'était reparti pour un tour!

CHAPITRE 25

—Tu m'as entendu, ma petite? Je pourrais tuer Richard.

Jean-Claude remit le paravent en place, dissimulant le cercueil et son terrible contenu.

—Vous n'en avez pas vraiment envie.

—Oh! que si! J'adorerais lui arracher le cœur et le regarder mourir.

Il gagna le bureau en me frôlant presque. Sa chemise noire se déploya derrière lui, révélant un peu son torse.

—Je vous ai dit que je n'étais pas certaine de vouloir l'épouser. Je ne suis même plus sûre de vouloir sortir avec lui. Ça ne vous suffit pas?

—Non, ma petite. Tu l'aimes. Je sens son odeur sur ta peau. Tu l'as embrassé ce soir. Malgré tous tes doutes, tu l'as laissé t'approcher.

—Si vous lui faites du mal, je vous tuerai. Je ne plaisante pas.

—Je veux bien croire que tu essaierais. Mais je ne suis pas une proie si facile.

Il s'assit sur le canapé, sa chemise largement ouverte dévoilant à présent la majeure partie de son torse. La brûlure en forme de croix se détachait sur sa peau pâle, presque phosphorescente. Son unique imperfection.

Je restai debout. Il ne m'avait pas proposé de m'asseoir, de toute façon.

— Nous nous entre-tuerions peut-être. À vous de choisir la musique. Mais une fois cette danse entamée, elle cessera à la mort de l'un de nous.

— Je n'ai pas le droit de toucher à Richard. Et lui, a-t-il le droit de me toucher ?

Bonne question.

— Je doute que ce cas de figure se présente.

— Tu sors avec lui depuis des mois, et je n'ai rien dit. Avant que tu l'épouses, je veux que tu me laisses autant de temps.

Je le fixai du regard sans comprendre.

— Que voulez-vous dire ?

— Sors avec moi, Anita. Donne-moi une chance de te conquérir.

— De me conquérir ?

— Oui.

Je ne sus pas quoi répondre.

— Voilà des années que je vous évite. Je n'ai aucune raison de céder maintenant.

— Alors, je mettrai un disque et nous danserons. Même si nous devons en mourir tous les deux. La seule chose que je te promets, c'est que Richard mourra avant nous. Sortir avec moi ne peut quand même pas être pire.

Là, il marquait un point. Néanmoins…

— Je ne cède pas au chantage.

— Dois-je faire appel à ton sens de l'équité, ma petite ? Tu as autorisé Richard à te séduire. Si j'avais été à sa place, ce serait moi que tu aimerais. Et si tu n'avais pas lutté contre notre attirance mutuelle, aurais-tu accordé un regard à Richard ?

Honnêtement, je ne pouvais pas répondre par l'affirmative. Je n'en étais pas certaine.

J'avais refusé les avances de Jean-Claude parce qu'il n'était pas humain. En règle générale, je ne sors pas avec les monstres. Mais la nuit précédente, j'avais eu un aperçu de ce que Richard pouvait être. J'avais senti courir sur ma peau un pouvoir capable de rivaliser avec celui de Jean-Claude.

Distinguer les humains des monstres devenait de plus en plus difficile. Je commençais même à m'interroger à mon sujet. Il existe plus de chemins conduisant à la monstruosité que la plupart des gens ne l'imaginent.

— Je ne crois pas au sexe pour le sexe. Je n'ai pas couché avec Richard, non plus.

— Je n'essaie pas de te forcer à coucher avec moi, ma petite. Je veux juste que tu me laisses une chance.

— Et si je dis oui ?

— Je passerai te prendre vendredi soir.

— Pour un rendez-vous galant ?

— Nous pourrions chercher à comprendre pourquoi tu croises mon regard en toute impunité…

— Si nous devons sortir ensemble, je préférerais un rendez-vous dans le genre normal.

— Comme tu voudras.

Je le dévisageai. Il me dévisageai. Il passerait me prendre le vendredi suivant. Nous avions rendez-vous. Je me demandais ce que Richard en penserait.

— Je ne peux pas sortir indéfiniment avec vous deux.

— Accorde-moi deux mois, comme à lui. Si je ne parviens pas à t'arracher à M. Zeeman dans ce laps de temps, je me retirerai de la partie.

— Vous me ficherez la paix, et vous ne ferez pas de mal à Richard ?

— Promis !

— Vous me donnez votre parole ?

— Ma parole d'honneur.

Je la pris. La meilleure offre qu'il m'ait jamais faite. Je ne savais pas trop ce que valait sa parole d'honneur, mais ça me permettrait de gagner du temps pour trouver une autre solution. Il devait y en avoir une, même si je n'en voyais pas pour l'instant. Étais-je condamnée à sortir avec le putain de maître de la ville ?

CHAPITRE 26

On frappa à la porte, qui s'ouvrit sans que Jean-Claude ait donné sa permission. Un visiteur mal élevé, apparemment.

Raina entra d'un pas glissant. Mal élevée, une bonne façon de la décrire. Elle portait un trench couleur rouille dont elle avait noué la ceinture, de sorte que la boucle pendait sur son bas-ventre. Elle défit son foulard multicolore et secoua son abondante chevelure auburn, qui scintillait dans la lumière.

Gabriel la suivait, enveloppé dans un trench noir. Des tenues assorties? Que c'était mignon! Comme ceux de Raina, ses vêtements faisaient ressortir la couleur de ses cheveux et de ses étranges yeux gris. Il avait les oreilles percées du lobe jusqu'en haut du cartilage, et tous les clous qu'il portait dedans étaient en argent.

Kaspar Gunderson entra à son tour, vêtu d'un manteau de tweed et coiffé d'un feutre. Le père élégant que tous les ados auraient voulu avoir dans les années cinquante! Mais il n'avait pas l'air très heureux d'être là.

Derrière lui, Robert s'immobilisa sur le seuil.

—Je leur ai dit que vous étiez occupé, Jean-Claude. Que vous ne vouliez pas être dérangé.

Il se tordait les mains d'anxiété. Après la scène à laquelle je venais d'assister, je ne le blâmais pas d'avoir peur de son maître.

—Entre, Robert, et ferme la porte derrière toi.

—Il faut que j'aille présenter le prochain numéro, balbutia Robert, nerveux.

—Entre et ferme la porte derrière toi, répéta Jean-Claude calmement, mais sur un ton qui n'admettait aucune réplique.

Robert obéit. Il s'adossa au battant, une main sur la poignée, prêt à fuir au cas où les choses tourneraient mal.

La manche droite de sa chemise blanche était déchirée ; du sang coulait d'estafilades toutes fraîches, le long de son avant-bras. Et aussi des deux côtés de son cou, comme si une patte d'animal l'avait saisi à la gorge pour le soulever. Comme Jean-Claude l'avait fait avec Gretchen, les griffes en moins.

—Je t'avais dit ce qui se passerait si tu me décevais de nouveau, Robert. Même un peu.

La voix de Jean-Claude était un murmure qui emplit la pièce comme une rafale de vent. Robert se laissa tomber à genoux.

—Pitié, maître. Pitié.

Il tendit les mains vers Jean-Claude. Une goutte de sang tomba de son bras et s'écrasa sur la moquette blanche qui devait coûter bonbon à nettoyer.

Raina sourit. J'aurais parié que c'était elle qui avait malmené Robert. Kaspar s'assit sur le canapé, comme pour prendre ses distances avec les événements. Gabriel me détailla de la tête aux pieds.

—Joli trench, me félicita-t-il.

À peu de chose près, nous portions le même. Génial.

—Merci.

Il fit une grimace, dévoilant ses canines pointues.

Je voulus lui demander si les clous d'oreilles en argent lui faisaient mal, mais Robert gémit, et je me concentrai sur lui.

—Approche, Robert, ordonna Jean-Claude d'une voix assez brûlante pour ébouillanter ceux qui l'entendaient.

Robert s'aplatit sur le sol en tremblant.

—Pitié, maître. Ne faites pas ça.

Jean-Claude le rejoignit en trois pas si rapides que sa chemise se tendit derrière lui à l'horizontale, telle une cape miniature. Sa peau pâle se détachait sur le tissu sombre. Il s'immobilisa près du vampire prosterné et sa chemise retomba mollement. Elle semblait plus vivante que lui.

Doux Jésus !

—Il a essayé, Jean-Claude, intervins-je. Fichez-lui la paix.

Jean-Claude braqua sur moi ses yeux bleus. Je détournai le regard. D'accord, je pouvais soutenir le sien en toute impunité, mais il avait un tas d'autres pouvoirs.

—J'avais pourtant l'impression que tu n'appréciais guère Robert, ma petite…

—C'est vrai. Mais assister à une punition m'a suffi pour ce soir. Ces gens lui ont fait du mal parce qu'il a voulu les empêcher d'entrer dans votre bureau. Pourquoi ne vous en prenez-vous pas plutôt à eux ?

Raina s'approcha de Jean-Claude. Les talons aiguilles de ses escarpins couleur rouille creusaient des petits trous dans la moquette. Comme des traces de poignard.

Jean-Claude la regarda venir. Son expression était neutre, mais quelque chose me chiffonna dans son attitude. Avait-il peur d'elle ? En tout cas, il paraissait sur ses gardes. De plus en plus curieux.

—Nous avions rendez-vous avec Jean-Claude. J'aurais été vexée qu'on nous refoule à l'entrée.

Elle enjamba Robert, un mouvement qui dévoila une bonne longueur de jambes fines. J'étais certaine qu'elle ne portait rien sous son trench.

Robert ne tenta pas de regarder. Il frémit quand l'ourlet du vêtement lui effleura le dos. Mais au lieu de s'écarter, il se pétrifia pour ne pas se faire remarquer. Comme s'il espérait qu'en se faisant tout petit, les autres finiraient par l'oublier.

Tu parles !

Raina se tenait si près de Jean-Claude que leurs corps se touchaient presque. Elle était plus ou moins coincée entre les deux vampires. Je m'attendais à ce que Jean-Claude recule pour lui laisser un peu de place, mais il ne le fit pas.

Raina passa les mains sous sa chemise noire et les posa de chaque côté de sa taille nue. Ses lèvres s'entrouvrirent. Elle se pencha vers lui et l'embrassa alors qu'il demeurait immobile comme une statue. Pourtant, il ne lui cria pas d'aller se faire voir.

Que diable se passait-il ?

Raina releva la tête.

— Jean-Claude ne souhaite pas offenser Marcus. Il a besoin du soutien de la meute pour tenir cette ville. N'est-ce pas, chéri ?

Jean-Claude recula.

Les mains de Raina glissèrent sur sa peau, et ses bras retombèrent le long de ses flancs. Elle l'observa en plissant les yeux – la façon dont les serpents regardent les petits oiseaux. Affamée. Pas besoin d'être un vampire pour sentir son désir : il était tellement flagrant…

— Marcus et moi avons passé un accord, dit Jean-Claude.

— Quel genre d'accord ? demandai-je, intriguée.

— Qu'est-ce que ça peut bien te faire, ma petite ? Tu sors avec Richard Zeeman. N'ai-je pas le droit de voir d'autres gens, moi aussi ? Je t'ai offert une relation exclusive, et tu as refusé.

Je n'avais pas pensé à ça. Et ça m'ennuyait.

— Ce n'est pas de vous partager qui m'inquiète, Jean-Claude.

Raina le contourna. Elle lui passa les bras autour de la poitrine et fourra la tête dans le creux de son épaule.

Cette fois, il se détendit dans son étreinte. Il se laissa aller contre elle, et ses mains pâles caressèrent les bras de la métamorphe. Pendant tout ce temps, il ne m'avait pas quittée des yeux.

— Qu'est-ce qui t'inquiète, ma petite ?

— Le choix de vos camarades de jeu.

— Jalouse ? lança Raina.

— Non.

— Menteuse !

Que pouvais-je dire ? Que je n'aimais pas la voir se pendre au cou de Jean-Claude ? C'était le cas. Et ça m'ennuyait davantage que sa compulsion à le peloter.

Je secouai la tête.

— Je me demandais seulement jusqu'où vous iriez pour vous assurer les faveurs de la meute.

— Jusqu'au bout, m'assura Raina.

Elle revint se planter devant lui. Avec ses escarpins à talons hauts, elle le surplombait de cinq ou six centimètres. Elle lui donna un baiser rapide, puis se laissa tomber à genoux devant lui.

Jean-Claude lui caressa les cheveux. De ses mains pâles et gracieuses, il lui fit lever la tête et se pencha comme pour l'embrasser. Mais c'était moi qu'il regardait. Attendait-il que je lui dise : « Non, ne faites pas ça » ?

Jean-Claude avait d'abord eu l'air effrayé par Raina. À présent, il semblait tout à fait à son aise. Je savais qu'il me provoquait. Il voulait que je sois jalouse. Le pire, c'est qu'il y arrivait plus ou moins.

Il l'embrassa longuement. Quand il se détacha d'elle, il avait la bouche et le menton barbouillés de son rouge à lèvres.

— À quoi penses-tu, ma petite ?

Il ne pouvait plus lire dans mon esprit depuis qu'il m'avait retiré ses marques.

—Coucher avec Raina vous fait baisser d'un cran dans mon estime.

Gabriel éclata de rire.

—Oh! il n'a pas couché avec elle. Pas encore.

Il s'approcha de moi à longues enjambées. J'écartai le pan de mon trench pour révéler mon Browning.

—Ne nous emportons pas.

Gabriel dénoua la ceinture de son trench et leva les mains. Dessous, il ne portait pas de chemise. Mais il avait un anneau d'argent dans le mamelon gauche et un autre dans le nombril. Je frémis rien que de les voir.

—Je croyais que les lycanthropes étaient allergiques à l'argent.

—Ça brûle, dit-il d'une voix rauque, lourde de sensualité.

—Et ça vous plaît?

D'un haussement d'épaules, Gabriel fit glisser son trench le long de ses bras et se retourna lentement. À l'instant où le vêtement allait se détacher de son corps pour tomber au sol, il revint face à moi et me le lança dessus. Je levai un bras pour l'écarter.

Ce fut ma seule erreur.

Gabriel se jeta sur moi et me plaqua à terre avant que j'aie le temps de réagir. Mes bras étaient collés contre ma poitrine, immobilisés sous son trench. Et le Firestar était coincé sous ses hanches.

Je voulus dégainer le Browning, mais la main de Gabriel creva le tissu de mon trench comme si ç'avait été du papier et m'arracha mon flingue, d'un mouvement si brutal qu'il faillit emporter le holster et mon bras, par-dessus le marché.

Une seconde, tout mon côté gauche ne fut plus que douleur. Quand je retrouvai mes sensations, le Browning avait disparu, et le nez de Gabriel était à dix centimètres du mien. Il remua le bassin. Le Firestar s'enfonça dans notre chair à tous les deux. Mais ça devait le gêner plus que moi.

—Ça ne fait pas mal? demandai-je avec un calme surprenant.

—J'aime souffrir, répondit-il.

Il posa la pointe de sa langue sur mon menton et me lécha la bouche, puis éclata de rire.

—Allons, débats-toi un peu plus fort. Sinon, ce n'est pas amusant.

—Vous aimez souffrir, hein?

—Oui.

—Vous allez adorer ça.

À travers son trench, je lui plongeai mon couteau dans l'estomac. Il émit un son à mi-chemin entre un grognement et un soupir de plaisir. Un frisson parcourut son corps. Il cambra le dos, le torse en appui sur ses bras tendus comme s'il faisait des pompes de fillette.

Je suivis le mouvement et enfonçai le couteau en tirant vers le haut comme pour l'éventrer. Gabriel arracha son trench d'un geste vif et baissa les yeux sur mes mains ensanglantées. Mais il n'essaya pas de me désarmer.

Je le sentis s'affaisser sur moi et crus qu'il allait perdre connaissance. Le visage enfoui dans mes cheveux, il chuchota :

—Plus fort.

Ô mon Dieu!

La lame avait presque atteint son sternum. Si j'insistais un peu, elle lui transpercerait le cœur. Je me laissai aller sur le sol pour bénéficier d'un meilleur effet de levier.

—Ne le tue pas, dit Raina. Nous avons besoin de lui.

«Nous»?

Ignorant les recommandations de la métamorphe, je bandai mes muscles pour porter le coup fatal.

À cet instant, Gabriel roula sur lui-même à une telle vitesse que je ne le vis pas bouger. Il se retrouva allongé sur le dos, tout près de moi. Sa poitrine se soulevait et s'abaissait au rythme de sa respiration haletante. Du sang ruisselait sur sa peau nue. Il avait les yeux fermés, le coin des lèvres relevé sur un demi-sourire.

S'il avait été humain, il aurait été en train d'agoniser. Au lieu de ça, il tourna la tête vers moi et ouvrit les paupières. Ses étranges yeux gris me fixèrent, rêveurs.

— C'était délicieux.

— Doux Jésus !

Je me relevai en prenant appui sur le canapé. J'étais couverte du sang de Gabriel. Le couteau resté dans ma main en était tout poisseux.

Kaspar avait reculé pour se pelotonner dans le coin le plus éloigné du canapé. Il me dévisageait, les yeux écarquillés de stupeur. Je ne pouvais pas l'en blâmer. J'essuyai mes mains et la lame de mon couteau sur le tissu foncé.

— Merci de votre aide, Jean-Claude ! raillai-je.

— On m'a dit que tu étais une dominante, à présent, ma petite. Personne ne doit intervenir dans les luttes de pouvoir au sein de la meute. (Il sourit.) De toute façon, tu t'es très bien débrouillée sans moi.

Raina s'agenouilla près de Gabriel. Elle se pencha sur la plaie béante de son estomac et la lécha à longs coups de langue voluptueux. Je vis sa gorge se contracter quand elle déglutit.

Je ne pouvais pas vomir. Je ne devais pas vomir. Je levai les yeux vers Kaspar.

— Que faites-vous avec ces deux-là ?

Raina tourna vers nous un visage maculé de sang.

— Kaspar est notre directeur de casting.

— Ce qui veut dire ?

— Il peut se métamorphoser dans les deux sens aussi souvent qu'il le veut, sans s'évanouir. Nous l'utilisons donc pour tester les acteurs potentiels de nos films. Pour voir

comment ils réagissent en voyant quelqu'un se transformer...
Disons, dans le feu de l'action.

J'allais peut-être vomir, finalement.

—Vous voulez dire qu'il fait passer des auditions à ces
gens en couchant avec eux et en... ?

Je ne pus achever ma phrase.

Raina inclina la tête sur le côté. Sa langue darda entre
ses lèvres et lécha le sang qui entourait sa bouche.

—Tu as entendu parler de nos films ?

—Oui.

—Je suis surprise que Richard t'ait mise dans la confi-
dence. Il n'approuve pas nos petits jeux.

Je me tournai vers Kaspar.

—Vous apparaissez dans ces films ?

—Non, il n'a jamais voulu, répondit Raina à sa place.
Marcus ne force personne à le faire. Mais Kaspar nous aide en
sélectionnant les meilleurs candidats. N'est-ce pas, Kaspar ?

L'interpellé hocha la tête, le nez baissé comme s'il ne
pouvait pas soutenir le regard de Raina.

—Pourquoi êtes-vous venus ici ce soir ?

—Jean-Claude a promis de nous fournir des vampires
pour nos prochaines productions.

—C'est vrai ?

L'expression de Jean-Claude était toujours aussi sédui-
sante mais indéchiffrable.

—Robert doit être puni.

Le changement de sujet me fit froncer les sourcils.

—Le cercueil est déjà occupé.

—J'en ai d'autres, ma petite.

Robert rampa vers Jean-Claude mais s'abstint de le toucher.

—Je suis désolé, maître. Je suis désolé, gémit-il. Je ne
supporterai pas un nouveau séjour dans la boîte, maître. Pitié.

—Vous avez peur de Raina, dis-je. Comment vouliez-
vous que Robert l'arrête ?

— Je n'ai pas peur de Raina, fit Jean-Claude.

— Soit. Mais Robert n'avait aucune chance face à elle, et vous le savez.

— Tu as peut-être raison, ma petite.

Robert leva des yeux brillants d'espoir.

— Merci, maître. (Il me regarda.) Merci, Anita.

Je haussai les épaules.

— Tu peux avoir Robert pour ton prochain film, dit Jean-Claude à Raina.

Robert lui agrippa la jambe.

— Non, maître!

— Jean-Claude, vous ne pouvez pas lui faire ça!

Raina se laissa tomber sur le canapé entre Kaspar et moi. Je me levai. Elle passa un bras autour des épaules de Kaspar, qui frémit.

— Il n'est pas désagréable à regarder, approuva-t-elle. Et un vampire de son âge doit avoir une résistance suffisante. Ça paraît acceptable.

— Vous avez vu comment ils se comportent, insistai-je. Vous voulez vraiment leur livrer un des vôtres?

— Laissons Robert décider, dit Jean-Claude. La boîte, ou Raina?

Robert leva les yeux vers la métamorphe. Elle lui sourit, la bouche toujours ensanglantée.

— Pas la boîte… Tout vaut mieux que d'être enfermé là-dedans.

— Je m'en vais, annonçai-je.

J'avais mon compte de conflits politiques surnaturels pour la nuit.

— Tu ne veux pas assister au spectacle? lança Raina.

— Je croyais l'avoir déjà vu.

Elle saisit le chapeau de Kaspar et le lança à l'autre bout de la pièce.

— Déshabille-toi, ordonna-t-elle.

Je rengainai mon couteau et ramassai le Browning à l'endroit où Gabriel l'avait laissé tomber. J'étais armée, pour le bien que ça pourrait me faire.

Kaspar resta assis sur le canapé. Ses joues pâles avaient rosi ; ses yeux brillaient de colère et d'embarras.

—J'étais un prince avant que vos ancêtres découvrent ce pays.

Raina posa le menton sur son épaule.

—Nous savons que tu as du sang bleu et un excellent pedigree. Mais tu étais un si méchant chasseur qu'une sorcière t'a maudit. Elle t'a transformé en une créature magnifique et inoffensive avec l'espoir que tu apprendrais la douceur et la gentillesse…

Elle lui lécha l'oreille et passa les mains dans ses cheveux duveteux.

—Mais tu n'es devenu ni doux ni gentil. Ton cœur est toujours aussi froid et ton orgueil aussi démesuré qu'il y a des siècles. Maintenant, déshabille-toi et transforme-toi en cygne pour nous.

—Vous n'avez pas besoin de ça pour tester le vampire.

—Fais-le pour Anita. Ou pour que Gabriel et moi ne te torturions pas.

La voix de Raina devenait plus basse et plus menaçante à chaque mot.

—Vous ne pouvez pas me tuer. Même avec de l'argent.

—Non, mais nous pouvons te faire regretter de ne pas être mort.

Kaspar se leva brusquement et tira sur son manteau. Les boutons sautèrent. Il l'arracha et le jeta à la tête de Raina, qui éclata de rire.

Je me dirigeai vers la porte.

—Ne t'en va pas, Anita. Kaspar est pénible, mais vraiment très beau sous sa forme animale.

Malgré moi, je me retournai.

La veste et la cravate de Kaspar gisaient sur la moquette. Il enleva sa chemise blanche avec des gestes rapides et coléreux. Dessous, sa poitrine était couverte de plumes blanches, douces et duveteuses.

Je secouai la tête et sortis.

Chapitre 27

J e pris un taxi pour rentrer. Stephen resta au *Plaisirs coupables*. Pour faire son numéro de strip-tease ou pour lécher les bottes de Jean-Claude ? Je l'ignorais, et je ne tenais pas à le savoir. Je m'étais assurée qu'il n'ait pas de problèmes à cause de moi. Le mieux que je pouvais faire. Stephen était la créature de Jean-Claude, et j'avais assez vu le maître de la ville pour cette nuit.

Tuer Gretchen était une chose ; la torturer en était une autre. Le martèlement de ses mains sur le couvercle du cercueil me hantait. J'aurais aimé croire que Jean-Claude la garderait endormie, mais je ne me faisais pas d'illusion. Les maîtres vampires règnent en partie par la terreur. Et Gretchen n'avait pas un caractère facile.

En arrivant devant la porte de mon appartement, je m'aperçus que je n'avais pas la clé. Elle était sur le même trousseau que celle de ma voiture et j'avais donné le tout à Richard. Je me sentais vaguement stupide, plantée dans le couloir et obligée de frapper à ma propre porte. Mais elle s'ouvrit sans que j'aie besoin de la toucher.

Debout sur le seuil, Richard me sourit.

—Salut.

Je ne pus m'empêcher de sourire en retour.

—Salut.

Il s'effaça pour me laisser entrer sans essayer de m'embrasser comme un gentil petit mari qui retrouve sa femme à la maison après une longue journée de boulot.

Je m'en réjouis. C'était un geste trop intime. Si nous nous marions un jour, il pourra me sauter dessus à peine la porte refermée derrière nous. Mais pour le moment, ça n'est pas d'actualité.

Je m'attendais à ce qu'il tende la main pour prendre mon manteau. Il eut la sagesse de s'abstenir. Je le posai moi-même sur le canapé, comme j'avais l'habitude de le faire.

Une bonne odeur de cuisine flottait dans l'appartement.

— Tu as préparé quelque chose à manger, dis-je sur un ton presque accusateur.

— Je pensais que tu aurais faim après toutes ces émotions. Et il fallait bien que je trouve un moyen de passer le temps.

Je comprenais. Même si faire la cuisine était la dernière chose qui me serait venue à l'esprit.

La lumière du salon était éteinte, mais une lueur orangée dansait dans la kitchenette.

— Tu as mis des bougies sur la table ?

Richard eut un petit rire embarrassé.

— Tu trouves que ça fait trop romantique ?

— Non, mais elle est tellement minuscule qu'il ne nous restera pas de place pour manger.

— Je pensais qu'on poserait les plats sur le comptoir, et qu'on mettrait seulement les assiettes sur la table. Ça devrait aller, si on fait attention avec nos coudes.

Il passa dans la kitchenette et entreprit de remuer le contenu d'une casserole.

Plantée dans le salon, je regardai mon « fiancé » préparer notre dîner. Ma peau me démangeait. J'avais du mal à respirer et une furieuse envie de prendre mes jambes à mon cou. C'était beaucoup plus intime qu'un baiser de bienvenue. On aurait dit qu'il se sentait déjà chez lui.

Je ne m'enfuis pas. La chose la plus courageuse que j'aie faite de la soirée.

Par-dessus mon épaule, je regardai la porte d'entrée. Il ne l'avait pas verrouillée derrière nous. Un mauvais point pour son imprudence.

Je ne savais plus quoi faire. Mon appartement est mon refuge, le sanctuaire où je peux me détendre dans une relative sécurité, à l'abri des regards. J'aime bien être seule. Et là, j'en aurais eu besoin pour évacuer mon stress, prendre un peu de recul et réfléchir à la récente évolution de mes relations amoureuses.

— J'ai le temps de me laver ?

— Je ferai réchauffer quand tu seras prête. J'avais tout calculé pour que ce soit encore mangeable, quelle que soit l'heure à laquelle tu rentrerais.

Une belle preuve d'optimisme de sa part. Ou de confiance en moi. Quand nous nous étions quittés une heure et demie plus tôt, aucun de nous deux ne savait si je rentrerais.

— Alors, je vais prendre une douche.

Richard se tourna vers moi dans la lumière diffuse des bougies. Il avait attaché ses cheveux, mais plusieurs mèches s'étaient échappées de sa queue-de-cheval et encadraient son visage. Par contraste, son sweat-shirt orange foncé faisait paraître sa peau dorée.

Il portait un tablier marqué : « Rôtisserie de Mme Lovett ». Je n'ai pas de tablier et, si j'avais dû en acheter un, j'aurais choisi un modèle sans logo extrait de *Sweeney Todd*. Une comédie musicale qui traite du cannibalisme ne paraissait pas l'idéal pour illustrer un accessoire de cuisine. Pourtant, j'ai des goûts assez décalés et je suis portée sur l'humour noir.

— Je vais prendre une douche.

— Tu l'as déjà dit.

Je tournai les talons et passai dans la chambre. Sans courir, malgré la tentation.

Je refermai la porte derrière moi et m'y adossai. Dieu merci, il n'y avait aucun signe d'invasion dans cette pièce-là.

J'ai installé une banquette sous l'unique fenêtre. Elle est couverte de pingouins en peluche, comme une bonne partie du plancher. J'attrapai le plus proche, m'assis sur un coin du lit et le serrai contre moi, enfouissant mon visage dans la douceur de ses poils.

J'avais accepté d'épouser Richard, alors pourquoi ses velléités domestiques me paniquaient-elles à ce point ? Mon « oui » s'était transformé en « peut-être » mais, même sans ça, le voir s'agiter dans ma kitchenette m'aurait affolée.

Le mariage… Sans doute n'avais-je pas saisi toutes les implications de ce concept. Mais Richard avait triché en me posant la question pendant qu'il était à moitié nu et bien plus appétissant que tout ce qu'il pourrait jamais cuisiner. S'il s'était mis à genoux devant moi dans un bon restaurant, ma réponse aurait-elle été différente ? Je suppose que nous ne le saurons jamais.

Si j'avais été seule, je n'aurais rien avalé. J'aurais pris une douche, enfilé un maxi tee-shirt et je me serais couchée entourée d'une sélection de mes peluches préférées. Et voilà que je devais me taper un dîner aux chandelles. Rien que ça. Si je disais que je n'avais pas faim, Richard se vexerait-il ? M'accuserait-il de ne pas apprécier ses efforts ? Me rappellerait-il que des petits enfants meurent de faim dans le Sud-Est asiatique ?

— Et merde ! dis-je tout bas, mais avec beaucoup de conviction.

Tant pis. Si nous devions cohabiter un jour, il fallait être franche avec lui : lui révéler mon côté asocial, et ma conviction que la nourriture est seulement un truc qui sert à nous maintenir en vie.

Je décidai d'agir exactement comme s'il n'avait pas été là. Pas question de me sentir mal à l'aise dans mon propre appartement. Si j'avais su que je le prendrais comme ça, j'aurais appelé Ronnie pour lui demander de venir dormir à la maison et de me réveiller toutes les heures. Ça ne m'aurait engagée à rien.

Mais si Gretchen réussissait à sortir de sa boîte, je savais que Richard survivrait à une de ses attaques. Ronnie, je n'en étais pas sûre. Un bon point en faveur de Richard : il est plutôt difficile à tuer. Ça peut aider, pour les gens qui me fréquentent.

Je fourrai mon Browning dans sa résidence secondaire : le holster accroché à la tête de mon lit. J'enlevai mon sweat-shirt et le laissai tomber sur le sol. De toute façon, il était déjà foutu. Un faux pli de plus ou de moins…

Je passai dans la salle de bains, posai le Firestar sur la chasse des toilettes, finis de me déshabiller et entrai dans la douche. Je n'avais pas verrouillé la porte de la chambre. C'eût été un geste insultant, comme si je craignais de trouver Richard nu dans mon lit, une rose entre les dents, quand je sortirais.

En revanche, je verrouillai la porte de la salle de bains, Je le faisais déjà quand je vivais chez mon père, pour éviter toute bévue embarrassante. Depuis, je continue pour le cas où quelqu'un s'introduirait chez moi par effraction. Le temps qu'un type enfonce la porte, je pourrais saisir mon Firestar et lui loger une balle dans la tête.

J'ouvris le robinet d'eau chaude à fond et restai sous le jet jusqu'à ce que mes doigts ressemblent à des pruneaux ridés. J'étais enfin propre et je ne pouvais plus reculer le moment de la confrontation.

J'essuyai la buée qui couvrait le miroir.

J'avais la peau de la joue droite complètement arrachée. Rien de grave, mais les égratignures sont moches et difficiles à dissimuler. Une petite coupure sur le menton, une autre sur l'aile du nez. Plus une bosse d'un violet magnifique sur le front. Je ressemblais à quelqu'un qui s'est fait renverser par un train. Étonnant que quiconque ait encore envie de m'embrasser.

Je regardai dans la chambre. Personne ne m'y attendait. Seul le bourdonnement du chauffage emplissait la pièce. Tout était calme et silencieux ; aucun bruit en provenance de la cuisine. Je soupirai de bien-être. Seule… pour un petit moment, encore.

J'étais assez coquette pour ne pas vouloir que Richard me voie dans ma tenue de nuit habituelle. Dans le temps, j'avais un très joli peignoir noir avec une nuisette en satin assortie. Cadeau d'un amoureux un peu trop optimiste. Autant dire qu'il ne m'a jamais vue avec.

Le peignoir avait connu une mort affreuse, couvert de sang et autres fluides corporels. Et porter la nuisette seule aurait été trop cruel, puisque je n'avais pas l'intention de faire l'amour avec Richard.

Debout devant mon placard, je constatai que je n'avais rien à me mettre. Navrant, de la part de quelqu'un qui considère les vêtements comme une simple concession à la pudeur et à la température extérieure.

J'enfilai un maxi tee-shirt avec une caricature de Mary Shelley dessus, un bas de jogging gris avec une ficelle à la taille et une paire de chaussettes blanches, parce que je n'ai rien d'autre qui ressemble davantage à des pantoufles. Voilà, j'étais prête à affronter la bête.

Je m'observai dans le miroir de la salle de bains et ne fus pas très contente du résultat. Ma tenue était confortable, mais guère flatteuse. Cela dit, je ne faisais pas de publicité mensongère. Je n'ai jamais compris ces bonnes femmes qui portent du maquillage, se font un brushing tous les deux jours et s'habillent sexy jusqu'à ce qu'elles soient mariées. Et puis d'un coup, elles oublient l'adresse de leur esthéticienne et prennent dix kilos. Si nous devions nous marier, je préférais que Richard sache à côté de quoi il devrait s'endormir tous les soirs.

Je sortis de la chambre. Richard avait défait sa queue-de-cheval, éteint les bougies et enlevé son tablier. Il se tenait sur le seuil de la kitchenette, les bras croisés sur la poitrine et une épaule appuyée contre l'encadrement de la porte. Il m'adressa un sourire si charmeur que je faillis retourner me changer. Mais je résistai à la tentation.

—Je suis désolé, dit-il.

Je haussai les sourcils.

—Pourquoi ?

—Je ne sais pas trop. Pour avoir présumé que je pouvais me servir de ta cuisine ?

—Je crois que c'est la première fois que quelqu'un utilise cette gazinière.

Son sourire s'élargit. Il s'approcha de moi, enveloppé par l'aura de sa propre énergie. Pas celle qui venait de l'animal en lui. À moins que... Où se situait exactement le vrai Richard ?

Il était assez près pour me toucher, mais il ne le fit pas.

—Je devenais fou à t'attendre, s'excusa-t-il. Alors, j'ai eu l'idée de préparer un bon dîner. Je sais que c'était stupide. Tu n'es pas obligée de le manger, mais ça m'a empêché de me ruer au *Plaisirs coupables* pour défendre ton honneur.

Je secouai la tête.

—Je n'arrive pas à bouder cinq secondes avec toi. Tu réussis toujours à me dérider.

—C'est un défaut ?

—Oui. J'aime bien être de mauvaise humeur.

Il laissa courir ses doigts le long de mon bras et me pétrit le biceps. Je m'écartai.

—Ne fais pas ça, s'il te plaît.

Et voilà. En une phrase idiote, j'avais gâché une atmosphère tout à fait charmante et détendue.

Richard laissa retomber sa main.

—Je suis désolé.

Là, il ne faisait plus allusion au repas.

—Tu n'es pas obligée de manger.

Mais nous allions quand même faire semblant.

— Tu ne vas pas te fâcher si je te dis que je n'ai pas faim ?

— J'ai préparé ça pour m'occuper, c'est tout.

— Je pourrais boire une tasse de café et te regarder manger, proposai-je.

Richard sourit.

— Marché conclu.

Mais il resta immobile, les yeux baissés vers moi. Il y avait de la tristesse dans son regard. On aurait dit un petit garçon perdu. Quand on aime quelqu'un, on ne le rend pas malheureux. C'est la règle. Ou ça devrait l'être, en tout cas.

— Tu as détaché tes cheveux, dis-je.

— Je sais que tu les préfères comme ça, me taquina-t-il.

Nous avions encore une chance de sauver la soirée. Tout dépendait de moi. Je voulais vraiment que ça se passe bien. Mais je ne pouvais pas lui mentir. Ç'aurait été pire que cruel.

— C'est un peu embarrassant…

— Je sais. Je suis désolé.

— Cesse de t'excuser. Ce n'est pas ta faute, mais la mienne.

— Tu ne peux pas contrôler tes sentiments.

— Mon instinct m'ordonne de prendre mes jambes à mon cou. D'arrêter de te voir. De ne même plus te parler.

— Si c'est ce que tu veux vraiment…, dit-il d'une voix étranglée, comme si ces mots lui coûtaient beaucoup.

— Ce que je veux, c'est toi. Mais je ne sais pas si je réussirai à accepter tout ce que tu es.

— Je n'aurais pas dû te demander en mariage avant de te montrer mon autre moitié.

— Je connais des loups-garous. Je les ai déjà vus se transformer.

— Ce n'est pas la même chose quand il s'agit de la personne avec qui on partage sa vie.

Je poussai un long soupir.

—Non, tu as raison.

—Si tu connais quelqu'un d'autre qui pourra veiller sur toi cette nuit, je m'en irai. Tu as dit que tu avais besoin de réfléchir, et je suis pratiquement en train d'emménager chez toi. J'abuse.

—C'est vrai.

—Mais c'est parce que j'ai peur de te perdre.

—Aller trop vite en besogne ne résoudra rien.

—Je suppose que non…

L'appartement était plongé dans la pénombre. La seule lumière venait de la cuisine. Ça aurait pu – ça aurait dû – être très intime.

Je raconte à tout le monde que la lycanthropie est une maladie. La loi et la morale interdisent toute discrimination vis-à-vis de ses victimes. Je suis persuadée de ne nourrir aucun préjugé contre qui que ce soit. Mais en observant le visage sérieux de Richard, je m'aperçus que je me fourrais le doigt dans l'œil.

J'avais des préjugés sur les monstres. Je les trouvais assez bien pour devenir mes amis… Et encore, mes deux meilleures copines, Ronnie et Catherine, sont humaines. Assez bien pour devenir mes amies, mais pas assez pour partager mon lit ou pour que je leur offre mon cœur. Était-ce vraiment ce que je pensais? Étais-je vraiment ce genre de personne?

Je ne voulais pas être ce genre de personne. Quelqu'un qui gagne sa croûte en tuant des vampires et en relevant des zombies n'est pas assez innocent pour jeter la pierre à quiconque.

Je fis un pas vers Richard.

—Prends-moi dans tes bras.

Il m'enlaça. Je me serrai contre lui, pressai mon visage contre sa poitrine et écoutai les battements forts et réguliers de son cœur. Je humai son odeur. Un instant, je me sentis en sécurité. Comme avant la mort de ma mère.

Cette impression idiote qu'il ne peut rien vous arriver tant que vos parents seront là pour vous étreindre. La confiance aveugle qui fait croire qu'ils savent tout, qu'ils peuvent tout arranger. Dans les bras de Richard, je retrouvais tout cela. Même si je savais que c'était un mensonge. Comme la première fois : la mort de ma mère me l'avait prouvé.

Je me dégageai la première. Richard ne tenta pas de me retenir. S'il avait montré de la compassion pour moi, je crois que je me serais mise à pleurer...

Revenons à nos moutons !

— Tu ne m'as pas demandé comment ça s'était passé avec Jean-Claude.

— Vu la tête que tu as faite en me voyant dans ta cuisine, j'ai préféré ne pas te harceler de questions.

Il avait réussi à faire du café. Deux bons points pour lui.

— Je n'étais pas en colère contre toi, tu sais.

Je remplis ma chope avec un bébé pingouin dessus. Je ne l'amène pas au bureau, mais c'est quand même ma préférée.

— Si, tu l'étais, répliqua Richard sans agressivité.

— Tu veux du café ? proposai-je.

— Tu sais bien que je n'aime pas ça.

Comment faire confiance à un homme qui n'aime pas le café ?

— Mais j'espère toujours que tu finiras par t'apercevoir de ton erreur.

Richard prit la casserole posée sur le feu et entreprit de se servir.

— Tu es sûre que ça ne te dit rien ?

— Non, merci.

Des morceaux de viande flottaient dans une sauce brunâtre. Leur seule vue me filait la nausée. J'avais mangé plus tard que ça avec Edward mais, ce soir, je n'aurais rien pu avaler. Peut-être parce que j'avais le crâne en morceaux.

Je m'assis en face de Richard, un pied posé sur la chaise et un genou plié contre ma poitrine. Le café était du viennois à la cannelle, un de mes préférés. Avec du sucre et de la vraie crème. Parfait.

Richard inclina la tête pour dire ses grâces. Ai-je mentionné qu'il est épiscopalien ? Le côté poilu mis à part, c'est vraiment mon homme idéal.

— Raconte-moi ce qui s'est passé, si tu veux bien.

Je sirotai mon café en réfléchissant à un résumé qui ne choquerait pas Richard. D'accord, peut-être valait-il mieux dire toute la vérité.

— Il a pris la nouvelle mieux que je le pensais…

Richard leva la tête de son assiette.

— Il l'a bien pris ?

— Je n'ai pas dit ça, mais «mieux pris que je le pensais». Dans le sens où il n'a pas menacé de te tuer immédiatement.

Richard but une gorgée d'eau et insista :

— Mais il a menacé de me tuer plus tard ?

— Évidemment ! J'ai eu l'impression qu'il n'était pas très surpris. Comme s'il s'y attendait plus ou moins.

— Donc, il faut que je fasse attention à moi, dit calmement Richard, en mangeant sa viande en sauce.

— Pas plus que d'habitude.

— Pourquoi ?

C'était une bonne question. Je me demandais ce qu'il penserait de la réponse.

— Il veut que je sorte avec lui.

Richard se figea, couverts en l'air. Quand il retrouva l'usage de la parole, il croassa :

— Il veut quoi ?

— Une chance de me conquérir. Ce sont ses propres mots. Il a dit que s'il ne réussissait pas à me séduire d'ici deux mois, il abandonnerait. Il nous laissera vivre notre vie sans interférer.

Richard secoua la tête.

— Et tu l'as cru?

— Oui. Jean-Claude est persuadé d'être irrésistible. Il pense que si je le laisse faire usage de ses charmes sur moi, je finirai forcément par changer d'avis.

— Et ce sera le cas?

— Ça m'étonnerait, dis-je avec un manque de conviction flagrant.

— Je sais que tu le désires, Anita. Es-tu amoureuse de lui?

Ça commençait à sentir le déjà-vu.

— D'une certaine façon, oui. Mais pas comme je suis amoureuse de toi.

— Quelle est la différence?

— Écoute, je viens d'avoir cette conversation avec Jean-Claude. Tu me vois devenir la compagne du maître de la ville?

— Tu te vois devenir la compagne d'un loup-garou alpha?

Pas mal vu!

Je soupirai. Richard ne me laissait pas une seconde de répit, mais je ne pouvais pas l'en blâmer. À sa place, j'aurais déjà plaqué cette «fille inflexible» qui ne savait pas ce qu'elle voulait.

Si je ne l'aimais pas suffisamment pour l'accepter tel qu'il était, il n'avait aucune raison de s'accrocher. Sauf que… je voulais qu'il s'accroche. Même si je n'avais pas de réponse à lui donner pour l'instant. Ce qu'on appelle vouloir le beurre et l'argent du beurre.

Je me penchai vers lui et lui tendis la main. Après quelques secondes d'hésitation, il la prit.

— Je ne veux pas te perdre.

— Tu ne me perdras pas.

— Tu es beaucoup plus tolérant que je le serais si les rôles étaient inversés.

Il haussa les épaules.

—Je sais.

J'aurais aimé protester, mais la vérité est la vérité.

—Je comprends que tu hésites à épouser un loup-garou. N'importe qui réagirait de la même façon. Mais Jean-Claude…

Il secoua la tête.

Je lui pressai la main.

—C'est le mieux que nous pouvons faire pour le moment, Richard. Jean-Claude n'essaiera pas de nous tuer. Et nous pourrons continuer à nous voir.

—Je n'aime pas qu'il te force à sortir avec lui. (Il me caressa le dos de la main avec son pouce.) Et j'aime encore moins penser que ça risque de te plaire.

—Tu peux sentir quand je te mens?

—Oui.

—Dans ce cas, j'avoue que cette perspective m'intrigue et me terrifie à la fois.

—Ça m'ennuie que ça te terrifie. Mais ça m'ennuie plus encore que ça t'intrigue.

—Tu es jaloux?

—Seulement inquiet, pour le moment.

Que pouvais-je bien dire, à part : « Moi aussi » ?

Chapitre 28

Le téléphone sonna. Je le cherchai à tâtons et ne trouvai rien. En levant la tête, je m'aperçus qu'il n'était pas sur la table de nuit. Il avait disparu… et cessé de sonner, par la même occasion.

Le radioréveil était toujours là. Il indiquait 1 h 03 en chiffres rouges. Dressée sur un coude, je clignai des yeux. Étais-je en train de rêver? Et surtout, pourquoi rêvais-je qu'on avait volé mon téléphone?

La porte de ma chambre s'ouvrit. Richard apparut sur le seuil, sa silhouette se découpant contre la lumière du salon. Maintenant, je me souvenais. Il avait emporté le téléphone pour que la sonnerie ne me dérange pas. Comme il était censé me réveiller toutes les heures, je l'avais laissé faire. Quand on doit dormir par tranches aussi brèves, même un coup de fil a de quoi vous mettre en rogne.

— Qui est-ce?

— Le divisionnaire Rudolf Storr. Je lui ai demandé d'attendre jusqu'à ton prochain réveil, mais il a beaucoup insisté.

J'imaginais très bien.

— Ce n'est pas grave, assurai-je.

— Un quart d'heure de plus ou de moins, ça ne l'aurait pas tué, bougonna Richard.

— Dolph est au milieu d'une enquête criminelle. Et la patience n'est déjà pas son point fort en temps normal.

Richard croisa les bras et s'appuya contre l'encadrement de la porte. La lumière du salon projetait des ombres sur son visage et découpait des formes bizarres sur son sweat-shirt orange foncé. Il irradiait de mécontentement, ce qui me fit sourire. Je lui tapotai le bras en passant. Visiblement, j'avais hérité d'un loup de garde.

Le téléphone était posé dans l'entrée de l'appartement, près de la deuxième prise. Je m'assis en tailleur sur le sol, m'adossai au mur et ramassai le combiné.

—Dolph, c'est moi. Qu'est-ce qui se passe?

—Qui est ce Richard Zeeman qui répond au téléphone chez toi au milieu de la nuit?

Je fermai les yeux. Ma tête me faisait mal. Je n'avais pas beaucoup dormi.

—Tu n'es pas mon père, Dolph. Que se passe-t-il?

Quelques secondes de silence.

—Pourquoi es-tu sur la défensive?

—As-tu appelé pour que je te raconte ma vie privée, ou avais-tu une bonne raison de me réveiller?

Ça ne pouvait pas être un autre meurtre. Dolph semblait de trop bonne humeur pour ça. Donc, Richard avait raison : ça aurait pu attendre.

—Nous avons trouvé quelque chose.

—Quoi, exactement?

—Je pense que tu ferais mieux de venir voir.

—Pitié, Dolph, pas ça! Contente-toi de me dire de quoi il s'agit.

Un autre silence. S'il espérait que je m'excuse, il pouvait toujours courir. Enfin, il déclara :

—Nous avons découvert une peau.

—Quel genre de peau?

—Si je savais ce que c'est, tu crois que je te tirerais du lit à 1 heure du matin?

—D'accord. Désolée de t'avoir crié dessus.

—Mouais…

Il n'avait pas exactement accepté mes excuses, mais bon…

—C'est en rapport avec le meurtre?

—Je ne crois pas. Mais ce n'est pas moi le putain d'expert en surnaturel.

Il semblait irrité. Peut-être avait-il du sommeil en retard, lui aussi. Mais j'étais prête à parier que personne ne lui avait fracassé la tête sur du bitume.

—Où es-tu?

Il me donna l'adresse. C'était dans le comté de Jefferson, loin du lieu du crime.

—Quand pourras-tu être là?

—Je ne suis pas censée conduire.

—Comment ça?

—Ordre du docteur. Je ne suis pas en état de prendre un volant.

—Tu es blessée? C'est grave?

—Pas trop. Mais j'ai peut-être un traumatisme crânien. Donc je ne dois pas dormir plus d'une heure d'affilée, ni conduire pendant les prochaines vingt-quatre heures.

—D'où la présence de M. Zeeman chez toi.

—Tu as tout compris.

—Bon, tant pis. Je suppose que ça peut attendre demain.

—La peau est toujours à l'endroit où elle a été découverte? Rien n'a été dérangé?

—Oui, et non…

—D'accord, je vais venir. Qui sait? Je trouverai peut-être un indice.

—Comment vas-tu faire?

Je regardai Richard. Il aurait pu m'emmener, mais je doutais que ce soit une bonne idée. D'abord parce que c'était un civil. Ensuite, parce que c'était un lycanthrope. Il répondait de ses actes devant Marcus, et devant Jean-

Claude, dans une certaine mesure. De toute façon, ma réaction n'aurait pas été différente s'il avait été humain.

—À moins que tu puisses m'envoyer une voiture de patrouille, je suppose que je prendrai un taxi.

—Zerbrowski n'a pas répondu la première fois que je l'ai bipé. Il vit à Saint Peters. Il sera obligé de passer dans ton coin. Je peux lui demander de te prendre, si tu veux.

—Tu crois que ça ne le dérangera pas ?

—Ça vaudrait mieux pour lui.

Coincée dans une bagnole avec Zerbrowski. Génial !

—D'accord. Je m'habille et je l'attends.

—Parce que tu es toute nue ?

—Ne recommence pas, Dolph.

—Mademoiselle est susceptible…

—Arrête.

Il éclata de rire. C'était bon d'entendre ça. Ça voulait dire qu'il n'y avait pas eu trop de victimes récemment. Dolph ne rigole pas beaucoup pendant les enquêtes sur les tueurs en série.

Comme d'habitude, il raccrocha sans dire au revoir. Je l'imitai.

—Tu dois sortir ? demanda Richard.

—Oui.

—Tu te sens assez bien pour ça ?

—Oui.

—Anita…

J'appuyai ma tête contre le mur et fermai les yeux.

—Ne fais pas ça, Richard. J'ai décidé d'y aller.

—Et je ne peux rien dire pour te faire changer d'avis ?

—Non.

Je rouvris les yeux. Il me fixait du regard, les bras croisés.

—Quoi ?

—Si je t'annonçais que j'allais faire quelque chose que tu désapprouves, sans te laisser la moindre chance de m'en dissuader, tu serais folle de rage.

—Bien sûr que non.

—Anita! lança-t-il sur le ton que mon père employait autrefois.

—Je ne serais pas folle de rage si tu avais une bonne raison.

—Ça t'énerverait quand même, et tu le sais.

J'aurais bien voulu nier mais, en mon âme et conscience, ç'aurait été un mensonge.

—D'accord, j'admets que ça ne me plaisait pas.

Je le dévisageai. Il allait falloir que je me justifie, et je détestais ça. Je brûlais de lui dire que je ne lui devais pas d'explication, mais si j'avais l'intention de l'épouser, ça n'était plus tout à fait exact. Autrement dit, sa condition de lycanthrope ne serait pas le seul obstacle à notre bonheur conjugal!

—Je bosse avec la police, Richard. C'est une enquête criminelle. Des gens risquent de mourir si je ne fais pas mon travail.

—Je croyais que ton travail était de relever des zombies et d'exécuter des vampires.

—Tu ressembles à Bert quand tu parles comme ça.

—Je ne connais pas ton patron, mais tu m'as suffisamment parlé de lui pour que je sache que c'est une insulte.

—Si tu ne veux pas que je vous compare, ne dis pas les mêmes âneries que lui. (Je me levai et gagnai la chambre.) Il faut que je m'habille.

Richard me suivit.

—Je sais que c'est important pour toi d'aider la police.

Je me retournai vers lui.

—Je ne crois pas que tu comprennes… La BIS existe depuis deux ans. À sa création, les gars n'y connaissaient que dalle en matière de surnaturel. C'était une voie de garage, l'endroit où finissaient les flics qui avaient trop fait chier leurs supérieurs.

— Les journaux et la télé ont dit qu'il s'agissait d'une force indépendante. Ça avait plutôt l'air flatteur.

— Tu parles ! Ils n'ont droit à aucune subvention pour s'équiper, à aucune formation dans leur spécialité. Dolph – le divisionnaire Storr – a lu un article sur moi et a contacté Bert. Comme il n'existe pas de cours sur les créatures et les phénomènes surnaturels à l'école de police, il a pensé que je pourrais intervenir comme conseillère.

— Tu es beaucoup plus qu'une simple conseillère, d'après ce que tu m'as raconté.

— C'est vrai.

J'aurais pu lui dire qu'au début de l'été, Dolph avait eu des scrupules à me contacter tout de suite. Il semblait que des goules un peu plus ambitieuses que la moyenne avaient agressé un couple en train de se peloter aux abords d'un cimetière. En règle générale, les goules sont des créatures peureuses qui n'attaquent pas les gens capables de se défendre. Mais il y a toujours des exceptions.

Le temps que Dolph se décide à m'appeler, six personnes étaient mortes. Et pas entre les pattes de goules. Depuis, Dolph a pris l'habitude de me faire intervenir dès le début de l'enquête, avant que la situation dégénère. Parfois, j'arrive à diagnostiquer le problème avant que ça tourne au désastre.

Mais je ne pouvais pas dire ça à Richard. Les victimes de cet été pesaient encore lourdement sur la conscience de Dolph. Ça ne regardait que lui et moi. Nous en avions parlé ensemble une seule fois, et ça suffisait. Lycanthrope ou non, Richard était un civil.

— Je ne sais pas comment t'expliquer, mais je dois y aller. Ça nous permettra peut-être d'éviter quelque chose de grave. Un autre meurtre, par exemple. Tu comprends ?

Richard semblait perplexe.

— Pas vraiment, admit-il. Mais peut-être que ça n'est

pas nécessaire. Il me suffit de savoir que c'est important pour toi.

Je soupirai de soulagement.

— Génial. Maintenant, il faut que je me prépare. Zerbrowski ne va pas tarder à arriver. C'est l'inspecteur qui m'accompagne.

Richard se contenta de hocher la tête. Sage décision.

Je passai dans la chambre et fermai la porte derrière moi. Ce genre de conversation allait-il se reproduire régulièrement si nous nous mariions ? Devrais-je passer le reste de ma vie à me justifier ? J'espérais bien que non.

J'enfilai un autre jean noir et un sweat-shirt rouge tout douillet à col montant. Dessus, mon Browning et son holster se détachaient de façon presque menaçante. Sa couleur faisait également ressortir les égratignures de mon visage. J'hésitai à en changer. Mais à cet instant, quelqu'un sonna à la porte.

Zerbrowski. Pendant que Richard lui ouvrait, je me regardai brièvement dans le miroir. Horreur. Nous étions déjà en train de jouer au petit couple. Cette seule idée me fit renoncer à toute coquetterie. Je sortis de la chambre.

Zerbrowski attendait dans l'entrée, les mains fourrées dans les poches de son manteau. Ses cheveux noirs bouclés striés de mèches grises avaient été coupés récemment. J'y décelai des traces de gel. En général, Zerbrowski ne daigne même pas se donner un coup de peigne avant de sortir.

Par les pans ouverts de son manteau, j'entrevis un costume noir assez chic. Une cravate de bon goût, artistiquement nouée. Je baissai les yeux. Comme je m'en doutais, ses chaussures étaient cirées. Jusque-là, je ne l'avais jamais vu sans une tache de nourriture sur lui.

— Pourquoi es-tu déguisé en pingouin ? demandai-je.

— Et toi, pourquoi étais-tu déguisée en Ève ? répliqua-t-il avec un large sourire.

Je sentis le rouge me monter aux joues. Pourtant, je n'avais rien fait qui justifie un tel embarras.

—Allons-y, dis-je sèchement.

Je pris mon trench sur le dossier du canapé et sentis du sang séché sous mes doigts.

—Il faut que j'aille chercher un manteau propre. Je reviens tout de suite.

—D'accord. Je bavarderai avec M. Zeeman en t'attendant.

C'était justement ce que je craignais. Mais ça ne m'empêcha pas d'aller chercher mon blouson en cuir. Étant mon fiancé, Richard devait tôt ou tard faire la connaissance de Zerbrowski.

Évidemment, j'aurais préféré tard…

—Que faites-vous dans la vie, monsieur Zeeman ?

—Je suis enseignant.

—Vraiment ?

Le temps de fouiller dans ma penderie, je perdis le fil de la conversation. Quand je revins dans le salon, ils étaient en train de bavarder comme deux vieux amis.

—Oui, Anita est notre experte en surnaturel. Je ne sais pas ce que nous ferions sans elle.

—Je suis prête. Allons-y.

Je me dirigeai vers la porte et la tins ouverte pour Zerbrowski, qui me sourit.

—Vous sortez ensemble depuis combien de temps ?

Richard me regarda. Très doué pour sentir ma gêne, il allait me laisser répondre à cette question. Délicat de sa part. Un peu trop délicat, même.

Si seulement il avait bien voulu se montrer insupportable et me donner une bonne raison de dire non ! Au lieu de ça, il déployait tous les efforts possibles pour que je sois heureuse. Et Dieu sait que ça n'est pas de la tarte.

—Début novembre.

—Deux mois. Pas si mal. Katie et moi nous sommes fiancés deux mois après notre premier rendez-vous.

Les yeux de Zerbrowski pétillaient de malice. S'il me cherchait, il ne tarderait pas à me trouver.

Richard fixa ses yeux sur moi, l'air très sérieux.

—Deux mois, ce n'est quand même pas beaucoup.

Il m'offrait une porte de sortie. Décidément, je ne le méritais pas.

—C'est suffisant quand il s'agit de la bonne personne, répliqua Zerbrowski.

Je le poussai vers la sortie, mais il n'avait aucune intention de se laisser faire. Il s'amusait trop. Mon seul espoir, c'était que Dolph le bipe de nouveau.

Dolph ne le bipa point. Richard me regardait d'un air blessé qui me donnait envie de prendre son visage entre mes mains et de le couvrir de baisers pour effacer cette vilaine expression.

C'était la bonne personne. Probablement…

—Je dois y aller, lui dis-je.

—Je sais.

Je regardai Zerbrowski, qui bichait dans son coin.

Étais-je censée embrasser Richard en guise d'au revoir ? Nous n'étions plus vraiment fiancés. Mais nous sortions toujours ensemble et je l'aimais. Ça valait bien un baiser, à défaut d'autre chose.

Je le saisis par le devant de son sweat-shirt et le forçai à se baisser vers moi. Il haussa les sourcils, surpris.

—Tu n'es pas obligée de faire ça pour la galerie, murmura-t-il.

—La ferme, et embrasse-moi !

Cet ordre me valut un sourire.

Chacun de nos baisers me valait un choc agréable. Personne n'avait les lèvres aussi douces que Richard. Personne n'avait aussi bon goût.

Je saisis une poignée de ses cheveux et pressai mon visage contre le sien. Ses mains glissèrent dans mon dos, sous le blouson de cuir, et me massèrent à travers mon sweat-shirt.

Je m'écartai. Le souffle court, je n'avais plus envie de partir. Mais s'il devait passer la nuit ici, c'était peut-être mieux. Je pensais ce que j'avais dit au sujet du sexe avant le mariage, et je l'aurais pensé même s'il n'avait pas été un loup-garou. Le problème, c'est que ma chair est faible… et que mon esprit donnait des signes de fatigue.

Je n'aurais échangé le regard profond de Richard contre rien au monde. Trop tard, je tentai de dissimuler un sourire béat. J'aurais à le payer ensuite, quand je me retrouverais seule avec Zerbrowski. Et je n'en avais rien à foutre. À cet instant, j'étais persuadée que tout finirait bien pour Richard et moi. Nous trouverions un moyen. Il devait forcément y en avoir un.

—Attends que je raconte à Dolph que nous sommes en retard parce que tu n'arrivais pas à te décoller de ton petit ami.

Je ne mordis pas à l'hameçon.

—Je ne sais pas pour combien de temps j'en aurai. Plusieurs heures, peut-être. Il vaut sans doute mieux que tu rentres chez toi au lieu de m'attendre ici.

—Je suis venu avec ta Jeep, tu te souviens ? Je n'ai pas ma voiture.

Oh !

—D'accord. Je reviens aussi vite que possible.

—Je serai là…

Je sortis dans le couloir, sourire envolé. Je ne savais pas trop si je devais me réjouir de sa présence. Comment prendre une décision réfléchie s'il ne me lâchait pas et s'il continuait à affoler mes hormones ?

Zerbrowski gloussa en me rejoignant.

—Décidément, j'aurai tout vu. La grande chasseuse de vampires est amoureuse…

Je secouai la tête.

— Je suppose qu'il est inutile de te demander de garder ça pour toi ?

— Bien vu. J'aime trop te taquiner !

— Va te faire foutre !

— Ton chéri avait l'air un peu tendu, alors je n'ai rien dit. Mais maintenant que nous sommes seuls, j'aimerais savoir ce qui t'est arrivé. On dirait que quelqu'un t'a découpé la tronche à coups de hachoir.

Il se trompait. J'ai vu ça une fois et c'était beaucoup plus dégoûtant.

— C'est une longue histoire. Tu connais mon secret. Où étais-tu ce soir, sapé comme un prince ?

— Je fêtais mon dixième anniversaire de mariage.

— Sans déconner ?

— Juré !

— Félicitations.

Nous descendîmes l'escalier.

— Merci. Nous avions fait venir une baby-sitter et Katie m'a demandé de laisser mon bipeur à la maison. C'est pour ça que je n'ai pas réagi tout de suite.

Dès que nous sortîmes, la morsure du froid raviva mes douleurs.

— C'est ouvert, dit Zerbrowski alors que nous arrivions devant sa voiture.

— Tu es flic. Comment peux-tu ne pas fermer ta caisse ? m'étonnai-je.

J'ouvris la portière et me figeai. Le siège du passager était jonché de sacs en papier brun du McDonald's et de journaux qui débordaient sur le plancher. Un morceau de pizza pétrifié et des canettes de soda vides occupaient le reste de l'espace libre.

— Doux Jésus, Zerbrowski ! Les services d'hygiène savent que tu conduis une décharge de déchets toxiques dans des zones habitées ?

—Tu comprends pourquoi je n'ai pas besoin de la fermer? Personne n'aurait l'idée de me la voler.

Il s'agenouilla sur le siège et jeta des brassées de détritus sur la banquette arrière. À mon avis, ça n'était pas la première fois qu'il utilisait cette méthode.

J'époussetai les miettes restées sur le siège avant de m'asseoir.

—Que pense Katie de ton boulot? demandai-je.

—Ça ne la dérange pas…

—Tu étais flic quand vous vous êtes rencontrés?

—Oui. Elle savait à quoi s'attendre. Ton chéri ne voulait pas que tu sortes ce soir?

—Il pensait que je n'étais pas en état.

—C'est vrai que tu as une sale tête.

—Merci.

—Ils nous aiment. Ils veulent que nous soyons prudents. Ton Richard est prof. Que connaît-il à la violence?

—Davantage qu'il ne le voudrait.

—Je sais que les écoles ne sont pas très sûres de nos jours. Mais ce n'est pas la même chose, Anita. Nous utilisons des flingues. Tu butes des vampires et tu relèves les morts. On peut difficilement faire plus crade.

—Je sais.

Mais je n'en étais pas certaine. Être un lycanthrope, ça devait être assez crade aussi, dans le genre.

—Tu ne comprends pas, insista Zerbrowski. Aimer quelqu'un qui vit dans un monde de violence est difficile à accepter. C'est déjà un miracle que Katie et ton Richard veuillent de nous. Ne sois pas sur la défensive.

—J'ai dit que j'étais sur la défensive?

—Non, mais tu l'as pensé si fort que je l'ai entendu.

Et merde!

—Laisse tomber, Zerbrowski.

—Comme tu voudras. Mais Dolph sera tout excité d'apprendre que tu vas te laisser passer la bague au doigt.

Je m'affaissai sur mon siège.

—Je ne vais pas me marier.

—Peut-être pas tout de suite. Mais je connais cette expression, Anita. Tu es en train de te noyer. Ta seule échappatoire, c'est l'autel.

J'aurais bien aimé protester. La confusion m'en empêcha. Une partie de moi croyait Zerbrowski. L'autre voulait rompre avec Richard et être de nouveau en sécurité. D'accord, je n'étais pas tellement en sécurité avant de le rencontrer, puisque Jean-Claude me tournait déjà autour. Mais au moins, je n'étais pas fiancée.

—Ça va, Anita?

Je soupirai.

—Ça fait un moment que je vis seule. On s'habitue, tu sais.

Et Richard était un loup-garou. Je ne le dis pas à voix haute, même si j'en mourais d'envie. J'avais besoin d'un second avis. Mais un inspecteur de police, surtout Zerbrowski, n'était pas la meilleure personne à interroger.

—Il te harcèle?

—Un peu.

—Il veut t'épouser, te faire des gosses et tout le tralala?

Des gosses? Il n'avait jamais été question de gosses. Richard avait-il cette vision idyllique de la vie de famille : une petite maison avec une barrière blanche, lui aux fourneaux, moi au boulot et des enfants rentrant de l'école avec les genoux écorchés? Merde, merde et merde! Il fallait vraiment qu'on ait une conversation sérieuse.

À quoi m'engagerais-je en épousant Richard? Voulait-il des enfants? Parce que moi, j'étais certaine de ne pas en vouloir.

Où habiterions-nous? Chez moi, c'était trop petit. Dans sa maison? Je n'étais pas sûre que l'idée me plaise.

Devrions-nous en acheter une autre, qui nous appartienne à tous les deux?

Enceinte, moi? Pas dans cette vie.

Je croyais que la lycanthropie de Richard était notre plus gros problème. Apparemment, je m'étais trompée.

CHAPITRE 29

La rivière tourbillonnait, froide et noire. Des rochers pointus en émergeaient comme les dents d'un géant.

Derrière moi, la berge escarpée était couverte d'une épaisse végétation. Au pied des arbres, la neige piétinée laissait entrevoir les feuilles mortes, dessous. La berge opposée était une corniche qui s'avançait au-dessus de l'eau. Aucun moyen d'en descendre à moins d'être prêt à sauter. Comme il y avait moins d'un mètre cinquante de profondeur au milieu de la rivière, tomber d'une hauteur de dix mètres n'était probablement pas une bonne idée.

Je me tenais prudemment en équilibre, l'eau noire coulant à quelques centimètres de mes pieds. Des racines jaillissaient de la terre. Le sol était glissant, en pente raide et jonché d'obstacles presque invisibles. Bref, tous les facteurs étaient réunis pour que je me casse la gueule. Mais je ne me laisserais pas faire sans combattre.

La peau reposait sur un rocher vers le milieu de la rivière. Je m'attendais à quelque chose de plus petit qu'une boîte à pain, pas à ce machin plus gros qu'une Toyota. La tête reposait bien à plat, comme si on l'avait disposée ainsi à dessein. C'était pour ça que Dolph m'avait fait venir : il voulait que je la voie en l'état, au cas où sa disposition aurait eu une quelconque signification rituelle.

Une équipe de plongeurs en combinaison intégrale attendait sur la berge. Vu le froid, je comprenais leurs précautions. Un grand type qui avait déjà enfilé sa capuche se tenait près de Dolph. On me l'avait présenté sous le nom de MacAdam.

—On peut aller chercher la peau, maintenant ?

—Anita ? demanda Dolph.

—Mieux vaut eux que moi.

—Tu crois que c'est sûr ?

C'était un autre problème.

Je haussai les épaules.

—Je ne suis pas affirmative à cent pour cent.

MacAdam me regarda.

—Qu'est-ce qui pourrait nous arriver ? C'est juste une peau, non ?

—Mais je ne sais pas quel genre.

—Et alors ?

—Vous vous souvenez du Magicien fou, dans les années soixante-dix ?

—Vous êtes trop jeune pour l'avoir connu.

—Je l'ai étudié à la fac, dans mon cours de Terrorisme magique. En dernière année. Sa spécialité était de laisser des pièges magiques dans des endroits isolés. Un de ses préférés était une peau d'animal qui s'attachait à la première personne qui la touchait. Il fallait recourir aux services d'une sorcière pour l'enlever.

—C'était dangereux ?

—La victime risquait de suffoquer si la peau se collait à son visage.

—Comment pouvait-elle la toucher avec son visage ?

—Difficile de demander ça à un mort. La réanimation n'était pas encore une profession répandue à l'époque.

MacAdam se tourna vers la rivière.

—D'accord. Comment savoir si cette peau-là est piégée ou non ?

—Quelqu'un est déjà entré dans l'eau ?

Il désigna Dolph du pouce.

— Votre collègue n'a pas voulu, et le shérif Titus a insisté pour que nous ne touchions à rien avant l'arrivée de la grande spécialiste en monstres. (Il me détailla de la tête aux pieds.) C'est vous ?

Je hochai la tête.

— Bon. Eh bien, faites votre boulot, pour que mes gars puissent faire le leur.

— Tu veux que j'allume le projecteur ? demanda Dolph.

Les flics avaient éclairé les lieux comme la scène du Théâtre chinois de Mann un soir de première. Après avoir regardé la peau, je leur avais demandé d'éteindre. Certaines choses ne se voient que dans le noir.

— Pas encore.

— Pourquoi ?

— Parce que certaines créatures invisibles à la lumière pourraient quand même décider de se faire un plongeur pour le dîner.

— Vous êtes sérieuse ? demanda MacAdam.

— Oui. Et ça vaut mieux pour vous.

Il me dévisagea quelques instants.

— Comment allez-vous approcher pour examiner cette peau ? Je sais qu'il fait froid depuis quelques jours. Que l'eau doit encore être à quatre ou cinq degrés… Mais ça ne fait pas beaucoup, sans combinaison.

— Je vais sauter sur les rochers. Je tremperai peut-être une main pour voir si quelque chose mord à l'hameçon, mais je n'ai pas l'intention de me mouiller plus que nécessaire.

— Vous prenez les monstres au sérieux. Moi, je prends l'eau au sérieux. À cette température, vous risquez l'hypothermie en cinq minutes. Essayez de ne pas tomber.

— Merci du conseil.

— Vous allez être trempée, mademoiselle Blake, dit Aikensen.

Il se tenait au-dessus de moi, adossé à un arbre. Il avait remonté le col de son pull en laine sous son menton et descendu son chapeau sur son front. Mais ses oreilles et son visage étaient encore exposés au froid. J'espérais bien qu'il attraperait des engelures.

Il plaça sa lampe torche sous son menton pour s'éclairer par en dessous, comme les gamins qui tentent d'effrayer les adultes le soir d'Halloween. Il souriait.

—Nous n'avons touché à rien, mademoiselle Blake. Tout est en l'état.

Il me provoquait. Je ne lui donnerais pas le plaisir de m'énerver.

—Qu'est-ce qui vous arrive, Aikensen ? demandai-je. Vous ne voulez pas mouiller vos orteils délicats ?

Il s'écarta du tronc d'arbre – un mouvement trop brusque qui le fit glisser le long de la berge. Battant des bras, il tenta de se rattraper, mais il tomba lourdement sur le cul et continua à dévaler la pente vers moi.

Je fis un pas sur le côté. La terre s'effrita sous mes pieds. Je me réfugiai sur le rocher le plus proche et m'y recroquevillai pour ne pas tomber dans l'eau. La pierre était humide et gelée.

Aikensen atterrit dans la rivière avec un glapissement. Il s'assit au fond et battit l'eau de ses mains gantées comme pour la repousser. Mais il réussit seulement à se mouiller davantage. La flotte lui arrivait à la poitrine.

La peau ne fit pas mine de le recouvrir, et aucune créature aquatique ne s'empara de lui. Dommage. Je ne sentais pas de magie dans l'air : rien d'autre que le froid et le vent.

—On dirait qu'il ne va pas se faire bouffer, commenta MacAdam.

—On dirait ! lançai-je en m'efforçant de ne pas laisser mon ton trahir ma déception.

—Pour l'amour du ciel, Aikensen, sors de l'eau! cria Titus du haut de la colline.

Il était là en compagnie de la plupart des flics, au bord du chemin de gravier qui descendait jusqu'à la rivière. Deux ambulances attendaient un peu plus loin.

Depuis que la loi de Gaïa est entrée en application, il y a trois ans, une ambulance doit toujours être présente sur les lieux s'il y a une possibilité que les restes découverts soient d'origine humanoïde. Par exemple, si on trouve une carcasse de coyote, parce que ça pourrait être un lycanthrope mort. Ça complique un peu les choses, parce que Washington n'a pas alloué pour autant de fonds supplémentaires au secteur de la santé. Les politiciens manquent souvent de cohérence.

Nous étions dans le jardin d'une résidence secondaire. La plupart des maisons voisines étaient flanquées d'un ponton, voire d'un petit hangar à bateau si l'eau était assez profonde à la limite de leur terrain. Mais ici, ce n'était pas le cas. Donc, pas de ponton : juste de l'eau noire et un adjoint au shérif trempé jusqu'aux os.

—Aikensen, hisse-toi sur un de ces rochers. Et aide Mlle Blake, puisque tu es déjà mouillé.

—Je n'ai pas besoin de son aide! dis-je.

—Je suis responsable de la sécurité de ce comté, rappela Titus. Je ne voudrais pas que vous vous fassiez becqueter par un monstre pendant que nous restons au sec et à l'abri sur la berge.

Aikensen se releva et faillit retomber quand ses bottes glissèrent sur le fond sablonneux de la rivière. Il me foudroya du regard comme si tout était ma faute, mais grimpa sur un rocher, de l'autre côté de celui où était posée la peau. Il avait perdu sa lampe torche, et ses vêtements dégoulinaient à l'exception de son chapeau, qu'il avait réussi à ne pas mouiller. Pas étonnant qu'il ait l'air aussi maussade.

—Je remarque que vous ne proposez pas d'y aller vous-même, shérif, raillai-je.

Titus descendit la pente. Il semblait beaucoup plus doué que moi, qui avais titubé d'un arbre à l'autre comme un ivrogne. Le shérif avait sorti les mains de ses poches pour se rattraper en cas de chute mais, à part ça, il marchait normalement.

Il s'arrêta près de Dolph.

—La délégation, mademoiselle Blake. C'est ce qui a fait la grandeur de ce pays.

—Vous avez entendu, Aikensen ? ne pus-je m'empêcher de lancer.

L'adjoint me jeta un regard noir.

—C'est lui le patron.

Il semblait convaincu de ce qu'il disait, mais pas franchement heureux.

—Mets-toi au travail, Anita ! ordonna Dolph.

Traduction : arrête d'asticoter tout le monde. On se les pèle, et on a envie de rentrer chez nous.

D'accord, je pouvais comprendre ça.

Je me redressai prudemment sur la pierre glissante. La surface de l'eau reflétait la lumière de ma lampe tel un miroir noir, opaque et solide. Je braquai le faisceau sur le rocher le plus proche, pâle et luisant de verglas. Puis je m'y hissai avec mille précautions. Jusque-là, tout allait bien. Je remerciai en silence les semelles antidérapantes de mes Nike Air.

Je me souvins de la mise en garde de MacAdam. Il ne manquerait plus que je sois hospitalisée en état d'hypothermie. N'avais-je déjà pas assez d'ennemis sans devoir lutter contre les éléments ?

Le rocher suivant était un poil trop loin pour que je l'atteigne d'une enjambée. Celui sur lequel je me tenais était plat ; il se dressait quelques centimètres à peine au-dessus de l'eau, mais semblait solide sous mes pieds. Alors que l'autre était en pente.

— Vous avez peur de vous mouiller ? lança Aikensen.

— Vous êtes jaloux, parce que vous êtes trempé et pas moi, répliquai-je sans me troubler.

— Vous seriez trempée aussi, si je m'occupais de vous.

— Seulement dans mes cauchemars.

J'allais devoir sauter et espérer qu'un miracle m'aide à ne pas perdre l'équilibre. Je regardai la berge derrière moi et faillis demander aux plongeurs s'ils n'avaient pas une combinaison en rab. Mais je ne voulais pas passer pour une mauviette. Et puis, je pouvais probablement y arriver. Probablement.

Je m'approchai du bord du rocher et sautai. Un instant, je demeurai suspendue dans les airs. Puis mon pied toucha la pierre et glissa. Je m'effondrai sur le rocher suivant, l'étreignant des deux bras et d'une jambe. Mon autre jambe se retrouva plongée dans l'eau glaciale jusqu'à la cuisse. Je lâchai un juron.

Je luttai pour me hisser totalement sur le rocher, de l'eau dégoulinant de mon jean. Mon pied n'avait pas touché le fond de la rivière. À en juger par les mésaventures d'Aikensen, l'eau devait m'arriver à la taille. J'avais eu de la chance de ne me mouiller qu'une jambe.

Aikensen riait. Si ç'avait été quelqu'un d'autre, j'aurais ri avec lui de ma propre maladresse. Mais c'était lui.

— Moi au moins, je n'ai pas lâché ma lampe ! criai-je.

Une remarque infantile, je l'admets. Mais il cessa de rire. Parfois, être infantile a du bon.

J'étais arrivée près de la peau. Vue de près, elle était encore plus impressionnante. Au premier coup d'œil, j'avais supposé qu'elle venait d'un reptile. Là, j'en avais la confirmation. Les écailles les plus grosses faisaient la taille de ma main. Les orbites vides avaient celle d'une balle de golf.

Je tendis la main pour la toucher. Quelque chose effleura mon bras. Je poussai un cri avant de comprendre que c'était la queue agitée par les ondulations de l'eau.

Quand je retrouvai mon souffle, je posai la main sur la peau. Je m'attendais à ce qu'elle soit fine et légère. Mais ça n'était pas le cas. J'en retournai une extrémité pour l'examiner. L'animal avait été écorché. Vif ou non, ça n'était pas la question : il était forcément mort, maintenant. Très peu de créatures survivent sans la totalité de leur peau.

Quelque chose dans le dessin des écailles et la forme de la tête me rappelait un cobra. Mais les écailles diffusaient une lueur opalescente. Le serpent n'était pas monochrome ; il ressemblait à un arc-en-ciel ou à une tache d'huile. Sa couleur changeait selon l'angle de la lumière.

—Vous comptez jouer avec longtemps ? lança Aikensen. Les plongeurs s'impatientent.

Je l'ignorai.

Il y avait entre les yeux du serpent quelque chose de rond, de lisse et de blanc. Je fis courir mes doigts dessus. C'était une perle. Que foutait une perle géante dans le front d'un serpent ? Et pourquoi la personne qui l'avait écorché ne s'en était-elle pas emparée ?

Aikensen se pencha pour toucher la peau.

—Beurk. Qu'est-ce que c'est ?

—Un serpent géant.

Il eut un mouvement de recul. Frissonnant, il se frotta les avant-bras.

—Vous avez peur des serpents, Aikensen ?

Il me foudroya du regard.

—Non.

Un mensonge, et nous le savions tous les deux.

—Ça vous plaît de vous geler le cul ? nous interpella Titus. Bougez-vous un peu !

— Tu vois quelque chose de significatif dans la disposition de cette peau, Anita ? demanda Dolph.

— Pas vraiment. Ce truc a dû échouer là. Je ne pense pas qu'on l'y ait placé intentionnellement.

— Alors, on peut le bouger ?

— Oui, envoie les plongeurs. Aikensen a déjà testé l'eau. Il n'y a pas de prédateurs.

— Qu'est-ce que ça signifie ? demanda l'adjoint.

— Qu'il aurait pu y avoir des monstres dans la rivière, mais comme vous êtes toujours entier…

— Vous vous êtes servie de moi comme appât !

— Vous êtes tombé, rectifiai-je.

— Mlle Blake a dit qu'on pouvait bouger ce truc ? demanda Titus.

— Oui, répondit Dolph.

— Allez-y, les gars.

Les plongeurs se regardèrent.

— Un petit coup de projecteur, ça ne serait pas du luxe, déclara MacAdam.

— Anita ?

— Pas de problème.

La lumière m'aveugla. Je levai un bras pour me protéger les yeux et faillis glisser dans l'eau. Quelle puissance, mes aïeux ! L'eau était toujours opaque, noire et agitée, mais les rochers luisaient et Aikensen et moi étions soudain le centre de l'attention générale. La vive clarté dépouillait la peau du serpent de toute couleur.

MacAdam plaça son masque et mit le détendeur dans sa bouche. Un seul de ses gars l'imita. Je suppose qu'ils n'avaient pas besoin d'être quatre pour récupérer une peau de serpent.

— Pourquoi mettent-ils leurs bouteilles ? s'étonna Aikensen.

— Au cas où le courant les emporterait.

— Il n'est pas si fort que ça.

— Il l'est assez pour entraîner la peau si elle tombe à l'eau. Avec des bouteilles, les plongeurs pourront la suivre où qu'elle aille.

— Vous avez l'air de vous y connaître.

— J'ai mon brevet.

— Décidément, vous êtes une femme aux talents multiples.

Les plongeurs nous avaient presque rejoints. Leurs bouteilles fendaient la surface de l'eau comme le dos luisant d'une baleine.

MacAdam sortit la tête et posa une main gantée sur le rocher. Il enleva le détendeur de sa bouche en s'accrochant au rocher et en battant des jambes pour lutter contre le courant. Son collègue s'approcha d'Aikensen.

— Ça pose un problème si on la déchire? demanda MacAdam.

— Je vais la décrocher de ce côté.

— Vous allez vous mouiller le bras, fit-il remarquer.

— Je survivrai.

Je tâtonnai à la recherche du bord de la peau. Quand j'arrivai au niveau de l'eau, le froid me fit hésiter un instant. Je pris une inspiration et plongeai mon bras dans la rivière jusqu'à l'épaule.

Mes doigts effleurèrent quelque chose de lisse et de dur qui n'était pas de la peau. Je poussai un petit cri et me jetai en arrière, manquant tomber de mon perchoir. Je repris mon équilibre et portai la main à mon flingue.

— Il y a une bestiole là-dedans, dis-je avant qu'elle fasse surface.

Un visage rond, la bouche sans lèvres déformée par un cri, jaillit de la rivière. Des mains se tendirent vers MacAdam. J'aperçus deux yeux sombres avant que la créature se jette en arrière.

Les plongeurs regagnèrent le rivage à toute vitesse.

Surpris, Aikensen avait glissé et était tombé dans l'eau. Il émergea en crachant, son flingue à la main.

—Ne lui tirez pas dessus, ordonnai-je.

La créature refit surface. Je me glissai dans l'eau près d'elle. Elle hurla et, de sa main humanoïde, saisit le col de mon blouson pour m'attirer à elle. J'avais mon Browning au poing, mais je ne m'en servis pas.

Aikensen visait la créature. J'adore quand on m'écoute.

Des cris retentirent sur la berge. Les autres flics venaient à la rescousse, mais ils arriveraient trop tard. Tout se jouerait entre Aikensen, moi et la créature qui m'agrippait.

Elle avait cessé de s'égosiller et se contentait de s'accrocher à moi comme si j'étais une bouée de sauvetage. Elle enfouit contre ma poitrine son visage sans oreilles, tandis que je pointais mon flingue vers Aikensen. Cette fois, il daigna me prêter attention.

—Qu'est-ce que vous fichez? grogna-t-il en clignant des yeux.

—Je vous ai dit de ne pas lui tirer dessus.

—J'en ai marre d'écouter tes conneries, salope!

—J'en ai autant à votre service.

Des éclats de voix. Des mouvements sur la berge. Des gens approchaient. Plus que dix secondes avant que quelqu'un arrive et nous sauve. Mais ce serait dix secondes trop tard.

Une détonation retentit près d'Aikensen. Assez près pour qu'un peu d'eau l'éclabousse. Il sursauta. Son index se crispa sur la détente, et le coup partit.

La créature s'affola. Je plongeai vers les rochers. Elle se colla à moi. Tandis que nous flottions près de la peau de serpent, je parvins à pointer mon Browning sur Aikensen. La détonation de son Magnum me résonnait encore dans les oreilles. S'il m'avait mise en joue, j'aurais tiré.

—Putain, Aikensen, rengaine ce flingue!

Un gros bruit d'éclaboussures derrière moi. Le shérif Titus venait à mon secours. Mais je ne voulais pas quitter Aikensen des yeux.

Distrait par le bruit, il leva le nez.

Dolph arriva le premier. Il se hissa sur son rocher et le surplomba tel un dieu vengeur. Aikensen sursauta et leva son Magnum.

—Vous pointez ce flingue sur moi et je vous le fais bouffer, grogna Dolph.

—S'il te menace, je le descends, promis-je.

—Personne d'autre que moi ne le descendra.

Titus nous rejoignit. Il était plus petit que tout le monde, à part moi, et il avait du mal à avancer dans l'eau, Il saisit Aikensen par la ceinture, le fit basculer dans la rivière et lui arracha son flingue des mains au passage.

Aikensen refit surface, suffoquant et écumant de rage.

—Pourquoi vous avez fait ça?

—Demande à Mlle Blake. Demande-lui!

Bien que tout petit et mouillé, Titus réussissait quand même à impressionner Aikensen.

—Pourquoi?

J'avais baissé mon Browning, mais je ne l'avais pas rengainé.

—Le problème des gros calibres, Aikensen, c'est que les balles ont une sacrée puissance de pénétration.

—Hein?

Titus le poussa. Il trébucha et lutta pour ne pas perdre l'équilibre.

—Si tu avais tiré alors que la bestiole était contre elle, tu l'aurais tuée aussi, crétin!

—Je croyais qu'elle la protégeait. Elle m'a dit de ne pas lui tirer dessus. Regardez!

Tout le monde se tourna vers moi.

Je pris appui sur le rocher pour me hisser hors de l'eau. La créature n'était plus qu'un poids mort, comme si elle s'était évanouie. J'eus plus de mal à rengainer mon Browning que je n'en avais eu à le dégainer. Évidemment : entre le froid, le reflux d'adrénaline et les mains d'homme agrippées à mon blouson…

Parce qu'il s'agissait bien d'un homme. Un homme écorché vif, et pourtant vivant.

—C'est un homme, Aikensen, dit Titus. Un homme blessé. Si tu n'étais pas si occupé à jouer au cow-boy, tu t'en serais rendu compte.

—Non, le détrompai-je lentement. C'est un naga.

Titus ne parut pas m'entendre, mais Dolph demanda :

—Qu'est-ce que tu as dit ?

—C'est un naga.

Titus fronça les sourcils.

—Qui ça ?

—L'homme.

—C'est quoi, un naga ?

—Que tout le monde sorte de l'eau ! cria une voix masculine sur la berge.

Elle appartenait à un ambulancier chargé d'une brassée de couvertures.

—J'aimerais bien ne pas être obligé de vous emmener à l'hôpital, continua-t-il.

Et je crus l'entendre marmonner entre ses dents :

—Bande d'abrutis.

—C'est quoi, un naga ? répéta Titus.

—Je vous l'expliquerai si vous m'aidez à le transporter au sec. Je suis en train de me geler le cul.

—Et pas que le cul, insista l'ambulancier. Bougez-vous !

—Aidez-la, ordonna Titus.

Deux de ses adjoints s'approchèrent. Ils soulevèrent l'homme, mais ne réussirent pas à lui faire lâcher mon blouson. Je tâtai son pouls. Il était régulier, mais très faible.

L'ambulancier enveloppait les autres dans des couvertures à mesure qu'ils remontaient sur la berge. Sa partenaire, une femme mince aux cheveux clairs, fixait le naga qui scintillait comme une plaie ouverte dans la lumière du projecteur.

— Que diable lui est-il arrivé ? demanda un des adjoints.

— Il a été écorché, répondis-je.

— Doux Jésus !

— Bonne pensée, mauvaise religion.

— Hein ?

— Rien.

Les deux adjoints transportèrent le blessé pendant que je pataugeais maladroitement derrière.

Quand je pris pied sur le rivage, ses doigts étaient toujours accrochés à mon col. Un miracle que nous ne nous soyons pas encore cassé la gueule. Le deuxième de la soirée. Le premier, c'était qu'Aikensen soit encore vivant. Et voyant la teinte bleuâtre de la peau du blessé, je me dis que la liste s'allongeait à vue d'œil.

L'ambulancière s'agenouilla près de lui et secoua la tête, éberluée. Son partenaire me lança une couverture.

— Quand vous vous serez débarrassée de lui, filez vous déshabiller dans une des ambulances, ordonna-t-il.

J'ouvris la bouche pour protester. Il m'agita un index sous le nez.

— C'est ça ou une visite aux urgences ! À vous de choisir.

— Chef, oui chef !

— Je préfère.

Il s'éloigna pour distribuer des couvertures au reste des flics.

— Et la peau ? demanda Titus en grelottant.

— Apportez-la-moi.

— Vous êtes certaine qu'il n'y a pas d'autre surprise dans la flotte ? demanda MacAdam.

— Je pense que c'est notre seul naga de la soirée.

Il replongea avec son partenaire. Je trouvai agréable qu'il ne cherche pas à discuter. Le corps écorché du naga l'en avait peut-être dissuadé.

Les ambulanciers durent desserrer de force les doigts du blessé. Un par un. Ils ne voulaient pas se déplier, et ils restèrent courbés comme ceux d'un cadavre de deux jours.

— Vous savez ce que c'est ? demanda l'ambulancière.

— Un naga.

Elle échangea un regard avec son partenaire, qui secoua la tête.

— C'est quoi, un naga ?

— Une créature des légendes hindoues, expliquai-je. Généralement représentée sous sa forme reptilienne.

— Génial. Sa physiologie est-elle celle d'un serpent ou d'un humain ?

— Je n'en sais rien, avouai-je.

Ils imbibèrent un drap de solution saline et en enveloppèrent le blessé. Tout son corps était une plaie ouverte, avec tout ce que ça impliquait. L'infection était la principale menace. Une créature immortelle peut-elle contracter une infection ? Qui sait ? Je suis assez calée en bestioles surnaturelles, mais les premiers soins ne sont pas mon rayon.

— Son pouls est faible mais régulier, dit la femme. Pouvons-nous tenter une intraveineuse, ou… ?

— Qu'est-ce que j'en sais ? répliqua son partenaire en haussant les épaules. Il ne devrait même pas être vivant. Trouve-lui une couverture, et contentons-nous de l'amener à l'hôpital.

— Une couverture ? intervins-je.

— Même si c'est un reptile, ça ne peut pas lui faire de mal.

Je hochai la tête.

Des sirènes résonnèrent dans le lointain. Les renforts étaient en route. Les ambulanciers déposèrent le naga sur un brancard, et l'attachèrent aux cordes que leurs collègues avaient fixées en haut de la pente.

—Savez-vous autre chose qui pourrait nous aider à trouver un traitement approprié? demanda l'homme.

—Je ne crois pas…

—Dans ce cas, filez vous déshabiller.

Je ne me rebiffai pas. Normal, j'étais en train de me congeler sur place dans mes vêtements trempés.

Quelques minutes plus tard, je me retrouvai assise dans l'une des deux ambulances, nue sous ma couverture. D'autres infirmiers me forcèrent à respirer de l'oxygène tiède. Dolph et Zerbrowski étaient avec moi; ça valait toujours mieux que Titus et Aikensen.

En attendant que les ambulanciers nous confirment que nous survivrions, Dolph revint à nos moutons. Ou, plutôt, à notre naga.

—Parle-moi de ces créatures.

—Comme je te l'ai dit, elles sont issues du folklore hindou. On les représente sous forme de serpents, généralement des cobras. Mais elles peuvent aussi adopter une forme humaine, ou une forme hybride de serpent avec une tête humaine. Ce sont les gardiens des gouttes de pluie et des perles.

—Tu peux me répéter ça? s'étrangla Zerbrowski.

Ses cheveux mouillés étaient plaqués sur son crâne. Il avait sauté dans la rivière pour me sauver alors qu'il ne sait même pas nager. Voilà qui le faisait remonter d'un cran dans mon estime.

J'obtempérai.

—Il y a une perle incrustée dans la peau de serpent. Je pense que c'est la sienne. Quelqu'un l'a écorché, mais il n'est pas mort. J'ignore comment sa peau et lui ont atterri dans la rivière.

— Tu veux dire qu'il était sous sa forme de serpent et que quelqu'un l'a écorché, mais que ça ne l'a pas tué? reformula Dolph.

— Apparemment pas.

— Comment se fait-il qu'il soit sous sa forme humaine, à présent?

— Je ne sais pas.

— Pourquoi a-t-il survécu?

— Les nagas sont immortels.

— Tu ne devrais pas le dire aux ambulanciers? demanda Zerbrowski.

— Il a été écorché vif et il n'est pas mort. Ça me semble évident, non?

— Très juste.

— Lequel de vous a tiré sur Aikensen? demandai-je.

— Titus, répondit Dolph.

— Il lui a pris son flingue, ajouta Zerbrowski.

— J'espère qu'il ne le lui rendra pas. Ce type est un véritable danger public.

— Tu as de quoi te changer?

— Non.

— J'ai deux joggings dans le coffre de ma voiture. J'aimerais bien retourner finir la soirée avec ma femme.

Enfiler un jogging sale resté dans le coffre de la voiture de Zerbrowski pendant Dieu seul sait combien de temps était au-dessus de mes forces.

— Non, merci, déclinai-je poliment.

— Ils sont propres. Katie et moi, on voulait aller faire un peu de muscu aujourd'hui, mais on n'a pas eu l'occasion.

— Vous n'êtes jamais arrivés au club de gym, pas vrai?

— Mouais…

Les joues de Zerbrowski s'empourprèrent. Il avait dû se passer quelque chose de vraiment embarrassant pour qu'il se mette dans cet état.

— Quel genre d'exercice vous avez fait à la place ? insistai-je.

Pour une fois que ça n'était pas l'inverse !

— Les hommes ont besoin de se dépenser, affirma Dolph solennellement.

Zerbrowski me regarda en haussant les sourcils.

— Et toi, Anita ? Quel genre d'exercice fais-tu avec ton chéri ? (Il se tourna vers Dolph.) Je t'ai dit qu'elle s'était dégotté un copain ? Et qu'il passait la nuit chez elle ?

— Je sais. J'ai eu M. Zeeman au téléphone.

— Il me semble que ton téléphone est sur ta table de nuit, pas vrai, Anita ? lança Zerbrowski.

— Va chercher ce jogging, au lieu de raconter des conneries, maugréai-je.

Zerbrowski éclata de rire et Dolph l'imita.

— C'est celui de Katie, alors tâche de ne pas le salir. Si tu veux faire de l'exercice, fais-le à poil.

Je lui fis mon célèbre salut du majeur.

— Recommence, gloussa-t-il. Ta couverture a bâillé.

CHAPITRE 30

J e me retrouvai dans le couloir de mon immeuble à 4 heures du matin, vêtue d'un jogging extrêmement rose. J'avais roulé en boule mes habits mouillés et je les avais fourrés sous mon bras. Malgré tout, je grelottais de froid.

Les ambulanciers m'avaient laissé partir à contrecœur, en me faisant promettre de manger de la soupe et de prendre un bain chaud. J'avais monté l'escalier en chaussettes. Le jogging de Katie m'allait, mais pas ses baskets.

En plus de ça, j'étais épuisée et j'avais mal partout. Au moins, ma migraine s'était dissipée. À cause de mon bain glacé, ou à cause du contact du naga ? Je ne connaissais aucune histoire associant ces créatures à des guérisons spontanées, mais ça faisait un bail que je n'avais rien lu sur le folklore hindou.

Le sujet était au programme des examens de licence. Donc, il fallait dénicher mon manuel pour me taper le chapitre consacré aux nagas. La seule chose qui me consolait, c'était que le médecin de garde aux urgences allait devoir lire encore plus vite que moi. La physiologie des nagas figurait-elle dans ses fichiers informatiques ? Selon la loi, elle aurait dû. Le blessé lui ferait-il un procès si ça n'était pas le cas ?

Pour la deuxième fois en moins de six heures, j'étais plantée devant la porte de mon appartement et je n'avais pas la clé. J'appuyai mon front contre le battant et me vautrai dans l'auto-apitoiement…

Je n'avais pas envie de voir Richard. Nous devions parler d'un tas de choses sans rapport aucun avec sa lycanthropie. J'aurais préféré ne pas penser à cette histoire de bambins. Ni à rien d'autre, d'ailleurs. Je voulais juste me mettre au lit et dormir.

Je pris une profonde inspiration et me redressai. Pas la peine de faire une tête d'enterrement, même si ça correspondait à ce que j'éprouvais. En deuil de mon indépendance, voilà ce que j'étais !

Je sonnai à ma propre porte en me jurant de faire faire un double de mes clés. Non, pas pour Richard. Pour moi.

Il ouvrit, les cheveux ébouriffés, pas de chemise et les pieds nus. Le bouton du haut de son jean était défait. Soudain, je me réjouis de le voir. Le désir est une chose merveilleuse.

Je le saisis par la ceinture de son jean et l'attirai vers moi. Il sursauta quand mes vêtements mouillés touchèrent sa poitrine nue, mais il ne se dégagea pas. Son corps était tout brûlant de sommeil. Je me réchauffai les mains contre son dos. Il frémit. Je laissai tomber mon paquet de fringues sur le sol.

Nous nous embrassâmes. Ses lèvres étaient douces. Mes doigts effleurèrent son ventre. Il se pencha vers mon oreille. Pour me chuchoter des mots tendres ou des cochonneries, supposai-je. Aussi fus-je très surprise de l'entendre dire :

— Nous avons de la visite.

Je me figeai. L'image de Ronnie assise sur le canapé pendant que nous nous pelotions me traversa l'esprit. Pire : c'était peut-être Irving.

— Et merde ! soufflai-je avec conviction.

— Enfin de retour, ma petite.

Encore pire qu'Irving !

Bouche bée, je levai les yeux vers Richard.

— Qu'est-ce qu'il fait là ?

— Il est venu pendant que je dormais. Je me suis réveillé en entendant la porte s'ouvrir.

Soudain je fus de nouveau glacée jusqu'à la moelle.

— Tu vas bien ?

— Tu veux vraiment discuter de ça dans le couloir, ma petite ? demanda Jean-Claude sur un ton très raisonnable.

Je voulais rester dans le couloir parce qu'il m'avait implicitement suggéré le contraire, mais ç'aurait été infantile. Et de toute façon, j'étais chez moi.

J'entrai dans l'appartement en flanquant un coup de pied à mes vêtements mouillés pour les pousser dedans tout en gardant les mains libres. Mon flingue était bien visible par-dessus la veste de jogging rose. Le holster ne tenait pas vraiment en place faute de ceinture où l'accrocher, mais je pouvais dégainer quand même. Je n'en aurais sans doute pas besoin, mais je ne voulais pas que le maître oublie à qui il avait affaire.

Richard referma la porte et s'y adossa, les mains derrière le dos. Une mèche de cheveux dissimulait partiellement son visage. Ses abdominaux musclés invitaient aux caresses. Je ne me serais sans doute pas privée s'il n'y avait pas eu un vampire dans mon salon.

Jean-Claude était assis sur mon canapé blanc, sa chemise noire ouverte révélant son torse nu et ses mamelons pâles à peine plus foncés que le reste de sa peau. Il avait étendu les bras sur le dossier. Un sourire flottait sur ses lèvres. Un tableau d'une perfection dramatique absolue.

Je devais penser à acheter un nouveau canapé qui ne soit ni noir ni blanc.

— Que faites-vous ici, Jean-Claude ?

— C'est une façon d'accueillir ton nouveau prétendant ?

— Ne me cassez pas les couilles, s'il vous plaît. Je suis trop fatiguée pour ça. Dites-moi ce que vous voulez et fichez le camp.

Il se leva d'un mouvement fluide, comme une marionnette tirée par ses fils. Au moins sa chemise se referma sur sa poitrine. C'était toujours ça de pris.

— Je suis venu vous parler, à Richard et à toi.

— De quoi ?

Il éclata d'un rire semblable à la caresse d'une fourrure : chaud, doux et mort.

Je pris une profonde inspiration et enlevai mon holster. Il n'était pas venu pour nous faire du mal, mais pour flirter avec moi.

Je passai dans la cuisine et accrochai le holster au dossier d'une chaise. Je sentis deux paires d'yeux masculins me suivre du regard. C'était à la fois flatteur et foutrement gênant.

Je me tournai vers eux. Richard était toujours adossé à la porte, à moitié nu et totalement séduisant. Jean-Claude restait immobile près du canapé, telle l'incarnation d'un rêve érotique. Le potentiel sexuel dans la pièce était astronomique. Qu'il ne doive rien se passer m'attristait presque.

Il restait du café. Si j'en buvais assez et que je prenais un bon bain brûlant, je parviendrais peut-être à me réchauffer. Personnellement, j'aurais préféré une douche : il était quand même 4 heures du matin. Mais j'avais fait une promesse aux ambulanciers. Une histoire de température interne.

— Que vouliez-vous nous dire ? demandai-je en versant le café dans ma chope pingouin toute propre.

Décidément, Richard était doué pour les travaux domestiques.

— On m'a raconté que M. Zeeman prévoyait de passer la nuit ici.

— Et alors ? répliquai-je.

— Qui vous a dit ça ? demanda Richard.

Il s'écarta de la porte en fermant le bouton de son jean. Quel gaspillage…

— Stephen.

—Il ne l'aurait pas fait volontairement.

Richard s'approcha de Jean-Claude. Il mesurait à peine un ou deux centimètres de plus que lui, et il était à moitié nu, ce qui aurait dû entamer son assurance. Mais il ne semblait pas gêné le moins du monde. La première fois que je l'avais vu, il était nu dans un lit. Et là non plus, il n'avait pas eu l'air gêné.

—Je n'ai jamais dit que c'était le cas.

—Stephen est sous ma protection.

—Tu n'es pas encore le chef de la meute, Richard. Tu peux protéger Stephen, mais Marcus règne toujours. Il m'a donné Stephen… Tout comme il t'a donné à moi.

Richard ne bougea pas. Mais soudain, l'air ondula autour de lui. Les émanations de son pouvoir se déployèrent en me picotant la peau.

—Je n'appartiens à personne.

Jean-Claude sourit.

—Tu ne reconnais pas la domination de Marcus? demanda-t-il aimablement.

Mais c'était une question piège, et nous le savions tous les trois.

—Que se passera-t-il s'il dit non?

Jean-Claude se tourna vers moi.

—Je serai obligé d'en parler à Marcus.

—Et…?

Il sourit encore, ses yeux bleus pétillants de bonne humeur.

—Marcus considérera ça comme un défi à son autorité.

Je posai ma chope et contournai le comptoir pour venir m'interposer entre eux. L'énergie de Richard rampait sur ma peau comme un millier d'insectes. Rien n'émanait de Jean-Claude. Les morts-vivants ne font pas de bruit.

—Si Richard se fait tuer à cause de vous, même indirectement, notre accord ne tiendra plus.

—Je n'ai pas besoin que tu me protèges, dit Richard.

—Que tu te fasses tuer en combattant Marcus, c'est une chose. Mais si tu meurs parce que Jean-Claude est jaloux de toi, ce sera ma faute.

Il me posa une main sur l'épaule. Une décharge électrique me parcourut tout le corps. Je frissonnai et il laissa retomber sa main.

—Je pourrais m'incliner devant Marcus. Reconnaître sa domination. Alors, je serais en sécurité.

Je secouai la tête.

—J'ai vu le genre de chose qu'il considère comme acceptable. Tu ne serais pas en sécurité.

—Marcus ignorait qu'ils avaient tourné deux fins.

—Alors, tu lui en as parlé?

—Feriez-vous allusion aux délicieux petits films produits par Raina? intervint Jean-Claude.

Je me tournai vers lui. Une rafale de pouvoir me frappa dans le dos. J'avais de plus en plus de mal à respirer, et l'impression que j'essayais d'avaler un cyclone chaque fois.

—Que savez-vous au sujet des films?

Jean-Claude nous dévisagea tour à tour. Puis il planta son regard dans le mien.

—Tu parles comme si c'était plus important que ça ne le devrait. Qu'est-ce que Raina a encore inventé?

—Comment êtes-vous au courant pour les films? demanda Richard.

Il fit un pas en avant. Sa poitrine effleura mon dos, et je hoquetai. Ma peau me picotait comme s'il venait de la toucher avec un fil électrique nu. Ça ne faisait pas mal, mais c'était une sensation très intense. Plutôt agréable, dans le genre qui ne tarde pas à cesser de l'être si elle dure trop.

Je m'écartai de Richard pour garder mes deux loustics à l'œil. Ils me regardaient avec une expression presque identique. Inhumaine. Comme s'ils pensaient à des choses dont je n'avais jamais rêvé, ou comme s'ils écoutaient une musique que je ne pouvais pas entendre.

— Jean-Claude, dites-moi ce que vous savez au sujet des films de Raina. Je ne joue plus, d'accord ?

Il haussa gracieusement les épaules.

— Très bien. La femelle alpha de sa meute, dit-il en désignant Richard du menton, m'a proposé de tourner un film porno avec elle. Elle m'a offert le rôle principal.

Je sus aussitôt qu'il avait refusé. Jean-Claude est un exhibitionniste, mais il aime y mettre un certain décorum. Un film de cul, c'était beaucoup trop vulgaire pour lui.

— Ça vous a plu de faire l'amour avec elle devant une caméra ? grogna Richard.

Je sentis de nouveau son énergie envahir la pièce.

Jean-Claude se tourna vers lui, une lueur de colère dans les yeux.

— Elle parle souvent de toi, mon ami poilu. Elle dit que tu es une vraie bête de sexe.

— C'est un coup bas, dis-je. Indigne de vous !

— Tu ne me crois pas, constata-t-il. As-tu confiance en lui à ce point ?

— Je sais qu'il ne coucherait avec Raina pour rien au monde.

Une expression étrange passa sur le visage de Richard.

Je fixai mes yeux sur lui.

— Tu n'as pas…

Jean-Claude éclata de rire.

— J'avais dix-neuf ans. Raina était ma femelle alpha. Je n'ai pas eu le choix.

— Et je vais te croire ?

— Elle a une sorte de droit de cuissage sur les nouveaux membres de la meute. C'est une des pratiques auxquelles j'espère mettre un terme.

— Tu couches toujours avec elle ?

— Non. Plus depuis que je peux faire autrement.

— Raina parle de toi avec tant d'enthousiasme, et tant de détails croustillants… Ça ne doit pas être si vieux que ça, dit Jean-Claude.

— Ça fait sept ans.

— Vraiment?

Ce seul mot contenait tout un univers de doute.

— Je ne te mentirais pas, Anita.

Richard fit un pas en avant et Jean-Claude l'imita. Dans la course à qui remplirait la pièce le plus vite, la testostérone menaçait de l'emporter sur l'énergie surnaturelle. Si ça continuait, j'allais me noyer dans les deux.

Je m'interposai entre eux et posai une main sur chacune de leurs poitrines.

À l'instant où ma paume toucha la peau nue de Richard, son pouvoir remonta le long de mon bras comme une vague de liquide brûlant. Une fraction de seconde plus tard, mon autre paume toucha Jean-Claude, et le hasard – ou un tour de passe-passe vampirique – voulut que ce soit également à un endroit découvert par sa chemise. Sa peau était froide et douce. Je sentis le pouvoir de Richard traverser mon corps et la percuter de plein fouet.

En réponse, le pouvoir de Jean-Claude jaillit à son tour. Les deux énergies ne se combattirent pas: elles se mêlèrent en moi. Celle de Jean-Claude était une bourrasque fraîche. Celle de Richard une chaude électricité. Chacune nourrissait l'autre comme le bois et les flammes. Et dessous, je sentis émerger mon propre pouvoir, celui qui me permet de ranimer les morts. Ma magie, faute d'un terme plus approprié.

Le choc de ces trois énergies surnaturelles me noua l'estomac. Mon cœur battait la chamade. Mes genoux se dérobèrent sous moi, et je me retrouvai à quatre pattes sur le sol, haletante, avec l'impression que ma peau essayait de se détacher de mon corps. Ma gorge était tellement contractée que je n'arrivais plus à respirer. Des points lumineux dansaient devant mes yeux. J'étais sur le point de m'évanouir.

—Que s'est-il passé?

C'était la voix de Richard. Elle semblait venir de très loin.

Jean-Claude s'agenouilla près de moi. Il n'essaya pas de me toucher. Je levai la tête vers lui. Ses pupilles avaient disparu; ses yeux étaient entièrement bleu-noir, comme lorsqu'il utilise ses pouvoirs vampiriques sur quelqu'un. Mais, cette fois, il ne le faisait pas exprès.

Richard s'accroupit de l'autre côté. Il tendit la main vers moi. Quand elle ne fut plus qu'à quelques centimètres de mon bras, une étincelle de pouvoir crépita entre nous, comme une décharge d'électricité statique. Il retira vivement sa main.

—Qu'est-ce que c'était?

Il semblait un peu effrayé. Et moi donc!

—Tu peux parler, ma petite?

Je hochai la tête. Mes perceptions avaient pris une acuité surhumaine. Les ombres projetées par les plis de la chemise de Jean-Claude me paraissaient presque solides. Le tissu lui-même avait l'éclat métallique du dos d'un scarabée.

—Dis quelque chose, ma petite.

—Anita, tu vas bien?

Je me tournai vers Richard comme au ralenti. Quelques mèches lui tombaient devant la figure. Chacun de ses cheveux était épais et aussi parfaitement défini qu'un trait de crayon. Tous ses cils se détachaient avec une parfaite netteté autour de ses yeux bruns.

—Ça va, marmonnai-je sans conviction.

—Que s'est-il passé? insista Richard.

Je ne savais pas si cette question s'adressait à moi. Et j'espérais que non, parce que je n'avais pas de réponse.

Jean-Claude s'assit près de moi, le dos contre le comptoir de la kitchenette. Il ferma les paupières et prit une inspiration tremblante. Puis il expira doucement et rouvrit les yeux, qui ressemblaient toujours à deux lacs bleu profond, comme lorsqu'il allait se nourrir.

Mais quand il prit la parole, sa voix me parut normale.

— Je n'avais jamais éprouvé un tel afflux de pouvoir sans avoir besoin de répandre du sang.

— On peut toujours compter sur vous pour dire quelque chose de rassurant, raillai-je.

Richard hésitait, comme s'il voulait m'aider, mais qu'il avait peur de me toucher de nouveau. Il foudroya Jean-Claude du regard.

— Que nous avez-vous fait ?

— Moi ? (Le beau visage de Jean-Claude était presque… flasque…, ses paupières mi-closes et ses lèvres entrouvertes.) Rien du tout.

— Vous mentez.

Richard s'assit en tailleur un peu à l'écart de moi. Assez loin pour que nous ne risquions pas de nous toucher accidentellement, mais assez près pour que je sente encore son pouvoir ramper entre nous.

Je me rapprochai de Jean-Claude et m'aperçus que ça n'était pas mieux. Quoi qu'il se soit passé, ça n'était pas terminé. Ça planait encore dans l'air et sous notre peau.

— Tu sembles bien sûr que c'est sa faute, fis-je remarquer à Richard. Je suis prête à te croire, à condition que tu me révèles ce que tu sais et que j'ignore.

— Ce n'est pas moi qui l'ai fait. Ce n'est pas toi non plus. Par élimination, c'est forcément lui. Je sais reconnaître de la magie quand je la sens.

« Quand je la sens » ?

Je regardai Jean-Claude.

— Alors ? demandai-je sévèrement.

Il éclata d'un rire soyeux qui me caressa l'échine. C'était trop, après l'expérience que nous venions de vivre.

Je frissonnai. Il s'en aperçut et rit encore plus fort. Comme lorsqu'on a mal au ventre à force de se marrer et qu'on sait qu'on ne devrait pas le faire, mais qu'on ne peut pas vous en empêcher. L'hilarité de Jean-Claude était toujours dangereusement délicieuse, comme un bonbon empoisonné.

—Je te jure sur tout ce que tu voudras que je n'ai rien fait intentionnellement.

—Alors, qu'avez-vous fait accidentellement ?

—Pose-toi la même question, ma petite. Je ne suis pas le seul maître du surnaturel dans cette pièce.

Sur ce coup-là, il m'avait coincée.

—Vous dites que c'est l'un d'entre nous qui l'a fait.

—Non. Je dis que je ne sais pas d'où ça vient, ni de quoi il s'agit. Mais Richard a raison : c'est de la magie. Un pouvoir à l'état pur, suffisant pour hérisser le poil d'un loup.

—Qu'est-ce que c'est censé signifier ? grogna Richard.

—Si tu pouvais maîtriser ce genre de pouvoir, même Marcus s'inclinerait devant toi, dit Jean-Claude.

Richard ramena les genoux contre sa poitrine. Son regard se fit pensif et distant. Cette idée l'intriguait.

—Suis-je la seule personne dans cette pièce qui n'essaie pas de consolider sa position sociale ?

Richard me regarda, l'air contrit.

—Je ne veux pas tuer Marcus, tu le sais. Mais si je réussissais à l'impressionner, il renoncerait peut-être à me chercher des noises.

Jean-Claude me fit un sourire éblouissant de satisfaction.

—Tu as déjà admis qu'il n'est pas humain. À présent, tu découvres qu'il aspire à diriger sa meute. À être le « leader of the pack », chantonna-t-il.

—Je ne savais pas que vous étiez fan de musique des années soixante.

—Il y a beaucoup de choses que tu ignores à mon sujet, ma petite.

Je me contentai de le regarder. L'image de Jean-Claude dansant le boogie était la plus étrange qu'il m'ait été donné de contempler. Je veux bien croire à l'existence des nagas, mais mon ouverture d'esprit a des limites.

Chapitre 31

Après un bon bain chaud, je remis mon maxi tee-shirt, mon bas de jogging et mes chaussettes. J'allais être la personne la plus mal habillée de la pièce. Il faudra que je remplace ce peignoir en satin à la première occasion.

Jean-Claude et Richard étaient assis chacun à une extrémité du canapé. Jean-Claude avait posé un bras sur le dossier et l'autre sur l'accoudoir – une pose de mannequin trop parfait pour être réel. Son pied gauche calé sur son genou droit révélait le cuir souple de sa botte. Richard était pelotonné de son côté, un genou ramené contre sa poitrine et l'autre jambe pliée sous lui. Il avait l'air à son aise, alors que Jean-Claude semblait attendre l'arrivée d'un photographe de *Vogue*.

Les deux hommes de ma vie réunis dans mon salon. C'était à peine supportable.

—Je dois dormir, annonçai-je. Je vais donc mettre à la porte les gens qui ne sont pas censés passer la nuit ici.

—Si c'est à moi que tu fais allusion, ma petite, je n'ai aucune intention de partir. À moins que Richard m'accompagne.

—Stephen vous a révélé la raison de ma présence. Anita est blessée. Elle ne doit pas rester seule.

—Regarde-la bien, Richard. Tu la trouves si mal en point que ça? D'accord, elle a subi quelques dommages. Mais elle n'a pas besoin de ton aide. Je ne crois d'ailleurs pas qu'elle ait besoin de la mienne.

—J'ai invité Richard à rester. Pas vous.

—Bien sûr que si, ma petite.

—D'abord, cessez de m'appeler ainsi. Vous savez que je déteste ça. Ensuite, quand vous ai-je invité ?

—La dernière fois que je suis venu. Je crois que c'était en août.

J'avais oublié. C'était très imprudent de ma part. Par mon inconscience, j'avais mis Richard en danger. Jean-Claude n'avait pas l'intention de lui faire du mal, mais je l'ignorais quand je l'avais laissé seul dans un endroit où le vampire pouvait aller et venir à sa guise.

—Je peux y remédier sans tarder, menaçai-je.

—Si tu veux faire un geste dramatique, surtout ne te gêne pas. Mais Richard ne doit pas rester si je n'y suis pas autorisé.

—Pourquoi ?

—Tu es une de ces femmes qui donnent leur cœur en même temps que leur corps. Coucher avec Richard serait le point de non-retour pour toi.

—Le sexe n'engage à rien.

—Chez la plupart des gens, non. Mais tu n'es pas la plupart des gens.

L'idée qu'il me connaisse aussi bien me fit rougir jusqu'à la racine des cheveux.

—Je n'ai pas l'intention de coucher avec lui.

—Je te crois, ma petite. Mais je vois la façon dont tu le regardes. J'ai conscience qu'il est séduisant, tiède et très vivant. Si je n'avais pas été là quand tu es rentrée, aurais-tu résisté ?

—Oui.

Jean-Claude haussa les épaules.

—Peut-être. Tu as une volonté effrayante. Mais je ne peux pas courir ce risque.

—Vous croyez que je vais violer Richard ?

De nouveau, ce haussement d'épaules qui aurait pu signifier n'importe quoi. Son sourire était charmeur et condescendant à la fois.

— Pourquoi? Parce que vous avez aussi envie de vous le faire?

Cette question le prit au dépourvu. La surprise qui s'inscrivit sur son visage valait largement l'indignation qui s'inscrivit sur celui de Richard.

Jean-Claude étudia Richard. Je vis son regard le scruter longuement, d'une manière presque intime. Mais au lieu de s'attarder sur son entrejambe, il s'arrêta sur son cou.

— Il est vrai que le sang des métamorphes est encore plus savoureux que celui des humains. Un délice, si on peut se le procurer sans se faire tailler en pièces.

— Quand vous parlez ainsi, vous me faites penser à un violeur.

Son sourire s'élargit, dévoilant ses crocs.

— C'est une comparaison assez appropriée.

— C'est surtout une insulte.

— Je sais.

— Je croyais que nous avions conclu un accord, intervint Richard.

— En effet, confirma Jean-Claude.

— Vous aurez beau envisager de boire mon sang, ça ne change rien.

— J'adorerais le faire pour tout un tas de raisons, mais je ne reviendrai pas sur ma parole.

— De quel accord parlez-vous? demandai-je.

— Nous explorons nos pouvoirs mutuels, expliqua Jean-Claude.

— Qu'est-ce que ça veut dire?

— Nous n'en sommes pas certains nous-mêmes, avoua Richard. Nous n'avons pas encore mis les détails au point.

—Pour l'instant, nous sommes seulement convenus de ne pas nous entre-tuer. Laisse-nous un peu de temps pour décider du reste.

—Prenez tout le temps qu'il vous faudra, mais fichez le camp. Tous les deux !

Richard se redressa sur le canapé.

—Anita, tu as entendu Lilian. Il faut que quelqu'un te réveille toutes les heures, au cas où.

—Je réglerai mon réveil. Richard, je vais bien. Rhabille-toi et va-t'en.

Il eut l'air surpris et blessé.

—Anita...

Jean-Claude fit la grimace.

—Richard ne reste pas cette nuit. Satisfait ? lui lançai-je.

—Très satisfait.

—Mais vous ne restez pas non plus.

—Je n'en avais pas l'intention. (Il se leva et s'approcha de moi.) Je partirai dès que j'aurai eu un baiser.

—Un quoi ?

—Un baiser. J'admets que j'aurais préféré une tenue un peu plus... (Il tira sur la manche de mon tee-shirt.)... affriolante, mais je me contenterai de ça.

Je me dégageai, furieuse.

—Vous pouvez toujours espérer !

—L'accord passé entre Richard et moi implique que tu sortes avec nous deux et que nous ayons une chance égale de te séduire.

—Vous me fatiguez, Jean-Claude. Je veux aller me coucher.

Il fronça les sourcils.

—Tu ne me facilites guère les choses, Anita.

—Hourra !

Le vampire soupira.

—Depuis le temps, j'aurais dû m'habituer.

—À qui le dites-vous…

—Je ne te demande qu'un baiser, ma petite. Si tu as vraiment l'intention de sortir avec moi, ce ne sera pas le dernier.

Je le foudroyai du regard. J'avais envie de lui dire d'aller se faire foutre, mais quelque chose dans son attitude m'en dissuada.

—Que se passera-t-il si je refuse ?

—Je m'en irai. (Il fit encore un pas vers moi, histoire que le devant de sa chemise effleure mon tee-shirt.) Mais si tu concèdes à Richard des privilèges que tu me refuses, notre accord deviendra nul et non avenu. Il n'est pas juste qu'il ait le droit de te toucher, et moi non.

J'avais accepté de sortir avec lui parce qu'il ne m'avait pas laissé le choix… et que ça paraissait le meilleur moyen de me débarrasser de lui à long terme. Mais je n'avais pas réfléchi aux implications charnelles, genre baisers et pelotage. Beurk !

—Je n'embrasse jamais avant le premier rendez-vous.

—Tu m'as déjà embrassé.

—Pas volontairement.

—Ose dire que ça ne t'a pas plu, ma petite.

J'aurais adoré mentir, mais ni Richard ni Jean-Claude ne m'auraient crue.

—Vous êtes vraiment pénible.

—Exact. Nous ferions donc un couple très assorti.

—Tu n'es pas obligée de le faire si tu n'en as pas envie, dit Richard.

Il était à genoux sur le canapé, les mains serrant le dossier.

Je n'étais pas certaine de pouvoir l'expliquer, mais Jean-Claude avait raison. Il aurait été injuste d'avoir des contacts physiques avec Richard et pas avec lui. Et avec un peu de chance, ça me motiverait pour ne pas aller trop loin avec Richard.

—Après notre premier rendez-vous, vous aurez droit à un baiser. Pas avant.

La vieille école avait parfois du bon. Judith aurait été fière de moi.

Jean-Claude secoua la tête.

—Non, ma petite. Tu m'as dit toi-même que tu n'es pas seulement amoureuse de Richard : tu l'apprécies en tant que personne. Tu te vois passer ta vie avec lui, mais pas avec moi. Je ne peux pas lutter sur le terrain de la gentillesse.

—Amen, dis-je avec ferveur.

Il me dévisagea. Ses yeux étaient redevenus normaux – du moins, autant qu'ils pouvaient l'être –, mais son regard pesait sur moi d'une façon dangereuse, à défaut de magique.

—En revanche, je peux lutter sur un autre terrain.

Je le sentis me déshabiller du regard. Je frissonnai.

—Arrêtez.

—Non.

Un seul mot, doux et caressant. Sa voix était un de ses meilleurs atouts.

—Un baiser, Anita, ou je révoque notre accord ici et maintenant. Je n'accepterai pas de te perdre sans lutter.

—Vous vous battriez avec Richard parce que j'ai refusé de vous embrasser ?

—Je t'ai vue ce soir quand tu es arrivée. J'ai vu la façon dont tu t'es collée à lui. Vous êtes déjà un couple. Si je n'interviens pas maintenant, tout espoir sera perdu pour moi.

—Vous allez utiliser votre voix pour l'ensorceler, grogna Richard.

—Je te promets que non.

Jean-Claude était sincère. Quand il donnait sa parole, il ne revenait pas dessus. Ça signifiait qu'il était prêt à se battre avec Richard si je lui refusais son maudit baiser.

J'avais laissé mes deux flingues dans la chambre, pensant que nous étions en sécurité, cette nuit au moins. J'étais beaucoup trop fatiguée pour ces chamailleries stupides.

— D'accord, capitulai-je.

— Ne te sens pas obligée si tu n'en as pas envie, Anita ! s'écria Richard.

— Si nous devons nous entre-tuer un jour, j'aimerais que ce soit pour quelque chose de plus important qu'un baiser.

— Tu as envie de le faire. Tu as envie de l'embrasser !

Que pouvais-je répondre ?

— Ce dont j'ai envie pour le moment, c'est d'aller me coucher. Seule. J'ai besoin de sommeil.

Ça, au moins, c'était la vérité. Pas toute la vérité, mais assez pour que Richard se détende légèrement et que Jean-Claude pousse un soupir exaspéré.

— Puisque ça te répugne à ce point, finissons-en le plus vite possible, proposa-t-il.

Nous étions déjà tout près l'un de l'autre. Je voulus lever les mains pour le tenir à une certaine distance. Elles glissèrent sur la peau nue de son ventre. Je reculai d'un bond en serrant les poings. Le contact de sa peau se prolongeait comme une caresse malgré la distance qui nous séparait…

— Qu'y a-t-il, ma petite ?

— Fichez-lui la paix ! cria Richard en se levant.

Son pouvoir me picota la peau. Ses cheveux dissimulaient la moitié de son visage. La lumière scintillait sur l'autre moitié et sur son torse nu, qu'elle colorait dans des teintes de gris, d'or et de noir. Tout à coup, il semblait très primitif. Un grognement emplit la pièce, et mes poils se hérissèrent sur mes avant-bras.

— Arrête, Richard.

— Il utilise ses pouvoirs sur toi.

Sa voix était méconnaissable. Inhumaine. Je fus soulagée de ne pas voir son expression à cause des ombres.

J'avais tellement peur que Jean-Claude déclenche une bagarre! Bien sûr, je n'avais pas envisagé l'éventualité que ce soit Richard qui le fasse.

—Il n'utilise pas ses pouvoirs. Je l'ai touché, c'est tout.

Richard fit un pas en avant dans la lumière. Son visage était normal. Que se passait-il dans sa gorge, derrière ses lèvres si douces, pour que sa voix soit aussi monstrueuse?

—Habille-toi et fiche le camp.

—Quoi?

—Si Jean-Claude n'a pas le droit de t'attaquer, je ne vois pas pourquoi tu aurais le droit de l'attaquer. Je pensais qu'il était le seul monstre dans mon entourage. Si tu es incapable de te comporter comme un être humain, fiche le camp!

—Et mon baiser, ma petite?

—Vous, ça suffit! Vous avez abusé tous les deux. Vous n'obtiendrez rien de moi ce soir. Dehors!

Jean-Claude éclata de rire.

—Comme tu voudras. C'est bizarre mais, tout d'un coup, je m'inquiète beaucoup moins à propos de Richard.

—Ne vous réjouissez pas trop. Je révoque mon invitation.

Un «pop» résonna, comme si une ventouse venait de lâcher.

Soudain, un rugissement emplit la pièce. La porte s'ouvrit à la volée et claqua contre le mur. Une bourrasque s'engouffra dans l'appartement, soulevant nos vêtements et fouettant nos cheveux.

—Tu n'es pas obligée de faire ça, dit Jean-Claude.

—Si.

Ce fut comme si une main invisible le poussait brutalement vers la porte et la refermait derrière lui.

—Je suis désolé, dit Richard d'une voix presque normale. La pleine lune est trop proche pour que je me mette dans cet état.

—Je ne veux rien entendre. Va-t'en!

—Anita, je m'excuse. D'habitude, je ne perds pas mon sang-froid, même à cette période du mois.

—Qu'est-ce qui était différent cette fois?

—Je n'avais jamais été amoureux. Ça trouble ma concentration.

—La jalousie produit généralement cet effet.

—Dis-moi que je n'ai pas de raison d'être jaloux, Anita. Dis-le-moi d'une façon que je puisse croire.

—Va-t'en, Richard. Il faut que je nettoie mes armes avant d'aller me coucher.

Il secoua tristement la tête.

—Et moi qui voulais te persuader que j'étais humain… Je suppose que c'est raté.

Il revint vers le canapé et se pencha pour ramasser son sweat-shirt proprement plié sur la moquette. Il l'enfila, puis tira un élastique de sa poche et attacha ses cheveux en queue-de-cheval. Je voyais ses biceps rouler sous ses manches.

Richard remit ses chaussures et se pencha pour les lacer. Son manteau lui tombait jusqu'aux chevilles. Dans la pénombre, il ressemblait à une cape.

—Je suppose que je n'ai pas droit à un baiser, non plus.

—Bonne nuit, Richard.

Il prit une profonde inspiration et la relâcha lentement.

—Bonne nuit, Anita.

Il partit. Je refermai la porte derrière lui, nettoyai mes armes et allai me coucher.

Après le petit numéro que Jean-Claude et Richard venaient de me faire, mon Browning était la seule compagnie dont j'avais envie. À l'exception peut-être de Sigmund, mon pingouin en peluche.

CHAPITRE 32

L e téléphone sonnait. Depuis un bon bout de temps, apparemment.

Je restai immobile dans mon lit, me demandant quand le putain de répondeur allait se mettre en marche. À la fin, excédée, je roulai sur moi-même et tendis la main vers le combiné. Il n'était pas sur ma table de nuit. Et merde! J'avais oublié de le rapporter. À bien écouter, la sonnerie provenait de l'entrée.

Je m'arrachai de mes couvertures toutes chaudes et sortis de la chambre d'un pas vacillant. Puis je décrochai et me laissai tomber par terre, le téléphone coincé dans le creux de l'épaule.

—Qui est-ce?

—Anita?

—Ronnie?

—Tu as une voix terrible.

—Et une tête pire encore.

—Que se passe-t-il?

—On en parlera plus tard. Pourquoi m'appelles-tu à… (Je consultai ma montre.)… 7 heures, pour l'amour de Dieu! J'espère pour toi que ça en vaut la peine.

—Je pensais que nous pourrions attraper George Smitz chez lui avant qu'il parte au boulot.

—Hein?

Mon visage recommençait à me faire mal. Le combiné plaqué contre l'oreille, je m'allongeai sur la moquette. Elle était vraiment très confortable.

—Anita ? Anita, tu es toujours là ?

Je clignai des yeux et m'aperçus que je m'étais assoupie. À grand-peine, je me redressai et m'adossai au mur.

—Je suis là, mais je n'ai pas entendu un traître mot de ce que tu viens de dire.

—Je sais que tu n'es pas du matin, mais c'est la première fois que tu t'endors pendant que je te parle. Tu as combien d'heures de sommeil au compteur depuis hier ?

—Une.

—Oh ! Désolée. Mais je pensais que tu voudrais savoir.

—Savoir quoi ?

—Que j'ai trouvé le mobile du crime.

—Ronnie, de quoi parles-tu ?

—J'ai des photos de George Smitz avec une autre femme. (Elle se tut quelques instants pour me laisser le temps de réagir.) Anita, tu es là ?

—Oui, oui. Je réfléchis.

C'était plus difficile que je l'aurais voulu. Je ne suis pas au meilleur de ma forme le matin, dans des circonstances normales. Alors, après une nuit quasi blanche…

—Pourquoi dis-tu que c'est le mobile du crime ?

—Il arrive souvent que quelqu'un rapporte la disparition de son mari ou de sa femme pour détourner les soupçons.

—Tu penses que George a buté Peggy ?

—En un mot comme en cent : oui.

—Pourquoi ? Des tas de mecs trompent leur femme. La plupart n'éprouvent pas le besoin de la tuer pour autant.

—Mais j'ai une preuve. Après avoir regardé les photos, j'ai rendu visite à tous les armuriers du coin. Et découvert que Smitz avait acheté des balles en argent dans un magasin, près de la boucherie familiale.

—Ce n'était pas très malin.

—Beaucoup d'assassins ne le sont pas. C'est grâce à ça qu'on les attrape.

Je hochai la tête, compris qu'elle ne pouvait pas me voir et décidai que je m'en fichais.

—D'accord, il semble que Smitz ne soit pas le veuf éploré pour qui il veut se faire passer. Que penses-tu faire?

—L'interroger à son domicile.

—Pourquoi ne pas le dénoncer aux flics, tout simplement?

—Le vendeur n'était pas absolument certain que ce soit lui.

Je fermai les yeux.

—Génial. Et tu crois qu'il se confessera à nous?

—C'est possible. Il a partagé son lit avec elle pendant quinze ans. C'est la mère de ses enfants. Il doit se sentir bigrement coupable.

—Il faudrait quand même prévenir les flics, pour qu'ils nous couvrent au cas où.

—Anita, Smitz est mon client. Je ne les dénonce pas à la police à moins d'y être obligée. S'il avoue, on passera un coup de fil. S'il nie, je transmettrai le dossier. Mais je veux d'abord essayer de résoudre cette affaire moi-même.

—D'accord. Tu l'appelles pour lui dire qu'on va venir, ou tu préfères que je m'en charge?

—Je vais le faire. Je pensais juste que tu voudrais assister à la confrontation.

—Oui…

—Il n'a pas encore dû partir au travail. Je lui téléphone et je passe te prendre dans la foulée. Ça te va?

Je faillis dire: «Non, ça ne me va pas du tout. Je veux retourner me coucher.» Mais si George Smitz avait vraiment tué sa femme? Et s'il avait aussi tué les sept autres métamorphes disparus? Il ne m'avait pas paru assez puissant ou dangereux pour ça. Mais lors de notre unique rencontre, je l'avais pris pour un mari en détresse. Il avait très bien pu me berner à plus d'un titre.

— Je t'attendrai.

Je raccrochai sans dire au revoir. Dolph déteignait sur moi. Je m'excuserais auprès de Ronnie quand elle serait là.

Le téléphone sonna de nouveau avant que j'aie le temps de me lever.

— Quoi encore, Ronnie ?

— Anita, c'est Richard.

— Désolée. Que se passe-t-il ?

— Tu n'as pas l'air bien.

— Toi, si. Pourtant, tu n'as pas dormi beaucoup plus que moi. Alors, comment ça se fait ? Par pitié, dis-moi que tu n'es pas du matin.

Il éclata de rire.

— Navré, mais je dois plaider coupable.

Le côté poilu, je pourrais peut-être faire avec. En revanche, un mari du matin…

— Ne le prends pas mal, mais que voulais-tu ?

— Jason a disparu.

— Qui est Jason ?

— Jeune, mâle, blond. Il t'a sauté dessus l'autre soir, au *Lunatic Café*.

— Ah oui ! Je me souviens.

— C'est une de nos « recrues » les plus récentes. Et ce soir, ce sera la pleine lune. Il ne prendrait pas le risque de sortir seul. Son parrain a été le voir, mais il n'était pas chez lui.

— Son parrain ? Tu veux dire, comme chez les Alcooliques Anonymes ?

— Quelque chose comme ça, oui.

— A-t-on découvert des traces de lutte ?

— Pas à ma connaissance.

Je me relevai en essayant de déchirer le voile d'épuisement qui m'enveloppait. Comment Richard osait-il se dire en forme ?

—Le mari de Peggy Smitz, George… Ronnie a trouvé des photos de lui avec une autre femme. Un armurier lui a peut-être vendu des balles en argent.

Silence à l'autre bout de la ligne. Je n'entendais que la respiration de Richard et je la trouvais un peu trop rapide.

—Parle-moi, Richard.

—S'il a tué Peggy, nous nous chargerons de lui.

—As-tu pensé qu'il pourrait être responsable des autres disparitions ?

—Je ne vois pas comment.

—Pourquoi pas ? Une balle en argent peut venir à bout de n'importe quel métamorphe. Le tireur n'a pas besoin d'être très doué : il suffit que ses victimes aient suffisamment confiance en lui pour le laisser approcher.

De nouveau, un silence.

—D'accord. Que comptes-tu faire ?

—Ronnie et moi allons chez lui pour l'interroger. Puisque Jason a disparu aussi, nous n'avons pas le temps de faire dans la finesse. Peux-tu me fournir un ou deux métamorphes pour nous aider à l'impressionner ?

—J'ai des cours aujourd'hui, et je ne peux pas me permettre de lui dévoiler ma véritable nature.

—Je ne t'ai pas demandé de venir. Mais si tu m'envoyais quelqu'un, ça m'arrangerait. J'appellerais Irving s'il avait l'air un peu plus menaçant. Tu le connais : il semble incapable de faire du mal à une mouche.

—Je vais voir qui je peux trouver. Au fait, je leur dis de te rejoindre chez toi ?

—Oui.

—Quand ?

—Dès que possible. Richard ?

—Oui ?

—Ne parle de nos soupçons à personne. Je ne veux pas le trouver éventré à notre arrivée.

—Je ne ferais jamais une chose pareille!

—Toi, non. Mais Marcus, peut-être. Et Raina, sûrement.

—Je vais leur dire que tu tiens un suspect et que tu as besoin de renforts. Je ne leur révélerai pas son identité.

—Parfait. Merci.

—Si tu retrouves Jason vivant, j'aurai une dette envers toi.

—J'accepte les remboursements en nature.

Je regrettai aussitôt ces paroles. Après ce qui s'était passé la nuit dernière, ce n'était plus entièrement vrai.

Richard éclata de rire.

—Marché conclu. Il faut que j'aille au travail. Je t'aime.

J'hésitai une seconde.

—Je t'aime aussi. Occupe-toi bien de tes élèves.

Il garda le silence quelques instants. Il avait entendu mon hésitation.

—Promis. À plus.

—À plus.

Je raccrochai.

Il y avait de grandes chances que Jason soit déjà mort. Je réussirais probablement à retrouver son cadavre. C'était mieux que rien, mais pas tellement.

CHAPITRE 33

Nous nous garâmes devant la maison de George Smitz un peu après 9 heures ce matin-là. Ronnie conduisait. J'occupais le siège passager. Gabriel et Raina étaient assis sur la banquette arrière.

Si on m'avait consultée, j'aurais pris d'autres gens comme renforts. Pas deux psychopathes dont l'une était une ancienne maîtresse de mon petit ami. Quelle mouche avait piqué Richard ? À moins que Raina ne lui ait pas laissé le choix. À propos de sa présence dans la voiture de Ronnie, je veux dire. Pour le sexe… Je ne savais pas trop quoi en penser. Bon, d'accord : j'étais furax. Mais moi aussi, j'avais déjà couché avec quelqu'un d'autre. Le passé est le passé.

Et Richard m'avait envoyé exactement ce que je lui avais demandé : des métamorphes intimidants. La prochaine fois, je tenterais d'être un peu plus précise.

Gabriel était vêtu de cuir noir. Sa tenue ressemblait à celle qu'il portait au *Lunatic Café* l'autre soir, jusqu'au gant garni de pointes métalliques qui enveloppait sa main droite. Peut-être n'avait-il rien d'autre dans sa garde-robe. En revanche, ses boucles d'oreilles avaient disparu, et les trous s'étaient déjà refermés.

Raina était habillée normalement. Si l'on peut dire. Elle portait un manteau de fourrure qui lui descendait jusqu'aux chevilles. Du renard argenté. Le cannibalisme est une chose, mais porter la peau de ses morts… Ça me paraissait un peu macabre, même de la part de Raina. D'accord, c'était une louve, pas une renarde. Mais j'évite la fourrure par principe. Elle, elle se vautrait dedans avec délectation.

Elle se pencha entre les sièges avant.

—Que faisons-nous devant la maison de Peggy?

Il était temps d'avouer la vérité. Même si ça me répugnait.

Je défis ma ceinture de sécurité et me tournai vers Raina, qui me dévisageait avec une expression amicale. Elle avait adopté son apparence de lycanthrope, toute en pommettes hautes et en lèvres sensuelles. Avait-elle l'intention de faire quelque chose d'«infamant» aujourd'hui?

Gabriel trônait sur la banquette arrière. Sa main gantée effleura le bras de Ronnie. Malgré sa veste en daim, elle frémit.

—Si vous me touchez encore une fois, je vous fais bouffer votre main, menaça-t-elle.

Elle s'écarta de lui autant que le volant le lui permettait, c'est-à-dire pas beaucoup. Gabriel n'avait pas cessé de la toucher pendant le trajet. Rien d'agressif, mais je voyais bien qu'elle trouvait ça embarrassant.

—Les mains, c'est très osseux. Je préfère les parties du corps un peu plus charnues, comme les seins ou les cuisses, dit poliment Gabriel.

Le soleil faisait briller ses étranges yeux gris. Qui me rappelaient ceux de quelqu'un d'autre, mais du diable si je savais lesquels.

—Gabriel, je sais que ça vous amuse de provoquer Ronnie. Mais si vous n'arrêtez pas, je vous jure que vos facultés de régénération seront mises à rude épreuve. Encore plus que la dernière fois.

Il se glissa vers moi. Ça n'était pas ce que j'appellerais une amélioration.

—Je suis à ta disposition. Quand tu voudras…

—Passer à deux doigts de la mort, c'est votre idée de l'orgasme?

— Du moment que ça fait mal…

Ronnie nous dévisagea, les yeux écarquillés.

— Il faut vraiment que tu me racontes ta soirée d'hier, souffla-t-elle.

— Crois-moi, tu n'as pas envie de savoir…

— Que faisons-nous là ? insista Raina.

Elle ne se laissait pas distraire par les frasques de Gabriel. Tant mieux pour elle. Tant pis pour moi.

Son regard brûlait d'intensité comme s'il n'y avait rien au monde de plus important que mon visage. Était-ce grâce à ça qu'elle avait séduit Marcus ? La plupart des mecs sont flattés qu'une femme leur porte une attention absolue. Je suppose qu'à cet égard, les métamorphes ne sont pas très différents des humains.

— Ronnie ?

Elle sortit les photos de son sac. Le genre de clichés qui se passe de commentaires. George avait omis de tirer les rideaux. Mauvaise idée ; très mauvaise idée.

Gabriel se renfonça dans la banquette pour lorgner les photos. Il éclata de rire en apercevant l'une d'elles.

— Très impressionnant, commenta-t-il.

La réaction de Raina fut bien différente. Elle ne s'amusait pas du tout. Au contraire, elle semblait en colère.

— Tu nous as amenés ici pour le punir d'avoir trompé Peggy ?

— Pas exactement… Nous pensons qu'il est responsable de sa disparition. Si c'est le cas, il est peut-être aussi impliqué dans celle des sept autres.

Raina me regarda d'un air toujours aussi concentré qui me donna envie de prendre mes jambes à mon cou. Sa rage se lisait sur son visage. George avait fait du mal à un membre de la meute. Il allait payer pour ça.

— Ronnie et moi, on se charge de l'interrogatoire. Vous deux, vous êtes là pour lui faire peur en cas de besoin.

— S'il y a une chance qu'il détienne Jason, la subtilité est un luxe que nous ne pouvons pas nous permettre.

J'étais d'accord avec elle, mais je me gardai bien de le dire.

— On parle et vous n'intervenez pas à moins qu'on vous sonne. D'accord ?

— Je suis ici parce que Richard me l'a demandé. C'est un mâle alpha. J'obéis à ses ordres.

— Bizarre… Je ne vous croyais pas du genre à obéir aux ordres de quiconque…

Raina me fit un sourire cruel.

— J'obéis quand j'ai envie d'obéir.

Ça me paraissait déjà plus vraisemblable. Je désignai Gabriel du pouce.

— Et lui ? Qui lui a demandé de venir ?

— C'est moi qui l'ai choisi. Gabriel est très doué pour intimider les gens.

Il était balèze, vêtu de cuir et de métal, et il avait des dents pointues. Rien à redire sur ce coup-là.

— Je veux votre parole que vous interviendrez uniquement si nous vous le demandons.

— Richard a dit que nous devions t'obéir comme nous lui obéirions…

— Génial. Vu que vous lui obéissez quand ça vous chante, ça ne signifie pas grand-chose.

Elle éclata d'un rire dur. Le genre qui fait penser aux savants fous et aux gens restés enfermés trop longtemps.

— Je te laisserai gérer cette affaire tant que tu te débrouilleras bien. Jason est un membre de ma meute. Tes scrupules ne doivent pas le mettre en danger.

J'aimais de moins en moins la tournure que prenait cette expédition.

— Je n'ai pas de scrupules avec les monstres.

Raina sourit.

— C'est vrai. Toutes mes excuses.

Je me tournai vers Gabriel.

— Vous n'êtes pas un loup. Qu'avez-vous à y gagner ?

Il ne leva pas les yeux des photos qu'il était en train d'examiner.

— Marcus et Richard me devront une faveur. Toute la putain de meute m'en devra une.

J'approuvai. Une motivation très compréhensible.

— Rendez les photos à Ronnie. Et n'en profitez pas pour la peloter.

Gabriel leva la tête et fit la moue en avançant la lèvre inférieure. Ça aurait mieux marché sans ses crocs. Mais il obtempéra sans discuter. Ce fut tout juste si le bout de ses doigts effleura la main de Ronnie.

Ses yeux étranges ne me lâchaient pas. Soudain, je me rappelai où j'avais vu les mêmes. Derrière un masque, dans un film que je me serais bien passée de regarder. Gabriel était l'autre acteur du *snuff movie*. Je n'avais pas assez dormi pour dissimuler ma surprise. Une expression horrifiée s'afficha sur mon visage, et je ne pus rien faire pour l'en empêcher.

Gabriel inclina la tête, comme un chien perplexe.

— Pourquoi me regardes-tu ainsi ?

Que pouvais-je bien répondre ?

— Vos yeux. Je viens juste de me rappeler où je les avais déjà vus.

— Ah oui ? (Il se rapprocha de moi, posant son menton sur le dossier de mon siège pour que je les voie encore mieux.) Où ça ?

— Au zoo. Vous êtes une panthère.

C'était un gros mensonge. Ai-je déjà précisé que je ne suis pas douée pour l'improvisation ?

Gabriel cligna des paupières.

— Miaou… Mais ce n'était pas à ça que tu pensais.

— Il m'est égal que vous me croyiez ou non.

Il resta immobile, dans une position telle que je ne voyais même pas ses épaules. J'aurais pu croire que sa tête décapitée était posée sur le dossier de mon siège. Ça risquait d'arriver si Edward découvrait la vérité à son sujet. Et je la lui apprendrais avec joie si ça pouvait mettre un terme au tournage de ces films monstrueux. Mais je n'en étais pas certaine. Après tout, il s'agissait de l'entreprise de Raina. Peut-être n'était-elle pas au courant des fins alternatives…

Et pour arrondir mes fins de mois, je joue au lapin de Pâques !

Ronnie me dévisageait. Elle me connaît trop bien. Je ne lui avais pas parlé du *snuff movie* et je venais de la présenter à l'une de ses stars…

Nous sortîmes de la voiture dans la clarté glaciale de ce matin d'hiver, et nous dirigeâmes vers la maison, flanquées d'un métamorphe que j'avais vu assassiner une femme devant une caméra avant de se nourrir de ses entrailles encore fumantes. Que Dieu vienne en aide à George Smitz s'il était coupable. Que Dieu nous vienne en aide à tous s'il ne l'était pas.

Jason avait disparu. C'était une des recrues les plus récentes de la meute, selon Richard. Si George Smitz ne l'avait pas tué ou fait prisonnier, qui était le coupable ?

CHAPITRE 34

Raina me saisit le poignet avant que je puisse toucher la sonnette. Son geste avait été trop rapide. Je n'avais pas eu le temps de réagir. Ses ongles longs et manucurés étaient vernis couleur citrouille brûlée. Ils s'enfoncèrent dans ma chair, juste assez pour laisser des marques en forme de croissant de lune.

Raina me faisait sentir la force de sa main apparemment fragile. Elle ne me fit pas mal, mais son sourire exprimait assez clairement qu'elle aurait pu. Pourtant, elle avait beau être costaude, elle ne pouvait pas rivaliser avec un vampire. J'étais certaine de réussir à dégainer avant qu'elle me broie les os.

Enfin, elle me lâcha.

—Gabriel et moi devrions peut-être entrer par la porte de derrière, proposa-t-elle. Pour l'effet de surprise.

Elle semblait si raisonnable… Mais les croissants de lune ne s'étaient pas encore effacés sur mon poignet.

—Regarde-nous. Même si nous ne disons rien, il ne peut pas nous ignorer.

Elle marquait un point.

—Et si la porte de derrière est fermée ? objectai-je.

Raina me jeta un regard digne d'Edward, comme si je venais de poser une question particulièrement stupide. Étais-je donc la seule à ne pas savoir comment crocheter une serrure ?

—D'accord, allez-y.

Elle sourit et s'éloigna, ses cheveux auburn se détachant sur la fourrure de son manteau. Ses bottes à talons hauts laissaient de petits trous dans la neige en train de fondre.

Gabriel la suivit. Les chaînes de son blouson de cuir tintaient au rythme de ses pas et ses bottes de cow-boy écrasaient les empreintes légères de Raina comme à dessein.

— Personne ne risque de les prendre pour des vendeurs au porte-à-porte, dit Ronnie.

Je regardai nos jeans, mes Nike, ses après-skis, mon blouson de cuir et son pardessus en peau retournée.

— Nous non plus.

— C'est vrai.

Je sonnai.

Debout sur le petit porche, nous écoutions la neige fondue se détacher des toits voisins par petits paquets. Le Missouri est célèbre pour ses redoux hivernaux qui malheureusement ne durent pas. Il est très inhabituel qu'il neige autant en décembre, dans les parages. Le vrai sale temps n'arriverait qu'en janvier ou en février.

M. Smitz mettait du temps à réagir. Enfin, j'entendis un mouvement. Quelque chose d'assez lourd pour être un humain qui approchait de la porte.

George Smitz nous ouvrit. Il portait un tablier maculé de sang par-dessus un jean et un tee-shirt bleu pâle. Il avait une grosse tache sur une épaule, comme s'il avait chargé un quartier de bœuf. Il s'essuya les paumes d'un air gêné. Peut-être n'avait-il pas l'habitude d'être couvert de sang. Ou il transpirait…

Je souris et lui tendis la main. Il la prit. Sa paume était gluante de sueur. Nerveux, donc.

— Comment allez-vous, monsieur Smitz ?

Il serra la main de Ronnie et nous fit entrer dans le couloir. Il y avait un meuble à chaussures sur un côté. En face, un miroir trônait au-dessus d'une petite table où était

361

posé un vase rempli de fleurs artificielles jaunes. Les murs avaient la même teinte pastel.

— Puis-je vous débarrasser ?

Si c'était un meurtrier, je n'en avais jamais rencontré d'aussi poli.

— Non, merci. Nous préférons garder nos manteaux.

— Peggy n'arrêtait pas de m'asticoter avec ça. (Il prit une voix pointue.) « George, tu n'as pas grandi dans une ferme. Demande aux gens si tu peux les débarrasser. »

Nous passâmes dans le salon. La tapisserie était jaune pâle avec de petites fleurs marron. Le canapé, la banquette et le fauteuil inclinable affichaient un jaune presque blanc. Un autre bouquet de fleurs artificielles était posé sur la table en bois clair. Les tableaux accrochés aux murs, les babioles qui encombraient les étagères, les rideaux de dentelle et même la moquette étaient jaunes aussi. J'avais l'impression de me retrouver dans un citron. Et ma tenue n'était pas raccord.

Ma perplexité dut se voir. À moins que George Smitz ait l'habitude que ses invités réagissent ainsi.

— Le jaune était la couleur préférée de Peggy, expliqua-t-il.

— « Était » ?

— Je veux dire : « est ». Ô mon Dieu !

Il s'effondra sur le canapé.

— Il est tellement affreux de ne pas savoir.

Il leva vers nous des yeux brillants de larmes. Il aurait mérité un Oscar.

— Mlle Sims a dit qu'elle avait du nouveau concernant Peggy. L'avez-vous retrouvée ? Elle va bien ?

Son expression était si angoissée et sincère que j'avais du mal à soutenir son regard. Si je ne l'avais pas vu sur les photos en compagnie d'une autre femme, je m'y serais laissé prendre. Bien sûr, l'adultère n'a rien à voir avec le meurtre. Il pouvait être coupable de l'un mais pas de l'autre.

Ronnie s'assit sur le canapé, le plus loin possible de lui, mais sans réticence ostensible. Moi, je préférais ne pas approcher. Si je me marie un jour et que mon mec me trompe, ce n'est pas moi qu'on portera disparue.

—Asseyez-vous, mademoiselle Blake, je vous en prie. Désolée d'être un hôte aussi lamentable.

Je me perchai sur l'accoudoir du fauteuil inclinable.

—Je pensais que vous étiez dans le bâtiment, monsieur Smitz. Pourquoi ce tablier?

—Le père de Peggy ne s'en sortait pas tout seul à la boucherie. Il la lui a confiée quand nous nous sommes mariés. Si on ne la retrouve pas, je devrai démissionner de mon boulot pour la remplacer. Cet homme fait partie de ma famille. Je ne peux pas le laisser dans la merde. C'est Peggy qui faisait le plus gros du travail. Son père a quatre-vingt-onze ans. Ce n'est plus de son âge.

—C'est vous qui hériterez du magasin si votre femme est morte?

Sans nous concerter, Ronnie et moi avions adopté les rôles du gentil flic et du méchant flic. Devinez lequel j'étais.

George Smitz cligna des yeux.

—Je suppose que oui.

Cette fois, il ne me demanda pas si elle allait bien. Il se contenta de me fixer de ses grands yeux douloureux.

—Vous aimez Peggy?

—Évidemment. Pourquoi me posez-vous cette question?

—Ronnie…

Elle sortit les photos de son sac et les lui tendit. Celle du dessus le montrait en train d'enlacer une femme brune. Or, Peggy était blonde.

George Smitz s'empourpra. Il était plus violet que rouge. Sans prendre la peine de regarder les autres, il jeta les photos sur la table. Elles glissèrent sur le bois clair, les montrant lui et sa maîtresse à divers stades du déshabillage. En train de s'embrasser, de se peloter, de baiser quasiment debout.

On aurait dit que les yeux de George Smitz allaient lui sortir de la tête. Il se leva, haletant.

—Qu'est-ce que c'est?

—Je pense que ça se passe de commentaire, susurrai-je.

—Je vous ai engagées pour retrouver Peggy, pas pour m'espionner.

Il se tourna vers Ronnie en serrant les poings. Les muscles de ses bras gonflèrent, et ses veines saillirent comme des vers de terre bleus.

Ronnie se leva, mettant à profit son mètre soixante-douze. Elle était très calme. Si elle redoutait une confrontation physique avec un homme qui devait peser cinquante kilos de plus qu'elle, elle n'en laissa rien paraître.

—Où est Peggy, George?

Il me regarda puis, se tournant vers Ronnie, il leva une main comme pour la frapper.

—Où avez-vous dissimulé son corps?

Il se tourna vers moi. Je restai assise sans le quitter des yeux. Pour m'atteindre, il devrait enjamber la table basse ou la contourner. Ce qui me laisserait le temps de me mettre hors de portée ou de dégainer mon flingue.

—Sortez de chez moi!

Ronnie avait reculé. George Smitz vacillait sur ses talons telle une montagne au visage violet, hésitant entre nous deux.

—Sortez de chez moi, répéta-t-il.

—Impossible, George. Nous savons que vous l'avez tuée.

«Savons» était peut-être un peu exagéré. Mais «soup-çonnons fortement» ne sonnait pas aussi bien.

—À moins que vous ayez l'intention de nous faire subir le même sort, je vous suggère de vous rasseoir.

—Oui, George. Rasseyez-vous donc! lança une voix mielleuse.

Je ne regardai pas derrière moi pour voir où était Raina. Je doutais que George Smitz ait l'intention de se jeter sur moi, mais mieux valait être prudente. Quitter des yeux un type qui devait peser plus de cent kilos n'était pas une bonne idée.

George Smitz dévisagea Raina, bouche bée.

— Qui êtes-vous ? balbutia-t-il.

— Ô mon Dieu, souffla Ronnie en fixant un point par-dessus mon épaule.

Il se passait quelque chose dans mon dos, mais quoi ? Je me levai sans détacher mon regard de George. Il ne faisait plus du tout attention à moi, ce qui ne m'empêcha pas de reculer par mesure de précaution.

Je me retournai lentement.

Raina se tenait sur le seuil. Les pans ouverts de son manteau de fourrure révélaient une nuisette de soie marron, des bottes à talons hauts et rien d'autre. La doublure rouge vif du manteau soulignait les courbes de son corps.

— Je pensais que vous ne deviez pas intervenir à moins que je vous appelle, dis-je sévèrement.

Raina fit glisser son manteau à terre et s'avança dans la pièce en ondulant de tout ce qui pouvait onduler.

Ronnie et moi échangeâmes un regard.

— Que se passe-t-il ? souffla ma copine.

Je fis un petit signe d'ignorance. Je n'en avais pas la moindre idée.

Raina se pencha vers les fleurs artificielles, offrant à George Smitz une vue imprenable sur sa chute de reins.

Toute couleur avait abandonné le visage de notre hôte. Il avait desserré les poings, et son expression trahissait sa confusion. Bienvenue au club.

Raina lui sourit. Elle se releva très lentement pour qu'il puisse admirer son décolleté. George avait les yeux plus exorbités que jamais. Raina fit courir ses mains le long de sa nuisette jusqu'à son bas-ventre.

Visiblement, George éprouvait des difficultés pour déglutir.

Raina le rejoignit. Elle s'immobilisa à quelques centimètres et chuchota de ses lèvres sensuelles :

— Où est Jason ?

George fronça les sourcils.

— Qui est Jason ?

Raina lui caressa la joue de ses ongles vernis qui s'allongèrent jusqu'à devenir des griffes recourbées. Seule la pointe était encore orange brûlée. Elle lui saisit le menton en exerçant juste assez de pression pour ne pas lui fendre la peau.

— Si j'appuie encore un peu, tu hurleras à la lune une fois par mois jusqu'à la fin de tes jours.

C'était un mensonge. Sous sa forme humaine, un loup-garou n'est pas contagieux. Mais George Smitz devait l'ignorer ou avoir des doutes, car il pâlit encore.

— Où est le cadavre de votre femme, monsieur Smitz ? demandai-je.

— Je… je ne sais pas de quoi vous parlez…

— Ne fais pas le malin avec moi, George. Je déteste ça.

Raina leva son autre main et ses griffes jaillirent comme des couteaux hors de leur fourreau. George Smitz gémit.

— Où est Peggy, George ? ronronna Raina d'une voix si charmeuse qu'on aurait pu prendre cette question pour une déclaration d'amour éternel.

Le type tenta de se dégager, mais les griffes de Raina l'en empêchèrent. D'un geste vif, elle trancha les bretelles de son tablier ensanglanté, sans déchirer les vêtements qu'il portait en dessous. C'est ça, le talent.

— Je… je l'ai tuée, avoua George. J'ai tué Peggy d'une balle dans le cœur. Ô mon Dieu…

— Où est le corps ? répétai-je.

Raina prenait beaucoup trop de plaisir à le terroriser pour se soucier des détails.

—Enterré dans la cabane, au fond du jardin.

—Où est Jason? demanda de nouveau Raina.

Elle posa ses griffes sur l'entrejambe de son jean.

—Je ne sais pas qui est Jason. Je vous en supplie. Vous devez me croire. Je ne sais pas qui est Jason!

Gabriel entra dans la pièce. Il avait enlevé son blouson, ne conservant qu'un tee-shirt noir par-dessus son pantalon de cuir.

—Il n'a pas assez de couilles pour avoir tué Jason et les autres, déclara-t-il.

—C'est vrai, George? Tu n'as pas de couilles?

Raina pressa sa poitrine opulente contre le torse de George Smitz, sans éloigner ses griffes de son menton et de son bas-ventre. Je vis leur pointe traverser l'épaisseur du jean.

—Pitié, ne me faites pas de mal.

Raina le souleva par le menton, le forçant à se dresser sur la pointe des pieds pour ne pas se faire lacérer la figure.

—Tu es un minable, George.

Elle lui flanqua un coup de griffes dans l'entrejambe. Il s'évanouit, et elle dut retirer sa main pour ne pas l'éventrer de bas en haut. Un rond de tissu presque parfait se détacha du jean de George, révélant un slip blanc.

Gabriel s'accroupit près de l'homme, en équilibre sur la pointe de ses pieds.

—Cet humain n'a pas tué Jason.

—Dommage, lâcha Raina.

En effet. Quelqu'un avait fait disparaître huit… non, sept métamorphes. Peggy était la huitième, et son meurtrier gisait sur la moquette jaune pâle avec la braguette déchirée. Qui avait attaqué les autres, et pourquoi?

Soudain, les pièces du puzzle se mirent en place dans ma tête. Le naga avait été écorché vif. S'il avait été un lycanthrope, une sorcière aurait pu se servir de sa peau pour devenir un serpent. C'est la meilleure manière de s'approprier des pouvoirs de métamorphe sans les inconvénients qui vont avec : notamment, l'influence de la lune.

—Anita, qu'y a-t-il ? demanda Ronnie.

—Je dois aller à l'hôpital pour parler à quelqu'un.

—Pourquoi ? (Il me suffit de lui jeter un regard pour qu'elle capitule.) D'accord, je vais téléphoner aux flics. Mais je te rappelle qu'on est venus avec ma voiture.

—Et merde !

Levant les yeux, j'aperçus une Mazda verte qui longeait la rue. Je connaissais cette caisse.

—J'ai peut-être un autre chauffeur.

J'ouvris la porte et descendis l'allée en agitant les bras. La Mazda ralentit et se gara près de la voiture de Ronnie. La vitre du conducteur glissa silencieusement vers le bas.

Edward était assis au volant, des lunettes noires dissimulant ses yeux.

—Ça fait des jours que je file Raina. Comment m'as-tu repéré ?

—Un coup de chance. J'ai besoin d'aller à l'hôpital. Tu pourrais m'emmener ?

—Et Raina et son copain tout en cuir ? demanda Edward.

Je songeai à lui dire que Gabriel était la panthère du *snuff movie* mais, si je faisais ça, il chercherait à l'abattre sur-le-champ. Or, j'avais besoin d'un chauffeur. Tout est une question de priorités dans la vie.

—On peut les ramener chez eux ou leur suggérer d'appeler un taxi.

—Le taxi.

—C'est aussi ce que je pensais.

Je demandai à Edward de patienter et regagnai la maison.

Raina et Gabriel ne voulaient pas attendre l'arrivée des flics. Quelle surprise… Ils acceptèrent de rentrer en taxi.

Pendant que nous parlions, George Smitz reprit connaissance. Raina le persuada de se confesser à la police.

Je m'excusai auprès de Ronnie et rejoignis Edward.

En route pour l'hôpital. Avec un peu de chance, le naga se serait réveillé, et il pourrait nous dévoiler l'identité de son agresseur.

CHAPITRE 35

Une fliquette en uniforme se tenait devant la porte de la chambre du naga. Edward était resté dans la voiture. Après tout, il est recherché par la police. Un des inconvénients de bosser avec lui et avec les autorités, c'est que je ne peux pas faire les deux en même temps.

La fliquette était petite, avec une queue-de-cheval blonde. Il y avait une chaise près d'elle, mais elle se tenait debout, la main sur la crosse de son flingue. Elle plissa ses yeux pâles pour me dévisager d'un air soupçonneux.

— Vous êtes Anita Blake ? demanda-t-elle.

— Oui.

— Vous avez une pièce d'identité ?

Ça devait être une débutante. Seuls les bleus se montrent aussi agressifs, comme s'ils avaient peur qu'on ne reconnaisse pas leur autorité. Un flic plus ancien aurait demandé une pièce d'identité, mais un ton plus bas.

Je lui montrai mon badge plastifié, celui que j'accroche à ma chemise quand je dois franchir un barrage de police. Elle le prit et l'examina longuement. Je résistai à l'envie de lui demander si quelqu'un allait lui faire passer un examen plus tard. Se mettre la police à dos n'est jamais une bonne idée, surtout pour des détails sans importance.

Enfin, elle me rendit mon badge. Ses yeux bleus étaient aussi froids qu'un ciel hivernal. Très durs. Elle devait s'entraîner devant sa glace à prendre un air méchant.

—Personne ne peut s'entretenir avec le blessé hors de la présence d'un inspecteur. Quand vous avez appelé pour demander s'il avait repris connaissance, j'ai contacté le divisionnaire Storr. Il arrive.

—Combien de temps devrai-je attendre ?

—Je ne sais pas.

—Écoutez, agent… (Je déchiffrai son nom sur son badge.)… Kirlin. Un homme a disparu. Tout retard inutile risque de lui coûter la vie.

Elle fronça les sourcils.

—Le divisionnaire Storr n'a pas mentionné de disparu.

Et merde ! J'avais oublié que les flics n'étaient pas au courant pour les métamorphes volatilisés.

—C'est une question de vie ou de mort, insistai-je.

La fliquette se mordit la lèvre.

—Le divisionnaire Storr a donné des ordres très précis. Il veut être là quand vous interrogerez le blessé.

—Êtes-vous certaine d'avoir parlé au divisionnaire Storr, et pas à l'inspecteur Zerbrowski ?

Ce serait bien son genre : me mettre des bâtons dans les roues juste pour me faire chier.

—Je connais mes supérieurs, mademoiselle Blake.

—Je ne doute pas de vos compétences… Je voulais juste dire que Zerbrowski aurait pu se mélanger les pinceaux.

—J'ai eu le divisionnaire Storr en personne, et il m'a donné l'ordre de ne pas vous laisser entrer avant son arrivée.

Je faillis répliquer quelque chose de déplaisant et me ravisai. Kirlin avait raison, et elle n'en démordrait pas. Il ne me restait plus qu'à faire contre mauvaise fortune bon cœur.

—Très bien, soupirai-je. Je serai dans la salle d'attente.

Je me détournai et m'éloignai avant que l'emmerdeuse en moi prenne le dessus. Je mourais d'envie de faire jouer mon grade pour la forcer à me laisser passer. Sauf que je n'ai pas de grade officiel. Je suis une civile. Et je déteste les situations qui me le rappellent.

Je me laissai tomber sur un canapé multicolore adossé à une rangée de plantes en pots qui divisait la salle d'attente en deux, produisant une illusion d'intimité. Un poste de télé était fixé en hauteur sur un mur. Personne ne s'était encore donné la peine de l'allumer. Le seul bruit audible était celui de l'air conditionné.

Je détestais attendre. Jason avait disparu. Était-il mort ? Et s'il était vivant, combien de temps le resterait-il ? Quand Dolph allait-il arriver ?

Au moment où je me posais cette question, il entra dans la salle d'attente. Béni soit-il.

Je me levai.

—L'agent Kirlin m'a dit que tu avais mentionné une personne disparue, attaqua-t-il d'emblée. Me dissimulerais-tu des informations ?

—Oui, mais pas par choix. J'ai un client qui refuse de s'adresser à la police. J'ai tenté de le persuader, mais… (Je haussai les épaules.) Ce n'est pas parce que j'ai raison et qu'il a tort que je peux révéler ses secrets sans son accord.

—Tes clients ne bénéficient d'aucun statut privilégié, Anita. Si je te demande une information, tu es légalement obligée de me la fournir.

Je n'avais pas dormi assez pour avoir envie de me prendre la tête avec Dolph.

—Sinon, quoi ?

Il fronça les sourcils.

—Sinon, je peux te jeter en prison pour obstruction à la justice.

—D'accord. Allons-y.

—Ne me pousse pas à bout, Anita.

—Dolph, je te dirai tout ce que je sais quand mon client me donnera le feu vert. Ou quand j'en aurai marre qu'il se montre aussi stupide. Mais je ne te le dirai pas parce que tu m'as menacée.

Il prit une profonde inspiration et la relâcha lentement.

— Très bien. Allons interroger notre témoin.

J'appréciai le « notre ».

Nous nous dirigeâmes vers la chambre dans un silence amical. Dolph et moi, on se connaît assez bien pour ne pas éprouver le besoin de bavarder à tort et à travers quand il n'y a rien à dire. Ou pour ne pas jouer au plus malin l'un avec l'autre.

Un docteur en blouse blanche, avec un stéthoscope sur les épaules, comme un boa de plumes, nous ouvrit la porte. Kirlin était toujours à son poste. Elle me jeta son regard le plus implacable. Bon, elle avait encore besoin de le travailler. Mais étant une femme, de surcroît petite et blonde, elle ne pouvait pas se permettre de ne pas avoir l'air d'une dure à cuire.

— Je vous autorise un entretien de quelques minutes seulement. C'est un miracle qu'il soit encore en vie, et à plus forte raison en état de parler. J'assisterai à l'interrogatoire. S'il s'agite trop, je serai obligé d'y mettre un terme.

— Ça me convient, docteur Wilburn, dit Dolph. Cet homme est une victime et un témoin, pas un suspect. Nous ne lui voulons aucun mal.

Le docteur ne parut pas totalement convaincu, mais il s'effaça pour nous laisser entrer dans la chambre.

Dolph se tenait dans mon dos, incarnation d'une force immuable. Je comprenais pourquoi le docteur craignait que nous ne traumatisions son patient. Dolph ne pourrait pas avoir l'air inoffensif même s'il essayait. Donc il n'essaie pas.

Le naga gisait dans son lit, entouré de fils et de tubes de plastique. Sa peau repoussait déjà par plaques rosâtres. Il semblait toujours avoir été ébouillanté, mais il y avait une amélioration par rapport à la nuit précédente.

Il tourna la tête vers nous avec difficulté, sans doute pour mieux nous voir.

—Monsieur Javad, vous devez vous souvenir du divisionnaire Storr. Il a amené quelqu'un qui désire vous parler.

—La femme…, souffla le naga d'une voix basse, douloureuse. (Il déglutit péniblement et reprit:) La femme de la rivière…

Je fis un pas en avant.

—Oui, c'est moi.

—Vous m'avez aidé.

—J'ai essayé.

Dolph s'approcha du lit.

—Monsieur Javad, pouvez-vous nous dire qui vous a fait ça?

—Des sorciers.

Dolph se tourna vers moi. C'était mon domaine.

—Vous les connaissiez? demandai-je au blessé. Vous pouvez me donner leur nom?

—Non…

—Où étiez-vous quand ils vous ont fait ça?

Javad ferma les yeux.

—Savez-vous où vous étiez quand ils vous ont… écorché? insistai-je.

—Ils m'ont drogué.

—Qui ça?

—Une femme… Ses yeux…

—Oui? Qu'est-ce qu'ils avaient, ses yeux?

—L'océan…

Je dus me pencher pour entendre ces derniers mots. Sa voix n'était plus qu'un murmure.

Soudain, Javad rouvrit les paupières et écarquilla les yeux.

—L'océan, répéta-t-il.

Puis il émit un son guttural, comme s'il réprimait un cri.

Wilburn consulta ses appareils et toucha la chair du blessé le plus doucement possible. Mais ce simple contact le fit se tordre de douleur.

Le docteur appuya sur un bouton placé à la tête du lit.

—Apportez des calmants à M. Javad, ordonna-t-il.

—Non, fit le malheureux.

Il me prit le bras, frémit mais tint bon. Sa peau avait la consistance de la viande encore tiède.

—Pas le premier…

—Pas le premier ? Je ne comprends pas.

—D'autres…

—Vous voulez dire qu'ils ont fait ça à d'autres personnes ?

—Oui. Arrêtez-les.

—C'est promis.

Javad s'affaissa de nouveau et laissa retomber son bras. Tout mouvement lui faisait mal, mais sa souffrance était telle qu'il ne parvenait pas à rester immobile.

Une infirmière en uniforme rose arriva avec une seringue et lui fit une intraveineuse. Quelques instants plus tard, Javad se calma. Ses paupières se fermèrent. Le nœud de ma gorge se relâcha. Une telle douleur était difficile à supporter, même si on ne faisait qu'y assister.

—Il se réveillera, et nous devrons de nouveau l'endormir, dit le docteur. Je n'ai jamais rencontré personne qui ait de telles facultés de régénération. Il survivra, mais ça ne l'empêche pas de souffrir atrocement.

Dolph me prit à part.

—C'est quoi, cette histoire d'yeux et d'autres ?

—Je l'ignore.

C'était à moitié vrai. Pour les yeux, je ne savais pas. Mais les «autres» étaient certainement les métamorphes disparus.

Zerbrowski entra. Il fit signe à Dolph, qui le suivit dans le couloir. Je ne pouvais pas leur en vouloir, vu que je refusais de partager mes informations avec eux.

L'infirmière et le docteur s'affairaient auprès du naga. La porte se rouvrit.

—Tu viens ? appela Dolph.

Je sortis. Kirlin n'était plus à son poste. On lui avait sans doute demandé d'aller voir ailleurs…

—Nous n'avons découvert aucun cas de personne disparue associé à ton nom, annonça Dolph.

—Tu as demandé à Zerbrowski d'enquêter sur moi ? m'indignai-je.

Dolph me regarda sans rien dire. Un regard de flic.

—À part celui de Dominga Salvador, précisa Zerbrowski.

—Anita nous a dit qu'elle ignore ce qui est arrivé à Mme Salvador, fit Dolph avec une expression bien plus impressionnante que celle de l'agent Kirlin.

Je m'efforçai de ne pas rougir. Dominga Salvador était morte. Je le savais parce que je l'avais vu. J'avais même appuyé sur la détente, métaphoriquement parlant. Dolph soupçonnait que j'avais ma part de responsabilité dans sa disparition, mais il ne pouvait pas le prouver.

De son vivant, Dominga Salvador était une femme maléfique. Si un tribunal l'avait reconnue coupable de tous les méfaits dont elle était soupçonnée, elle aurait été condamnée à mort. La loi n'apprécie pas les sorcières beaucoup plus que les vampires. Mais j'avais utilisé un de ses zombies pour la tuer. Suffisant pour me valoir un passage sur la chaise électrique…

Mon bipeur sonna. Sauvée par le gong. Je consultai le numéro. Je ne le connaissais pas, mais inutile de le préciser.

—Une urgence. Je dois trouver un téléphone.

Je m'éloignai avant que Dolph puisse me retenir. C'était plus sûr.

L'infirmière de garde m'autorisa à passer un coup de fil du secrétariat. Gentil de sa part.

Richard décrocha à la première sonnerie.

—Anita?

—Oui. Que se passe-t-il?

—Je suis au boulot. Louie n'a pas assuré ses cours de la matinée. (Il baissa la voix.) Ce soir, c'est la pleine lune. Il ne s'absenterait pas sans prévenir: ça risquerait d'éveiller les soupçons.

—Pourquoi m'as-tu appelée?

—Il m'a dit qu'il avait rendez-vous avec ta cliente écrivain, Elvira quelque chose.

—Elvira Drew?

En prononçant son nom, je revis son visage. Et particulièrement ses yeux bleu-vert, de la couleur de l'océan...

—Je crois.

—Quand devait-il la voir?

—Ce matin.

—Il s'est pointé au rendez-vous ou pas?

—Je l'ignore. Coincé au boulot, je n'ai pas pu passer chez lui.

—Tu crains qu'il lui soit arrivé quelque chose?

—Oui.

—Ce n'est pas moi qui ai organisé ce rendez-vous. Je vais appeler au bureau et demander qui s'en est chargé. Je peux te rappeler au même numéro?

—J'ai un cours dans cinq minutes. C'est moi qui te rappellerai dès que possible.

—D'accord.

—À plus.

—Attends. Je crois que je sais ce qui est arrivé aux métamorphes disparus.

—Quoi?

—L'enquête est en cours. Je ne peux rien te dire, mais si je racontais tout aux flics, nous aurions une chance de retrouver Louie et Jason beaucoup plus vite.

—Marcus t'a demandé de ne pas en parler à la police?

—Oui.

—Raconte tout. J'en prends la responsabilité.

—Génial! On se rappelle.

Je raccrochai. En entendant la tonalité, je m'aperçus que je n'avais pas ajouté « Je t'aime ». Tant pis.

Je téléphonai au bureau. Mary répondit et je ne lui laissai pas le temps de me dire bonjour.

—Passe-moi Bert immédiatement.

—Anita, tu vas bien?

—Passe-moi Bert.

Elle obéit sans discuter. Brave femme.

—J'espère pour toi que c'est important, Anita, lança sèchement mon patron. Je suis avec un client.

—As-tu parlé d'un rat-garou avec Elvira Drew aujourd'hui?

—Absolument.

Mon estomac se contracta.

—Où et quand le rendez-vous devait-il avoir lieu?

—Ce matin vers 6 heures. M. Fane voulait terminer avant d'aller au travail.

—Où?

—Chez elle.

—Donne-moi l'adresse.

—Qu'est-ce qui ne va pas?

—Je crains que Mlle Drew lui ait tendu une embuscade. Il est peut-être déjà mort.

—Tu plaisantes! s'écria Bert.

—L'adresse, exigeai-je.

Il me la donna.

—Je risque de ne pas pouvoir venir au bureau ce soir.

—Anita…

—Ne me prends pas la tête, Bert. S'il meurt, ce sera notre faute.

—D'accord, d'accord. Fais ce que tu as à faire.

Je raccrochai. Bert capitulant, c'était une première. J'aurais été plus impressionnée si je ne m'étais pas doutée qu'il pensait aux éventuelles poursuites judiciaires.

Je revins vers Dolph et Zerbrowski.

— Sept métamorphes ont disparu dans le coin ces dernières semaines.

— De quoi parles-tu? demanda Dolph.

— Tais-toi et écoute.

Je lui racontai toute l'affaire et conclus :

— Deux autres métamorphes se sont volatilisés depuis hier. Je crois que la personne qui a écorché le naga l'a pris à tort pour un lycanthrope. La magie permet au sorcier qui détient la peau d'un métamorphe de s'approprier ses pouvoirs. Il en retire tous les avantages, notamment la force et la rapidité, sans les inconvénients liés aux phases de la lune.

— Pourquoi ça n'a pas marché avec le naga? demanda Zerbrowski.

— Il est immortel. Pour que le sort fonctionne, le métamorphe doit mourir à la fin de l'incantation.

— Où sont ces foutus sorciers? demanda Dolph.

— J'ai une adresse.

— D'où la tiens-tu?

— Je t'expliquerai en route. Le sort ne prend effet qu'à la tombée de la nuit, mais nous ne pouvons pas courir le risque qu'ils le lancent avant. Ils doivent avoir peur que le naga les ait dénoncés.

— Après l'avoir vu dans cet état la nuit dernière, je ne m'en ferais pas trop à leur place, dit Zerbrowski.

— Tu n'es pas un sorcier…

Nous quittâmes l'hôpital. J'aurais aimé avoir Edward pour couvrir mes arrières. Si nous devions affronter des sorciers renégats et quelques métamorphes un soir de pleine lune, nous aurions besoin de toute l'aide possible. Mais je ne voyais pas comment faire.

Si Dolph et Zerbrowski se défendent bien, ce sont des flics. Ils n'ont pas le droit de tirer sur les gens sans leur avoir donné toutes les possibilités de se rendre. Elvira Drew avait écorché un naga. Je ne voulais pas lui laisser la moindre chance, parce que je n'étais pas certaine que nous y survivrions.

CHAPITRE 36

L a maison d'Elvira Drew était un étroit bâtiment à deux étages séparé de la route par une rangée d'arbres et de buissons. On ne pouvait même pas voir le jardin avant de tourner dans l'allée. Des bois s'étendaient à l'arrière et sur les côtés, comme si quelqu'un avait posé la demeure là et oublié d'en parler à quiconque.

Une voiture de patrouille nous suivait. Dolph se gara derrière une Grand Am vert vif. Parfaitement assortie à la couleur des yeux de sa propriétaire. «À louer», annonçait une pancarte plantée au bord de la route. Je distinguai deux sacs de voyage dans le coffre. La banquette arrière disparaissait sous les cartons. Visiblement, un départ s'annonçait.

—Si c'est une meurtrière, pourquoi t'a-t-elle donné sa véritable adresse? s'étonna Zerbrowski.

—Nous vérifions les renseignements communiqués par nos clients. Nous exigeons plus de justificatifs qu'une banque.

—Pourquoi?

—Parce que, de temps en temps, nous tombons sur un cinglé. Ou un journaliste d'un canard à scandale. Il faut savoir à qui nous avons affaire. Elle a dû essayer de payer en liquide. Je te parie qu'elle a été surprise qu'on lui demande trois pièces d'identité.

Dolph prit la tête et nous le suivîmes comme de braves petits soldats. L'officier Kirlin était là avec son partenaire, un type plus âgé aux cheveux grisonnants et à la bedaine prononcée. À en juger par son expression amère, il avait déjà tout vu, et rien ne lui avait plu.

Dolph frappa à la porte d'entrée. Silence. Il frappa plus fort. Le battant vibra et s'ouvrit sur Elvira Drew. Elle portait un peignoir de satin vert vif serré à la taille et un vernis à ongles assorti. Son maquillage était toujours aussi parfait. Un foulard d'un vert légèrement bleu tenait ses longs cheveux blonds en arrière et faisait ressortir la couleur de ses yeux.

— L'océan, marmonna Dolph.

— Je vous demande pardon ?

— Pouvons-nous entrer, mademoiselle Drew ?

— Pour quoi faire ?

Nous n'avions pas eu le temps d'attendre un mandat de perquisition. Dolph n'était même pas certain qu'on nous l'aurait accordé sur la base de nos soupçons. Une comparaison poétique n'est pas une preuve.

Je tordis le cou pour me faire voir.

— Bonjour, mademoiselle Drew. Nous désirerions vous poser quelques questions au sujet de Louie Fane.

— Mademoiselle Blake, je ne savais pas que vous travailliez avec la police…

Elle me sourit et je lui souris. Louie était-il là ? Gagnait-elle du temps pendant que quelqu'un d'autre le tuait ?

Si j'avais été seule, j'aurais sorti mon flingue et forcé le passage. Le soutien de la police n'a pas toujours que des avantages.

— Nous enquêtons sur la disparition de Louie Fane. Vous êtes la dernière personne à l'avoir vu.

— Oh ! le pauvre garçon.

Elle ne bougea pas d'un pouce.

— Pouvons-nous entrer pour vous poser quelques questions ? insista Dolph.

— Je ne vois pas comment je pourrais vous aider. M. Fane n'est pas venu à notre rendez-vous.

Elle restait plantée là tel un mur souriant.

— Nous devons entrer et fouiller votre maison, mademoiselle Drew. Juste au cas où.

— Vous avez un mandat de perquisition ?

Dolph la fixa.

— Non, mademoiselle Drew.

— Dans ce cas, je suis désolée, mais vous ne pouvez pas entrer, dit-elle avec un sourire éblouissant.

Je saisis les revers de son peignoir assez fort pour m'apercevoir qu'elle ne portait pas de soutien-gorge dessous.

— Nous passerons, que ça vous plaise ou non. À vous de choisir si ce sera sur vous ou à côté !

La main de Dolph s'abattit sur mon épaule.

— Je suis navré, mademoiselle Drew. Mlle Blake a tendance à se montrer un peu trop zélée, dit-il, les dents serrées.

— Dolph…

— Lâche-la, Anita. Tout de suite.

Je sondai les yeux fascinants d'Elvira Drew. Et pour la première fois, j'y lus de la peur.

— S'il meurt, vous mourrez aussi, promis-je.

— On ne condamne pas les gens à mort sur de simples soupçons…

— Je ne parlais pas d'une exécution légale.

Elle écarquilla les yeux. Dolph me tira en arrière pendant que Zerbrowski se répandait en excuses pour mon attitude.

— Qu'est-ce que tu fiches ? siffla Dolph tout bas.

— Il est là-dedans, je le sais.

— Tu n'en es pas certaine. J'ai réclamé un mandat de perquisition, mais jusqu'à ce qu'on nous l'accorde, nous ne pouvons pas entrer sans sa permission à moins d'entendre ton ami crier au secours. C'est la loi.

— Ça craint.

— Peut-être, mais si les flics l'enfreignent, qui va la respecter ?

Je serrai les bras contre ma poitrine et enfonçai les ongles dans mes coudes. C'était ça ou flanquer mon poing dans la jolie petite gueule d'Elvira Drew. Louie était là-dedans, et c'était ma faute.

—Va faire un tour, Anita. Le temps de te calmer.

Je levai les yeux vers Dolph. Il aurait pu m'ordonner d'aller attendre dans la voiture, mais il ne l'avait pas fait. Je tentai de déchiffrer son expression impassible de flic.

—Oui, c'est une bonne idée, dis-je lentement.

Je me dirigeai vers les arbres. Personne ne tenta de m'arrêter. Dolph ne me rappela pas. Il devait pourtant se douter de ce que j'allais faire.

Des gouttes de neige fondue tombaient des branches sur mon visage et dans mes cheveux. Je marchai jusqu'à ce que la végétation rabougrie dissimule l'entrée de la demeure. En hiver, il est difficile de se cacher. Mais j'étais assez loin pour que Dolph puisse prétendre ne pas m'avoir vue.

Je contournai la maison. Les feuilles mortes formaient un tapis détrempé sous mes pieds. L'humidité traversait déjà mes Nike. J'avais mes deux flingues et deux couteaux. Gretchen ne m'avait jamais rendu celui que je lui avais planté dans la gorge, mais il faisait partie d'une série de quatre que j'avais fait fabriquer spécialement pour moi. Pas évident de trouver une lame qui contienne suffisamment d'argent pour tuer un monstre et qui ait quand même un tranchant affûté.

Pour le moment, je n'avais personne à tuer. Je voulais entrer dans la maison, localiser Louie et appeler à l'aide. Comme ça, la police aurait le droit d'intervenir. C'est la règle. Si Dolph n'avait pas eu peur que les complices d'Elvira butent Louie, il ne m'aurait jamais laissé faire. Mais flic ou pas flic, il est difficile d'attendre les bras croisés pendant que votre suspect règle son compte à une nouvelle victime.

Je débouchai sur l'arrière de la maison. Un petit porche abritait une porte vitrée qui donnait sur la cuisine, et une deuxième porte en bois. À Saint Louis, la plupart des maisons ont une cave. Dans les plus vieilles, on peut seulement y accéder par l'extérieur. Et si j'avais dû planquer quelqu'un, une cave m'aurait semblé l'endroit idéal.

Je scrutai les fenêtres de l'étage. Les rideaux étaient fermés. Un complice d'Elvira pouvait être en train de me surveiller de là-haut. Mais je devais courir le risque.

Je traversai l'étendue découverte du jardin sans dégainer mon Browning. J'avais affaire à des sorciers. En général, ils ne tirent pas sur les gens. Beaucoup d'entre eux abhorrent la violence. Les membres de la Wicca, par exemple, ne veulent pas entendre parler de sacrifices humains. Les autres n'ont pas autant de scrupules. Néanmoins, ils utilisent rarement des armes à feu.

Je m'agenouillai près de la porte grillagée qui conduisait au porche, et approchai ma main de la poignée autant que je pus sans la toucher vraiment. Pas de chaleur, pas de… Je ne sais pas trop comment décrire ça, mais je ne percevais pas de sort de protection.

Même les gentils sorciers placent parfois des glyphes sur leur porte. Il en existe deux sortes : ceux qui dénoncent une intrusion, et ceux qui marquent son auteur pour permettre au sorcier et à ses amis de le retrouver ensuite. Les sorciers maléfiques font bien pire. Comme nous savions à quel genre nous avions affaire, je préférais être prudente.

Je glissai la pointe de mon couteau entre le battant de la porte et l'encadrement. Une légère poussée me suffit pour l'ouvrir. La loi considérerait sans doute ça comme une effraction, même si je n'avais pas encore forcé de serrure. Je doutais que Dolph m'arrête pour une peccadille pareille. En revanche, si j'étais obligée d'abattre Elvira Drew…

Je me dirigeai vers la porte en bois : celle qui, je l'espérais, me conduirait à la cave. Je passai la main dessus et le sentis aussitôt. Un sort. Je n'en lance pas, et je ne sais pas les identifier. Je peux tout juste les percevoir et, éventuellement, les dissiper en faisant appel au pouvoir qui me permet de relever les morts. Mais j'ignore comment ça marche.

Et j'ignorais aussi ce que j'allais trouver derrière cette porte. L'ouvrir n'était pas tout : je pouvais être accueillie par une rafale de mitraillette. Et surtout, même si j'entrais sans problème, la personne qui avait lancé le sort saurait que je l'avais annulé. Elle s'en apercevrait tout de suite. Si Louie était derrière cette porte, ça n'aurait pas d'importance, parce que je réussirais à le protéger jusqu'à ce que mes hurlements ameutent la cavalerie. Mais s'il n'y était pas, ses geôliers risquaient de paniquer et de le tuer.

La plupart des sorciers, bons ou mauvais, vénèrent la nature. Les Wiccans auraient effectué leurs cérémonies dehors, se satisfaisant sans doute d'un espace clos et sombre.

Si j'avais capturé une victime sacrificielle, je l'entre-poserais le plus près possible de l'endroit où je compterais l'égorger. Ou l'écorcher, dans le cas présent. Mais je n'étais pas à la place de ces affreux. Si je me trompais et qu'ils tuaient Louie... Non, non. Pas la peine de me torturer en imaginant le pire.

Nous étions en milieu d'après-midi. Le soleil émettait une lumière pâle et grisâtre, mais il faisait encore jour. Or, je peux me servir de la totalité de mes pouvoirs uniquement après la tombée de la nuit. Le reste du temps, j'arrive à peine à percevoir les morts et certaines formes de magie.

La dernière fois que j'avais tenté ce genre de chose, il faisait nuit. J'approche la magie de la même façon que tout le reste : brutalement et directement. Et j'étais prête à parier que mes pouvoirs étaient supérieurs à ceux de la personne qui avait jeté ce sort. Que j'étais plus coriace qu'elle, en quelque sorte. Nous ne tarderions pas à découvrir si j'avais raison.

À la place d'Elvira Drew, glyphe ou pas glyphe, j'aurais verrouillé la porte. Pourquoi me contenter de désamorcer son piège magique ?

Je dégainai le Browning et reculai. Les pieds écartés pour avoir un meilleur équilibre, je visai un point en dessous de la serrure. Je me concentrai jusqu'à ce qu'il n'existe plus que ce morceau de bois au monde. Puis je lui flanquai un coup de pied de toutes mes forces.

Le battant s'ébranla mais ne s'ouvrit pas. Deux coups de pied supplémentaires et le bois vola en éclats autour de la serrure avant de céder.

Il n'y eut pas de lumière aveuglante. Un observateur n'aurait rien vu d'autre que moi, écroulée sur le sol. Tout mon corps me picotait comme si j'avais fourré les doigts dans une prise électrique.

Entendant un bruit de course dans la maison, je rampai jusqu'à la porte ouverte et me relevai en prenant appui sur la balustrade du porche. Un courant d'air frais me balaya le visage.

Je m'engageai dans l'escalier sans être certaine de pouvoir marcher. Je devais trouver Louie avant qu'Elvira me tombe dessus. Si je ne découvrais aucune preuve, elle pourrait me faire arrêter pour effraction, et nous ne serions pas plus avancés.

Je titubai dans l'escalier, une main agrippant la rampe, l'autre crispée sur mon Browning. L'obscurité était totale. Je ne voyais rien au-delà du rai de lumière qui filtrait par l'encadrement de la porte.

J'entendis des pas derrière moi.

—Louie, tu es là ?

Quelque chose remua dans les ténèbres, au pied des marches. Quelque chose de gros.

—Louie?

La silhouette d'Elvira se découpa en haut de l'escalier, à contre-jour. On l'eût dite enveloppée par un halo de lumière.

—Mademoiselle Blake, j'insiste pour que vous sortiez immédiatement de ma propriété.

Les démangeaisons continuaient. Si j'avais lâché la rampe, je serais tombée.

—C'est vous qui avez lancé le sort sur la porte?

—Oui.

—Vous êtes douée.

—Pas suffisamment, à ce qu'on dirait. Remontez.

Un grognement sourd monta de la cave. Ça ne ressemblait pas à un rat, et ça n'avait rien d'humain non plus.

—Montrez-vous, qui que vous soyez! lançai-je.

Le bruit se rapprocha. Une créature massive couverte de fourrure traversa le rai de lumière. Je pourrais toujours dire que j'avais cru que c'était Louie. M'adossant à la rampe, je criai.

Elvira regarda par-dessus son épaule. J'entendis du bruit de l'autre côté de la maison, à l'endroit où j'avais laissé Dolph et les autres.

—Soyez maudite! siffla-t-elle.

—Des promesses, toujours des promesses!

—Que je tiendrai dès que j'en aurai le temps.

—Ne vous gênez surtout pas.

Au lieu de fuir dans les bois, elle se contenta de battre en retraite dans sa cuisine. M'étais-je fourvoyée? Louie aurait été à l'étage? Étais-je coincée dans la cave avec une autre créature à poil ras? Jason, par exemple?

—Jason? appelai-je d'une voix hésitante.

Une silhouette s'approcha du bas des marches et leva le museau vers moi. C'était un chien. Un chien de la taille d'un poney, mais pas un métamorphe.

—Et merde!

Il recommença à grogner. Je me redressai et montai l'escalier à reculons. Je ne voulais pas lui faire de mal inutilement. Mais où était Dolph? Il aurait déjà dû arriver.

Le chien ne fit pas mine de me suivre. Il était sans doute censé garder la cave. Ça me convenait.

—Brave toutou.

Je sentis la poignée de la porte dans mon dos. Je sortis et la claquai vivement. Puis je me dirigeai vers celle de la cuisine.

Des voix filtraient de la maison. Accompagnées d'un grognement sourd qui se répercutait contre les murs. Mes cheveux se hérissèrent sur ma nuque.

—Je préférerais ne pas en venir aux mains, dit Dolph.

—Moi non plus, approuva Elvira. Partez tout de suite, et personne ne sera blessé.

—Vous savez bien que c'est impossible.

Je traversai la cuisine, une longue pièce étroite et blanche. Dans le couloir, un escalier conduisait à l'étage. Il était vide. Je me dirigeai vers le salon d'où semblaient venir les voix. Le grondement se fit de nouveau entendre, plus fort et plus insistant.

—Anita, ramène ton cul! cria Dolph.

Je sursautai. Il n'avait pas pu me voir.

Je mis un genou à terre et regardai par la porte du salon. Elvira se tenait face aux flics, flanquée par un loup énorme. Si on n'y regardait pas de trop près, on pouvait le prendre pour un chien. Ça valait mieux pour les voisins.

De l'autre côté de la femme, j'aperçus une panthère noire qui avait acculé Zerbrowski dans un coin de la pièce. Son dos lisse couvert de fourrure lui arrivait à la taille. Doux Jésus! Pourquoi Zerbrowski ne lui avait-il pas tiré dessus? Les flics ont quand même le droit de se défendre si on les agresse.

—Êtes-vous Louie Fane ou Jason? demanda Dolph.

Je compris qu'il posait la question aux métamorphes. Je ne lui avais pas dit en quoi se transformait Louie, et Jason était un loup. Mais pourquoi les croyait-il susceptibles de protéger Elvira?

Je me relevai et entrai dans le salon. Mon mouvement fut peut-être trop brusque, à moins que la panthère soit tombée à court de patience. Quoi qu'il en soit, elle bondit sur Zerbrowski.

Qui tira.

Le loup se tourna vers moi.

Tout ralentit. J'eus une éternité pour viser et appuyer sur la détente.

Plusieurs détonations résonnèrent en même temps. Le loup s'effondra, une de mes balles en argent dans le crâne. Et sans doute deux ou trois autres logées dans le corps.

On n'entendait plus que les hurlements de Zerbrowski. La panthère était sur lui et elle le massacrait. Dolph lui tira dessus une dernière fois avant de lâcher son flingue et de se jeter dans la mêlée.

Il ceintura le félin, qui se tourna vers lui en faisant claquer ses crocs. Dolph cria mais ne lâcha pas prise.

—Recule, Dolph, pour que je puisse la descendre! criai-je.

Il tenta de se dégager. La panthère se jeta sur lui, et ils roulèrent sur le sol. Je m'approchai, flingue tendu à bout de bras. Mais je n'osai pas tirer. Si je touchais Dolph accidentellement, le résultat serait le même que si la panthère le massacrait.

Je m'agenouillai près d'eux et enfonçai le canon du Browning dans la masse soyeuse de la fourrure de la panthère. Ses griffes me lacérèrent le bras. Ça ne m'empêcha pas d'appuyer sur la détente à deux reprises. La créature s'affaissa, eut un dernier soubresaut et mourut.

Dolph cligna des yeux. Il avait une belle balafre sur la joue, mais il était vivant.

Je me relevai. Mon bras gauche était tout engourdi ; traduction : salement amoché. Il vaudrait mieux être à proximité d'un docteur quand l'engourdissement se dissiperait.

Zerbrowski gisait sur le dos. Il y avait beaucoup de sang. Je m'accroupis près de lui. Posant le Browning, je cherchai son pouls. Irrégulier, mais présent. J'aurais pleuré de soulagement si j'en avais eu le loisir.

J'écartai les pans de son manteau et faillis lui vomir dessus. D'habitude, c'est le genre de truc qui le fait rire. La putain de panthère l'avait presque éviscéré. Ses intestins pendaient d'une plaie béante.

Je voulus enlever mon blouson pour en faire une compresse, mais mon bras gauche refusait de m'obéir.

— Quelqu'un pourrait m'aider ?

Personne ne se porta volontaire.

L'agent Kirlin était en train de passer les menottes à Elvira Drew. Son peignoir entrouvert montrait clairement qu'elle ne portait rien dessous.

Elle pleurait ses camarades morts.

— Il est vivant ? demanda Dolph.

— Oui.

— J'ai appelé une ambulance, annonça le partenaire de Kirlin.

— Venez m'aider à stopper l'hémorragie, ordonnai-je.

Il me regarda d'un air honteux, mais ni Kirlin ni lui ne bougèrent le petit doigt.

— Qu'est-ce qui vous arrive à tous les deux, bordel ? Venez m'aider !

— Nous ne voulons pas l'attraper.

— Attraper quoi ?

— La maladie.

Je revins en rampant vers la panthère noire. Même morte, elle était énorme, environ trois fois plus grosse qu'une panthère normale. Je fis courir mes mains le long de son estomac et trouvai l'endroit où les deux pans de fourrure se rejoignaient. Dedans, il y avait un corps humain nu.

— Ce sont des métamorphes, mais pas des lycanthropes. C'est un sort. Et ça n'est pas contagieux, espèce d'enculé de trouillard !

— Anita, ne l'injurie pas, dit Dolph d'une voix si faible et si lointaine que j'obéis sans discuter, pour une fois.

Le flic grisonnant enleva son propre blouson et le posa prudemment sur le corps inerte de Zerbrowski, comme s'il n'avait toujours pas confiance.

— Écartez-vous !

Je m'appuyai sur le blouson en utilisant tout mon poids pour maintenir les intestins de Zerbrowski dans sa cavité abdominale. Ils remuèrent sous ma main comme un nid de serpents.

— Quand se décidera-t-on enfin à vous filer des balles en argent ? maugréai-je.

— Bientôt, j'espère, soupira Dolph.

Je pourrais peut-être leur en offrir quelques boîtes pour Noël. Mon Dieu, je vous en supplie, faites qu'il y ait un Noël prochain pour nous tous.

Je regardai le visage de Zerbrowski. Il avait perdu ses lunettes dans la bagarre. Je les cherchai et ne les vis pas. Il me paraissait important de les trouver. Agenouillée dans une mare de son sang, je sanglotais parce que je ne trouvais pas ses putains de lunettes.

CHAPITRE 37

Les docteurs étaient en train de recoudre Zerbrowski. Aucun n'avait voulu avancer le moindre pronostic. Son état était… incertain.

Dolph aussi était à l'hôpital. Pas aussi mal en point, mais assez pour rester en observation un jour ou deux.

Zerbrowski n'avait pas encore repris connaissance quand on l'avait emmené. Sa femme Katie arriva peu de temps après. Je ne l'avais rencontrée qu'une seule fois.

Elle est petite, avec une masse de cheveux bruns qu'elle portait attachée en queue-de-cheval ce soir-là. Même sans maquillage, elle était ravissante. Je ne comprendrai jamais comment Zerbrowski a réussi à la séduire.

Elle approcha de moi, ses grands yeux noirs écarquillés de frayeur. Elle tenait son sac à main devant elle comme un bouclier, ses doigts s'enfonçant dans le cuir.

—Où est-il ? demanda-t-elle d'une voix aussi aiguë que celle d'une petite fille.

Ce n'était pas la frayeur : elle parle toujours comme ça.

Avant que je puisse répondre, un docteur poussa les portes battantes au bout du couloir. Katie fixa ses yeux sur lui, et toute couleur abandonna ses joues.

Je me levai et vins me planter près d'elle. Elle regardait l'homme en blouse blanche comme s'il était un monstre issu de son pire cauchemar.

Ce n'était sans doute pas loin de la vérité.

—Vous êtes madame Zerbrowski? demanda le docteur.

Elle hocha la tête. Ses mains tremblaient sur son sac à main.

—L'état de votre mari s'est stabilisé. Il devrait s'en sortir.

Il y aurait un Noël prochain pour nous tous, en fin de compte.

Katie soupira de soulagement et ses genoux cédèrent sous elle. Je la rattrapai avant qu'elle tombe. Elle se laissa aller contre moi. Par bonheur, elle ne devait pas peser plus de quarante-cinq kilos.

—Il y a une salle d'attente par là, si vous pouvez y aller…

Le docteur me regarda et haussa les épaules.

Je soulevai Katie dans mes bras, titubai et repris mon équilibre.

—Non, dis-je, on vous suit!

Je la portai jusqu'au chevet de son mari. Les doigts de Zerbrowski se refermèrent sur la petite main de Katie comme s'il avait conscience qu'elle était là.

Je reculai vers le couloir. Lucille, la femme de Dolph, pourrait s'occuper d'elle au cas où. En observant le visage blême de Zerbrowski, je priai le ciel qu'il n'y ait pas de nouveaux problèmes.

Je voulais attendre jusqu'à ce qu'il reprenne connaissance, mais le docteur m'informa que ça ne serait sans doute pas avant le lendemain. Et j'avais déjà trop de sommeil en retard.

Mes nouveaux points de suture déformaient la cicatrice en forme de croix, sur mon avant-bras gauche. Les griffes de la panthère étaient passées tout près du creux de mon coude. En portant Katie, j'avais fait sauter quelques agrafes. Du sang imbiba mon bandage.

Le docteur qui avait opéré Zerbrowski me soigna personnellement. Il eut l'air perplexe en découvrant mes cicatrices, mais se garda de tout commentaire.

Mon bras me faisait un mal de chien, mais nous étions tous vivants. Hip, hip, hip, hourra !

Nous avions retrouvé Louie drogué et ligoté dans la cave d'Elvira Drew. La jeune femme avait avoué s'être emparée de la peau d'un loup-garou et d'une panthère-garou, et avoir écorché le naga.

Jason n'était pas chez elle. Elle prétendit ne pas le connaître. Qu'aurait-elle pu faire d'une seconde peau de loup ? Elle avoua que celle de Louie lui était destinée. Quand nous lui demandâmes ce qu'elle comptait faire de la peau du naga, elle répondit que celle-là aussi était pour elle. Bref, elle couvrait au moins une autre personne.

C'était une sorcière qui avait utilisé sa magie pour tuer. Ça lui vaudrait une condamnation à mort exécutable dans les quarante-huit heures après que le jury aurait rendu son verdict. Pas d'appel. Pas de grâce présidentielle.

D'ici là, les avocats tenteraient de lui faire admettre qu'elle était à l'origine des autres disparitions de métamorphes. Plaider coupable en bloc aurait peut-être une chance d'adoucir la sentence… Même si j'en doutais un peu.

Le taxi me déposa devant mon immeuble à ce qui aurait pu être une heure décente. Richard était assis dans le couloir.

C'était la nuit de la pleine lune, donc je ne m'attendais pas à le voir là. Mais j'avais laissé un message sur son répondeur pour lui annoncer que nous avions retrouvé Louie, et qu'il était vivant.

Les flics m'avaient promis de faire tout leur possible pour protéger l'identité secrète de Louie. J'espérais qu'ils tiendraient parole.

La SPA avait récupéré le chien.

—J'ai eu ton message ! lança Richard. Merci d'avoir sauvé Louie.

Je glissai ma clé dans la serrure.

—De rien.

—Nous n'avons pas retrouvé Jason. Tu crois vraiment que les sorciers l'ont enlevé?

J'ouvris la porte. Il me suivit dans l'appartement et referma derrière lui.

—Je ne sais pas. Moi aussi, je me pose la question. Il aurait dû être chez Elvira…

Une fois sorti de sa peau, le loup s'était révélé être une femme que je ne connaissais pas.

Je me dirigeai vers la chambre comme si j'avais été seule. Richard m'emboîta le pas. Je me sentais détachée de tout, étrangement légère.

Les infirmiers avaient découpé la manche de mon blouson et celle de mon sweat-shirt. De toute façon, ils étaient déjà foutus. Ils avaient également découpé sans le vouloir le fourreau de mon couteau, que j'avais dû glisser dans ma poche. Les urgentistes sont tous des maniaques des ciseaux.

Richard vint se camper derrière moi sans me toucher.

—Tu ne m'as pas dit que tu étais blessée…

Le téléphone sonna. Je décrochai sans réfléchir.

—Anita Blake? demanda une voix masculine.

—Oui.

—Ici Samuel Williams. Le biologiste de la réserve naturelle Audubon. Je viens d'écouter certaines cassettes sur lesquelles j'ai enregistré mes chouettes. Et je suis presque certain d'avoir entendu des hurlements de hyènes sur l'une d'elles. J'en ai parlé aux flics, mais ils n'ont pas eu l'air de comprendre ce que ça signifiait.

—Vous pensez à une hyène-garou?

—Exact.

Personne ne lui avait dit que l'assassin était sans doute un lycanthrope. Mais un des métamorphes disparus était effectivement une hyène. Elvira Drew avait peut-être dit la vérité. Elle ignorait ce qui était arrivé aux autres.

—Vous disiez que vous en avez parlé à la police…

—Oui.

—À qui au juste?

—J'ai téléphoné au bureau du shérif Titus.

—Qui vous a répondu?

—L'adjoint Aikensen.

—Savez-vous s'il a transmis le message?

—Non, mais pourquoi ne l'aurait-il pas fait?

Oui, pourquoi? C'était toute la question.

—Quelqu'un vient de frapper à ma porte. Ne quittez pas, s'il vous plaît.

—Je crois que…

—Je reviens tout de suite.

—Williams! Williams, n'allez pas ouvrir! m'égosillai-je.

Mais je parlais dans le vide.

Je l'entendis traverser la pièce. Ouvrir la porte. Pousser un hoquet de surprise.

Puis des pas plus lourds approchèrent du téléphone. Quelqu'un saisit le combiné et se contenta de respirer dedans.

—Parlez-moi, fils de pute!

J'attendis quelques instants.

—Si vous lui faites du mal, Aikensen, je vous découperai la queue à la petite cuiller et je vous la ferai bouffer!

Mon interlocuteur éclata de rire et raccrocha. Je ne pourrais jamais prouver devant un tribunal que c'était à lui que j'avais parlé.

—Merde, merde, merde!

—Qu'est-ce qui ne va pas? demanda Richard.

J'appelai les renseignements, demandai le numéro du département de police de Willoton et acceptai qu'ils me facturent vingt *cents* pour le composer automatiquement.

—Anita, qu'y a-t-il? insista Richard.

Je levai une main pour lui faire signe d'attendre.

Une femme décrocha.

—Vous êtes l'adjoint Holmes ?

Ce n'était pas elle. Je fis valoir qu'il s'agissait d'une question de vie ou de mort, et obtins qu'elle me passe le commissaire Garroway. Sans l'engueuler. Selon moi, ça méritait plusieurs bons points, vu la situation.

Je fis un résumé des derniers événements à Garroway.

—J'ai du mal à croire qu'Aikensen soit impliqué dans une histoire pareille, déclara-t-il quand j'eus terminé, mais je vais envoyer une voiture.

—Merci.

Je raccrochai.

—Pourquoi n'as-tu pas appelé le SAMU ? demanda Richard.

—Ils contacteraient la police du comté. Qui chargerait peut-être Aikensen de l'affaire.

Je luttai pour enlever mon blouson massacré. Richard m'aida. Sans lui, je n'y serais peut-être pas arrivée avec mon bras bandé jusqu'au coude.

Je m'aperçus que j'étais à court de manteaux. Deux de foutus en deux jours ! Je saisis une redingote en velours rouge, que j'avais dû porter trois fois. Pas vraiment discrète, mais je pourrais toujours l'enlever si j'avais besoin de surprendre quelqu'un.

Richard dut m'aider à enfiler la manche gauche. Mon bras me faisait encore mal.

—Allons chercher Jason.

Je le dévisageai.

—Tu n'iras nulle part. C'est la pleine lune, lui rappelai-je.

—Tu n'arrives pas à t'habiller toute seule. Comment veux-tu conduire ?

Là, il marquait un point.

—Ça risque de te mettre en danger.

—Je suis un loup-garou, et tu viens de dire toi-même que c'est la pleine lune. Je pense être capable de me défendre.

Son regard se fit lointain, comme s'il entendait des voix qui ne parlaient qu'à lui.

— D'accord. On y va, mais on commence par s'occuper de Williams. De toute façon, je pense que nos disparus ne doivent pas être loin de chez lui.

Sous son cache-poussière, Richard portait un tee-shirt blanc, un jean avec un genou déchiré et une paire de baskets défoncées.

— Tu t'habilles mieux que ça, d'habitude, dis-je.

— Je déchire mes fringues chaque fois que je me transforme. Ça finit par coûter cher, et je n'ai qu'un misérable salaire de prof. Tu es prête?

— Oui.

— Allons-y.

Quelque chose en lui avait changé. Je percevais une tension, comme celle de l'eau dans un verre plein juste avant qu'elle déborde. Quand je croisai ses yeux marron, je vis son regard basculer. Au fond, une silhouette poilue se tapissait, attendant le moment de bondir.

De l'impatience! La bête de Richard regardait à travers ses yeux et elle avait hâte de passer à l'action.

Que pouvais-je dire? Nous nous mîmes en route.

Chapitre 38

E dward était assis sur le capot de ma Jeep, les bras croisés, son souffle formant un nuage de vapeur devant son visage. La température était tombée de sept ou huit degrés depuis le crépuscule. Toute la neige à moitié fondue s'était transformée en verglas qui crissait sous les pas.

—Que fais-tu là, Edward?

—J'allais monter chez toi quand je vous ai vus descendre.

—Qu'est-ce que tu veux?

—Jouer avec toi.

—Ben voyons! Tu ne sais pas dans quoi je suis impliquée, mais tu veux participer quand même.

—En te suivant partout, j'ai l'occasion de tuer des tas de gens.

Triste à dire, mais c'est vrai.

—Je n'ai pas le temps de discuter avec toi. Monte.

Il se glissa sur la banquette arrière.

—Qui allons-nous buter ce soir?

Richard mit le contact et démarra pendant que je bouclais ma ceinture de sécurité.

—Voyons voir… Un flic renégat et la personne qui a enlevé des métamorphes.

—Je croyais que c'étaient les sorciers, s'étonna Edward.

—Ils sont responsables d'une partie des disparitions.

—Tu crois que j'aurai l'occasion de descendre un métamorphe?

Il avait dit ça pour taquiner Richard, qui ne s'en offensa pas.

— Je me demande depuis un moment pourquoi ils ne se sont pas débattus, murmura-t-il. Leur agresseur devait être une personne qu'ils connaissaient. Quelqu'un en qui ils avaient confiance.

— Qui, à ton avis ? demandai-je.

— L'un d'entre nous.

— Youhou ! se réjouit Edward. Il y a du lycanthrope au menu ce soir.

Richard ne le contredit pas. Si ça lui allait, ça m'allait aussi.

CHAPITRE 39

Williams gisait recroquevillé sur le flanc. On lui avait tiré en plein cœur à bout portant. Deux fois. Au temps pour son doctorat! Une de ses mains tenait un .357 Magnum. J'étais certaine qu'on trouverait des traces de poudre sur ses doigts, comme s'il avait réellement tiré.

L'adjoint Holmes et son partenaire, dont le nom m'échappait, étaient allongés près de lui. Le Magnum avait ouvert un cratère dans la poitrine de Holmes. Elle n'était plus aussi jolie avec le visage tout flasque. Ses yeux grands ouverts fixant le ciel, elle n'avait même pas l'air endormi. Seulement morte.

La balle qui avait atteint son partenaire avait emporté une bonne partie de sa tête. Son sang et sa cervelle se mêlaient sur la croûte de neige durcie. Il avait toujours son flingue à la main.

Holmes avait eu le temps de dégainer elle aussi. Pour ce que ça lui avait servi... Je doutais que l'un d'eux ait abattu Williams, mais j'aurais parié un mois de salaire que les balles qui l'avaient tué provenaient d'une de leurs armes de service.

Je m'agenouillai près d'eux.

—Et merde!

Richard fixait Williams comme s'il s'efforçait de mémoriser ses traits.

—Samuel n'avait pas de flingue. Même pas un fusil. Il était contre la chasse.

—Tu le connaissais?

—Souviens-toi que j'enseigne à Audubon.

Je hochai la tête, en proie à un étrange sentiment d'irréalité. Ce que j'avais sous les yeux n'était qu'une mise en scène. Laisserais-je l'assassin s'en tirer? Sûrement pas.

—Il est mort, dis-je tout bas.

Edward s'approcha.

—Qui est mort?

—Aikensen. Il parle et il marche, mais il est déjà mort. Il ne le sait pas encore, c'est tout.

—Où pouvons-nous le trouver?

Une bonne question. À laquelle je n'avais pas de réponse.

Mon bipeur sonna et je poussai un cri. Un de ces petits glapissements effrayés qui nuisent terriblement à mon image de dure à cuire. Le cœur battant à tout rompre, je consultai le numéro.

Je ne le connaissais pas. Qui cela pouvait-il être? Et surtout, était-ce assez important pour que je rappelle ce soir? J'avais laissé mon numéro de bipeur à l'hôpital. Et je n'avais pas noté celui du service. Il fallait que je trouve un téléphone. De toute façon, je devais informer le commissaire Garroway que ses adjoints étaient tombés dans une embuscade.

Je me dirigeai vers la maison de Williams. Edward me suivit. Nous avions atteint le porche quand je m'aperçus que Richard n'était pas avec nous. Je fis volte-face et le vis, agenouillé près de Williams. Je crus d'abord qu'il priait. Puis je m'aperçus qu'il touchait la neige ensanglantée. Avais-je vraiment envie de savoir? Oui.

Je revins sur mes pas. Edward resta sous le porche sans que j'aie eu besoin de le lui demander. Un bon point pour lui.

—Richard, tu vas bien?

Une question stupide, mais je ne savais pas quoi demander d'autre.

Sa main se referma sur la neige ensanglantée et durcie. Il secoua la tête. Je crus qu'il était seulement en colère ou affligé, jusqu'à ce que je voie la sueur sur son visage.

Les yeux fermés, il leva la tête vers le ciel. La lune était pleine, lourde, ronde et argentée. À cette distance de la ville, loin de la pollution, elle éclairait presque comme en plein jour. Des nuages filandreux et phosphorescents cheminaient vers l'horizon.

—Richard?

—Je le connaissais, Anita. Nous allions observer les oiseaux ensemble. Ou nous parlions de sa thèse de doctorat. C'était mon ami, et pourtant, je ne pense qu'à une chose: l'odeur de son sang encore tiède.

Il rouvrit les yeux et les fixa sur moi. Il y avait du chagrin dans ses prunelles, mais surtout des ténèbres. La bête approchait de la surface.

Je me détournai, incapable de soutenir son regard.

—Je dois passer un coup de fil. Essaie de ne pas bouffer les preuves.

Je m'éloignai dans la neige. La soirée avait déjà été bien trop longue.

Le téléphone de Williams était dans sa cuisine. J'appelai d'abord Garroway pour l'informer de la situation. Quand il recouvra l'usage de la parole, il jura et promit de partir tout de suite.

Il se demandait sans doute si les choses auraient tourné de la même façon s'il était venu en personne au lieu d'envoyer ses adjoints. Être le chef et prendre les décisions est toujours difficile.

Je raccrochai et composai le numéro inscrit sur mon bipeur.

—Bonsoir. Ici Anita Blake. Vous avez essayé de me contacter?

—Anita, c'est Kaspar Gunderson.

L'homme-cygne.

—Oui, Kaspar. Que se passe-t-il?

—Vous n'avez pas l'air dans votre assiette. Il est arrivé quelque chose de nouveau?

—Des tas de choses. Mais pourquoi m'avez-vous appelée?

—J'ai trouvé Jason.

Je me redressai.

—Vous plaisantez!

—Non. Je l'ai ramené chez moi. J'ai essayé de joindre Richard, mais sans succès. Savez-vous où il est?

—Avec moi.

—Parfait. Peut-il venir me débarrasser de Jason avant qu'il se transforme?

—Je suppose que oui. Mais pourquoi?

—Je suis un oiseau, Anita. Pas un prédateur. Donc incapable de contrôler un loup inexpérimenté.

—D'accord, je vais lui dire. Où habitez-vous?

—Richard connaît mon adresse. Je dois retourner près de Jason pour le calmer. S'il pète un plomb avant votre arrivée, je fuirai. Donc, si je ne viens pas vous ouvrir la porte, vous saurez à quoi vous attendre.

—Vous croyez vraiment qu'il vous ferait du mal?

—Dépêchez-vous, je vous en prie.

Il raccrocha.

Richard venait d'entrer dans la maison. Debout sur le seuil, il regardait dans le vague, comme s'il écoutait une musique qu'il était le seul à entendre.

—Richard?

Il tourna la tête vers moi au ralenti. Ses yeux avaient maintenant une teinte jaune doré.

—Doux Jésus! soufflai-je.

Il soutint mon regard.

—Que se passe-t-il?

—Kaspar a appelé. Il a trouvé Jason. Il essayait de te joindre. Il dit qu'il ne pourra pas le contrôler s'il se transforme.

—Jason va bien, murmura Richard sur un ton presque interrogateur.

—Et toi ?

—Non. Je dois me transformer très bientôt, ou c'est la lune qui choisira le moment pour moi.

Je ne comprenais pas ce que ça signifiait, mais il me l'expliquerait dans la voiture.

—Edward va nous conduire, au cas où la lune choisirait le moment où nous roulerons sur l'autoroute.

—Bonne idée. Mais Kaspar habite dans le coin. Un peu plus haut dans la montagne.

—Génial. Allons-y.

—Une fois là-bas, il faudra que tu me laisses avec Jason.

—Pourquoi ?

—Je peux faire en sorte qu'il ne blesse personne, mais il devra chasser. Je l'emmènerai dans les bois. Il y a des tas de daims.

Je le dévisageai. C'était toujours Richard, mon bien-aimé Richard… Mais ses yeux d'ambre se détachaient de façon frappante dans son visage tendu.

—Tu ne vas pas te transformer dans la voiture, hein ?

—Non. Je ne te mettrais pas en danger. Et je contrôle totalement ma bête. C'est pour ça qu'on me considère comme un mâle alpha.

—Oh ! je me doutais bien que tu ne me mangerais pas. Je m'inquiète juste pour mes housses de siège. Elles sont toutes neuves. Je ne voudrais pas que tu dégoulines dessus.

Il me sourit. Une vision qui aurait été beaucoup plus réconfortante si ses dents n'avaient pas été plus pointues que d'habitude.

Dieu du ciel !

CHAPITRE 40

La maison de Kaspar Gunderson était toute en pierre : des murs de granit bordés de blanc, avec un toit gris clair et une porte blanche. À la fois propre et rustique.

Elle se dressait dans une clairière au sommet de la montagne. La route n'allait pas plus loin.

Richard appuya sur la sonnette. Kaspar vint nous ouvrir. Il sembla très soulagé de nous voir.

— Richard, Dieu merci ! s'exclama-t-il. Jason a réussi à conserver sa forme humaine, mais je doute qu'il tienne plus longtemps.

Il s'effaça pour nous laisser passer.

Deux hommes étranges étaient assis dans son salon. Celui de gauche était petit, brun de cheveux et de peau, et il portait des lunettes à monture métallique. L'autre était plus grand et blond, avec une barbe tirant sur le roux. Tous les deux contrastaient avec le décor entièrement blanc, de la moquette à la tapisserie en passant par le canapé et les fauteuils. On se serait cru dans un cône de glace à la vanille. Kaspar avait le même canapé que moi. Il était temps que je change de meubles.

— Qui sont ces gens ? s'étonna Richard. Ils ne sont pas comme nous…

— Vous pouvez le dire, ricana une voix masculine que je commençais à bien connaître.

Titus apparut sur le seuil de la cuisine, un flingue à la main.

— Que personne ne bouge ! ordonna-t-il avec un accent du Sud plus épais que jamais.

Aikensen émergea par la porte qui conduisait aux autres pièces de la maison. Il brandissait un nouveau Magnum.

— Vous les achetez en gros ? lançai-je.

— J'ai adoré que vous me menaciez au téléphone. Ça m'a excité.

Sans réfléchir, je fis un pas en avant.

— Je vous en prie, dit Aikensen en braquant son flingue sur ma poitrine.

Titus visait Richard. Les deux inconnus avaient également sorti des armes à feu. Ce que j'appelle une réception chaleureuse.

Edward était immobile derrière moi. Je le sentais calculer nos chances.

Le cliquetis d'un fusil de chasse qu'on arme se fit entendre dans notre dos. Nous sursautâmes tous, même Edward.

Un autre homme venait d'apparaître dans l'entrée. Je remarquai d'abord ses cheveux gris acier et sa calvitie naissante…

Il pointa le canon de son fusil sur la tête d'Edward. S'il tirait, les restes ne suffiraient pas à remplir un sac plastique de supermarché.

— Les mains en l'air ! cria-t-il.

Nous obtempérâmes. Il ne nous laissait pas vraiment le choix.

— Croisez les mains sur votre tête, dit Titus.

Edward et moi avions l'habitude. Richard fut un peu plus long à la détente.

— Plus vite que ça, le loup-garou, ou je te descends sur place. Et je me fais ta petite amie par-dessus le marché.

Richard obtempéra.

— Kaspar, que se passe-t-il ?

Notre hôte s'assit confortablement sur le canapé. Il semblait heureux comme un poisson dans l'eau... Ou devrais-je plutôt dire un cygne?

—Ces messieurs ici présents paient une petite fortune le privilège de chasser des lycanthropes. Je leur fournis des proies et un terrain de jeu, expliqua-t-il, l'air très satisfait.

—Titus et Aikensen s'assurent que personne ne se doute de rien, pas vrai?

—Je vous avais dit que je chassais, mademoiselle Blake, fit le shérif.

—L'homme qu'on a retrouvé mort l'autre jour était un de vos clients?

Il cligna des paupières, sans détourner le regard mais en frémissant de manière visible.

—En effet, mademoiselle Blake.

Je fixai mes yeux sur les deux inconnus qui nous menaçaient. Le troisième était dans mon dos.

—Vous croyez que votre violon d'Ingres vaut la peine de mourir?

Le brun m'observa derrière ses lunettes rondes. Son regard était calme et distant. Si ça le chiffonnait de tenir en joue d'autres êtres humains, ça ne se voyait pas sur son visage.

Les yeux du barbu sondaient la pièce sans jamais s'attarder plus de quelques secondes au même endroit. Il n'avait pas l'air très à son aise.

—Pourquoi n'avez-vous pas fait disparaître le cadavre de Williams avant l'arrivée de Holmes et de son partenaire? demandai-je à Titus.

—Nous étions en train de chasser, répondit Aikensen à sa place.

—Kaspar, vous êtes un des nôtres! s'indigna Richard.

—Non, répliqua Kaspar en se levant. Je ne suis pas un

lycanthrope. Je n'ai même pas hérité génétiquement de ma condition. J'ai été maudit par une sorcière, il y a si longtemps que je ne me rappelle plus quand.

— Vous n'espérez pas qu'on va pleurer sur votre sort ? crachai-je.

— Non. En fait, je n'ai pas d'explication à vous donner. Mais vous vous êtes tous les deux comportés dignement avec moi, et je suppose que je me sens un peu coupable. (Kaspar haussa les épaules.) Ce sera notre dernière chasse. Une grande soirée de gala.

— J'aurais pu comprendre que vous massacriez Raina et Gabriel. Mais que reprochez-vous aux lycanthropes que vous avez jetés en pâture à ces monstres ?

— Quand la sorcière m'a dit ce qu'elle venait de faire, j'ai pensé que devenir un prédateur ne me dérangerait pas. Je pourrais toujours chasser et exterminer mes ennemis. Au lieu de cela, il a fallu qu'elle me transforme en… ça.

Il écarta les mains.

— Vous les avez tués parce que vous étiez jaloux d'eux, murmurai-je, incrédule.

— L'envie est une émotion amère, Anita.

Je voulus le traiter d'enflure, mais ça n'aurait rien arrangé. Sept personnes venaient de mourir parce que ce fils de pute n'était pas content d'être un cygne.

— La sorcière aurait dû vous tuer lentement, dans d'atroces souffrances.

— Elle voulait que j'apprenne ma leçon et que je me repente.

— Je ne suis pas une grande fan du repentir. Une bonne petite vengeance, c'est dix fois mieux !

— Si je n'étais pas certain que vous alliez mourir ce soir, cette déclaration m'inquiéterait.

— Alors, inquiétez-vous, répliquai-je.

— Où est Jason ? demanda Richard.

— Nous allons vous conduire à lui. Pas vrai, les mecs ? lança Titus.

Edward n'avait pas dit un mot. J'ignorais à quoi il pensait, mais j'espérais qu'il ne tenterait rien. Sinon, la plupart des occupants de cette pièce mourraient dans les secondes suivantes. Et nous serions du nombre.

— Fouille-les, Aikensen.

L'adjoint de Titus rengaina son flingue. Ce qui laissait un revolver, deux automatiques et un fusil de chasse. C'était encore trop. Edward et moi sommes une équipe diablement efficace, mais on a quand même nos limites.

Aikensen palpa rapidement les vêtements de Richard. Il eut l'air de prendre du bon temps, jusqu'à ce qu'il lève la tête et aperçoive les yeux de mon petit ami. Ses yeux de loup. Je le vis pâlir. Tant mieux. Sa nervosité jouerait en notre faveur.

Aikensen s'approcha de moi et me força à écarter les jambes d'un coup de pied. Je le foudroyai du regard. Ses mains se tendirent vers ma poitrine : le seul endroit où je ne risquais pas d'avoir dissimulé une arme.

— S'il commence à me peloter, je vous préviens que je sors mon flingue pour tenter ma chance, menaçai-je.

— Aikensen, tiens-toi un peu mieux avec les dames ! cria Titus.

Son adjoint se laissa tomber à genoux devant moi. Il passa juste la paume de sa main sur mon sein gauche, effleurant le mamelon. Je lui abattis mon coude droit sur le nez. Du sang jaillit. Il roula sur le sol en se tenant la tête.

L'homme brun se leva d'un bond en pointant son flingue sur moi. Les verres de ses lunettes reflétaient la lumière qui brillait dans ses yeux.

— Tout le monde se calme ! dit Titus. Aikensen l'a bien cherché.

Son adjoint se redressa, le visage ensanglanté. Il tâtonna à la recherche de son Magnum.

—Si tu dégaines, je te descendrai moi-même, l'avertit le shérif.

Aikensen respirait par la bouche, un peu trop fort. De petites bulles de sang se formaient sous son nez chaque fois qu'il essayait d'inspirer avec. Cassé, sans doute. Pas aussi bien que de l'avoir éviscéré, mais c'était un début.

Il s'immobilisa à genoux, une main posée sur la crosse de son flingue. Ses yeux trahissaient une lutte intérieure. Il avait suffisamment envie de me buter pour tenter sa chance. Tant mieux, parce que c'était réciproque !

—Aikensen, siffla Titus, comme s'il venait juste de comprendre que son adjoint était assez fou pour se ficher de ses ordres. Je suis sérieux, mon garçon. Ne m'oblige pas à te le prouver.

Son adjoint se releva en crachant du sang.

—Tu vas mourir ce soir, salope !

—Peut-être. Mais ce n'est pas vous qui me tuerez.

—Mademoiselle Blake, si vous pouviez éviter d'asticoter Aikensen le temps que je l'éloigne de vous, je vous en serais très reconnaissant.

—Je suis toujours ravie de coopérer avec la police.

Titus éclata de rire. Le salaud.

—Le crime paie mieux que la justice.

—Allez vous faire foutre !

—Pas la peine d'être grossière. (Il rengaina son flingue.) Je vous fouillerai moi-même. Et il n'y aura pas d'attouchements déplacés. Mais si vous remuez encore, fût-ce le petit doigt, nous serons obligés de descendre un de vos copains pour prouver que nous ne plaisantons pas. Je suis certain que vous ne voulez pas que votre petit chéri se fasse tuer à cause de vous.

Il eut un sourire bon enfant. Doux Jésus ! Les monstres ne sont pas toujours ceux que l'on croit.

Il me délesta de mes deux flingues et me palpa une

seconde fois pour s'assurer qu'il n'avait rien oublié. Je dus frémir, car il demanda :

— Comment vous êtes-vous fait mal au bras ?

— En aidant les flics dans une autre enquête.

— Ils ont laissé une civile s'exposer ?

— Le divisionnaire Storr et l'inspecteur Zerbrowski sont tous les deux à l'hôpital. Ils ont été blessés dans l'exercice de leurs fonctions.

Quelque chose passa sur son visage poupin. Quelque chose qui aurait pu être du regret.

— La seule récompense des héros, c'est la mort, mademoiselle Blake. Vous feriez bien de vous en souvenir.

— Les méchants aussi finissent par crever, Titus.

Il releva la manche de ma redingote rouge, me prit mon couteau et le soupesa pour tester son équilibre.

— Fait sur mesure ? Bel équipement, me félicita-t-il.

— Gardez-le. Je le récupérerai plus tard.

— Vous êtes courageuse, je vous le concède, dit-il en gloussant.

— Et vous, vous êtes un putain de lâche !

Son sourire s'évanouit.

— Chercher à avoir toujours le dernier mot n'est pas une qualité, mademoiselle Blake. Ça tend à énerver les gens.

— C'est plus ou moins l'idée.

Titus passa à Edward. À sa décharge, je devais reconnaître qu'il ne laissait rien au hasard. Il découvrit deux automatiques, un Derringer et un couteau assez énorme pour ressembler à une épée courte. Je ne voyais pas où Edward avait bien pu dissimuler un truc pareil.

— Vous vous prenez pour qui, tous les deux ? demanda Titus. La cavalerie ?

Edward garda le silence. Je décidai d'en faire autant. Il y avait trop d'armes dans cette pièce pour courir le moindre

413

risque. Nous étions en infériorité numérique et matérielle. Cette semaine commençait vraiment mal.

—À présent, nous allons tous descendre, annonça Titus. Vous prendrez part à notre dernière chasse. Nous vous lâcherons dans les bois et, si vous parvenez à nous échapper, vous serez libres. Vous pourrez vous pointer au commissariat le plus proche pour nous dénoncer. Mais si vous tentez quoi que ce soit avant que nous vous laissions partir, nous vous descendrons sur place. C'est bien compris?

Nous le regardâmes en silence.

—Je n'ai rien entendu.

—C'est compris, marmonnai-je.

—Et toi, blondinet?

—Compris, dit Edward.

—L'homme-loup?

—Ne m'appelez pas comme ça, dit Richard.

Il ne semblait pas particulièrement effrayé. Tant mieux.

—On peut baisser les mains? demandai-je.

—Non.

Mon bras gauche recommençait à me faire mal. S'il ne m'arrivait rien de plus douloureux avant la fin de la nuit, je m'en tirerais à bon compte.

Aikensen descendit le premier. Richard le suivit, flanqué de l'homme brun. Vinrent ensuite le barbu, moi, Titus, Edward et le type au fusil de chasse. Kaspar ferma la marche. Une véritable parade.

L'escalier conduisait à une caverne naturelle qui s'étendait sous la maison. Elle devait faire trente mètres sur quinze, avec un plafond culminant à quatre mètres de hauteur. J'aperçus l'entrée d'un tunnel dans le fond. Des ampoules électriques projetaient une lumière jaune et crue.

Deux cages étaient adossées à la paroi de granit. Jason était recroquevillé en position fœtale sur le plancher de la première. Il ne bougea pas à notre entrée.

—Que lui avez-vous fait? demanda Richard.

—Nous avons tenté de le forcer à se transformer pour nous. Le piaf nous a assuré qu'il ferait une cible facile.

Kaspar s'agita, mal à l'aise. Parce qu'on le traitait de « piaf », ou à cause de l'entêtement de Jason qui nuisait à sa crédibilité? Difficile à dire.

—Il se transformera pour nous, insista-t-il.

—J'espère bien, cracha le type au fusil.

Kaspar le foudroya du regard.

Aikensen ouvrit la cage vide. Son nez saignait toujours. Il le tamponnait avec une poignée de Kleenex sans réussir à stopper l'hémorragie.

—Entre là-dedans, mon loup, ordonna Titus.

Richard hésita.

—Monsieur Carmichael?

L'homme brun leva son 9 mm et sortit un .22 de sa ceinture. De sa main libre, il le braqua sur Jason.

—De toute façon, nous avions envisagé de lui mettre une balle dans la carcasse pour le persuader de se montrer un peu plus coopératif, dit Titus.

Richard ne bougea pas.

Carmichael passa le canon de son flingue entre les barreaux de la cage et visa.

—Ne tirez pas. Je vais le faire.

Richard entra dans la deuxième cage.

—À ton tour, blondinet.

Edward obtempéra sans discuter. Il le prenait beaucoup mieux que je l'aurais cru.

Aikensen referma la porte. Il verrouilla le cadenas et s'approcha de la cage de Jason. Il s'immobilisa, ses Kleenex imbibés de sang pressés sur le nez. Une goutte de liquide rouge foncé tomba sur le sol.

—Toi, tu vas avec notre jeune ami.

Richard agrippa les barreaux de sa cage.

—Vous ne pouvez pas la mettre là-dedans, dit-il. Après sa transformation, Jason aura besoin de se nourrir.

—Deux choses peuvent accélérer la transformation : le sexe et le sang, dit Kaspar. Et nous savons déjà que votre amie lui plaît beaucoup.

—Ne faites pas ça, Kaspar.

—Trop tard.

Si j'entrais dans cette cage, je finirais bouffée toute crue. Une possibilité qui figurait en bonne place sur la liste des cinq façons dont j'avais le moins envie de mourir. Plutôt les laisser me tirer dessus. Ce serait plus propre et moins douloureux.

—Aikensen va ouvrir cette cage, et vous y entrerez, mademoiselle Blake.

—Non.

—Si vous refusez, M. Fienstein ici présent vous descendra. N'est-ce pas, monsieur Fienstein ?

Le barbu au regard hésitant pointa sur moi son 9 mm Beretta. Joli flingue, pour qui se moque de faire des infidélités à l'industrie américaine. Le canon avait l'air très gros et très impressionnant vu du mauvais côté.

—Allez-y, butez-moi !

—Mademoiselle Blake, je ne bluffe pas.

—Moi non plus. Entre me faire dévorer vivante ou crever d'une balle, mon choix est vite fait.

—Monsieur Carmichael, voulez-vous pointer votre arme par ici ? (L'homme brun obéit.) Nous pourrions nous contenter de vous blesser, mademoiselle Blake. De vous loger un pruneau dans la jambe et de vous jeter de force dans cette cage.

Je sondai les petits yeux porcins de Titus et compris qu'il était sérieux. Je ne voulais pas entrer dans cette cage, mais je voulais encore moins y entrer blessée.

—Je vais compter jusqu'à cinq, mademoiselle Blake, puis M. Carmichael tirera. Un… deux… trois… quatre…

— D'accord, d'accord. J'y vais.

Aikensen ouvrit la porte et la claqua derrière moi dès que je fus passée. Je me plaquai contre les barreaux. Jason frissonnait comme s'il avait la fièvre, mais il ne fit pas mine de se jeter sur moi.

Dehors, les chasseurs semblaient déçus.

— Nous avons payé très cher pour que vous nous fournissiez un loup-garou, grogna le type au fusil. Nous en voulons pour notre argent !

— Nous avons toute la nuit devant nous, messieurs, dit Kaspar. Il ne résistera pas éternellement à ce morceau de choix.

Je n'aimais pas qu'on me traite de morceau, même de choix.

— J'ai appelé Garroway avant de venir. Je lui ai dit que ses adjoints étaient tombés dans une embuscade tendue par Aikensen.

— Menteuse !

— Vous ne me croyez pas ?

— Nous devrions peut-être nous contenter de tous vous tuer et de mettre les voiles. C'est ce que vous souhaitez, mademoiselle Blake ?

— Vous rembourseriez vos clients ?

— Vous nous avez promis une partie de chasse sans précédent, Titus, dit Carmichael, mécontent. La police ignore que Gunderson est impliqué dans l'affaire. Il n'a qu'à rester en haut. Si les flics se pointent, il répondra à leurs questions.

Titus s'essuya les paumes sur son pantalon. Il transpirait de plus en plus. Mais était-ce bon signe ?

— Elle n'a pas appelé. Elle bluffe, affirma Aikensen.

— Obligez le loup-garou à se transformer ! ordonna Carmichael.

— Il ne lui accorde aucune attention, grommela le type au fusil.

—Laissez-lui un peu de temps, messieurs.

—C'est vous l'expert, Kaspar. Trouvez un moyen.

Kaspar sourit en regardant quelque chose derrière moi.

—Je pense que ça ne devrait plus être long.

Je me retournai lentement. Jason était toujours pelotonné sur le plancher de la cage, mais il avait tourné la tête vers moi. Soudain, il s'agenouilla, me dévisagea un instant, puis leva les yeux vers les chasseurs.

—Je refuse. Je ne me transformerai pas pour vous, dit-il d'une voix tendue, mais toujours humaine.

Mon soulagement fut de courte durée.

—Tu as tenu pendant longtemps, susurra Kaspar, mais la lune se lève. Sens sa peur, Jason. Sens son corps. Tu sais que tu la veux.

—Non! Je ne me donnerai pas en spectacle comme un monstre de foire.

—Ça faciliterait les choses si nous leur laissions un peu d'intimité? demanda Titus.

—C'est possible, dit Kaspar.

Le côté exhibitionniste du truc semblait le rebuter plus que tout le reste.

—Très bien. Nous allons vous laisser seuls. Mademoiselle Blake, si vous n'êtes plus en vie à notre retour, permettez-moi de vous dire que j'ai été ravi de vous connaître.

—Je crains que ça ne soit pas réciproque, Titus.

—Ça, au moins, c'est la pure vérité. Au revoir, mademoiselle Blake.

—Va pourrir en enfer, salope! lança Aikensen en guise d'adieu.

—Vous vous souviendrez de moi chaque fois que vous vous regarderez dans un miroir, dis-je.

Il porta une main à son nez et frémit. Puis il me foudroya du regard, mais il est dur d'avoir l'air intimidant avec des bouts de Kleenex ensanglantés dans les narines.

—J'espère que vous mourrez très lentement.

—J'en ai autant à votre service.

—Kaspar, je vous en supplie! dit Richard. Ne faites pas ça. Je veux bien me transformer pour vous. Je vous laisserai me chasser. En échange, je vous demande de libérer Anita.

Les autres s'immobilisèrent pour le regarder.

—Je n'ai pas besoin de ton aide, Richard! lançai-je.

—Ce sera la meilleure partie de chasse de toute votre vie, insista-t-il en pressant son visage contre les barreaux. Vous savez que je peux le faire, Kaspar. Dites-leur.

Kaspar le regarda un long moment. Puis il secoua la tête.

—Je crois que vous les tueriez tous.

—Je vous jure que non.

—Richard, qu'est-ce que tu racontes? m'exclamai-je.

—Je vous en supplie! Kaspar!

—Vous devez vraiment l'aimer beaucoup.

—Quoi que tu fasses, ils ne me laisseront pas partir! criai-je.

Mais il ne m'écoutait pas.

—Richard!

—Je suis désolé, dit enfin Kaspar. J'ai confiance en vous, mais pas en votre bête.

—Nous perdons du temps, s'impatienta Titus. Garroway ne sait pas où chercher, mais il pourrait bien se pointer ici. Laissons-leur un peu d'intimité.

Ils suivirent le shérif vers l'escalier. Kaspar fut le dernier à partir.

—J'aurais préféré que Raina et Gabriel soient à votre place. Je suis vraiment désolé, lâcha-t-il avant de disparaître.

—Kaspar, ne nous laissez pas là. Kaspar!

Les hurlements de Richard se répercutèrent contre les parois de la caverne.

Un frottement retentit derrière moi. Je fis volte-face. Jason était en train de se redresser. Quelque chose remuait derrière ses yeux bleu pâle. Quelque chose de monstrueux et de pas du tout amical.

Bref, je n'étais pas aussi seule que je l'aurais voulu.

CHAPITRE 41

J ason rampa vers moi. Il s'arrêta et secoua la tête.

— Non, non, non, gémit-il d'une voix basse.

Son menton s'affaissa sur sa poitrine. Ses cheveux blonds tombèrent devant son visage, effleurant le sol. Il portait une chemise bleue trop grande pour lui et un jean. Le genre de fringues sacrifiables à une métamorphose.

— Anita! appela Richard.

Je reculai de façon à voir la cage voisine, sans quitter Jason des yeux.

Richard avait passé un bras entre les barreaux. Il tendait la main vers moi comme s'il pouvait m'attraper et m'attirer à lui, en sécurité.

À genoux près de la porte, Edward tripotait le cadenas. De la cage, il ne pouvait pas le voir. Il appuya sa joue sur le montant métallique et le manipula en fermant les yeux. Puisqu'ils ne lui servaient pas, ils étaient une distraction inutile.

Edward recula et sortit une pochette en cuir de sa poche. Il défit la fermeture Éclair, révélant de minuscules outils. Même si je ne les distinguais pas vraiment, je savais ce que c'était, et surtout à quoi ça servait.

Edward allait tenter de crocheter la serrure. Avec un peu de chance, nous serions déjà loin dans les bois quand les chasseurs s'apercevraient de notre disparition. La soirée s'améliorait.

Edward choisit deux outils. Il se remit en position près de la porte de la cage, passa les bras entre les barreaux et ferma de nouveau les yeux. Pas un muscle de son visage ne frémit. Toute sa concentration était focalisée dans ses mains.

Un grognement sourd monta de la gorge de Jason.

Il rampait péniblement vers moi.

Soudain, il leva la tête. Ses yeux avaient toujours le bleu innocent d'un ciel printanier, mais plus rien d'humain. Il me regarda comme s'il pouvait voir à l'intérieur de mon corps. Comme s'il pouvait observer mon cœur battant dans ma poitrine. Comme s'il pouvait humer le sang qui coulait dans mes veines.

— Tiens bon, Jason ! lui cria Richard. Nous serons libres dans cinq minutes. Tiens bon !

Jason ne réagit pas. Je doutais qu'il ait entendu. Cinq minutes, ça me semblait un peu optimiste, mais bon…

Jason s'approcha de moi. Je me plaquai contre les barreaux de la cage.

— Edward, tu en es où avec ce cadenas ?

— Ce ne sont pas les outils idéaux pour ce genre de serrure, mais je devrais en venir à bout quand même.

Quelque chose roulait sous la peau de Jason, comme des muscles qui n'auraient pas dû être là.

— Dépêche-toi, tu veux ? dis-je, les dents serrées.

Edward ne répondit pas. Je n'eus pas besoin de regarder par-dessus mon épaule pour savoir qu'il faisait de son mieux. J'étais certaine qu'il parviendrait à ouvrir ce maudit cadenas, mais serais-je encore vivante ? La question à un million de dollars.

Jason continua à ramper vers moi. Je reculai pour maintenir une bonne distance entre nous. Nous avions déjà fait la moitié du tour de la cage.

Un bruit du côté de l'escalier me fit sursauter. Carmichael venait d'entrer dans la caverne. Il brandissait son 9 mm et arborait son expression la plus guillerette depuis notre arrivée.

Edward l'ignora, continuant à s'affairer comme si un homme armé n'était pas en train de le menacer. Carmichael le visa.

—Lâchez ce cadenas et reculez, ordonna-t-il.

Il fit cliqueter le chien de son flingue. Ce n'est pas nécessaire mais ça produit toujours un effet dramatique.

—Nous n'avons pas besoin de vous vivant. Lâchez… ce… cadenas, répéta-t-il en avançant d'un pas à chaque mot.

Edward leva les yeux vers lui. Son visage était toujours impassible, comme si toute sa concentration restait dans ses mains et qu'il ne voyait pas vraiment le flingue braqué sur lui.

—Jetez vos outils hors de la cage.

L'expression d'Edward ne se modifia pas d'un iota, mais il obtempéra.

—Sortez toute la trousse de votre poche et jetez-la aussi! ajouta Carmichael. N'essayez pas de me faire avaler que vous n'avez que ceux-là.

Je me demandais quel métier il exerçait quand il n'était pas occupé à chasser des lycanthropes. Certainement pas quelque chose de légal, pour savoir de quoi se compose une trousse de cambrioleur.

—Dernier avertissement. Jetez-la hors de la cage ou j'appuie sur la détente. Je commence à en avoir marre de toutes ces conneries.

Edward obéit. La pochette de cuir glissa sur le sol de pierre de la caverne et s'immobilisa. Carmichael ne fit pas un geste pour la ramasser. De toute façon, elle était hors de notre portée. C'était tout ce qui comptait pour lui. Il recula sans nous quitter des yeux.

—Je vois que notre jeune loup-garou s'est réveillé.

Un grognement déchirant monta de la gorge de Jason. Carmichael éclata d'un rire enchanté.

—J'espérais bien le voir se transformer. Une bonne chose que je sois revenu!

—En effet, dis-je calmement.

Il s'approcha de notre cage, l'attention rivée sur Jason.

—Je n'avais jamais assisté à ce spectacle.

—Laissez-moi sortir et nous le regarderons tous les deux.

—Pourquoi ferais-je une chose pareille? J'ai payé pour voir le grand jeu. La totale.

Ses yeux brillaient de plaisir anticipé comme ceux d'un gamin le matin de Noël.

Jason s'était recroquevillé sur le plancher de la cage, les bras et les jambes pliés. Le grognement qui s'échappait de ses lèvres humaines me hérissa tous les poils. Mais ce n'était pas moi qu'il regardait.

—Je crois qu'il vous en veut, dis-je à Carmichael.

—Peu importe. Je ne suis pas enfermé avec lui.

Là, il marquait un point.

—Jason, ne te mets pas en colère contre lui, dit Richard. La colère nourrit ta bête. Tu ne peux pas te permettre de t'y abandonner.

Sa voix était apaisante. Il essayait de calmer Jason pour l'empêcher de se transformer.

—Au contraire, se réjouit Carmichael. Mets-toi en colère autant que tu voudras. Je te couperai la tête et je l'accrocherai au mur de mon salon.

—Il reprendra sa forme humaine après sa mort, lançai-je avec l'espoir de le dissuader.

—Je sais.

Doux Jésus!

—Si les flics vous trouvent en possession d'une tête humaine, ça risque d'éveiller leurs soupçons…

—J'ai un tas d'autres trophées que j'aimerais mieux qu'ils ne découvrent pas.

— Vous faites quoi, dans le monde réel ?

— Il n'y a pas plus réel que ça.

Je secouai la tête. Il était dur de le contredire, même si j'en mourais d'envie.

Jason se traîna vers les barreaux, accroupi à la manière d'un singe. Sa démarche n'était pas gracieuse, mais elle dégageait une énergie incroyable, comme s'il était sur le point de se propulser dans les airs. Et de voler une fois qu'il y serait.

— Calme-toi, Jason, dit Richard.

— Essaie de sortir de là et je te tire dessus, ricana Carmichael.

Je vis Jason se ramasser sur lui-même et bondir. Ses deux bras passèrent entre les barreaux et se tendirent au maximum en griffant le vide. Il se tortilla pour passer une épaule. Un instant, je crus bien qu'il allait y arriver.

Carmichael hésita, puis éclata de rire.

— Tuez-moi, gronda Jason d'une voix de moins en moins humaine. Tuez-moi.

— J'ai changé d'avis, répliqua Carmichael.

Jason agrippa les barreaux et se laissa tomber à genoux. Le souffle court, il haletait comme s'il venait de courir un quatre cents mètres en moins de quarante secondes. S'il avait été humain, l'hyperventilation aurait provoqué un évanouissement.

Il tourna la tête vers moi, lentement et presque malgré lui. Il avait essayé de forcer Carmichael à le descendre. Tout ça pour ne pas se retourner contre moi. Il me connaissait à peine et il était prêt à se sacrifier pour me sauver. Ça lui valait un tas de bons points.

Un besoin dévorant se lisait sur son visage. Ce n'était ni du désir ni de la faim. Mais peut-être les deux. Ou peut-être aucun des deux. Je ne comprenais pas ce qui se passait en lui, et je ne voulais pas le comprendre.

Il se traîna vers moi. Je reculai vivement.

— Ne cours pas. Ça l'excite ! cria Richard.

Face à l'expression inhumaine de Jason, je dus faire appel à toute ma volonté pour rester immobile. Mes mains agrippèrent les barreaux dans mon dos, si fort que mes jointures me firent mal. Mais je m'immobilisai.

Jason s'accroupit devant moi. Il s'avança très lentement, comme s'il luttait contre ses propres pulsions.

— D'autres idées brillantes ? lançai-je.

— Ne te débats pas. Tâche de garder ton calme, dit Richard. N'aie pas peur. La peur l'excite.

— Tu parles d'après ton expérience personnelle ?

— Oui.

J'aurais voulu tourner la tête vers lui, mais je ne pouvais pas. Toute mon attention était concentrée sur le loup-garou qui rampait vers moi. Celui de la cage voisine devrait se débrouiller seul.

Jason s'agenouilla à mes pieds, les mains posées sur le sol comme un chien qui attend que son maître lui donne un ordre. Il leva les yeux pour me dévisager. Alors, je vis le bleu de ses prunelles virer au vert vif, celui de l'herbe printanière. Une couleur qui n'avait rien d'humain.

Je hoquetai de surprise.

Il renifla l'air autour de moi. Le bout de ses doigts effleura ma jambe. Quand je sursautai, il soupira et frotta sa joue contre ma cuisse. Il avait été beaucoup plus loin que ça au *Lunatic Café*, mais ses yeux étaient restés humains tout au long. Et j'étais armée ce soir-là. J'aurais donné n'importe quoi pour avoir un flingue à la main.

Jason empoigna l'ourlet de ma redingote et tira dessus. Pour me forcer à m'allonger par terre, peut-être ? Pas question. D'un haussement d'épaules, je me débarrassai du manteau. Jason le roula en boule, enfouit son visage dedans et se vautra sur le sol en gémissant de plaisir comme un chien à qui on vient de jeter un os.

Quand il fut repu de mon odeur, il se redressa sur les genoux et approcha de moi avec une fluidité effrayante. Les êtres humains ne peuvent pas ramper aussi gracieusement.

Je reculai très lentement. Je ne voulais pas courir, mais je refusais aussi qu'il me touche.

Jason pressa l'allure. Ses yeux vert vif me fixaient comme si j'étais la seule chose qui existe au monde. Je reculai un peu plus vite. Il accéléra en conséquence.

— Ne cours pas, Anita! souffla Richard.

Mon dos heurta un des angles de la cage.

En deux enjambées, Jason couvrit la distance qui nous séparait. Ses mains se refermèrent sur mes jambes. Je ravalai un hurlement. Les battements de mon propre cœur menaçaient de m'étouffer.

— Anita, contrôle ta peur. Garde ton calme.

— Si tu crois que c'est facile! répliquai-je d'une voix paniquée.

Jason me tenait par la ceinture. Il se pressait contre moi et le poids de son corps me clouait aux barreaux. Je gémis et me le reprochai aussitôt. Si je devais y passer, pas question de tirer ma révérence en sanglotant comme une mauviette.

Je me focalisai sur mon souffle, me forçant à inspirer et à expirer profondément.

Jason pressa sa joue contre ma hanche et glissa ses mains autour de ma taille. Mon cœur fit un bond dans ma poitrine. Je déglutis. Concentre-toi, ma fille. Comme lorsque tu tentes une nouvelle prise au judo. Ou comme lorsque tu vas ranimer un zombie.

Lorsque Jason leva de nouveau vers moi ses yeux vert vif, je pus lui présenter un visage très calme. Une expression neutre. Je ne savais pas combien de temps ça durerait, mais c'était le mieux que je pouvais faire.

Ses doigts se faufilèrent sous mon sweat-shirt et remontèrent le long de mon dos. Les battements de mon cœur s'accélérèrent. Puis il passa ses mains devant, caressant mes côtes et remontant vers mes seins.

Je lui saisis les poignets à travers le tissu molletonné.

Il se redressa. Je ne le lâchai pas. Mon sweat-shirt remonta le long de ses avant-bras, dénudant mon estomac.

La vue de ma peau nue eut l'air de l'exciter. Il s'agenouilla de nouveau sans essayer de dégager ses bras. Je sentis son souffle presque brûlant sur mon ventre. Sa langue darda et effleura mon nombril tandis que ses lèvres douces caressaient ma peau.

Je le sentis prendre une inspiration tremblante. Il pressa son visage contre la chair tendre de mon estomac, me léchant avec une vigueur accrue. Je frémis. Il serra les poings sous mon sweat-shirt. Je n'osais pas le lâcher.

— Il va me manger ou… ?

— Vous baiser, acheva Carmichael.

Je l'avais presque oublié, celui-là. Et oublier le type qui tient le flingue n'est jamais une bonne idée. Cela dit, j'avais un danger plus immédiat agenouillé à mes pieds.

— Jason fait partie de la meute depuis quelques mois, dit Richard. S'il peut canaliser son énergie dans le sexe plutôt que dans la violence, ce sera un moindre mal. À ta place, j'essaierais de le tenir à l'écart des zones vulnérables.

— C'est-à-dire ?

— Ta gorge et ton ventre.

Je baissai les yeux vers Jason. Il leva le nez vers moi. Ses prunelles étaient devenues assez obscures pour qu'on s'y noie.

J'enlevai ses sales pattes de sous mon sweat-shirt. Il me prit la main et enfouit son visage dans le tissu molletonné qui était retombé sur mon estomac.

Je tirai doucement vers le haut pour l'inciter à se relever. Il leva les bras au-dessus de nos têtes et plaqua les miens contre les barreaux de la cage. Je luttai contre une furieuse envie de me débattre. Ça risquait de l'exciter, et j'étais déjà dans de sales draps. Si on peut dire.

Nous faisions presque la même taille, nos yeux à quelques centimètres seulement les uns des autres. Ses lèvres s'écartèrent, et je vis briller ses dents pointues. Juste ciel !

Jason frotta sa joue contre la mienne. Ses lèvres descendirent le long de ma mâchoire. Je tournai la tête pour l'empêcher de fourrer son nez dans mon cou. Il se redressa. Sa bouche effleura la mienne. Il se plaqua contre moi assez fort pour que je sente qu'il était content de me voir. Ou, en tout cas, que son corps était content.

Jason enfouit son visage dans mes cheveux et resta immobile quelques instants. Son pouls battait la chamade contre ma gorge. Sa respiration était trop rapide. Les préliminaires allaient-ils se changer en hors-d'œuvre ?

Une onde de pouvoir familière me picota la peau. Elle n'émanait pas de Jason. Le spectacle excitait-il Richard ? Se délecterait-il autant de ma mort que de celle de la femme, dans le *snuff movie* ?

— Elle est à moi, Jason.

Je reconnus à peine la voix de Richard. Sa transformation aussi avait commencé.

Jason gémit tandis que le pouvoir de Richard emplissait l'air comme l'électricité avant un orage.

— Bas les pattes, Jason ! Lâche-la tout de suite !

Sa dernière phrase ressemblait à un hurlement. Le genre que poussent les couguars. Une mise en garde plutôt qu'une expression de frayeur.

Je sentis Jason secouer la tête contre mes cheveux. Ses doigts se refermèrent sur les miens avec une force qui me fit hoqueter de douleur. Mauvaise idée.

Jason lâcha mes mains si brusquement que j'aurais trébuché si son corps n'avait pas pesé sur moi. Puis il s'écarta, et je trébuchai pour de bon. Il me ceintura au niveau des cuisses et me souleva dans les airs, trop vite pour que je l'en empêche. À supposer que ce soit dans mes possibilités.

Jason me plaqua violemment contre les barreaux. Ce fut mon dos qui encaissa le plus gros de l'impact. J'allais me payer des courbatures de classe olympique, mais je survivrais.

En me tenant avec un bras, il releva mon sweat-shirt de sa main libre. Je tentai de le repousser. Il émit un grognement menaçant et me projeta sur le plancher de la cage. Le choc me coupa le souffle quelques secondes.

Jason se jeta sur moi. Il déchira mon sweat-shirt comme s'il avait été en papier, dénudant mon ventre et ma cage thoracique. Puis il hurla. Mais la bouche dont sortait ce cri n'avait plus rien d'humain. Si j'avais eu assez d'air pour ça, j'aurais hurlé aussi. De terreur.

—Jason, non !

Le pouvoir de Richard envahit la cage, assez épais pour m'étouffer. Jason se débattit comme s'il était entouré d'eau et plus d'air. Il agita des mains qui avaient désormais des griffes à la place des doigts.

—Recule !

J'avais eu du mal à distinguer le mot que Richard venait de prononcer. Et je n'aurais pas reconnu sa voix si je n'avais pas su que c'était lui.

Jason retroussa les babines et fit claquer ses mâchoires. Mais ça n'était plus après moi qu'il en avait. Il se laissa tomber sur le flanc et s'éloigna en rampant.

Je restai allongée sur le dos, trop terrorisée pour esquisser un geste. Je ne voulais surtout pas ranimer son excitation et le pousser à finir ce qu'il avait commencé.

—Et merde ! jura Carmichael. Je reviens tout de suite,

les amis. J'espère pour vous que Gunderson trouvera un moyen de forcer un des deux garous à se transformer.

Il s'éloigna, nous laissant enveloppés dans un silence qui fut soudain rompu par un grognement qui ne venait pas de Jason.

Je me redressai lentement sur les coudes.

Jason ne se jeta pas sur moi.

Richard était toujours près des barreaux de sa cage. Son visage s'était allongé, se transformant en museau. Ses cheveux bruns avaient poussé, pas seulement sur sa tête mais aussi le long de son échine. Il s'accrochait désespérément à son humanité. Hélas! je savais qu'il s'en fallait d'un rien pour qu'il bascule dans l'animalité.

Debout près de la porte, Edward n'avait pas bougé. Il n'avait pas essayé de s'enfuir ni frémi en assistant à ce début de métamorphose.

Il a toujours eu des nerfs d'acier.

CHAPITRE 42

Titus fut le premier à descendre.

— Vous me décevez tous beaucoup. Carmichael m'a dit que nous y étions presque et qu'il est intervenu…

Kaspar regardait Richard comme s'il le voyait pour la première fois. Peut-être n'avait-il jamais eu sous les yeux la forme hybride d'un loup-garou, mais un détail dans son attitude me disait que c'était autre chose.

— Marcus n'aurait pas pu faire ça…

— Jason ne voulait pas la blesser, grogna Richard. Il a tenté de se sacrifier pour la protéger.

— Alors, le piaf? lança Carmichael. On fait quoi, maintenant?

Je restai assise sur le plancher de la cage. Jason s'était pelotonné contre la paroi du fond. À quatre pattes, il se balançait d'avant en arrière en gémissant.

— Il est à la limite, dit Kaspar. Du sang frais suffira à le faire basculer de l'autre côté. Même un mâle alpha ne pourra pas le contrôler en présence de sang frais.

Je n'aimais pas ça du tout.

— Mademoiselle Blake, pourriez-vous approcher, s'il vous plaît?

Je me déplaçai un peu de façon à pouvoir garder Jason et les méchants dans mon champ de vision.

— Pourquoi?

— Obéissez sans discuter, ou Carmichael vous tirera dessus. Ne m'obligez pas à compter de nouveau.

—Je n'ai pas envie de venir.

Titus sortit son .45 et approcha de l'autre cage, où Edward était assis sur le sol, les yeux rivés sur moi. Son expression était plutôt neutre, mais je compris que tous les autres mourraient si nous sortions de là vivants.

Richard continuait à agripper les barreaux. Titus étudia son visage mi-humain mi-animal et siffla.

—Putain de bordel…

Il braqua son flingue sur la poitrine de Richard.

—J'ai des balles en argent, mademoiselle Blake. De toute façon, si vous avez appelé Garroway, nous n'avons pas le temps de pourchasser deux proies. Et, dans le cas contraire, nous n'avons pas toute la nuit devant nous. Sans compter que notre ami l'homme-loup risque d'être trop dangereux. Faites-moi chier encore un peu et je le descends.

Je croisai le nouveau regard de Richard.

—Ils nous tueront de toute façon. Ne cède pas…

J'étais consciente qu'il avait raison. Mais je ne pouvais pas les regarder faire. Pas si j'avais une chance de retarder l'inévitable. Je m'approchai des barreaux.

—Et maintenant?

Titus continua à viser Richard.

—Passez vos bras entre.

Je voulais refuser, mais il était déjà établi que je ne le ferais pas. Je glissai mes bras entre les barreaux, ce qui m'obligea à tourner le dos à Jason.

Pas bon du tout, ça.

—Saisissez-lui les poignets, messieurs.

Je serrai les poings mais ne reculai pas. Pas question de leur faire le plaisir de montrer ma peur.

Carmichael s'empara de mon poignet gauche, tandis que Fienstein le barbu prenait le droit. Il ne serrait pas très fort. J'aurais pu me dégager, mais la poigne de Carmichael était implacable. Je sondai ses yeux et n'y lus pas la moindre pitié.

Fienstein, en revanche, semblait regretter de s'être laissé embarquer dans cette histoire. Quant au troisième larron, celui qui tenait un fusil à pompe, il était resté au milieu de la pièce, comme pour prendre ses distances avec ce qui était sur le point de se passer.

Seul Carmichael s'éclatait vraiment.

Titus s'approcha et déroula mon bandage. Je me retins de lui demander ce qu'il faisait, parce que j'en avais une assez bonne idée. Mais j'espérais me tromper.

—Combien de points de suture vous a-t-on posés, mademoiselle Blake?

Je ne me trompais pas.

—Je ne sais pas, dis-je en haussant les épaules. J'ai arrêté de compter à vingt.

Titus laissa tomber le bandage. Il sortit mon propre couteau et le brandit pour que la lumière se reflète sur sa lame. Quel cabotin!

Je pressai mon front contre les barreaux de la cage et pris une profonde inspiration.

—Je vais rouvrir votre blessure, annonça Titus.

—Je m'en doutais un peu.

—Vous n'allez pas vous débattre?

—Non.

Aikensen s'approcha.

—Laissez-moi le faire, dit-il. Je lui dois bien ça.

Titus me regarda comme s'il me demandait la permission. Je ne bronchai pas. Il tendit le couteau à Aikensen qui plaça la pointe de la lame sur la première agrafe, près de mon poignet.

Je sentis mes yeux s'écarquiller. Mais je ne savais pas quoi faire. Regarder semblait une mauvaise idée. Ne pas regarder serait encore pire. Les supplier de ne pas me faire mal eût été humiliant et futile. Parfois, il n'y a pas de bon choix.

Aikensen fit sauter le point de suture. Curieusement, la douleur ne fut pas si terrible. Puis il attaqua les agrafes suivantes. Je détournai le regard. Je pouvais le faire.

—Il nous faut du sang, rappela Carmichael.

Je me tournai vers Aikensen juste à temps pour le voir poser le tranchant de la lame sur la plaie de mon avant-bras gauche. Il allait la rouvrir très lentement.

Je regardai Edward, dans la cage voisine. Il s'était relevé et me dévisageait comme s'il essayait de me dire quelque chose. Son regard bascula vers la droite.

Le type au fusil s'était éloigné du spectacle et se tenait tout près de la deuxième cage. Buter des lycanthropes ne le dérangeait pas, mais la torture avait l'air de l'indisposer.

Je crus comprendre ce que voulait Edward. Du moins, je l'espérai.

Le couteau mordit dans ma chair. La douleur fut vive et immédiate, comme celle de toutes les blessures superficielles. Mais elle allait sans doute durer beaucoup plus longtemps que la moyenne.

Une ligne de sang coula sur mon avant-bras. Aikensen écarta la pointe du couteau d'une fraction de centimètre.

Je me jetai brusquement en arrière. Fienstein lâcha prise, mais Carmichael raffermit la sienne. Impossible de me libérer ! En revanche, je pouvais me laisser tomber sur le plancher de la cage et m'agiter suffisamment pour qu'Aikensen ne puisse plus se servir du couteau sur moi.

Je hurlai et me débattis comme une tigresse. Si Edward avait besoin d'une diversion, j'allais lui en donner une.

—Une gonzesse prisonnière et, à trois, vous n'êtes pas foutus de la maîtriser ! cracha Titus, dégoûté.

Il s'approcha et me saisit le bras gauche, dont Carmichael tenait déjà le poignet. Ma main droite était en sécurité dans la cage.

Fienstein se dandinait d'un pied sur l'autre. Il ne savait

pas quoi faire. Un type qui payait pour chasser des monstres aurait dû supporter la violence mieux que ça. Son holster était tout près des barreaux.

Je m'égosillai en tirant sur mon bras gauche. Titus le coinça sous le sien, tandis que la main d'acier de Carmichael me meurtrissait le poignet. Il était en train de me couper la circulation sanguine.

Quand je fus immobilisée, Aikensen approcha son couteau et me taillada l'avant-bras. Fienstein se pencha comme pour l'aider. Je glissai mon bras droit entre les barreaux. Au lieu de dégainer son flingue, j'appuyai sur la détente en poussant le canon contre son torse. La balle l'atteignit à l'estomac. Il bascula en arrière.

Une seconde détonation résonna dans la caverne, et la tête de Carmichael explosa sur les vêtements de Titus, son chapeau de cow-boy dégoulinant de sang et de cervelle.

Edward avait épaulé le fusil de chasse. Son ancien propriétaire s'était écroulé contre les barreaux de la cage, le cou tordu. Richard s'agenouilla près du cadavre. L'avait-il tué ?

Un cri guttural retentit derrière moi.

Titus venait de dégainer. Il me bloquait toujours le bras. Fienstein se roulait sur le sol. Son flingue était tombé hors de portée.

Je sentis un mouvement dans mon dos. Jason revenait à la charge. Génial.

Titus tira sur mon bras, manquant de me déboîter l'épaule. Il me colla son .45 sur la joue. Le métal du canon était froid.

— Pose ce fusil ou je tire, menaça-t-il.

Mon visage était plaqué contre les barreaux. Je ne pouvais pas regarder derrière moi, mais j'entendais quelque chose se rapprocher en rampant.

— Il se transforme ? lançai-je.

— Pas encore, répondit Richard.

Edward visait Titus. Aikensen s'était figé, le couteau ensanglanté à la main.

—Pose ce fusil, blondinet, ou elle est morte.

—Edward.

—Anita.

Sa voix ne trahissait aucune émotion. Nous savions tous les deux qu'il pouvait abattre Titus sans problème. Mais si son doigt se crispait sur la détente, je mourrais avec lui.

—Fais-le.

Edward tira.

Titus vola dans les airs. Du sang m'éclaboussa la figure. Un grumeau d'une substance plus épaisse glissa le long de ma joue.

Je pris une inspiration haletante. Titus s'affaissa le long des barreaux, la main toujours serrée sur son flingue.

—Ouvrez sa cage! ordonna Edward.

Quelque chose toucha ma jambe. Je sursautai et fis volte-face.

Jason saisit mon bras gauche avec une force incroyable. Il aurait pu me broyer le poignet. Il baissa la tête et lapa mon sang comme un chat devant un bol de crème.

—Ouvrez la porte, ou je vous bute aussi! menaça Edward.

Aikensen resta immobile.

Jason me léchait l'avant-bras. Sa langue caressait les bords de la plaie. Ça faisait mal, mais je ravalai un gémissement. Je ne devais pas crier, ni me débattre. Il avait fait preuve d'une admirable retenue en ne me sautant pas dessus pendant que je luttais contre les méchants. Mais la patience d'un loup-garou n'est pas infinie.

—Maintenant! cria Edward.

Aikensen frémit et gagna la porte. Il laissa tomber mon couteau sur le sol et s'attaqua au cadenas.

Jason me mordit le bras. Pas très fort, mais je glapis de douleur.

Richard rugit.

Jason s'écarta de moi.

—Courez, dit-il.

Il enfouit son visage dans la flaque de sang qui s'agrandissait à mes pieds.

—Courez, répéta-t-il d'une voix étranglée.

Aikensen ouvrit la porte. Je reculai sur les fesses, en m'aidant des pieds et des mains.

Jason renversa la tête en arrière.

—Courez! s'époumona-t-il.

Je me relevai d'un bond et pris mes jambes à mon cou.

Aikensen claqua la porte derrière moi. Jason se tordait de douleur sur le plancher de la cage. Il avait l'écume à la bouche. J'avais déjà vu des lycanthropes se métamorphoser, mais jamais aussi violemment. Ça ressemblait à une crise d'épilepsie, ou à une agonie due à la strychnine.

Le loup émergea de sa peau, telle une cigale de sa mue. Il se rua vers les barreaux, et ses griffes sifflèrent dans l'air comme pour nous attraper.

Nous reculâmes vivement. De la bave coulait de sa gueule. Ses mâchoires claquèrent. S'il avait pu me mettre les pattes dessus, il m'aurait tuée et dévorée. Ce n'était pas sa faute. La bête avait pris le contrôle.

Aikensen fixait Jason. Je m'agenouillai et ramassai le couteau.

—Aikensen?

Il se tourna vers moi, très pâle et visiblement ébranlé.

—Ça vous a plu d'abattre l'adjoint Holmes?

Il fronça les sourcils.

—Je vous ai laissé sortir. Bon sang, j'ai fait ce que votre copain avait demandé!

Je m'approchai de lui.

—Vous vous souvenez de ce que j'avais promis de faire si vous touchiez à Williams?

—Je me souviens…

—Tant mieux.

Je lui plongeai mon couteau dans le bas-ventre jusqu'à la garde. Du sang inonda ma main. Aikensen me dévisagea, le regard déjà vitreux.

—Une promesse est une promesse.

Il tomba et je sentis son propre poids l'éventrer. Ses yeux se fermèrent.

Je retirai le couteau de son abdomen, l'essuyai sur sa veste et saisis les clés qu'il tenait encore.

Edward avait passé la bandoulière du fusil de chasse. Richard me regardait comme s'il me voyait pour la première fois. Malgré la forme étrange de son visage et la couleur ambrée de ses yeux, je vis qu'il me désapprouvait.

Je défis le cadenas de leur cage. Edward sortit. Richard le suivit sans me quitter du regard.

—Tu n'étais pas obligée de le tuer, dit-il.

C'étaient bien ses mots, même si ça n'était pas sa voix.

Edward et moi fîmes face au loup-garou alpha qui se tenait à moins de un mètre de nous.

—Si, répliquai-je.

—Nous tuons par obligation, insista Richard. Pas par plaisir ou par orgueil.

—Toi, peut-être. Mais le reste de ta meute, et les autres métamorphes en général ne sont pas si regardants.

—La police doit être en route, dit Edward. Il vaut mieux ne pas traîner dans le coin.

Richard regarda la bête sauvage qui tournait en rond dans l'autre cage.

—Donne-moi les clés. Je vais faire sortir Jason par le tunnel. Je sens l'air frais.

Je lui tendis les clés. Ses doigts effleurèrent les miens et se crispèrent quand il les prit.

—Je ne tiendrai pas beaucoup plus longtemps. Partez.

Je sondai ces yeux d'ambre inhumains. Edward me posa une main sur le bras.

— Il faut y aller.

Des sirènes approchaient. Quelqu'un avait dû entendre les coups de feu et prévenir les flics.

— Sois prudent, recommandai-je à Richard.

— Promis.

Je laissai Edward m'entraîner vers l'escalier. Richard tomba à genoux et se prit le visage à deux mains. Quand il releva la tête, son museau s'était encore allongé, et ses os perçaient sa chair comme si elle avait été de l'argile.

Je trébuchai sur la marche du bas. Edward m'empêcha de tomber. Je fis volte-face et montai l'escalier en courant. Quand je regardai derrière moi, Richard n'était plus dans la caverne.

Edward laissa tomber le fusil dans l'escalier. Au même instant, deux flics enfoncèrent la porte d'entrée.

Alors, je m'aperçus que Kaspar avait disparu.

CHAPITRE 43

Edward et moi n'allâmes pas en prison, bien que les flics aient découvert les cadavres des salauds que nous avions tués. Tout le monde eut l'air de penser que c'était un miracle que nous nous en soyons tirés vivants.

Edward me surprit en sortant une carte d'identité au nom de Ted Forrester, chasseur de primes. Avoir massacré un groupe de tueurs de lycanthropes non autorisés ferait du bien à sa réputation. La presse parla aussi de moi en des termes très élogieux. Bert fut ravi.

Je demandai à Edward si Forrester était son vrai nom. Il se contenta de sourire.

Dolph sortit de l'hôpital à temps pour passer Noël chez lui. Zerbrowski dut y rester toutes les fêtes. Je leur offris à chacun une boîte de balles en argent. Ce n'était que du fric, après tout. Et je ne voulais plus jamais regarder leur vie s'écouler à travers des tubes en plastique.

J'allai une dernière fois au *Lunatic Café*. Marcus m'affirma qu'Alfred avait tué la fille tout seul. Gabriel n'était pas prévenu. Mais avec un cadavre tout chaud devant lui, il avait trouvé stupide de gaspiller. Les lycanthropes sont dotés d'un bon sens à toute épreuve. Raina avait distribué le film pour la même raison. De toute manière, le mal était fait. Autant que quelqu'un en retire quelque chose…

Je ne les crus pas vraiment. Il était un peu trop pratique de tout mettre sur le dos d'un mort. Pourtant, je n'en parlai pas à Edward. En revanche, je dis à Gabriel et à Raina que si un autre *snuff movie* apparaissait, ils pourraient dire adieu à leur joli petit cul poilu, vu que je lâcherais Edward à leurs trousses. Mais je me gardai bien de préciser ce dernier point.

J'offris une croix en or à Richard et lui fis promettre de la porter. Il m'acheta un pingouin en peluche qui chante *Winter Wonderland* quand on appuie sur son ventre, un sachet de pingouins en gélatine noir et blanc, et un écrin en velours. Un instant, je craignis qu'il ne contienne une bague. Mais quand je l'ouvris, je ne trouvai qu'un petit mot : « Promesses à tenir. »

Jean-Claude se fendit d'une sculpture en verre : des pingouins sur un bout de banquise. Un cadeau exquis et très coûteux, que j'aurais beaucoup plus apprécié s'il était venu de Richard.

Que peut-on offrir au maître de la ville pour Noël ? Une pinte de sang ? J'optai pour un camée qui ornerait à merveille le col d'une de ses chemises en dentelle.

Courant février, je reçus un paquet d'Edward. C'était une peau de cygne. « J'ai trouvé une sorcière capable de lever la malédiction », disait la carte qui l'accompagnait. Quand je sortis la peau de sa boîte, une deuxième carte tomba à terre. Je la ramassai. « Marcus m'a payé », lus-je. J'aurais dû me douter qu'il trouverait un moyen de se faire régler un boulot qu'il aurait volontiers exécuté pour rien.

Richard ne comprend pas pourquoi j'ai tué Aikensen. J'ai essayé de le lui expliquer, mais dire que je l'ai fait parce que je l'avais promis semble vraiment trop orgueilleux. Alors que l'orgueil n'avait rien à voir là-dedans.

Je l'ai fait pour Williams, qui ne finira jamais son doctorat et ne reverra jamais ses chouettes. Pour Holmes, qui ne sera jamais la première femme commissaire. Pour tous les gens qu'il a tués sans leur laisser la moindre chance. Pourquoi lui aurais-je accordé le privilège de vivre, alors qu'il le leur avait refusé ?

Avoir buté Aikensen ne m'empêche pas de dormir. Et constater que ça ne me trouble pas me perturbe davantage que le meurtre lui-même.

J'ai fait mettre la peau de cygne sous verre, dans un cadre de bon goût, et je l'ai accrochée dans mon salon. Elle va bien avec mon canapé. Richard ne l'aime pas du tout. Moi, elle me plaît beaucoup.

BRAGELONNE – MILADY,
C'EST AUSSI LE CLUB :

Pour recevoir la lettre de Bragelonne – Milady annonçant nos parutions et participer à des rencontres exclusives avec les auteurs et les illustrateurs, rien de plus facile !

Faites-nous parvenir vos noms et coordonnées complètes, ainsi que votre date de naissance, à l'adresse suivante :

**Bragelonne
35, rue de la Bienfaisance
75008 Paris**

club@bragelonne.fr

Venez aussi visiter nos sites Internet :
**http://www.milady.fr
http://www.bragelonne.fr**

Vous y trouverez toutes les nouveautés, les couvertures, les biographies des auteurs et des illustrateurs, et même des textes inédits, des interviews, des liens vers d'autres sites de Fantasy et de SF, un forum et bien d'autres surprises !

Achevé d'imprimer en mars 2009
Par CPI Brodard & Taupin - La Flèche (France)
N° d'impression : 51645
Dépôt légal : avril 2009
Imprimé en France
81120108-1